KB164382

내 스폰서를 찾습니다

바다뱀자리 장편소설
DONGA ROMANCE STORY

2

동아

내 스폰서를 찾습니다 2

초판 1쇄 인쇄일 | 2021년 09월 28일
초판 1쇄 발행일 | 2021년 10월 07일

지은이 | 바다뱀자리
펴낸이 | 박성면
펴낸곳 | (주)동아

출판등록 | 제406-3960100251002007000071호
주소 | 경기도 파주시 문발로 115, 세종대학교출판부 206호
전화 | (031)8071-5201
팩스 | (031)8071-5204
E-mail | bear6370@hanmail.net

정가 | 12,000원

ISBN 979-11-6302-537-5 (04810)
      979-11-6302-535-1 (set)

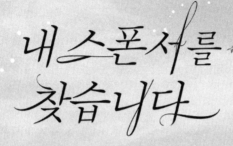

내 스폰서를 찾습니다

바다뱀자리 장편소설
DONGA ROMANCE STORY

2

동아

목 차

08. 빼앗김

이성의 복귀 후 첫 연주회는 성황리에 끝났다. 공식적인 이성의 스케줄이 다시 '두근두근 심포니' 하나만 남았다. 그리고 이성은 이 공식적인 스케줄 외엔 제영의 집에서 살다시피 했다.

"여기가 윤이성 연습실이야?"

소파에 앉아서 팔짱을 끼고 이성의 연주를 듣고 있던 제영이 기어이 한 소리를 하고야 말았다. 이성이 뜨끔하면서 건반에서 손을 뗐다.

"저도 내 연주 듣고 싶으니까 문만 잘 열어 주면서? 몸값 좋은 피아노 놀리면 뭐 하나? 귀하신 몸이 쳐 주면 얘도 좋고, 나도 좋지."

"그 빌어먹을 연주 비싼 거 아니었나. 시도 때도 없이 쳐 대는 걸 보면 그런 건 아닌가 봐?"

"왜 또 시비야? 비싼 연주 아니냐 그럼? 너 내 공연 푯값이 얼만지는……. 알겠구나."

혼자서 북 치고 장구 치고, 질문에 답변까지 끝낸 이성을 제영이 픽 웃으면서 한심한 눈으로 봤다.

"그래 23만 원 씨."

"아 진짜!"

이성이 울컥하는 마음에 소리를 꽥 질렀다. 제영은 팔짱을 끼고 도도한 낯 그대로 미간을 찌푸렸다. 귀 아프게 소리를 지르고 그러냐는 표정이 한없이 얄미웠다.

이성이 푹 한숨을 내쉬며 머리를 헤집었다. 가늘고 곧은, 커다란 손에 감기는 밝은 머리칼을 제영이 빤히 바라봤다.

팔목에 가려졌다 나타났다 하는 이성의 귓불에는 제영이 선물한 피어스가 자리하고 있었다. 피어스, 그리고 이성이 선물했던 옷들. 그날의 추억에 문득 슬며시 웃음이 났다가…….

제영의 얼굴이 살포시 굳어졌다.

"왜. 또 왜!"

"윤이성. 너 그 망할 SNS는 계속할 거야?"

"……어?"

전혀 뜬금없는 화제 전환에 이성이 얼빠진 낯을 했다. 멍청해 보이는 표정마저 묘하게 나른하고 퇴폐적인, 저를 좋아한다는 남자를 제영이 삐딱하게 고개를 기울이고 쳐다봤다.

이성에게는 아마 죽을 때까지 말할 일이 없겠지만, 제영은 이성이 제윤과 스캔들이 났을 때 기사를 전부 찾아봤었다. 기사 내용은 거기서 거기였었지만 이상하게 계속 찾아보는 제 자신을 쉽게 멈출 수가 없었다.

처음 뜬 기사는 같은 차에서 내려 촬영장에 들어가는 제윤과 이성의 사진이 실렸고, 내용도 측근의 제보가 있었다는 것이 전부였다. 그러나 그 뒤로 떠오른 기사에는 이성의 SNS 캡처가 포함됐다.

자신이 이성에게 선물한 피어스, 이성이 제게 선물한 옷들의 영수증, 몇 년 만의 '연주'를 했던 할아버지의 바다 옆 별장.

그건 윤이성이 저의 꽁꽁 언 마음을 깬 기록들이었다. 그런데 그게 전부 제윤과의 스캔들이 사실이라는 증거로 바뀌어 물리고 뜯기고 씹히고 있었다.

기사에 실린 제윤과 이성이 함께 촬영장으로 들어가던 사진보다 그게 더 불쾌했다. 제영은 여태껏 보지 않았던 이성의 SNS를 찾아 들어가 보기까지 했다.

자신이 주고, 자신이 받은 거지만 제윤과 나눈 것으로 둔갑된 사진 아래 달린 댓글들을 전부 훑었다. 최근 댓글은 전부라고 해도 과언이 아닐 정도로, 정말 제윤에게 이걸 준 거냐며 오빠를 부르짖는 내용이 다수였다. 종종 대한민국 클래식계 망신은 윤이성이 다 시킨다는 비난조의 댓글도 있었다.

거기까지 본 것만 해도 평생 윤이성에게 말 못 할 일인데, 제영은 휴대 전화 화면을 터치해 죽죽 그어 올리면서 기어이 더 과거의 글까지 확인했다.

딱 봐도 건전하지는 않을 듯한 클럽에서 찍은 사진, 독한 술잔을 들어 올리고 찍은 파티 사진. 사진들.

이성의 집 어딘가를 메우고 있을, 한 번은 사용이라도 해 봤을까 싶은 온갖 명품 아이템들. 손목에 걸친 시계를 무료하게 보는 이성의 셀카.

손이 잘못 나가 이성이 올린 파티 사진에 태그된 다른 이의 SNS로 넘어갔을 때, 거기선 정말이지 공허한 얼굴로 자리를 채우고 있는 윤이성을 발견했다. 주변으로는 건전치 못한 차림을 한 사람들을 끼고 앉아 있었다.

윤이성은 그곳에 어울리는 듯 어울리지 않았다. 그리고 제영은 이성의 그 싸늘한 얼굴에서 한동안 눈을 떼지 못했었다.

"내 SNS가 왜? 박제영이 시작하라고 해서 시작한 거잖아. 기억 못 하냐?"

"내가 지금 그걸 기억 못 해서 이렇게 물어보는 것 같아? 누가 그걸로 사고란 사고는 더 치고 다니라고 만들라고 했었어?"

"물론 그건 아니지……."

이성이 슬그머니 눈알을 굴려 제영의 날 선 시선을 피했다. 그러나 이성의 표정은 마냥 나쁘지만은 않았다.

봤구나. 내 SNS.

딱 그런 생각이 들었다. 도리어 이성은 웃음이 나려고 하는 걸 참느라고 얼굴을 굳히기 바빴다. 3년간은 그렇게 봐 달라고 온갖 쇼를 해도 관심 한 번을 안 주던 모양새더니.

이성은 공연 첫날 대기실에서 제영이 했던 말을 떠올렸다.

"솔직히 윤이성이라는 작자한테 아무 감정도 없는 게 아니라서."

"나도 너한테 마음이라는 게 생겼거든?"

"아직 좋아한다, 사랑한다. 뭐 이런 것까지는 가지도 않았어. 그냥, 네가 자꾸 나를 흔들어."

아. 웃음이 안 날 수가 없었다.

"웃음이 나와, 지금?"

"흐음! 큼! 아니 그 뭐, 그냥. 민망해서 그래, 민망해서!"

"윤이성한테 민망해할 양심이 있었어?"

제영이 비아냥대듯 말했다. 물론 그런 양심은 없었다. 이성이 슬그머니 다가가 제영을 끌어안았다. 제영이 이성의 옆구리를 팔꿈치로 퍽 쳤다. 악! 소리를 내면서도 이성은 실실 웃었다.

"당장 계정 삭제해. 팔도 풀고."

엄한 목소리가 이렇게 달게 들릴 일인가. 이성은 이제 대놓고 웃었다. 실실 웃는 얼굴을 제영이 사납게 노려보다가 고개를 돌렸다. 제영의 귀가 붉었다. 이성이 웃는 이유를 알아서 그런 거다.

그래서 얄미운 김에 제영이 이성의 옆구리를 다시 한 번 가격했다.

"악! 야, 진짜 아파! 무슨 애가 뼈만 남아서 송곳으로 찌르는 것 같냐?"

"닥치고 휴대 전화 내놔."

"싫어!"

"왜?"

"야, 그야……."

그야 당연히 제영이 봤을 그 글들을, 그녀와 저의 기록들을 지우기 싫어서였다. 사실 지난 3년간이라든가, 그 이전의 글들이야 이성에게 그리 큰 가치는 없었다. 계정 따위 팔로워가 몇 명이든,

그게 자신의 인기 척도가 되든 말든 이성은 신경 쓰지도 않았다.

다만 박제영과 함께였던 시간의 기록은 지우고 싶지 않았다. 혹은 박제영을 추억했던 사금파리 같은 기억들이 그 3년 동안의 글 중에도 종종 박혀 있었다.

그걸 날려 버리긴 싫었다. 더군다나 박제영이 그걸 다 봤다니 더욱 고집을 부리고 싶었다. 물론 이 속내를 전부 제영에게 고백해 봐야 씨알도 안 먹힐 거였다.

"……네가 나이에 안 맞게 SNS도 안 하고 세상 존나 재미없게 살아서 모르나 본데, 원래 이런 때 계정 지우는 거 아니야."

"아니긴 뭘 아니야."

"생각해 봐라. 스캔들 정정 보도 나간 지 얼마나 됐나? 지금 이 타이밍에 계정 삭제? 이건 뭐 '사실은 우리 사귀는 거 맞는데 회사에서 존나 처맞아서 아닌 척해요.' 하고 고백하는 거나 다름없거든?"

"하아……."

짧은 사이 이성이 찾아낸 변명은 제법 훌륭했다. 제영도 일견 납득해 한숨을 흘렸다.

"좀 됐다 삭제해 그럼. 한 2, 3주 지나고 나서면 상관없겠네."

"그 정도여도……!"

"해. 가만 생각해 보면 어차피 계정 열려 있어도 네가 앞으로 무슨 글을 올리든 사람들이 박제윤이랑 엮으려면 엮을 거 아냐?"

"그건."

"그리고 예나 지금이나 윤이성이 SNS로 스캔들 사고만 쳤어?"

이건 도무지 빠져나갈 구멍이 없었다. 이성이 눈알을 뒹굴뒹굴

굴렸다. 여전히 제영은 품에 안은 채였다. 어쩐다.

이성이 고민하는 찰나에 제영이 그의 주머니로 손을 쑥 넣었다.

"야!"

"휴대 전화 여기 있네. 내가 지운다?"

"야, 야! 너는 진짜 어떻게 된 여자애가 남자 주머니에 손을 막……!"

"다른 사람은 몰라도 윤이성이 나한테 그런 말 할 자격은 없지. 윤이성 양심 없네."

"야, 박제영!"

제영이 능숙하게 이성의 휴대 전화를 뒤졌다. 소리는 쳤지만 얼이 빠진 이성의 손을 끌어와 지문 인식으로 휴대 전화의 잠금을 풀고 곧장 SNS 어플 아이콘을 터치했다.

계정을 삭제하는 페이지까지 찾아 들어간 제영을 보고 이성이 다급히 정신을 차렸다.

"자, 자, 자, 잠글게!"

"뭐?"

"계정 삭제는 못 하겠지만 잠그기라도 한다고! 계정에 자물쇠 딱 걸어서 아무도 못 보게 하고 앞으로 아무것도 안 올린다고! 그럼 되잖아!"

제영이 실눈을 뜨고 이성을 올려다봤다. 그녀의 손은 여전히 이성의 계정 삭제 버튼 2센티 위에 떠 있는 채였다.

"뭐야? 그 어설픈 미봉책은."

"지우는 것보다 그게 나아! 그러니까 그렇게 한다고!"

함부로 건들고 거칠게 휘둘리는 걸 싫어하는 제영을 이성은 이제 잘 알았다. 그래서 조심스럽게, 아주 조심스럽게 안고 있던 제영을 아예 팔로 휘감듯 해서 그녀의 손에 들린 제 휴대 전화를 가져왔다.

　그리고 등을 돌린 채 웅크리고 이성이 무언가 바삐 손가락을 놀리기 시작했다. 제영이 소파 위로 무릎을 세우고 올라와 이성의 어깨 너머로 그의 휴대 전화를 살폈다.

　"씨……."

　"욕만 해 봐. 내가 확 지워."

　"이 독한 거……."

　"왜. 목줄 꽉 붙들어 달라며. 지금 그러고 있잖아."

　계정에 잠금을 걸고 프로필을 수정하던 이성의 손이 뚝 멈췄다.

　"나는 개새끼라, 그것도 미친 개새끼라 나 관리해 줄 우리 스폰서 목줄 없으면 안 되거든?"

　"이제 다시 꽉 채웠으니까, 놓지 마."

　제영이, 자신이 했던 말을 기억하고 있었다. 그리고 이제 그 목줄을 꽉 붙들고 있겠단다. 이렇게까지 말하는데 어쩌겠는가. 이성의 입꼬리에 실실 웃음이 걸렸다.

No_Rational
213게시물 241k팔로워 0팔로잉
(비공개 계정입니다.)
피아니스트 윤이성

일에 집중한다

이성이 계정의 잠금도, 프로필 수정도 마쳤다. 몇 명 있던 팔로 잉 계정도 전부 잘라 냈다. 그리고 휴대 전화를 어깨 너머의 제영 에게 들이밀어 보였다.

"됐나?"

막상 계정을 잠그는 것으로 나름의 합의를 보고 올린 글들은 다 살렸다만, 어쩐지 억울함이 비쳤다. 이성이 언제 실실댔냐는 듯이 입술을 삐죽거리며 말한 이유가 그거였다.

이번에는 제영이 피식 웃었다.

"이래 놓고 슬그머니 잠금 풀고 글 올리고 했다간 봐."

"와······. 내가 그렇게 신뢰가 없나?"

"있겠니?"

할 말이 없었다. 이성이 입을 꾹 다물었다. 그래도 목줄 쥔 주인 님, 아니 스폰서님의 말인데 듣지 안 듣겠냐. 이건 뭔 기분이야. 이성은 약간의 설움을 느끼며 제영을 흘겨봤다.

그래도 어쩌겠는가. 이게 먼저 사랑하기 시작한 사람의 비애지. 이성이 제영을 어떻게 이겨 먹겠냔 말이다. 하지만 그렇다고 또 가만히 당하고만 있는 건 윤이성의 성질머리에 어울리지 않았다.

가만 생각해 보니.

"근데 너 요새 매일 집에 있다? 학교는 안 가냐? 완전 농땡이네."

어느 순간부터 집에만 박혀 있는 제영을 보고 이성이 시비를 걸 었다. '할 일도 제대로 안 하고 게을러터졌구나?' 하는 시비는 말

대신 눈빛으로 쏴 줬다.

제영은 심드렁하게 이성의 눈빛을 마주 받아 주며 말했다.

"그 학교, 자퇴할 생각인데?"

"……어?"

이성이 얼빠진 얼굴로 반문했다. 마치 잘못 듣기라도 했다는 모습이었다. 제영이 여전히 덤덤한 얼굴로 다시 한 번 말해 줬다.

"자퇴할 거라고."

"자퇴? 왜? 왜 멀쩡하게 다니던 학교를 때려치워? 너 작곡 좋아하잖아."

이성은 제영이 작곡을 좋아한다고 확신하고 있었다. 그러지 않고서야 죽은 듯이 조용히 지냈던 제영이 제 곡을 형찬을 통해서 세상에 알렸을 리가 없으니까.

물론 제영은 작곡을 좋아하기는 했다. 작곡과야 피아노 연주는 할 수 없어도 여전히 음악을 사랑하기에 차선책으로 선택한 것이었다지만. 그 또한 저를 표현해 낼 음악의 갈래이기에 결국 사랑하게 되고야 말았다.

박희은이 아닌 박제영은 손끝으로 애드리브를 만들어 낼 수 없었다. 거장의 선율을 빌려 와 제 감정을 덮어 감동을 새길 수는 없었다. 하지만 작곡을 배우며 오선지에 음표를 하나하나 그려 넣어 제 감정을 표현해 내는 순간이 좋았다. 좋아졌다.

무엇보다 이성이 제 연습곡을 연주하는 걸 들었을 때 느꼈다. 뚜렷한 감동을, 연주자가 저의 의도를 알아주고 거기에 화답하듯 제 감정을 덮어 들려주는 연주가 더없이 아름다움을.

아마도 이성은 제영이 자퇴와 함께 작곡 자체를 그만둘 거라 받아들인 모양이었다. 하지만 제영에게는 자퇴와 작곡을 그만두는 건 별개의 일이었다.

작곡이라는, 음악과 어울릴 새로운 방법을 만난 것은 분명 할아버지의 유언을 따라 '남들처럼 살기 위해서' 다니게 된 학교 덕분이 맞았다.

하지만 지금 와서 할아버지의 유언이었던 남들처럼 살라는 말의 뜻을 돌이켜 짚어 보면, 남들이 보편적으로 사는 길을 따르라는 얘기는 아니었던 것 같다.

제영의 생각에 할아버지는 그저 어린 제영이 모든 것이라 불러 마지않을 것들을 단번에 잃고, 제 안에 갇혀 죽지도 살지도 못하는 것을 저어하셨던 거다. 본인 생전에야 숨 쉬기에 살아 있는 것에 가까웠던 자신을 끌어내 움직일 수 있도록 직접 도우셨다만, 죽고 나면 그도 할 수 없으니까.

그냥 할아버지는, 제 어린 손녀가 기왕이면 사는 것답게 살기를 바라셨던 거였다. 그러나 대학도, 집안에 도움이 될 상대와의 맞선도, 뒤따르는 결혼도 혜옥의 목적을 위한 일이었다. 할아버지의 뜻이라는 명목으로 혜옥은 저를 마음껏 휘둘렀다.

반쯤 알면서도 따라 왔다. 제영은 할아버지가 사랑한 여인인 혜옥을 존중했다. 조모로서 좋은 사람은 아니었지만, 자신이 일찍 부모를 여읜 것이 그녀에게는 젊은 나이의 자식을 떠나보낸 일이었으니 더.

그래서 할아버지가 자신의 몫으로 남긴 재단을 물려받으려면 필요하니 이름 있는 예술 대학에 진학하라는 말을 따랐다. 작곡과를 골라 준 것도 혜옥이었다.

만일 혜옥이 '박희은'의 이름을 팔기를 허락하지 않았더라면, 어쩌면 지금도 그녀가 원하는 길에서 자신이 수용 가능한 범위만큼은 억지로나마 걸어 주었을 것이다.

그러나 이제는 아니었다. 아들을 잡아먹은 손녀의, 박희은의 이름값조차 당연히 제가 휘두를 수 있다고 생각하는 할머니가 원하는 대로는 살고 싶지 않았다. 작곡 공부를 꼭 대학에서 해야 하는 건 아니었다.

학위는 자신이 아니라 혜옥이 원하는 바였고, 거기다 계속 학교에 다니면 할머니의 끄나풀처럼 구는 제윤과 마주치지 않을 수 없었다. 최소한 좀 더 어른이 될 앞으로 몇 년이라도, 휘둘리지 않을 만큼 자랄 때까지라도 그쪽과는 연결 지어지고 싶지 않았다.

집으로 찾아오면 문을 안 열어 주면 그만이라지만, 학교로 찾아온 혜옥의 '집안' 사람들에게 끌려가는 건 사양이었다. 그럴 여지도 남기고 싶지 않았다.

"좋아해."

"그래! 좋아하잖아! 그래서 대표 새끼랑 계약도 한 거 아니야?"

이성의 입에서 제영이 모르는 이야기가 나왔다. 윤이성은 분명 제영의 이야기를 하고 있는데 정작 당사자가 못 알아들을 말을 쏟아 놓았다.

제영의 얼굴이 조금 굳어졌다. 이성은 제영의 표정 변화를 알아채지 못하고 계속 말을 이었다.

"너 그렇게 계속 활동할 생각 있으면, 어? 야 솔직히 남의 돈 벌어 먹자고 예술 활동 할 거면 뭐라도 번듯한 거 하나는 있어야 하잖아? 대한 종합 예술 학교 작곡과 출신 박제영. 이게 중퇴한 박제영보다 훨씬 낫지. 안 그래?"

할 말을 다 쏟아붓고 나서야 이성은 제영의 표정이 영 이상하다는 걸 발견했다. 물론 이성은 제영의 묘한 표정을 다르게 해석했다.

"······아니야?"

"내가 누구랑 무슨 계약을 했어?"

"엥?"

"윤이성 씨. 내가 누구랑 무슨 계약을 했냐고."

"그건 뭔 소리야. 너 나한테 처음 연주시켜 주네 마네 했던 그 곡, 그거 대표 새끼랑 계약해서 지금······."

여전히 제영은 전혀 모르겠다는 얼굴이었다. 이성의 표정이 심각해졌다. 말보다는 직접 보여 주는 게 낫지.

이성이 휴대 전화를 찾아 동영상 어플을 켰다. 그리고 잠시 화면을 터치하며 무언가를 검색하더니 곧 영상을 재생해서 제영에게 보여 주었다.

제영이 두 손으로 휴대 전화를 붙잡고 영상을 바라봤다. 하지만 초점은 어딘가 나가 있었다. 익숙하지만 낯선 배경 음악이 들렸다. 제영이 작곡한 〈어떤 설렘〉과 닮은 선율이었다.

하지만 곡은 기대주인 신인 여배우의 클로즈업과 함께 클라이맥스로 흐르면서부터 전혀 다른 느낌이 되었다. 이건 제영이 작곡한 〈어떤 설렘〉이 아니었다. 코드와 베이스를 그대로 유지하고 있었지만, 제영의 감성이 모조리 뜯겨 나갔다.

제영이 입술을 깨물었다. 가엾게도 제 주인에게 혹사당하는 입술은 금세 하얗게 질렸다.

제영은 영상이 끝나는 순간에서야 정신을 차렸다. 그녀의 손끝이 화면을 부드럽게 터치하며 사람들의 반응을 살폈다.

잘 만들어진 영상이지만 정작 본목적인 '유성 매니지먼트의 신인 배우들'에게 관심을 주는 댓글은 그다지 없었다.

'이거 광고로 나오면 너무 길어서 짜증 나요. 근데 브금이 좋아서 결국 다 들을 때도 있음ㅋㅋ'

'이거 mj.Kim 거구나. 어쩐지 노래만 대박 좋더라.'

'이게 mj킴 거라고? 초반은 평소랑 느낌 다른데……. 후반은 그 사람 거 같다. 노래는 좋긴 하네요.'

'마지막에 제일 크게 나오는 권희주 걔 아닌가? 웹드 그 계절에서 단역으로 나왔던 애. 거기서 예뻤는데 다른 데 또 안 나오려나? 근데 진짜 브금 좋네ㅋㅋ'

'mj가 이런 스타일로 우리 애들 곡 줬으면 좋겠다…….'

제윤이 다시 스크롤을 올려서 영상 정보를 확인했다. 게시자는 유성 매니지먼트 공식 계정, BGM 저작자는 mj.Kim으로 되어 있었다.

그리고 'mj.Kim'은 제영에게 작곡 과제를 내 주고 있는 김무진 교수가 작곡가로 활동할 때 쓰는 예명이었다.

한참을 그 정보 문자의 나열을 보고 있던 제영이 비로소 제가 느끼는 감정에 이름을 붙였다. 황당함이었다. 그 황당함이 가득 담긴 얼굴로 제영이 실소했다.

"나 아니야."

".....어?"

"나 아니라고. 내가 계약 안 했어."

"야 이게 박제영 작곡 곡인데 박제영이 계약을 안 하면 그럼 누가⋯⋯!"

제영이 휴대 전화를 이성에게 다시 돌려줬다. 이성이 그새 화면이 꺼진 휴대 전화를 다시 작동시켰다. 저작자. mj.Kim이라. 제영의 이름이 아니었다. 제영은 김씨도 아니고 mj라는 이니셜도 제영과는 관련이 없었다. he면 모를까. 심지어 he였어도 제영이 과거의 제 이름을 들먹일 인사는 아니었다.

그럴 거였으면 애초에 박희은의 이름이 끌려 나왔을 때 형찬에게 그렇게 화를 내지도 않았겠지. 제영은 돌이킬 수 없는 제 과거를 사랑하고 그리워하면서도 증오하고 괴로워하지 않던가.

"이게 누구야?"

"내가 때려치우고 싶어 하는 학교 교수님."

이성의 눈이 차갑게 가라앉았다. 머리 색까지 밝게 뺀 이성은 본래 타고난 색감도 밝은 사람이라, 묘하게 퇴폐미가 돌아도 별개로 가볍고 화사한 에너지가 느껴지는 사람이었다. 그런데 지금은 그의 주변에 온통 시커먼 먹구름이 느껴졌다.

"이 새끼가 네 곡을 훔친 거네."

본래도 낮은 목소리가 한없이 낮아졌다. 온도계를 가져다 대면

수은이 졸아붙어 영하로 파고들 듯이 싸늘하기도 했다.

이성은 황당해하는 제영이 내지 못하는 만큼의 화를 대신 내고 있었다. 그리고 제영은 화가 나기에 앞서 지금 상황을 이해할 수 없었다. 아니 이해하고 싶지 않은 걸 수도 있었다.

믿을 수가 없었다.

다정하게 조언하며 저를 이끌어 주던 김무진 교수의 목소리가 제영의 귀에서 웅웅 울렸다. 제영이 덜덜 떨리는 손으로 귀를 막았다.

무슨 오해가 있었겠지.

늘 정면 돌파를 하는 평소의 제영답지 않은 생각을 머리에 담았다. 그런 제영의 이상 현상을 윤이성은 재빠르게 눈치챘다.

"박제영?"

"모……."

"뭐?"

"모르겠어……."

제영이 거칠게 숨을 뱉었다. 정상적인 모습은 아니었다. 이성이 놀라서 제 휴대 전화를 뿌리치듯 바닥에 내던져 버리고는 제영에게 다가갔다. 귀를 덮고 있는 제영의 떨리는 손을 제 손으로 덮어서 감쌌다.

제영은 자그마한 체구나 키에 어울리지 않게 손은 길쭉하게 큰 편이었다. 어릴 때라지만 피아노를 10여 년간 쳐 왔으니 그만큼 자랄 수밖에 없었다. 타고나기도 손이 작지는 않았다.

그러나 똑같이, 피아노를 사랑하는 남자의 손에는 안정감 있게 감싸졌다. 이성의 긴 손가락이 제영의 손에 감겼다. 바깥쪽으로 깍지

껴서 제영의 떨리는 손을 내려 준 이성이 그녀를 똑바로 바라봤다.

"박제영. 괜찮아?"

"나, 그러니까……."

"차분히 말해. 나 듣고 있어."

"그러니까……."

제영이 인상을 찡그리면서 웃었다. 이상한 표정이었다. 그만큼 복잡한 제영의 속을 그대로 보여 줬다. 이성은 전에 없이 어른스럽게 웃었다.

박제영은 윤이성을 어찌할 바 없이 남자로 인식한 적은 있었어도, 저보다 어른이라고 인식한 적은 없었다. 지금껏 그랬다. 머리로는 저보다 아홉 살이나 많은 한참 연상이라는 걸 알고 있어도, 와 닿지 않았다.

그랬는데 지금 제 앞에서 웃고 있는 이성은 어른 같았다. 기대어 잠시 숨을 돌려도 괜찮다고 해 주는 어른.

여전히 제영의 손은 떨리고 있었고, 숨은 아직 다 가라앉지 않았다. 하지만 마음만큼은 조금 차분해졌다. 말할 여유는 생겼다.

"반대일 수도 있잖아."

"반대?"

"내가, 수강하면서 들었던 교수님 습작을 듣고 영향을 받아서 내 곡이라고 생각했을 수도 있잖아."

이성은 제영의 말에 어떤 답을 내어놓지 않았다. '그래, 그럴 수도 있지.'라든가, 아니면 무슨 말도 안 되는 소리냐고 반박을 한다든가.

지금의 제영에게 필요한 것이 대답이 아님을 알기 때문이었다. 물론 이성은 제영이 교수인지 뭔지 하는 새끼에게 영향을 받았거나 은연중에 저도 모르는 표절을 했을 확률이 0에 수렴한다고 확신했다.

그에게 클래식 피아노를 가르친 건 제영이었고, 그의 교재는 어린 제영의 연주 영상이었다. 박제영과 윤이성의 감성은 처음부터 거의 흡사하게 맞물리는 교집합이었다. 그러니 원래도 재능이 있던 이성은 쉽게 제영의 감성을 흡수했고, 제영이 원하는 피아니스트로, 혹은 그 이상으로 컸다.

누구보다 박제영의 감성을, 그 섬세함 아래 놓인 특별함을 잘 알 수밖에 없었다. 그런 이성이 듣기에 제영의 〈어떤 설렘〉은 다른 누구의 영향을 받거나 표절로 이루어진 곡이 아니었다. 확신했다.

"그런 생각이 들어?"

"모르겠어⋯⋯."

아마 제영도 알고 있을 거다. 본인을 잘 아는 사람만이 경지에 오르는 법이니까. 그런데도 제영이 이런 생각을 하게 된 데는 다 이유가 있을 것이다. 이성은 잘 모르겠지만 분명히 있겠지.

제영이 이러는 건 처음 보지만, 다른 관점에서 보자면 누군가 이런 식으로 상황을 무마하고 회피하는 데는 다 이유가 있었다. 보통은 상대의 배신을 납득할 수 없어 상처받지 않기 위해 회피하려고 할 때.

이성이 막연히 두려워하고 힘들어하는, 제영의 얼굴을 부드럽게 두 손으로 쥐었다. 제영이 쉽게 이성의 뜻을 따라 고개를 들었다. 눈동자는 여전히 떨리고 있었다.

이성의 엄지가 제영의 뺨을 부드럽게 쓸었다. 간지러움에 제영이 눈꺼풀을 떨며 반쯤 눈을 내리감았다.

"모르겠으면 확인해 봐."

"확인해 보라고?"

"응. 어차피 학교, 자퇴하든 지지고 볶든 한 번은 가야 하잖아."

제영이 홀린 듯한 눈으로 이성을 바라봤다. 윤이성이 이름답지 않게 미친 짓만 일삼더니, 오늘은 이름값을 한다 싶었다.

"확인……."

그의 말대로 어차피 학교를 들르긴 해야 했다. 자퇴하겠다는 생각을 번복할 마음은 없었다. 그렇다면 교수들에게도 인사는 돌려야겠지.

그래. 확인해 봐야겠다.

* * *

오랜만의 학교였다. 그간 흐른 시간이 그리 길지는 않았긴 했다. 하지만 제영에게 그 시간이 폭풍과도 같았던 탓에 더욱 오랜만으로 느껴지는 걸지도 모르겠다.

그녀는 지금 김무진 교수의 사무실 앞이었다. 머리는 복잡하고 가슴은 텅 비었지만, 제영의 얼굴은 제 감정의 1할도 담아내지 못하고 무표정했다.

"자퇴? 박제영 네가 자퇴를 한다고? 왜 굳이, 아니다. 그래 뭐……. 일단 지도 교수님 면담부터 하고 와. 그게 순서야."

과 사무실에서 자퇴 의사를 밝힌 제영에게 낯익은 조교가 한 말이 제영이 지금 김무진의 사무실 앞에 선 이유였다. 사실 그러지 않아도 한 번은 찾아올 생각이긴 했다.

하지만 제영은 마음먹은 자퇴까지 김무진을 거쳐야 할 줄은 몰랐다. 길이 이렇게 통하나. 제영이 피식 웃고는 사무실 문고리를 붙들었다.

문을 여는 손길에 머뭇거림이 가득했다.

그러나 막상 문을 열고, 김무진이 사무실 제 책상에 앉아 있는 모습을 보자 제영은 차분해졌다. 망설임 없이 평소처럼 박자를 맞춰 걸어 김무진의 앞에 섰다.

"제영 학생 아닌가."

김무진이 제영을 반갑게 맞이했다. 늘 성까지 붙여서 박제영 학생이라고 부르던 이가 어느 순간부터 제영에게 친밀감을 표시했다.

언제부터였더라. 제영은 기억을 곱씹어 보다가, 달리 중요한 게 아니란 생각을 하면서 김무진의 책상 바로 앞까지 갔다.

"안녕하세요, 교수님."

"그래. 어서 오게. 벌써 내가 준 과제를 다 했어? 성실한 게 제영 학생 장점 중에 하나긴 하지."

"다른 용건이 있어서 왔습니다. 교수님."

제영의 목소리는 평소와 다름없이 차분했다. 하지만 김무진은 어딘가 그녀가 평소와 다름을 느꼈다. 반은 허영심이고 나머지 반은 남의 것을 훔쳐 낸 것에 불과하지만 딴에는 예술 하는 놈이랍시고, 김무진은 예민하고 예리한 데가 있었다. 감이 좋았다.

어쩌면 자신이 찔리는 짓을 한 이후라서 더 민감하게, 섣불리 넘겨짚는 것일 수도 있다.

김무진은 태연함을 가장했다.

"다른 용건이라면?"

"학교를 그만둘 생각이라서 과 사무실에 여쭤봤더니 지도 교수님 상담이 선행되어야 한다고 하셔서요."

"그러니까 이유는 차치하고 상담을 하러 온 거로군?"

"네."

김무진이 손목에 찬 시계를 봤다. 시계 알의 유리를 손끝으로 톡톡 두드리면서 남은 시간을 가늠했다. 일부러 극적이고 과장된 행동을 제영에게 보이는 것이었다.

"다음 강의까지 25분 정도 여유가 남는구먼. 그동안에 이야기를 좀 나눠 볼까. 앞의 자리에 편하게 앉게."

제영이 고개를 꾸벅 숙이고 김무진이 권한 대로 소파에 앉았다. 김무진도 곧 자리에서 일어나 조교가 내려 둔 커피를 잔에 따라 제영과 제 앞에 놓았다. 커피는 내려놓은 지 얼마 되지 않은 건지 적당히 따뜻했다.

"자퇴라. 성실함이 장점 중의 하나라고 내가 꼽을 정도인 제영 학생이 갑자기 왜 그런 결정을 내렸을까?"

"개인적인 부분이라 밝히고 싶지 않습니다."

"작곡에 흥미가 없는 건 아니고?"

제영이 김무진을 똑바로 바라보다가 곧 시선을 내리깔았다. 작곡이 싫지는 않았다. 도리어 생각했던 것보다 더 좋아하고 있어서, 좋아하게 되어서 문제가 되었으면 모를까.

제영은 문득 참 우스워졌다. 어쩌면 이럴까 싶었다. 그녀가 피아노를 사랑하니 세상은 그녀에게서 피아노를 앗아 갔다. 부모님을 사랑하고 신뢰하니 부모님의 목숨을 거두어 갔다.

작곡을 좋아했다. 제 감정을 오선지에 옮겨 다른 이의 마음까지 울리게 하는 그 과정이 좋았다. 어떤 날은 그런 생각까지 했었다. 눈이 멀고 손이 지금보다 더 망가져서 입으로 펜을 물고 삐뚤빼뚤하게 낙서 같은 음표를 그리더라도 작곡은 할 수 있겠구나.

그런 생각을 하고는 가슴이 선득해져서, 음악에 미련을 버리지 못하고 작곡을 선택한 제 마음을 눌렀다. 이렇게 또 좋아하게 되면, 정말 예상치도 못하게 어떤 일이 벌어져 작곡마저도 하지 못하게 될까 봐.

그럴 거면 차라리 제 목숨을 거둬 갈 것이지. 세상에 미련 붙이지 못하도록 손보다 정신을 더 망가뜨려 놓고 숨 붙여 놓은 이유는 무엇일까.

그래서 제영은 제가 곡을 쓰는 일을 즐기는 것을 부정했고, 또…….

제영의 생각이 멎었다. 눈앞에 교수님을 두고 잘도 혼자서 가지치는 생각들에 몰두하느라 침묵하고 있었다.

대답은 해 드려야 했다. 그가 실제로 어떤 사람인지 지금은 의심이 산처럼 쌓였지만, 어쨌든 김무진은 제영의 상냥한 멘토이며 좋은 지도 교수였잖은가.

"아뇨. 작곡 좋아합니다."

"개인적인 사정이 금전적인 문제인가?"

"아닙니다."

김무진이 고개를 끄덕였다. 학기 초에 제영에게 있었던 소란을 떠올렸다. 한국 클래식계를 시끌시끌하게 했던, 그래 놓고 갑자기 잠수를 탔던 윤이성이 제영을 좇아 학교에 왔다던가. 그래 놓곤 제영에게 제 스폰서 어쩌고 하는 말을 지껄였다고도 했다.

앞뒤 다 떼고 그런 인맥을 가질 정도면 금전적인 문제로 학교를 그만둬야 할 정도의 집안은 결코 아닐 터였다.

당장 제영이 입고 있는 옷만 살펴도 그랬다. 학생들 눈에야 적당히 사서 적당히 걸친 옷으로 보이겠지만, 맞춤옷을 제법 입어 본 김무진이 보기에는 달랐다.

"차라리 금전적인 부분이라면 내가 해결해 주기 수월했을 텐데 말이야. 교내 장학생을 정하는 일에도 내 권한이 제법 있고……."

김무진이 다정한 체를 하며 눈을 휘어 웃었다.

"내 아끼는 학생을 위해서 학비를 지원할 여유도 가지고 있으니."

"호의에는 감사드려요. 하지만 그런 문제들은 아니고, ……그냥 더 학업을 유지할 이유를 찾지 못해서요."

제영은 김무진과의 이 면담이란 이름의 대화가 불편했다. 제영이 김무진을 불편한 사람으로 정의해서였다. 그는 제영에게 껄끄러운 사람이 되었다. 〈어떤 설렘〉이 엉망으로 재구성되어 배경 음악으로 깔린 영상을 보고 나서부터는.

"제영 학생은 자퇴에 교수 상담이 필요한 이유를 알고 있나?"

"글쎄요……."

"사실 학교에서는 멀쩡히 학비 내면서 잘 다니던 학생이 이탈하는 걸 그리 원하지 않아. 그러니 되도록 막아 보라고 설득하는 과정일세."

"예."

제영의 답변이 점점 성의 없어졌다. 굳이 이야기를 길게 끌 것도 없이, 그만두고 싶은 뜻을 표하는 거였다. 제영답지 않은 건방지고 무례한 태도였다.

김무진은 제영의 그 '개인적인 문제'가 역시 제가 찔리는 부분 때문이 아닌가 싶어졌다. 그런데 또 그렇다기에는 이전에 문제가 됐던 아이디어 뱅크들처럼 격앙해서 따져 들지는 않으니, 그 부분이 참 모호했다.

그는 사실 제영이 학교를 그만두든, 아니든 별 상관 없었다. 그도 굳이 불편한 분위기를 만드는 자리를 오래 끌지 않기로 마음먹었다.

"난 제영 학생 의견을 존중하겠네."

"감사합니다."

"과 사무실에는 내가 연락해 두겠네."

"네. 그럼……."

이야기가 슬슬 마무리되었다. 하지만 제영은 용건이 끝나면 금세 자리를 뜨던 이전과는 달리 바로 일어나지 않고 테이블 위의, 손도 대지 않은 커피 잔을 바라보았다.

"다른 용건이 남았나?"

"교수님."

"편하게 말하게."

참 이상했다. 제영이 자퇴를 마음먹었고, 지도 교수인 김무진이 그를 허용한 이상 이제 그녀는 거리낄 게 없어야 옳았다. 그런데

희한하게도 입이 떨어지지 않았다.

제영이 고개를 들어 김무진을 똑바로 바라봤다. 이성이 그랬다. 모르겠으면 확인해 보라고. 사실 모르는 건 아니지만, 확인은 해야 했다.

김무진이 어떤 사람인지.

"교수님이 얼마 전에 유성 매니지먼트랑 계약해서 영상 광고에 실은 음악을 들었어요."

잘도 여유로운 얼굴을 가장하던 김무진이 처음으로 수습이 안 될 만큼 얼굴을 굳혔다. 잠깐이었다. 그에게는 다행이게도 찻잔을 내려다보고 있던 제영이었던지라 김무진의 표정 변화를 그녀는 보지 못했다.

긴장으로 마른 목을 커피로 축이며 김무진이 다시 인자한 교수의 가면을 뒤집어썼다.

"어땠나?"

"교수님께서 제게 내 주신 과제로 냈던, 제 습작 곡과 열여덟 마디 이상 흡사하더라고요."

제영이 드디어 커피 잔에서 시선을 뗄 김무진을 똑바로 바라봤다. 막상 말을 뱉고 나니 아무것도 아니었다. 그냥 이미 벌어진 현상을 그대로 고하는 것뿐이었다.

그리고 이제는 관찰할 차례였다. 김무진은 미소 짓고 있었다. 그의 입가에 띤 미소가 더 짙어졌다.

"제영 학생, 아니 이제 곧 학생은 아닐 테니……. 그래 제영 양이 내게 냈던 과제곡의 제목이 〈어떤 설렘〉이었던가."

"네."

"마치 그 곡을 그대로 갖다 쓰기라도 한 것처럼 흡사했으니 영상을 보고 제영 양이 아주 많이 놀랐겠어."

제영은 대답하지 않았다. 당연히 그러했음을 김무진도 이미 알고 묻는 것일 터였다. 김무진은 의뭉스러운 얼굴로 웃으며 제 앞에 놓인 찻잔을 만지작거렸다. 속을 읽을 수가 없었다.

40대의 교수. 그것도 현역 작곡가로 일하며 여러 업계인을 상대하는 김무진은 능구렁이였다. 암만 어릴 때부터 많은 일을 겪으며 일찍 성숙할 수밖에 없었던 제영이라 해도 쉽게 속내를 읽을 수 없을 만치 말이다.

"나도 많이 놀랐네. 자네 그 습작을 처음 받아서 들었을 때 말이야."

"놀라셨다고요."

"그렇지."

김무진이 답하며 가볍게 고개를 끄덕였다. 그리고 손가락으로 탁자를 툭툭 두드렸다. 제영에게도 김무진에게도 익숙한 리듬으로 쪼개지는 터치였다.

톡톡 토독 토독 토도도독 톡 톡톡.

그 뒤로는 제영이 작곡했던 습작과는 다르게 변했다. 박자가 잘게 쪼개졌다. 김무진은 박자에 맞춰 테이블을 두드리면서 쭉, 제영을 뚫어지게 바라봤다. 마치 제영의 반응을 살피는 것처럼.

"본인은 현역 작곡가인 만큼, 내 학생들에게 강의할 때도 수업 자료로 내가 작곡한 곡을 들고 가서 들려주며 가르치지. 자네도 아마 내 강의에서 내 미공개 곡을 많이 들었을 거야. 강의 내용에 맞게 코드를 잡고 가볍게 쓴 곡부터, 영 마음에 차지 않아서 미공개로 뒀던 곡까지."

"……네."

"내 입으로 더 얘기해야 하나?"

김무진은 돌려서 말하고 있었다. 자신이 제영의 곡을 훔쳐 가조금 바꾼 것을 제 이름으로 발표한 것이 아니라, 자신이 강의에 사용한 미공개 곡을 제영이 무의식중에 따라 쓴 것이라고.

제영은 헛웃음이 터지려고 하는 걸 애써 참았다.

그녀도 김무진이 변명이랍시고 주워섬긴 저 생각을 안 해 본 것이 아니었다. 이성의 앞에서도 교수가 제 곡을 훔쳐 간 게 아니라, 제가 교수의 곡을 듣고 영향을 받은 걸 수도 있지 않으냐며 자기 방어를 했었지 않던가.

하지만 제영은 이성에게 그런 말을 지껄이던 순간에도 사실은 그게 아님을 알고 있었다. 단지 김무진의 반응을 확인하려 했을 따름이었다.

제영은 음악적인 면에 있어서는 애정이 있는 만큼 집중력도 재능도 남달랐다. 어린 피아니스트 박희은이었을 시절에도 한 번 들은 곡을 외워서 똑같이 쳐 내고 그 뒤로도 한참을 구분했을 정도였다.

망가진 건 손이지 기억력이 아니었다. 거기다 이건 제영이 아는 김무진의 스타일 곡도 아니었다. 강의 중에도 이 비슷한 곡은 단한 번을 듣지 못했다.

자신의 감성이었다. 습작이라고 생각하면서도 진심을 담아서 작곡했다. 그래서 이성에게도 들려줄 수 있었다. 이성이 훔쳐 들은 강의 관련 과제 곡하고는 달랐다.

그랬는데 제영은 지금, 제 감성을 도둑맞다 못해 도리어 본인이 표절한 뜨내기로 몰렸다. 머리가 아찔해졌다.

"그럼 제 과제 곡을 받으셨을 때는 왜 이런 말씀을 안 하셨나요?"

"과도기라고 생각했으니까."

"과도기요?"

"제영 양은 항상, 클래식에 조예가 깊은 탓인지 실용 음악 작곡을 배우면서도 클래식한 코드만 사용하거나 곡의 전개 방식 또한 구시대적인 스타일을 고수해 왔잖나. 그래서 본인이 제영 양에게 별도로 과제를 더 내 주고 보강해 줬고. 제대로 된 현대 음악을 접한 거라곤 내 곡밖에 없는 수준이었을 테니, 내 영향을 받아서 변하는 과도기라고 생각했지. 학생이라는 게 그렇잖아. 그런 실수도 하고, 그러면서 성장하고."

"하하……."

"이번에 알았으니, 다음에는 또 같은 일이 없게 조심하면서 공부를 해 보게. 자네에게 재능이 있다는 말만큼은 내 진심이었거든."

제영은 답하지 않고 그냥 웃어넘겼다. 대답하고 말을 더 섞을 가치도 없었다. 온몸의 기운이 빠졌다. 허탈한 웃음만 계속 흐르는 것을, 제영이 서늘하게 식은 손으로 얼굴을 감쌌다.

프라이드 강하면서도 제 일에 진중하고 사려 깊은 교수님이라고 여겼던 김무진은 전부 가짜였다. 제영이 봐 왔던 모습은 아마도 전부 꾸며진 것일 게 틀림없었다.

한번 실망하니 다른 것들도 보였다. 그도 다른 교수들과 똑같이,

그저 학생을 같은 길을 걷는 후학으로 보지 않고 제 아래로 내려다보는 사람이었다. 아니, 그보다 악질이었다.

더 따지고 싶은 마음도 생기지 않았다. 제영은 그저 피곤했다. 이 자리를 떠나서 김무진이라는 인간을 두 번 다시는 보고 싶지 않았다.

"가 보겠습니다."

제영이 자리를 박차고 일어났다. 인사는 짧았고, 제영은 이제 돌아 나가 학교를 그만두면 더는 김무진과 엮이지 않아도 되었다. 그래도 차린 최소한의 예의가 짧은 인사였다.

그런 제영을 김무진이 붙들었다.

"계속 작곡 공부는 할 생각이면, 막히는 게 있을 땐 언제라도 연락하게. 난 한번 내게 배운 이는 평생 내 제자라고 생각하니까."

퍽 좋은 교수의 표본 같은 말이었다. 하지만 그게 제영의 귀에는 계속 뽑아 먹힐 호구나 되라는 것처럼 들렸다. 따져 듣지 않고 물러서는 제가 이용해 먹기 좋으니 낚싯대를 겨누는 것처럼도 느껴졌다.

"아뇨. 괜찮습니다."

한 번 정도는, 늘 이지 모드는 아니었던 인생에 겪은 새삼 새롭게 뭣 같은 일이라고 생각하고 넘어가려 했을 뿐이다. 따지고 시시비비를 가리는 것도 피곤한 일이니까.

그렇지만 제영은 두 번이나 멍청한 짓을 할 생각은 없었다. 지금도 충분히 화가 났다. 한동안은 빈 오선지를 보기도 싫을 정도로.

제영이 뒤도 안 돌아보고 사무실 문을 닫고 나갔다. 혼자 남은 김무진의 눈이 뱀의 눈깔처럼 번들거렸다. 그가 턱을 쓰다듬으며 중얼거렸다.

"깨갱 하고 나간 것 같기는 한데……. 거 되게 거슬리네."

* * *

촬영장 구석 여기저기서 악기 조율하고 연습하는 소리가 들려왔다. 하나하나 짚어 들으면 사소한 실수는 있을지언정 제법 괜찮은 연주였으나, 소리가 한데로 모여 들리자 불협화음이 되었다. 이성이 인상을 찌푸리며 휴대 전화 반대쪽의 귀를 막았다.

"아니 맞는데 왜 그 새끼를 가만히 뒀어? 우리 스폰서님 성격에? 이해가 안 되네?"

숫제 빈정거리기라도 하듯 이죽대는 목소리는 지독하게 낮았다. 휴대 전화 너머로 제영이 한숨을 내쉬었다. 제영은 김무진과의 일을 그냥 덮기로 했다. 그리고 저를 위로하고 기댈 수 있도록 가슴을 빌려줬던 이성에게도 알려 준 참이었다.

제영은 본인의 결정에 저의 마음도 마냥 편하지만은 않은지 대신 화내기라도 하는 듯한 이성에게 평소처럼 굴지 못했다. 왜 네일도 아닌데 열을 내고 참견이냐고 쏘아붙이고 끝냈어야 제영다웠을 것이다.

적어도 이성은 그렇게 생각했다. 마치 듣고 있는 자신이 아니라 제영 본인을 설득하듯 이어지는 말들이 이성에게는 꼭 그리 들렸다.

-이제 다시 볼 사이 아니잖아. 어차피 그 이상 더 가로채일 곡

이 있는 것도 아니고 신경 쓰면 피곤해서.

"웃기고 있네. 네가 그러고 끝낼 사람이라고? 열 안 받냐?"

-받으면 뭐 어쩔 건데. 잡아떼는 사람 붙잡고 박박 우겨 봐야 소용 있겠어? 그냥, 그냥 이걸로 이제 볼 일 없다고 생각하고 끝내는 게 편해. 가뜩이나 요즘 속 시끄러운 일이 한두 가지도 아니었고.

제영이 말하는 속 시끄러운 일 중에 하나, 거한 건 지금 듣고 있는 본인인 윤이성의 사고였다. 이성이 조금 수그러들었다. 저도 마냥 제영에게 편하고 좋은 어른만은 아니었다는 생각 때문이었다. 제영이 이성의 속마음을 알았다면 아마도 저게 답지 않게 철들었네 하는 말을 했을 거다.

"야 그래도……!"

-뭘 '그래도'야. 난 고작 작곡과 3학년 학생이고 그쪽은 이미 히트곡도 많이 쓴 작곡가에 교수님이야. 계란으로 바위 치기인데 내가 따진다고 일이 쉽게 풀릴 것도 아니고, 그렇게 내 곡이라고 알려져서 나한테 뭐 좋은 것도 없어. 나한텐 그거 그냥 습작이었어. 그냥 그렇게 알아.

이성은 제영에게 보이지도 않을 걸 알면서도 괜히 입으로 그렇다 아니다를 말하기는 싫어서 그냥 고개를 끄덕였다. 박제영답지 않은 행보 아니냔 말이 턱 끝까지 받쳤다. 이성이 한숨을 푹 내쉬었다.

"너 편할 대로 해라."

-누가 뭐라고 안 해도 그러고 있어. 근데 촬영 안 들어가니?

"왜 안 들어가겠어. 곧이지. 연습 장면 촬영 앞두고 연습의 연습을 하고 계신 소리 안 들리냐?"

-아······. 그러니까 Chopin Piano concerto No.1, 3rd?

"빙고. 용케 알아들었네."

이성은 방금 꽤 놀랐다. 저 엉망으로 엉킨 불협화음을 듣고 그걸 알아채다니. 하긴 제영의 클래식, 그것도 피아노와 관련한 것에 대한 조예는 언제나 깊었다. 이성은 제영의 죽지 않은 감각이 기꺼워 픽 웃었다. 더해 곡명을 유연한 발음으로 굴리는 제영의 목소리도 마음에 들었다.

영문을 굴리는 목소리는 평소의 제영보다도 좀 더 낮아서, 묘하게 허스키한 느낌이 드는 게 유독 섹시했다.

-그런데 팀 편성이 그 곡을 소화할 만큼 되나? 소규모로 클래식 협주곡도 편곡하고 대부분 캐주얼한 곡으로 가는 거 아니었어?

"이번엔 팀 통합 미션이야."

-피아노가 둘이잖아?

"절반씩 나눠서 친답신다. 나한테 관심 좀 더 주실래요? 스폰서님?"

-전반부면 초반 주제 음 뭉개지지 않게 잘해.

"내가 그럴 짬이냐? 어, 그런데 스폰서 어쩌고 했다고 뭐라고 안 하네."

-맞으니까. 나 지금 유지하고 있는 직책이 윤이성 스폰서 하나야. 그러니까 내 유일한 직책에 흠집 내지 말고 잘해.

제영의 말이 기꺼워 이성이 키득거리고 웃었다. 낮은 웃음소리가 휴대 전화로 전해졌다. 제영에게도 제대로 들린 모양인지 픽 웃는 소리가 답처럼 이성에게 들려왔다.

슬슬 연습하는 악기의 소음이 하나씩 줄어들었다.

"물론이지. 아, 슛 들어가나 보네."

-끊어.

"매정한 스폰서 같으니."

제영은 이성의 마지막 말도 듣지 않고 곧장 전화를 끊어 버렸다. 이성이 통화 종료 화면을 보면서 슬그머니 입가에 미소를 띠었다. 걱정이 아예 안 되는 건 아니지만, 그래도 제영이 마지막으로 봤던 날처럼 정신이 불안하거나 풀이 죽어 있는 건 아닌 듯해서 조금 안심했다.

제법 기분이 괜찮아 보이는 이성의 어깨를 누군가 다가와서 두드렸다. 이성이 휙 고개를 돌려서 확인했다.

"……박제윤."

썩 달갑지 않은 상대였다. 억지 스캔들을 내게 만든 아주 고마운 상대. 꽤 괜찮았던 이성의 표정이 단숨에 차갑게 식었다. 제윤은 아랑곳하지 않고 해사하게 웃으면서 말을 붙였다.

"방금, 제영 언니랑 통화하신 거죠?"

"네 알 바야?"

"에이. 표정 보면 다 아는데 뭘."

"내가 박제영이랑 통화를 하든 뭘 하든 네 알 바냐고. 그러니까."

제윤에게 유감이 남다른 만큼 이성의 말투는 몹시 차가웠다. 하지만 제윤은 아랑곳하지 않고 여전히 웃는 낯이었다. 누가 보면 이성이 제윤을 괴롭히는 것처럼 보일 터였다. 물론 윤이성은 타인이 저를 어떻게 보든 그리 신경 쓰는 위인이 못 되었다.

"제영 언니랑 연락이 안 돼요. 오빠는 되는 모양인데, 그럼 좀 물어볼 수도 있죠."

"관심 꺼라."

"같은 핏줄인데 어떻게 그래요."

제윤이 속상한 표정을 지으면서 이성의 눈치를 살폈다. 이성에게만 빤히 보이는 연기였다. 이성은 신경질을 내며 잘 세팅된 제 머리를 흐트러뜨렸다. 제윤이 진심으로 놀란 눈을 해선 이성을 바라보다가 곧 표정을 고쳤다.

"씨발, 진짜."

"네?"

이성의 입에서 갑자기 튀어 오른 욕설에 제윤은 당황했다. 아직 본론은 꺼내지도 않았는데 벌써 혼자서 열이 확 오른 이성을 이해하지 못하는 듯했다.

"야."

"왜 화를 내세요……? 나는 그냥, 학교에서는 박제영, 아니 제영 언니가 자퇴했다는 소문이 돌지 할머니는 그날 언니 다녀간 이후로 크게 아프셔서 몸져누우셨지, 그래서 오빠는 연락이 되는 모양이길래 말 좀 전해 달라고 하려는 건데……."

"너 박제영이 왜 너네랑 연락 안 되는지 알잖아."

"아니……."

"같잖은 가족 놀이, 이리저리 끌려 다니면서 혼자 피해받던 사람이 좀 그만두고 알아서 혼자 살겠다는데 왜 그렇게 거머리처럼 구냐?"

얼빠져 이성의 말을 듣고 있던 제윤이 거머리라는 말에 발끈했다.

"거머리라뇨? 말이 너무 심한 거 아니에요?"

제윤이 울컥해서 질러 놓고는 주변인의 시선이 이쪽으로 쏠리는 느낌에 급히 목소리의 볼륨을 줄였다. 큰 눈을 데굴데굴 굴리면서 눈치를 살피는 꼴이 이성의 눈에는 꼴같잖게 보였다.

본인 일이라면 주변에서 욕을 하든 어쩌든 신경도 안 쓰는 태도를 유지하는 제영과 제윤은 하나부터 열까지 닮지 않았다.

이성이 제윤과 잠시나마 어울려 준 건 그녀가 박제영과 어쨌든 혈연으로 엮여 있어서였다. 하지만 그렇게 어울렸다가 무슨 꼴을 봤던가. 윤이성은 물먹었고 박제영은 잊고 싶었던 과거가 팔렸다.

이성은 제가 물을 먹든, 엿을 먹든 하는 건, 개 같아도 그럭저럭 넘겨 줄 수 있었다. 하지만 박제영이 제 과거였던 박희은의 이름이 팔려 속상해했던 건 넘어가고 싶은 마음이 추호도 없었다.

"말이 심해? 누구 행동이 더 먼저 추하고 심했는데. 내 인성 개 같은 거 하루 이틀 일도 아니고 너도 소문 뻔히 들었을 텐데."

"……그거야 그런데. 그래도 그렇지. 난 죗값 치렀거든요? 이거 머리 보여요? 그게 내 머리 다 쥐어뜯어 놔서 어쩔 수 없이 잘랐거든요?"

이성이 심드렁한 눈으로 제윤을 훑어봤다. 그러고 보니 적당히 긴 머리를 질끈 묶거나 풀고 다녔던 것 같은데, 제윤의 머리가 짧아졌다.

"그래서? 네가 삭발을 해도 난 관심 없거든. 야, 촬영이나 해. 나한테 지랄 그만 떨고."

"아니……. 진짜, 할머니 아파서 드러누우셨다니까요? 그래도 친손녀면 이건 알고 있어야죠. 와 보기도 해야 할 거고. 그래서 그거 알려 주러 왔는데 사람을 무슨……."

제윤이 뭐라고 지껄이든 이성은 더 들을 가치도 없다는 듯이 제윤을 두고 돌아섰다. 그대로 곧 시작될 촬영에 참여하면 그만이었다.

그런데 무슨 변덕인지 이성이 걸음을 멈추고 굳이 제윤을 돌아봤다. 제윤은 제 불쌍한 척이 통했다고 생각한 모양인지 여전히 핍박이라도 당하는 듯 가여운 얼굴을 하곤 눈을 빛냈다.

"그러니까 박제영하고 연락되는 나한테 그걸 좀 전달이나 해 달라? 애가 틱틱거리고 싸가지 없게 굴긴 해도 속정은 있어서 분명히 신경 쓸 테니까?"

"뭐……."

제윤의 속내가 딱 그랬다. 이성이 말한 그대로 제영을 생각하긴 했다. 겉으로는 세상 매정하게 굴어도 결국 혜옥의 말에 쓸려 다녔던 건 사실이니까. 다만 이걸 타인의 입으로 적나라하게 듣게 되니 적잖이 멋쩍었다. 그래서 제윤이 입을 꾹 다물고 눈알만 굴렸다.

이성이 제윤을 보고 헛웃음 쳤다. 허, 하고 허파에서 바람 빠지는 소리가 들리더니 하하하, 하고 큰 웃음으로 이어졌다. 그러잖아도 촬영 시각이 임박해 잦아들던 악기 소리가 완전히 수그러들었다.

"넌 어째 피 한 방울 안 섞인 박제영 할머니를 그렇게 닮았냐. 연기하겠다고 설치는 소질도 거기서 받은 것 같은데."

"……네?"

"집안 꼴 잘 돌아간다고. 사실 아프지도 않은 멀쩡한 여사님이……."

이성이 길쭉한 다리로 성큼 다가와서 제윤에게 얼굴을 들이밀었다. 제윤이 저도 모르게 눈을 크게 뜨고 뒤로 한 걸음 물러났다. 이성은 제윤이 그러거나 말거나, 제 이마를 검지 끝으로 톡톡 두드렸다.

"여기다 젖은 수건 하나 올려 두고 끙끙 앓는 시늉 하는 꼴이 딱 그려지네. 왜, 드라마에 그런 장면 꼭 나오잖아. 제 말 안 듣는 천방지축 딸이나 손녀들 잡아 족치려고 부를 때. 그 핑계로."

제윤이 반박은 못 하고 입술만 깨문 채 이성을 노려봤다. 실제로 그랬다. 머리가 아프고 심장이 떨린다는 혜옥은 건강상 문제는 하나도 없었다. 그저 이성이 말한 대로 드러누웠을 따름이지.

그대로 그나마 같은 학교에 다니고 비슷한 또래랍시고 제윤만 시달리고 있었다. 차라리 박제영처럼 비틀린 관심이라도 제대로 받으면 낫지, 제 친부모도 제윤에게 집중하는 게 아니라 제윤을 통해 제영을 들볶으려 들었다.

늘 이랬다. 저는 뒷전이고 자기 잇속 차리려고 써먹을 데 많은 박제영만 찾아 댔다. 실속은 없이 시달리기만 하는 포지션이 마음에 안 들어서, 내키지 않으면서도 윤이성을 찾아와 말을 걸었는데 괜한 짓이었다.

결국 얻은 것 없이 기분만 더러워졌다.

"뭐, 남은 사람끼리 알아서 잘 지지고 볶아 봐. 박제영 그만 좀 엮고."

* * *

촬영 전에 사소한 트러블이 있긴 했지만, 어쨌든 촬영은 잘 끝났다. 제윤과 같은 제대로 데뷔도 안 한 신인 배우들도 있었지만 어쨌든 그들도 두어 달간 방송 물을 먹으면서 프로가 다 됐다. 카메라가 돌아가기 전에 무슨 일이 있었는지, 카메라가 돌아가는 동안에 티를 내지 않을 정도의 깜냥은 있었다.

그러나 촬영을 잘 마친 건 마친 거고, 윤이성의 기분은 숫제 개 같았다. 그는 카메라가 돌아가는 와중에도 종종 더없이 싸늘한 얼굴을 했다. 물론 불이 들어온 카메라가 본인을 포커싱할 때는 기가 막히게 아무렇지 않음을 연기했다. 그러나 제가 곁다리로 잡힐 때나 연습 중인 전원을 풀 샷으로 잡을 때는.

윤이성의 표정은 여지없이 건들면 콱 물어 버릴, 사냥 직전의 포식자 같은 얼굴을 하고 있었다.

그래도 예전의 윤이성에 비할 바냐. 예전이었으면 당장에 촬영이고 뭐고 제 기분대로 펑크라도 내 버렸을 인사가 그였다. 잠적 탔던 3년 전에 비교하자면 많이 사람 됐다. 말하자면 사회화가 된 것이다.

윤이성은 개 같은 기분을 달래기도 해야 했으며, 사회화된 자신의 목줄을 쥔 이의 칭찬 또한 필요했다.

그러니까 박제영의 집에 쳐들어갔다는 말이었다.

"네가 네 스케줄 멀쩡하게 소화한 게 뭐 대단히 잘한 일이라고 나한테 칭찬을 받으러 와?"

"오늘 기분 별로였거든. 옛날 같았어 봐라."

"옛날 언제? 4년 전에 NBC에서 생방송 인터뷰하다가 질문 마음에 안 든다고 뛰쳐나갔던 그때?"

"그래. 그때 비하면 내가 얼마나 오늘 착했는데? 어? 그러니까 빨리 칭찬해 줘!"

뻔뻔하기 짝이 없는 이성의 행태에 제영이 실소했다. 그러면서도 제영의 손은 제게 디밀어진 이성의 머리칼을 조심스레 쓰다듬다가 흐트러뜨렸다.

"잘하셨네요."

"……어?"

"왜? 칭찬해 달라며."

이성이 흐트러진 머리칼을 제 손으로 다시 쓸어 넘겼다. 제영의 길고 가느다란 손가락이 여전히 머리칼 사이에 걸려 있는 듯했다. 별거 아닌데 괜히 뺨이 상기됐다. 핏기가 오르면서 간질간질한 느낌이 피부 안에 맴돌았다.

"진짜 해 줄 줄은 몰랐는데."

"볼일 끝났으면 얼른 가고."

그럼 그렇지. 이성은 괜한 기대를 품었던 제 마음을 원망하면서 제영에게 소리를 꽥 질렀다.

"야!"

"지금 시간이 몇 시인 줄은 아니?"

"11시 37분이네."

"낮 아니고 밤."

"그래."

"원래도 이름깨나 날리셨던 데다가 지금은 방송 탔지, 공연 잘돼서 이름값 다시 올랐지. 돌아다니면 열에 여덟은 얼굴 알아볼 피아니스트가, 저보다 아홉 살 어린 여자 집에 와 있을 시간은 아니지?"

제영의 말대로였다. 점심 무렵부터 진행된 촬영은 그럭저럭 일찍 끝마쳤다고 생각한 시간이 11시였다. 그마저도 사실 패널들은 남아서 추가 촬영을 하고 있었다. 아마 프로 연주자들도 다 남아서 패널들의 연주를 봐주고 있을 거였다. 이성만 저와는 상관없는 일이라며 홀랑 빠져나왔다.

"그것도 열한 살 차이 나는 여자애랑 스캔들 터진 지 한 달도 안 된 남자가 할 짓은 더……."

"그거는! 야. 그만 좀 얘기하면 안 되나?"

이성이 억울해 죽겠다는 듯이 소리를 꽥 질렀다. 제영이 팔짱을 끼고 이성을 쳐다보며 무덤덤한 얼굴로 눈을 깜박였다. 콩깍지가 제대로 씐 이성의 눈에는 그게 순간 썩 귀여워 보였다.

"내가 왜?"

"어? 아니, 그야……."

"생각날 때마다 짜증 나서 짜증 날 때마다 얘기할 건데."

"……그래라."

이성이 포기했다는 듯이 한숨을 내쉬며 대답했다. 원래 더 좋아하는 쪽이 지는 거랬다. 그러면서 질끈 눈을 감고 얼굴을 제 커다란 손으로 감쌌다. 제영이 그런 이성을 보고, 씩 웃으면서 고개를 돌렸다.

이성이 다시 눈을 뜨고 제영을 바라봤을 때, 제영은 언제 웃었냐는 듯이 다시 표정을 갈무리한 뒤였다. 제영의 덤덤한 표정은 어딘가 새침하고 뚱해 보이는 데가 있었다. 이성은 제영이 정말로 아직 짜증이 난 상태인지 조금 걱정됐다.

"나, 가?"

"그럼 안 가?"

"빈방 많은데 재워 주면 안 돼?"

제영이 이성을 쏘아봤다. 이건 여지없이 정말 짜증이 잔뜩 난 표정이었다. 그러나 암만 그렇대도 윤이성이 쉽게 물러설 놈은 아니었다. 질 때 지더라도 제 하고 싶은 대로는 해야 성이 차는 놈이었다.

"아 안 자 본 것도 아닌데."

"그땐 방송이나 나가기 전이었지."

"지금도 나 아무도 안 알아봐. 진짜."

"장난하니?"

"장난이 아니라! 그냥 곱게 잠만 잘게."

제영이 여전히 팔짱 낀 그대로 이성을 노려봤다. 온 지 10분도 안 됐는데 이렇게 빈축만 사는 것도 참 대단한 능력이다 싶었다. 제영이 제풀에 픽 하고 웃음을 터뜨렸다. 그것도 웃음이랍시고 이성이 슬그머니 기대하곤 저도 따라 웃었다.

"마음대로 하세요."

제영이 소파에서 일어났다. 마음대로 하라는 말은 가부를 확정 짓는 답이 아니었다. 이성이 어떻게 해야 할지 갈피를 못 잡고 전전긍긍하며 제영의 뒤통수를 바라봤다.

제영은 제 뒤통수에 선명하게 느껴지는 이성의 시선에 또 픽 웃고 말았다. 저게 성질 많이 죽긴 했다 싶었다. 예전 같았으면 벌써 그래서 어쩌라는 거냐고 성질을 부렸을 거였다.

하해와 같을 정도는 아니라도 아량을 베풀 마음 정도는 생겼다.

"1층 욕실 붙은 빈방 써."

제영이 한 번이라도 돌아볼까 싶어 일부러 잔뜩 불쌍한 표정을 짓고 있던 이성이 소리 없이 씨익 웃었다. 사방으로 가시를 세우고 있던 제영이 조금은 말랑말랑해진 것 같았다.

적어도 제게는 말이다. 이성의 웃음은 계단을 따라 2층 제 방으로 올라가는 제영을 바라보며 한없이 짙어졌다.

* * *

사실 근래의 제영은 깊이 잠들지 못했다. 누구에게 말할 정도도, 말할 것도 아니라고 생각했지만 말이다.

습관이 있으니 자정 전에는 늘 잠들었지만, 깊이 잠들지 못하고 새벽 3, 4시면 깨곤 했다. 오늘도 그리 다르지 않았다.

잠에서 깬 제영이 감은 눈 너머로, 오늘도 어제와 같은 차가운 어둠을 느꼈다. 따뜻한 햇볕이 내리쬐는 붉은 기운이 하나도 느껴지지 않는 걸 깨닫곤 얕은 한숨을 내쉬었다.

이대로 눈을 감고 있어도 쉽사리 다시 잠은 찾아오지 않을 거였다. 눈을 감고 더 깊은 어둠을 인식하고 있어 봤자 생각만 길어지고 꼬리에 꼬리를 물겠지.

제영이 눈을 뜨고 자리에서 막 감각이 돌아오기 시작한 듯 얼얼한 몸을 일으켰다. 밤이 깊어도, 한적한 주택가여도 눈을 감고 있을 때만큼의 깊은 어둠을 품지는 못했다.

보랏빛과 주홍이 조금 섞인 새벽의 어둠을 딛고 제영이 걸었다.

멍한 정신이 난방을 틀어도 느껴지는 쌀쌀한 겨울날의 냉기로 차츰 식어 선명해졌다.

계단을 걸어 내려가 거실로 가니, 가로등 불빛을 받아들이는 넓은 창을 등지고 피아노의 그림자가 길게 늘어진 게 보였다.

제영은 말없이 피아노로 다가갔다. 그리고 건반을 덮은 뚜껑 위로 손을 올렸다.

오른손 약지와 소지는 힘을 줘서 제어하려고 하면 도리어 제영의 의지를 벗어나 경련했다. 이 손이 멀쩡했던 때, 제영은 정말이지 그 어떤 것과도 바꿀 수 없다는 마음으로 피아노를 사랑했었다.

그러나 지금은.

아니. 지금도 사실은 여전히 피아노를 사랑했다. 건반을 두드리면 나는 맑고 선명한 소리를 어떻게 사랑하지 않을 수 있겠는가. 다만 지금 제영의 사랑은 그저 짝사랑에 불과할 것이었다. 피아노는 망가진 손을 허락하지 않으니까.

꼭, 피아노에 국한된 것은 아닐 것이다. 저를 표현할 수 있는, 사랑해 마지않는 소리가 피아노였을 따름이었다. 수많은 거장이 저의 삶과 감정을 갈아 넣어 뽑아낸 선율에 저의 감성을 섞어 건반을 두드려 표현하는 게, 그게 가장 좋았다.

지금은 그 마음을 돌려 조용히 스미듯 제 생을 찾아온 작곡을 좋아했다. 풋내기 사랑이라고 하면 그럴 것이었다. 좋아하게 된 줄도 모르고 푹 빠져서는 은근하게 타올랐다.

그리고 그걸 알게 될 즈음에.

손가락이 망가져 피아니스트라는 미래를 도둑맞았던 것처럼, 그래도 꽤 믿고 있던 교수에게 저의 감성을 도둑맞았다.

망가진 손가락이 도둑맞은 멜로디를 그려 냈다. 톡, 토독. 건반을 두드리지 못하는 손가락이 뽑아내는 건 그저 조금 엇나간 박자뿐이었다.

그런 제영의 뒤로, 본디 새벽잠이 얕은 이성이 조용히 다가섰다. 그는 제게 주어진 방 문에 등을 기대고 팔짱을 낀 채 제영을 가만히 응시했다.

연주가 멈췄다.

"잠이 안 와?"

"잤어. 자다 깼어."

잠이 오지 않는 거냐며 묻는 이성의 목소리야말로 수면의 나른함이 한 톨도 묻어나지 않았다. 제영의 목소리는 어설프게 잠에서 깬 사람 특유의 먹먹하게 가라앉은 느낌이 가득했고 말이다.

이성이 낮게 웃었다. 문가에 등을 대고 있던 이성이 똑바로 서서 느릿한 걸음으로 제영에게 다가갔다.

"전엔 잘만 자던데."

"……뭐?"

뒤에서 슬그머니 안아 오는 이성의 스킨십에 멈칫하기도 잠시, 제영이 어딘가 짓궂은 이성의 목소리에 인상을 찌푸렸다.

"전에 언제?"

"글쎄. 언제 얘기일까."

이성이 의뭉스레 답을 뭉갠 덕에 제영은 오히려 그가 언제를 말하는지 깨달았다. 물러가다 만 잠기운과 사색에 젖어 멍하던 제영의 눈에 돌연 날이 섰다. 제영이 이성의 품 안에서 몸을 돌려 선명해진 시선으로 그를 쏘아봤다.

"너 집에 갈래?"

제영의 말에 이성이 그녀를 감싸고 있던 팔을 풀었다. 두 손을 들어 양 귀에 붙이고 말했다.

"항복."

"허?"

"항복했다고. 손 풀었잖아. 그러니까 집에 가라고 하지 마라."

장난스러운 웃음, 낮은 목소리. 새벽에 듣기에 이성의 낮고 허스키한 목소리는 지나치게 위험했다. 입가에 걸린 미소는 개구쟁이 아이처럼 풋풋한데, 목소리는 지나쳤다.

콩콩, 제영의 심장이 속도를 올린 메트로놈처럼 똑딱거렸다. 이성은 제영의 긴장을 알기라도 하는 것처럼 한 걸음 뒤로 물러섰다. 그리고 아주 자연스럽게, 제영의 옆으로 반쯤 빙글 돌아서 피아노 의자에 앉았다.

"박제영 잠 다 깬 얼굴인데."

"……너나 나나 잠이나 좀 자자."

"고민이 많아서 못 잘 얼굴이야 지금 너."

이성의 손가락이 건반 뚜껑 위에 앉은 제영의 손으로 파고들었다. 검지와 중지, 중지와 약지. 사이사이를 파고든 손은 어느새 깍지를 꼈다. 그렇게 꽉 붙든 손으로 이성이, 엄지만 써서 아주 쉽게 건반 뚜껑을 열었다.

멍하게, 이성이 하는 대로 휩쓸렸던 제영이 뒤늦게 정신을 차리고 깍지 낀 손을 **빼냈다**. 얽혔던 손가락의 촉감이 아직도 선명했다. 약지와 소지는 신경이 고장 나 감각이 무뎌졌을 텐데도.

"심야 연주회 어때?"

여전한 미소를 입에 머금은 채로, 이성이 유혹이라도 하듯 말을 던졌다. 그의 손가락이 제영의 피아노 건반을 제 것처럼 두드렸다.

하나, 둘, 셋.

누르는 건반의 개수도 하나 둘 셋. 늘어나며 화음을 이루는 단세 개의 음이 이성의 손가락에서 시작되어 제영의 귀에 달콤하게 감겼다.

제영이 입을 꾹 닫고, 대신에 고개를 끄덕였다. 이성이 입가에서 웃음기를 지웠다. 금세 진지한 기세를 품으며 그가 건반 위에 다시 손을 올려놓았다.

연주가 시작되었다.

윤이성이 처음 연주했던 박제영의 습작, 열여섯 마디 과제 곡이었다.

이성의 애드리브까지 붙어도 연주는 짧았다. 하지만 그뿐으로 충분했다. 말을 나누지 않아도 윤이성의 위로는 박제영에게 닿았고, 그녀 또한 굳이 고마움을 말로 표현하지 않았다.

나는 너를 알고 있어. 네가 어떻게 생각하든, 누구도 너를 **빼앗**을 수 없어.

그 단호한 의지가 담긴 연주는 제영의 나약하게 부서진 마음의 틈을 채웠다. 어쩌면 임시방편일지도 몰랐다. 그러나 지금은 그것만으로 충분했다.

건반에서 손을 내려놓은 이성의 시선이 제영에게 닿았다. 윤이성의 눈은 바깥에서 쏟아지는 흐린 가로등과 달빛만을 담고도 반짝였다. 그 나머지를 채우는 빛은 오로지 제영을 향하는 그의 마음이었다.

제영은 저도 모르게 말했다.

"키스할래?"

이성은 진지한 낯을 지우고 금세 아이처럼 맑게 웃었다. 그의 퇴폐미 어린 얼굴과 어우러져 묘한 분위기를 자아냈다. 제영은 눈을 감았고, 이성의 입술은 자연스레 제영의 입술을 찾아 맞닿았다.

"흐읍……."

마른 눈물처럼 흐느끼는 제영의 숨소리가 이성의 입술에 삼켜졌다. 그의 혀가 부드럽게 제영의 입술을 가르고 들어서서 혀를 얽어 왔다. 부드럽고 부드러워서. 마치 위로하기 위해 등을 쓸어 주는 손처럼 따뜻하고 커다랗게 느껴졌다.

이성은 제 욕망이 입맞춤에 담기기 전에, 아쉬움을 뒤로하고 제영의 입술을 놓아주었다. 제영은 눈을 감은 지금, 이 순간만큼은 뭐가 어떻든 괜찮다는 생각이 들었다.

그러나 막상 눈을 뜨고 나니.

"……자라."

아무렇잖게 혀를 섞고 몸을 맞췄던 사이건만 이성을 마주하는 게 몹시 민망하고 가슴이 두근거리는지라. 짧게 한마디 하고 돌아섰다.

그런 제영의 손목을 이성이 붙들었다.

"내일 데이트 갈래?"

이성의 목소리는 여상하고 가벼웠다. 제영은 차마 이성의 얼굴을 마주하지 못한 채 답했다.

"너 일은 안 하니? 연습은?"

"길게 안 붙잡을게."

이성은 방금까지 꽤 진한 입맞춤을 나눈 사이답지 않게 가볍고 상큼하게 말했다. 아까의 입맞춤을 신기루처럼 느끼게 할 정도였다. 제영이 픽 웃었다. 가슴의 두근거림이 여전하고, 눈을 떴는데도 아직 그의 위안이 남아 있는 걸 보면 이 새벽의 입맞춤은 결코 신기루가 아닐 텐데.

제영이 그제야 이성을 돌아봤다. 이성이 제가 꺼낸 말을 담은 목소리의 가벼움만큼 담백하게 웃고 있었다.

"응?"

아이처럼 애원하고 매달리듯이, 이성이 제영을 채근했다. 그러면서 눈을 휘어 웃는데 그 웃음은 묘하기 짝이 없었다. 깊은 밤과 새벽의 중간에 걸친 흐릿한 빛과 어우러져서 더욱.

그래서였을 거다. 제영은 답을 대신해 그저 픽 웃었다. 허락의 실소였다.

* * *

이성이 데이트랍시고 제영을 끌고 온 곳은, 그녀의 예상을 아득히 빗나간 곳이었다. 제영은 투명한 아크릴로 덮인 진열대 아래 놓인 신상 휴대 전화를 빤히 보다가, 이번엔 또 이성을 바라봤다.

"어쩌자고?"

"폰 바꾸자고. 겸사겸사 번호도?"

이성은 여기까지 와서 뭘 그런 걸 묻냐는 얼굴로 제영을 바라보며 답했다. 그러고는 곧장 눈을 돌려서 진열대에 놓인 휴대 전화들을 훑었다.

"너나 바꿔. 지금도 멀쩡해 내 거."

"야 요샌 진짜 봐도 뭐가 제일 좋은 건지 모르겠다. 색은 옛날보다 다양해져서 빨주노초파남보가 다 있는데."

"이보세요."

"네 눈에는 뭐가 예뻐? 박제영 버르장머리 닮은 빨강?"

이성은 제영의 의견 따위 받지 않겠다는 듯이 그녀의 말을 깡그리 무시했다. 제 말만 뱉는 이성이 마냥 당혹스럽거나 밉지 않은 건 지난밤 연주의 마법이 아직 풀리지 않아서일까. 기어이 제영도 픽 웃고는 말았다.

"그쪽 거나 사. 이거 괜찮네."

"너 그거 언제 모델인 줄은 아냐? 이게 최신형이야."

"들고 다니기 편하고 전화만 잘 되면 되지. 좋은 게 뭔지 모른다더니……."

제영의 심드렁한 반응에 이성이 인상을 찌푸렸다. 지금 제가 애인 삼고 싶어서 공들이는 아홉 살 연하의 여자를 데려온 건지, 아니면 있지도 않은 부모님 효도 폰을 고르러 온 건지 잠시 헷갈릴 정도였다.

"이거로 하자."

여전히 휴대 전화에 심드렁한 제영 덕에 결국 고르는 건 이성의 몫이었다. 대충 이럴 거라 예상은 했다.

이성이 직원을 불러서 제가 가리킨 휴대 전화를 꺼내서 보여 달라고 청했다.

제영은 남 일인 양 가만히 이성이 직원과 휴대 전화의 성능부터 요금제까지 따져 물어 가며 고민하는 모습을 바라봤다.

"이거 피아노 블랙은 기기 변경으로 해 주시고 클래식 화이트는 신규 가입으로 해 주세요. 기기는 전부 할부 없이 일시불로 합니다."

"요금제는 어떻게 도와드릴까요?"

"둘 다 제일 높은 거로."

심드렁하게 보고 있던 제영의 눈에 슬슬 관심이 담겼다. 눈을 내리깔고 집중하고 있는 이성의 얼굴엔 인생을 몹시 무료하게 여길 듯한 나른함과, 저 아닌 타인에게 하등 관심이 없을 듯한 묘한 초연함이 그득했다. 생긴 것만 봐서는 이런 거 꼼꼼하게 따져 가며 고르지 않을 것처럼 생겨선.

하긴 얼굴만 보면, 소위 '양아치미'라고 할 법한 날 티에 퇴폐미가 좀 흐르는 것 말고는 참 고상하게 생겼다. 제영이 윤이성을 프로 피아니스트로 갈고닦아 두기 전부터 그에게는 타고난 우아함과 고급스러움이 있었다.

물론 제영은 이성이 피아노를 통해 지금의 부와 명예를 이루기 전에 얼마나 힘들게 살았는지 살짝 엿본 적이 있어 알고 있었다. 하지만 아직도 그의 안에 과거의 생활이 잔재로 남은 듯한 광경을 직접 대면하기는 또 처음인지라.

어쩌면 그냥 성격일 수도 있고.

"번호 골라 봐."

"아무거나."

"그럼 나랑 커플 번호로 한다?"

"번호야 상관없는데⋯⋯. 근데 그거 누구 명의야?"

"나."

"왜?"

"박제영 명의로 하면 너 받기 싫은 전화 또 받게 될 수도 있잖아."

아무래도 윤이성이 꼼꼼하게 따져 드는 건 그냥 성격인 모양이었다. 제영은 입을 꾹 다물고 생각에 빠져들었다.

"그래서 바꾸자고 한 거야?"

"원래 쓰던 건 살려 두고 차단만 해 두든지. 맘대로 하고. 이건 내 명의니까 적어도 박제영이 싫어할 만한 사람들이 털지는 않겠지."

이성이 씩 웃으면서 반쯤 말을 돌렸다. 제영은 얕은 한숨과 함께 웃었다.

"번호는 마음대로 해. 뒷자리를 맞추든 어쩌든."

"싫다고 할 줄 알았는데?"

"싫다고 해?"

"아니! 그럼 단축 번호 0번도⋯⋯."

이성이 새하얀 제영의 새 휴대 전화에 자신의 번호를 직접 입력해 단축 번호까지 지정했다. 저장명은 여전히 '내 피아니스트'였다.

그리고 제 휴대 전화를 꺼내서 제영의 새로운 번호는 '내 스폰서'에다 저장했다. 순전히 제멋대로였다. 그런데도 제영은 휘둘리듯 새 휴대 전화를 받은 기분이 썩 나쁘지 않았다. 그녀가 픽 웃었다.

윤이성이 들려 준 새 휴대 전화를 제영이 새삼 다시 제대로 바라봤다. 사은품에 케이스까지 야무지게도 챙겼다. 투명한 케이스로 덮인 휴대 전화는 새하얗고 매끈한 광택을 자랑했다. 마치 피아노 건반처럼.

윤이성이 저번에 백화점에서 옷을 살 때도 이랬던가. 제영은 저도 모르는 사이에 이전에 있었던 일까지 꼽아 이성을 머릿속에서 곱씹고 있었다.

"가자."

제영에게 휴대 전화를 들려 주고 매장 직원들에게 사인에 잘 없는 팬 서비스까지 마친 이성이 말했다. 손끝이 움찔거리는 게 제영의 손을 붙잡고 싶어 하는 듯했다. 보는 눈이 있으니 굳이 잡지는 않았지만 말이다.

제영은 이성의 차에 올라서 괜한 변덕처럼 먼저 이성의 손을 잡아 줬다. 이성이 눈을 휘둥그레 뜨고 제영을 바라봤다. 전혀 상상도 못 했다는 눈치였다.

"와."

"왜?"

이성의 눈이 언제 놀라 동그래졌었냐는 듯 가늘게 휘어지며 장난기를 그득하게 담았다.

"박제영도 선물에 녹는구나 싶어서?"

제영이 이성을 흘기면서 손을 빼려고 힘을 줬다. 이성이 그보다 더 빠르게 제영의 손을 꽉 힘주어 잡았다. 커다란 손에 붙잡혀 감싸인 느낌이, 온기가 마냥 싫지만은 않았다. 다만 장난기가 그득한 이성의 눈동자가 얄미워서, 제영은 여전히 이성을 흘겨보는 채였다.

"3분만 더 잡아 주라."

제영은 대답하지 않고 창밖으로 고개를 돌렸다. 이성은 고개를 돌린 제영의 귀에서 목덜미로 이어지는 선을 바라봤다. 예쁘고 우아했다. 계속 보고 있으면 야릇한 생각이 들 것 같아서 이성도 고개를 돌려 정면을 봤다.

제영과 닿지 않은 왼손을 핸들 위에 올리고 이성이 만족감과 안타까움이라는 상반된 감정이 뒤엉킨 웃음을 지었다.

"아, 일하러 가기 싫다."

그래. 딱 이 마음이었다.

09. 이정표

　제윤은 요즘 심기가 몹시 불편했다. 이형찬부터 윤이성, 박제영의 일까지 제윤에게 불편하지 않은 게 없었다.

　그녀는 당장 오늘 아침만 해도 제영과 연락이 안 되는 문제로 혜옥부터 아버지한테까지 달달 볶였다. 덕분에 촬영이 확정된 드라마 대본 리딩을 앞두고 오랜만에 학교까지 친히 찾아오셨다. 뭘 어떻게 할 생각은 없었지만, 제윤에겐 적어도 '학교에 직접 가서 사촌 언니의 자퇴에 관해 알아보았단' 형식의 성의 표시가 필요했다.

　"나도 참 피곤하게 산다……."

　원래 되바라졌고, 질투도 열등감도 넘치는 약아빠진 계집이 저라지만 이제 스물이었다. 올해가 되어서야 겨우 앞자리가 바뀌고 어른 행세라도 할 수 있는 나이가 됐단 말이었다.

그런데 박제윤은 어릴 때부터 발칙하고 영악하고 그래 봤자 어린애라 무해한 척을 하고 살아야 했다. 그러고 사는 게 성미에 안 맞진 않았지만 그렇다고 피곤하지 않았던 건 아니었다.

제윤은 피곤과 짜증이 그득 담긴 표정으로 중얼거리다 언제 그랬냐는 듯이 슬그머니 미소를 문 당당한 얼굴을 둘러썼다. 마침 멀리서 종종 어울렸던 동기가 손을 흔들어 알은척을 하면서 달려왔다.

"윤쓰! 드라마 들어간다고 이제 학교 못 온다고 하지 않았어?"

"맞는데 잠깐 알아볼 거 있어서. 희곡 분석 강의 끝났을 시간이네. 오늘도 잤나?"

"뭘 당연한 걸 물어. 넌 좋겠다! 한동안은 수면제랑 빠이빠이겠네? 데뷔하자마자 스캔들도 빵빵 터트리는 박 배우님, 좋으시겠어요?"

"그 스캔들 개쪽박이었던 거 알면서 그런다."

"아니 윤이성 그 피아니스트는 뭐가 그렇게 별로였대? 스캔들 난 김에 그냥 사귀지."

제윤이 대답은 않고 그냥 웃었다. 어째 웃음에 날이 선 게 '걔가 아니라 내가 싫어.'라고 굳이 말하지 않아도 알아 달라고 시위라도 하는 웃음이었다. 제윤의 동기가 멋쩍게 어깨를 으쓱하더니 저도 픽 웃어 버렸다.

"근데 너 머리 잘랐다? 머리는 왜 잘랐어? 긴 머리가 더 예뻤는데."

제윤의 머리 스타일이야 박제영이 머리털을 쥐어뜯어 놔서 잘랐다. 그러나 이런 얘기까지 나눌 정도로 눈앞의 동기와 제윤은 깊이 친한 사이가 아니었다. 제윤이야 친한 사이였어도 자기 치부가 될 이야기까지 두루두루 늘어놓을 사람도 아니었다.

"난 원래 뭘 해도 예쁘거든? 역할 때문에 잘랐어."

"아. 드라마?"

제윤이 고개를 끄덕였다. 동기가 제윤을 아래위로 훑더니 눈을 가름하게 휘어 씩 웃었다. 저 속으로 무슨 생각을 하는지 잘 알겠다. 재고 따지고. 역할 때문에 스타일을 바꿔야 할 정도로 대단한 역을 맡은 것도 아니면서.

고작 스무 살도 속으로 별별 생각을 다 하고 사는 법이었다. 그보다 원숙한 어른들보다야 서툰 데다 날것이겠지만, 그걸 숨기는 척도 하고 말이다.

"나도 너네 소속사 좀 꽂아 주라! 이런 것까지 신경 써 주고 하는 거 보면 진짜 부러워."

"연극부터 차근차근 올라가는 대배우 되신다면서요? 아무튼 알겠으니까……."

"응?"

"아, 우리 다음에 보자."

"어어? 응. 그래. 잘 가!"

제윤이 어리둥절하게 제게 인사하는 동기를 두고 달렸다. 음대 건물 쪽에서 제영의 전담 교수였던 김무진을 봐서였다.

제윤은 제영의 자퇴 이유나 이후 행방을 알기 위해서 학교를 찾은 거였다. 굳이 사무실을 거치느니 자퇴 전 면담을 했을 교수한테 직접 물어보는 게 나았다.

"김무진 교수님!"

제윤이 김무진을 불렀다. 김무진이 제 학과 학생이 아닌 제윤을 보고 의아한 얼굴로 미간에 주름을 만들었다.

"안녕하세요!"

제윤이 재빠르게 김무진의 앞으로 달려와 싹싹하게 웃으며 인사했다. 김무진이 난처한 듯 상냥한 웃음을 얼굴에 매달고 제윤을 훑어봤다.

"우리 음대에 이렇게 넉살 좋은 학생이 있었던가? 혹 내가 기억을 못 하는 거면 괘념치 말고 얘기해요."

"아뇨. 저 음대 아니고 연영과 학생이에요."

"연영과 학생이 나를 왜……. 올해는 내가 교양 맡은 게 없어서 다른 과 학생이 날 찾을 이유가 없는데."

김무진의 탐색하는 기색이 잔뜩 실린 시선을 제윤은 민감하게 캐치했다. 유명 작곡가라 방송 물도 제법 먹었다는 교수는 본인의 나이대보다 훨씬 젊게 보였다. 40대라던가. 외양은 30대 중반이나 됐나 싶었다.

그런데 말투는 꼭 사람 좋은 노교수의 말투를 벤치마킹하기라도 한 것처럼 들렸다. 이 사람, 본모습은 따로 있고 죄다 꾸민 것투성이다. 제가 꾸며 내는 모습만큼 좋은 사람은 아닐 거라는 확신이 섰다. 제윤이 보기엔 그러했다. 저도 그러고 살고 있으니 더 잘 보였다. 하지만 그녀가 알 바는 아니니까.

"제 친척 언니가 음대 작곡과예요. 박제영이요."

"아. 제영 학생."

김무진의 얼굴이 묘하게 굳었다가 풀렸다. 제윤은 여전히 싹싹하게 웃는 얼굴 그대로 김무진을 빤히 살피고 있었다. 이미 자퇴한 학생을 찾는 게 마음 불편해서 그런가? 꼭 그것만은 아닌 듯한데.

"언니가 자퇴했다고 해서요."

"그래요. 얼마 안 됐지요. 그런데? 내게 뭐라도 전해 달라고 하던가요?"

"언니가 교수님께 전할 게 있었나요?"

제윤의 물음에 김무진은 곧장 답하지 않고 잠시 침묵했다. 초조한 기색이 어렸다. 제윤은 흥미와 무료함을 함께 느끼는 신기한 경험을 해야 했다. 김무진씩이나 되는 교수가 일개 학생인 박제영을 저렇게까지 신경 쓴다는 게 흥미로우면서도 거슬렸다.

"자퇴했다고 해서 내 제자가 아니게 되는 건 아니니까. 궁금한 게 있으면 물어보라고 했죠. 앞으로도. 공부를 계속할 생각이면."

"아……. 그럼 교수님도 혹시 언니랑 연락이 안 되세요? 저 사실, 언니가 학교를 그만두고 마음이 좀 그런 건지 어쩌는지 도통 가족들이랑도 연락이 안 되어서요."

"……그래요?"

김무진의 의미심장한 물음에 제윤의 얼굴에서 웃음이 사라졌다.

"교수님도 연락 안 되세요?"

제윤이 별로 궁금하지도 않은 걸 물어봤다. 어차피 제영을 찾는 시늉이나 하고 말 생각이었다. 자퇴 이유나 대충 들어서 알려 주고 저는 할 만큼 했다고 자위하며 끝낼 일이었다. 그런데 어째 김무진의 행동에 이상한 데가 보였다.

"혹시 언니가 자퇴한 이유는 알고 계세요?"

이미 돌아가신 제영의 조부가 얼마나 처리를 잘 해 둔 건지, 박제영이 박희은이었다는 건 학교에서도 몰랐다. 박제영의 친척들, 그리고 피아니스트 윤이성이나 제대로 알고 있을까. 조부의 측근들이랑.

그러니까 제영이 집안과 절연하고 그나마 제윤과 연결된 학교까지 그만둔 이유를 김무진은 모를 것이다. 제윤의 생각으로는 그래야 맞았다.

"글쎄, 좀 얘기하기 뭐한 개인사라고만 들어서요."

역시 그랬다. 제윤이 고개를 끄덕였다. 다만 아직, 김무진의 말이 끝나기 전이었다.

"어쩌면 음악이나 예술을 한다는 무게가 제영 학생에게 무거운 짐이었을 수도 있고요."

어라?

제윤은 저도 모르게 모로 기울어지는 고개를 어찌할 수가 없었다. 박제영에게 음악이 무겁다고? 작곡도 아니고 음악 자체가?

제윤은 비집어 올라오려는 비웃음만큼은 가까스로 삼켰다. 너는 박제영이 그 대단했던 박희은인 건 알고나 있냐는 말을 하고 싶었다. 그러기에는 제영에게 잡혀 뜯겼던 머리채가 떠오르고 두피가 얼얼하게 아려 오는 것 같아서 그저 꿀꺽 삼켰을 뿐이다.

박제영을 인정하는 말을 제 입으로 뱉고 싶지 않은 마음도 약간 있었다. 그렇다 한들 박제영이 어디 가서 무시당하는 말을 듣는 게 썩 좋지는 않았다. 그것도 하필 음악으로. 제게 열등감을 심어 주고 가르쳐 주고, 길러 주기까지 했던 근본인데.

제영을 무시하고 엿 먹이는 거든, 다른 것이든. 제윤은 저나 가족들이 아닌 다른 이가 하는 것만큼은 별로 보고 싶지 않았다. 괜히 혀 아래가 저릿할 정도로 쓴맛이 올라오는 듯했다.

"······어쨌든 교수님도 언니랑은 연락이 안 되는 모양이시네요. 알겠습니다."

제윤은 풀 죽은 낯을 연기하면서 고개를 꾸벅 숙였다. 김무진은 안쓰럽다는 얼굴로 그런 제윤을 바라봤다. 그러더니 대뜸 명함첩에서 제 명함을 꺼내 제윤에게 건넸다.

"혹시 제영 학생에게 연락이 오면, 내게도 좀 알려 줘요."

"예?"

"나름대로 아끼는 제자였거든."

제윤이 떨떠름하게 명함을 받아 들었다. 어차피 버릴 거였지만, 그래도 학교 교수 앞에서 필요 없다고 구겨 버릴 수는 없는 노릇이니까.

"그럼 나는 바빠서 이만. 강의 잘 듣고 돌아가요."

김무진이 웃으면서 제윤에게서 돌아섰다. 제윤이 김무진의 뒤통수를 묘한 눈으로 노려봤다. 뭔가 있는 듯했다. 찝찝함이 목 뒤를 끈적하게 감쌌다.

돌아선 김무진은 만족스러운 웃음을 짓고 있었다. 박제영이 아예 가족들하고도 연락이 안 되고 잠수를 탔다 그 말이지.

걸리는 게 많은 그에게는 유쾌한 호재였다.

* * *

선물을 받기만 하고 끝내는 건 제영의 사전에 없는 일이었다. 비록 새로 생긴 휴대 전화가 그저 이성의 오지랖 때문이었다고 해도 말이다.

해서 제영은 학교를 그만두고 처음으로 홀로 외출이라는 걸 했다. 가을의 끝자락을 가까스로 붙들고 있었다고 생각했는데 벌써 겨울의 초입이었다. 백화점까지 오는 길, 제영은 멍하니 생각했다.

벌써 잎사귀들이 지고 있었다. 벌써 한 해의 마지막 달이었으며, 아마도 학교를 그만두지 않았다면 시험과 과제에 치이고 있었으리라.

제영은 지하철에서 바로 이어진 입구를 따라 백화점에 들어섰다. 그러곤 선물을 고르는 이의 설렘이라곤 없는 얼굴로 주변을 돌아보았다.

실내는 벌써 겨울이라고 호들갑이라도 떨듯 온풍기가 강하게 돌아가는지 조금 덥고, 건조했다. 제영이 입고 온 코트를 벗어 손에 걸쳤다. 그리고 무료한 얼굴 그대로 걸었다. 그러고 보니 뭘 선물해야 할지도 정하지 않고 막연하게 백화점부터 찾았다.

옷은 지난번에 서로 경쟁이라도 하듯 사다 떠넘긴 전적이 있었다. 옷은 패스. 무난한 건 액세서리 같은데, 피어스는 옷과 함께 선물했었으니 또 주긴 그렇다. 그럼 이것도 넘기고. 팔찌, 반지, 시계 등은 섬세하고 까다로운 피아니스트에겐 선물이 아니라 시비에 가까웠다. 아예 논외였다.

"남자한테 목걸이는 그렇고……."

이성이 정장을 입던가? 최근 방송에서 입는 모습을 몇 번 봤지만, 일반적인 스타일과는 거리가 멀었다. 타이에 스리피스 투 버튼 정장 따위 말이다. 원래 연주하는 이들이 그랬다. 그런데 윤이성은 평범한 정장은 안 입지. 그럼 넥타이나 타이 핀, 타이 버튼도 이성과는 인연이 없는 물건이었다.

그렇다면 아예 카테고리를 바꿔서.

"향수를 쓰던가……?"

제영이 뷰티 브랜드 매장이 모인 층으로 향하는 에스컬레이터 앞에서 내려갈까, 하고 잠시 고민했다. 절로 이성과 나눴던 스킨십들이 떠올랐다.

은은한 샤워 콜로뉴 향 정도나 어렴풋이 났던 것 같다. 체취가 옅은 편은 아니었던 것 같은데, 그게 기분 나쁘게 느껴졌던 적은 없는 것 같고. 체취까지 기억이 날 정도로 접촉이 잦았던가…….

생각이 속절없이 흘렀다. 박제영에게 흔치 않은 일이었다.

"아."

이렇게 문득 뺨을 붉히는 일도 그랬다. 제영에게는 정말 흔치 않은 일이었다. 아주 어릴 때라면 모르겠다. 피아노를 치던 손가락도, 부모님도 전부 제영의 곁에 멀쩡히 존재할 때. 그때는 박제영도 잘 웃고, 종종 수줍어하기도 하고, 그랬었다. 그랬었던 것 같다.

어쩌면 지금, 윤이성 덕분에 박제영은 그때의 제 모습을 찾아가는 듯도 했다. 다 잃어버려서, 버석하게 말라 버린 가슴이 품지 못하던 감정들이 새록새록 다시금 차오르는 게 아닐까.

제영이 고개를 저었다. 이런 곳에서 깊은 생각에 빠져드는 건 좋지 않았다. 저답지도 않은 일이었다. 제영이 드디어 아래층으로 향하는 에스컬레이터에 발을 올렸다.

생각이 많았던 속내를 상상도 못 할 정도로 무덤덤한 눈이 여유롭거나 혹은 바쁘게 돌아다니는 사람들을 향했다. 상행 에스컬레이터로 수려함과 부유함을 사람으로 빚어낸 듯한 남자가 발을 올렸다. 날카로운 인상이 다감한 웃음으로 덮였다. 남자는 통화 중인 휴대 전화 너머의 대상에게 의견을 구하는 듯 들려오는 말에 집중했다.

"서프라이즈로 준비하겠다는 형 생각은 알겠는데, 그래서 나한테 시키는 형 심보를 모르겠다는 거라니까. 그러니까……."

상행 에스컬레이터의 끝을 바라보던 남자의 눈이 자연스럽게 제영을 붙잡았다. 그의 동공이 확장되었다. 눈동자의 빛 하나 없이 새카만 부분에 제영이 오롯하게 담겼다.

먼저 남자, 그러니까 이형찬을 바라보고 있던 제영은 그다지 놀라지 않고 가볍게 묵례해 인사를 건넸다. 그리고 고개를 돌렸다.

"……쇼퍼 통하지 않고 매장에 직접, 문제없이 주문 끝났으니까. 이따 연락하자고. 끊어."

형찬이 제 형의 수선 떠는 목소리를 끊어 내고, 에스컬레이터를 성큼성큼 올라 끝에 닿았다. 억지로 저를 위로 올려 주던 계단에서 벗어난 그는 자연스레 바로 닿은 하행 에스컬레이터로 걸음을 옮겼다.

제영은 이미 에스컬레이터에서 내려 백화점 1층을 둘러보며 걸음을 옮기고 있었다. 형찬의 걸음이 바빠졌다. 그러는 도중 부딪친 행인에게 '죄송합니다.' 하고 마음에도 없는 사과를 전하고 뛸 듯이 성큼 내려와 제영의 팔을 붙잡았다.

"박제영 씨."

"……아."

제영이 미간을 찡그렸다. 붙잡힌 팔이 아팠다. 형찬이 흠칫하며 제영의 팔을 놓았다.

"미안합니다. 이대로 놓치면 또 보기 힘들 것 같아서."

"인사는 아까 드렸는데요."

"연락처, 바꾼 겁니까?"

말을 한 번씩 주고받았지만, 대화라고 부르기는 어렵게 맥락이 매끄럽지 않았다. 둘 다 제 할 말만 하고 있었다. 간절한 눈으로 제영을 바라보던 형찬이 먼저 멋쩍은 얼굴로 한발 물러났다.

"……인사한 건 봤습니다."

"저도 눈 마주쳤으니 알아요. 제가 이제 연락 안 하셨으면 한다고 메시지 보냈던 것도 기억하고 계시리라 생각하고요."

제영이 차분하게 말했다. 그녀는 형찬에게 메시지를 받았으면서도 왜 날 붙잡았느냐 따지고 있었다. 형찬이 아무런 답도 하지 못하고 침묵했다.

"대표님이……. 연락만 안 하면 된다고 생각하실 분은 아닐 텐데."

"일전의 기사 때문입니까?"

"아니라고 할 순 없겠죠. 그것뿐만은 아니지만요."

"나머지 이유는 윤……. 그 사람 때문이겠군요."

형찬은 주변의 눈을 의식해서 이성의 이름을 얼버무리며 말했다. 그래도 제영이 알아듣지 못할 리 없었다.

제영이 큰 눈을 한 번 깜박이고 형찬을 빤히 바라봤다. 무언의 긍정이었다. 형찬이 얕은 한숨을 내쉬었다. 그의 얼굴에 씁쓸한 미소가 고였다.

"그거 압니까?"

"네?"

"아마 그 사람보다, 내가 제영 씨를 먼저 알았고 만났을 겁니다."

"⋯⋯대표님이요?"

형찬이 제영에게서 시선을 돌린 채 느리게, 그리고 아주 작게 고개를 끄덕였다.

"그 사람이랑 저는 제가 사고를 당하고 얼마 안 가서 만났어요. 그때보다 더 저를 일찍, 아셨을 수는 있지만⋯⋯. 우리가 만났다고요?"

"우리가 처음 이야기를 나눈 건 제영 씨에게 사고가 나기 전이니까요."

형찬의 말에 제영은 자신의 어릴 적을 떠올려 보았다. 하지만 지금의 형찬과 닮은 어린 얼굴을 제영은 기억하지 못했다. 열세 살 이전이라면 한국에 있었던 기간만큼 외국에서도 머물렀다. 형찬의 대단한 집안이라면 그와 외국에서 만났을 수도 있겠지만.

오히려 한국인이 드문 외국에서 형찬을 만났다면 그거야말로 특별한 일이라 제영이 기억하지 못할 리가 없었다. 그럼 한국에서 만났을까?

떠올려 봐도 기억에 형찬의 모습은 없었다. 그러나 형찬의 눈빛이나 태도가 거짓을 말하는 모습은 아니었다.

"제가 죄송해야 할까요?"

"제영 씨가 죄송할 일은 아닙니다. 미안해한다면 오히려 내가 더…….""

비참할 일이라는 말까지 차마 꺼낼 수는 없어서 형찬은 저답지 않게 말을 흐렸다. 그래, 정말 비참한 일이었다.

윤이성보다 자신이 먼저 제영을 알아봤고, 자신이 먼저 박제영을 만났다. 박제영이 박희은일 때부터 알아보았다. 그 뒤, 그녀의 모든 것이 좋아져서 그녀의 연주조차 사랑했다. 기록으로 박제된 제영의 모든 연주를 모아서 최근까지도 그녀의 어린, 그러나 이미 단단하게 완성되어 있던 그 애티튜드를 눈에 담았다.

그러나 저와 제영의 거리는 스크린 하나를 사이에 둔 것만큼 멀었고, 윤이성과 제영의 거리는 피아노 건반의 왼손과 오른손이 짚는 거리만큼 가까웠다. 잠시 멀어지더라도 언젠가 다시 가까워져 더러 손끝이 스치기도 하는 사이일 거였다.

그녀와 저 사이의 거리. 그 거리감.

형의 부추김에 기어이 박태욱 이사를 통해 제영을 만났다. 그 전에, 제영인 것을 모르면서도 이성의 일로 그녀와 통화를 한 적도 있었다. 우습게도, 그때마저 형찬은 제영인 것을 모르고도 그녀에게 관심이 갔다. 중심이 제대로 선 단단하고 단정한, 어쩌면 무감정한 것도 같은 말투. 여리지만 낮게 깔려 듣는 이를 집중하게 하는 목소리.

다시 만난 제영은 저를 기억하지도 못했고, 자리가 자리였던 만큼 단단한 벽을 세운 채 저를 대했다. 그럼에도 알 수 있었다. 철

없던 어린 날 자신이 제영을 마주하지 않았더라도, 우연히 아무것도 모르는 채 제영을 만났더라도 자신은 박제영에게 반하고야 말았으리라는 것을.

제영을 불편한 게 빤히 보이는 가족들의 마수에서 구해 내고 박신환 전 재단장이 모셔져 있는 납골당에 데려다주었을 때 확신했다.

무감정한 얼굴의 단단한 껍질 안의 여린 속살을 내비치는 제영은 가엾으면서도 처량하지 않았다. 감싸 주고 싶었으나 그마저도 품고 싶은 아름다운 존재여서였다.

별이 쏟아질 듯한 밤, 마른 어깨를 웅크리고 옅은 김을 한숨으로 내뱉으며 말하던 목소리는 어린 날 제영의 연주만큼이나 아름다웠다. 아스라이 꺼질 것만 같았다.

어쩌면 별것 아니리라. 제영과 제가 고작 몇 번 마주쳐서 나눈 것들은 분명 그럴 것이었다. 그러나 이형찬이라는 사람에게는 아무것도 아닐 수가 없었다. 더 갈구하게 되는 무언가였다.

그러나, 사실 그 별이 무수히 반짝이는 밤부터 형찬은 어쩌면 알고 있었을지도 모른다. 제영에게는 제게 내줄 자리라곤 없음을. 만일 제영에게 조금의 틈이 있더라도 그곳은 자신이 아닌 다른 이의 자리임을.

그런 느낌이 들었다. 자신이 끼어들 수 없는, 여지조차 주지 않는 공통의 무언가가 윤이성과 제영 사이에는 있다는 느낌이.

형찬의 얼굴에 씁쓸한 미소가 고였다. 전부 처음부터 예견된 일이었다.

"연락을 대표님하고만 끊은 건 아녜요."

작은 소란 사이에서 우두커니 침묵을 고수하던 둘 중, 먼저 다시 입을 연 건 제영이었다. 형찬을 위로해야 할 것만 같았다. 그를 비참하게 할 미안함은 사실 제영의 안에 존재조차 하지 않았다.

다만, 자신을 좋아하고 있다는 형찬의 마음이 지금만큼은 절절하게 닿았다. 그런 그를, 적어도 위로만큼은 해 줘야 하지 않을까 하는 생각이 들었다. 이런 여유가 생긴 것도 어쩌면 제 안으로 윤이성이라는 존재가 성큼 들어와서일지도 모른다는 건 아이러니한 일이지만.

"친할머니랑 다른 집안사람들하고도 전혀 연락 안 해요. 아마 그 사람들이랑은 평생 연락할 일 없을 거고요."

"그렇…… 습니까."

제영에게 자신과는 시간이 지난 언젠가라도, 굳이 감정이 얽힌 사이가 아니라도 연락을 이어 주실 거냐고 묻고 싶었다. 그러나 결국 형찬은 아무 말도 꺼내지 않았다. 제영의 위로가 그에게는 확실한 단절의 신호, 끝매듭을 짓고자 하는 의지로 읽혔다.

구차한 남자로 기억되고 싶지는 않았다. 어차피 박태욱을 통해 제영을 마주하기 전까지, 형찬과 제영은 정말로 스크린 너머로 과거와 현재를 마주하던 관계에 지나지 않았다.

그때로 돌아가는 거였다. 애틋한 마음이야 어떠하든 그녀에게 자신은 알지도, 닿지도 못할 팬에 불과한 관계. 자신이 제영과 가까워지기 위해 유성 그룹의 중심이 되는 사업 전부에서 완전히 손을 떼고 매니지먼트 하나만 손에 쥐었던들. 그걸 제영이 책임질 이유는 없었다. 온전히 그의 선택이었으므로.

"제가 너무 오래 잡아 두고 있었군요."

"괜찮아요. 다른 볼일이 있던 것도 아니라."

"……다행입니다."

"대표님이야말로 바쁘신 분일 텐데 일 보세요. 건강하시고요."

제영의 맺음은 업무 메일의 마무리라도 짓듯 딱 떨어졌다. 부드러움을 가장하고 있었으나 건조하고 사무적인 태도였다.

형찬은 쓸쓸하게 웃었다. 그녀의 마음을, 관계의 끝이 보임을 알게 되었어도 자신의 마음은 정리되지 않았다. 더 구차하지 않기 위해 형찬이 먼저 돌아섰다. 제영은 약간의 미안함을 품고 형찬이 시야에서 사라질 때까지 그의 뒷모습을 지켜봤다.

이형찬의 어깨는 몹시 넓고 곧았으나, 제영이 보기에 지금만큼은 작아 보였다. 그러나 안타까운 감상은 형찬이 보이지 않을 정도로 멀어짐과 동시에 제영의 안에서 금세 자취를 감추었다.

제영이 돌아섰다. 그녀의 머리에는 이제 온전히 윤이성에게 줄 선물을 고르는 일만 남았다.

* * *

이성의 손 위에 제영이 작은 상자를 하나 얹었다. 그의 커다란 손바닥 위에 올라가 작은 것이지 보통 성인 남자의 손 크기를 생각하면, 그리 작지도 않은 상자였다.

"뭔데?"

"포장 보면 몰라?"

포장 보면 딱 알게 생겼다. 선물이었다. 금색에 가까운 캐러멜색 실크 리본을 두른, 은은한 광택이 도는 검은색 포장지를 입은 상자는 누가 봐도 선물이 아닐 수 없었다.

"아니 그러니까, 선물인 건 알겠는데 웬 거냐고."

누가 봐도 적지 않은 기대를 품은 눈으로 이성이 제영을 똑바로 바라보며 물었다. 제영은 심드렁한 얼굴로 고개를 돌려 이성의 눈빛을 피했다. 그대로 목 뒤를 쓸듯이 붙잡은 제영의, 머리칼이 치워지고 드러난 귓바퀴가 선홍색을 띠었다.

어울리지 않게 수줍어하는 기색이 완연한 제영을 보며 이성이 피식 웃었다. 아무래도 저 무뚝뚝한 입에서 대답을 듣기는 어려울 듯했다.

"풀어 본다?"

일부러 낮게 깐 목소리로 이성이 통보했다.

"그러든가."

제영이 답했다. 고개를 돌린 제영의 귓가로 이성의 머리칼 색을 그대로 닮은 캐러멜색 리본이 풀리는 소리, 피아노의 흑건과 꼭 같은 느낌이라 고른 새까만 포장지가 바스락대며 벗겨지는 소리가 들렸다.

"향수네?"

포장지를 풀고 드러난 종이 상자 패키징은 누가 봐도 향수를 감싼 것이었다. 검은 건반과 같은 색을 벗기자 드러난 하얀 상자는 또 하얀 건반이랑 닮았다. 이성의 커다란 손이 매끈한 광택의 상자를 쓸었다. 양각한 것처럼 볼록 튀어나온 까만빛의 타이포가 향수의 이름이었다.

"Forêt noire."

윤이성의 목소리가 무덤덤하게 향수의 이름을 읊었다. 검은 숲. 이름만으로는 향을 상상하기 어려웠다. 오래된 상처가 많은, 그러나 곧고 길쭉해 아름다운 손이 상자를 열어 향수를 꺼냈다.

검은 포장을 열어 흰 상자, 상자에서 꺼낸 향수병은 또 속이 비치는 투명도 있는 검은 톤이라. 제영이 무엇 때문에 이 향수를 골라 제게 건넨 건지 아직 모르겠다.

이름만으로 느껴지는 이미지는 묵직함이었다. 빛조차 들지 않도록 빽빽하게 커다란 나무가 들어찬 흑림. 축축하고, 나무 냄새가 나고, 자연이 만든 미로에 갇힌 자의 불안과 두려움을 불러일으킬 듯한 강렬하고 묵직한 향을 떠올리게 했다.

그러나 분사기에서 흐르는 향은 생각보다 섬세했다. 무겁지도, 가볍지도 않았다. 경중을 따지기에는 먼저 닿는 오묘한 이미지가 컸다.

이성이 손목에 향수를 가볍게 분사했다.

"나무, 햇볕, 바람, 이끼, 아니 물인가……."

비강으로 스미는 향의 이미지를 읽어 단순한 단어로 나열하는 이성의 목소리는 처음보다도 더 낮아졌다. 속삭임에 가까워질 즈음이 되자 듣는 이의 등골을 짜르르 울리게 할 정도로 낮았다. 목소리라기보단 울림에 가까워졌다.

이성의 혼잣말을 듣고만 있던 제영이 뒤늦게 입을 열었다.

"너야."

"이게 나라고? 이 향수가?"

"그래."

"내가 나무 냄새 나고 축축하고, 너한테 쌩하고 그래? 아닐 텐데."

진지함이 좀 오래가나 했다. 고개를 돌리고 있던 제영이 기어이 이성을 향해 눈을 흘겼다. 조금 더 하면 한 대 맞을 기세라 이성이 배시시 웃고 말았다. 그가 제 손목에 코를 대고 향기를 다시 음미했다.

"좋다. 마음에 들어."

"헤매는 이에게 유일한 이정표가 될 빛. 그 향수 포스터에 그렇게 적혀 있었어."

코가 비뚤어지도록 시향했던 향수 중 가장 마음에 들었다. 윤이성을 닮아서였다. 그의 손에 머무는 건반의 나무 냄새, 담배의 잔향에서 느껴지는 씁쓸함과 따뜻함, 이성의 서늘한 인상, 그러면서도 곱슬거리는 금갈색 머리칼에서 느껴지는 밝고 가벼운 느낌, 사실은 그리 가볍지만도 않아서 기댈 수 있는 어른이고 때로는 아이 같기도 한.

마냥 무겁지만은 않게 엉겨 하나가 되는 오묘한 향은 심지어 이성의 연주를 닮기도 했다. 제영에게서 시작되어 이성의 것이 된 연주는 여전히 섬세하고 화려한 감성을 지녔으나, 최근에 들어서는 길을 찾은 자의 여유와 적당한 묵직함이 더해졌다.

이제 이성의 연주는 온전히 윤이성의 것이었다. 그러나 그렇기에 제영은 그의 연주가 더 좋아졌다. 아마도 그에게 직접 말할 일은 없을 것이다.

향수를 고르고 포장지까지 직접 골라 포장을 부탁하며, 제영은 자신이 이성에게 선물을 건네고 싶은 마음이 마냥 단순한 보답에서 그치지 않음을 깨달았다. 그러니까, 그가 제게 건넨 새 휴대 전화에 대한 가벼운 보답을 넘어섰다는 뜻이었다.

그리고 그것도, 이성에게 말하지 않을 생각이었다.

"내가 박제영의 이정표야?"

이성의 목소리는 장난이라도 치듯 가벼웠다. 그러나 제영을 향한 눈빛은 많은 것을 담아 무겁기 그지없었다.

가볍고 진중한, 딱 저를 고스란히 닮은 이성의 물음에도 제영은 침묵했다. 빤히 그의 시선을 마주하다간 고개를 돌려 버렸다.

이성은 고개를 돌린 제영을 그대로 바라봤다. 시선에 뚫리기라도 할 듯한 느낌에 제영의 귓불이 붉게 물들었다. 그제야 이성이 시선을 거두며 하하, 낮게 웃었다.

낮은 웃음에 열이 차 있었다.

"박제영."

"······왜."

"키스, 해도 돼?"

마주한 채 앉아 있던 이성이 테이블 위로 길쭉한 다리를 올렸다. 무릎을 굽혀 테이블을 딛고는 제영의 가까이 바짝 다가섰다.

"돼?"

이성이 다시 물었다. 이번의 물음은 제영의 귓가에 바짝 닿았다. 낮은 목소리에 어딘가 긁히는 듯 탁한 숨이 섞였다.

어떤 점이 갑자기 그를 흥분하게 만든 건지 모를 일이었다. 제영이 살짝 고개를 돌렸다. 무심하게 표정 하나 없는 얼굴은 여전히 상기된 빛이었다.

뽀얀 붉음을 품고 있는 얼굴은, 젖은 입술을 열어 답을 내놓지 않았다. 그러나 이성은 이미 제영의 답을 들었다는 듯이 그녀에게 더욱 가까이 다가갔다.

입술이 맞물렸다. 파르르 떨리던 제영의 눈꺼풀이 감겼다. 그녀의 속눈썹이 뺨을 간질이는 느낌에, 맞물린 입술로 이성이 웃었다. 제영의 턱에서 힘이 빠졌다. 좀 더 벌어진 틈을 놓치지 않고, 이성의 혀가 그녀의 깊은 곳으로 파고들었다.

혀와 혀가 얽혔다. 단단한 두 팔이 제영을 끌어안았다. 목소리만 들으면 한없이 낮을 것만 같은 이성의 체온은 도리어 따뜻함보다는 뜨거움에 가까울 정도로 높았다.

이성의 혀 또한 마찬가지였다. 그의 열기를 고스란히 품은 뜨거운 혀가 제영의 입 안을 살살 어르고 달랬다. 잡아먹을 것처럼 불쑥 다가와서는 녹아 깨질 설탕 세공이라도 대하듯 부드럽게 핥고 빨았다.

"으응…….."

제영이 옅은 비음을 흘렸다. 이성은 그게 천상의 연주라도 되는 양 기꺼워하며 아예 테이블을 넘었다. 이성의 몸이 제영을 완전히 덮었다. 그의 혀는 좀 더 들이닥쳐 제영의 입천장 깊은 곳을 긁어댔다.

제영은 이성의 입맞춤을 받아들이며 아주 오랜만인 감각을 느꼈다. 외롭지 않은 기분이었다.

어느덧 저의 뺨을 감싼 이성의 손에서, 자신이 고른 향수 냄새가 났다.

역시, 외롭지 않았다. 아주 오랜만에.

* * *

어두운 시어터 룸에 한 줄기 빛이라곤 커다란 화면에서 나오는 것뿐이다. 화면 속의 앳된, 어린 소녀는 나이에 맞지 않게 완벽한 연주 솜씨를 보였다.

F.Chopin Scherzo No.2 in Bb minor op.31.

여물지 않은 손가락으로 연주하기에 스케르초 형식은 빠르고 강렬하기 그지없었다. 하여 곡의 끝에 이를수록 힘이 빠지게 마련이었다. 젊다 못해 어린 열정으로 강렬하게 시작하더라도 말이다.

그러나 화면 안의 소녀, 박희은은 열정과 만용을 착각하지 않았다. 끝까지 완벽하게 힘을 분배해 강하고 빠르게 치고 나가야 할 곳은 그렇게, 쉬어 가듯 느려야 할 곳은 또 느리게 완급을 조절했다.

표정 없는 얼굴로 화면을 응시하는 형찬의 머릿속에는 그의 얼굴과 달리 수만 가지의 생각이 교차했다. 모르는 이들에게는 불협화음에 가깝게 들릴, 마음을 휘젓는 멜로디와 청자인 그의 머릿속이 닮았다.

"박희은일 때도 끼어들 틈이 없이 완성되어 있었지⋯⋯."

형찬의 입가에 씁쓸한 웃음이 맺혔다.

"박제영으로서도, 내가 끼어들 틈은 없었고."

그가 커다란 두 손으로 제 얼굴을 감쌌다. 폐부를 들썩거리게 하는 강렬한 멜로디도 끝내 엔딩부로 치달았다.

마지막 음의 타건을 마친 손가락이 짧은 여운을 두고 건반 아래로 내려옴과 동시에 먹먹한 침묵이 시어터 룸을 감쌌다. 그러나 이내 침묵은 화면 안에서 쏟아지는 박수갈채에 먹혔다.

박희은이었고, 박제영인 그녀의 연주는 언제나 그렇게 끝났다. 누군가 끼어들 틈이 없이 홀로 완성되어 사람들의 갈채를 받고 홀로 고고하게 빛났다.

거기에 자신의 자리는 없었다.

형찬이 깊은 한숨을 내쉬었다. 허탈한 웃음이 뒤엉킨 긴 숨은 끝내 떨치지 못한 미련을 품고 있었다. 형찬이 리모컨을 들어 박수갈채 소리마저 끊긴, 그대로 멈춘 화면을 종료했다.

이게 마지막 영상이었다. 제영의 몇 안 되는 공개된 연주를 녹화한 영상. 이형찬이 모은 박희은의 조각들의 마지막.

형찬이 느린 걸음으로 걸어가 플레이어가 뱉어 낸 DVD를 꺼냈다. DVD를 다시 케이스에 집어넣는 손길에도 미련이 뚝뚝 떨어졌다.

딸깍, 소리를 내며 닫힌 케이스를 박스에 넣었다. 이미 수십, 수백 번을 보았던 영상들이 먼저 자리를 빼곡하게 채우고 있는 위에 마지막 박희은의 조각을 담았다. 상자를 닫기까지 한참을 머뭇대던 손길은, 결국 제 미련을 덮지 못했다.

형찬의 시선은 이제 영상들이 차지하고 있던 본래의 자리를 향했다. 휑하니 빈 진열장을 보며, 그는 '박제영'이 된 그녀와 나누었던 시간들을 떠올렸다.

제영인 줄 모르고 받았던, 윤이성 피아니스트의 예능 프로그램 참여와 관련해서 받았던 항의 전화.

박태욱 홍보이사를 움직여서 만든 자리에 나왔던 제영과 나누었던 짧은 대화.

그녀의 조부가 모셔진 납골당에서 함께 했던 자판기 커피 한 잔.

납골당에서는 그래도 분위기가 썩 나쁘지 않았던 것 같은데. 저도 모르게 드는 생각에 형찬의 입가로 다시금 미소가 스몄다. 그러나 곧 미소는 타들어 가는 주인의 마음을 담아 씁쓸함만이 남았다.

결국 돌아보면 제영은 제게 여지 한 번을 주지 않았다. 그런데도 그녀의 곁을 차지하고 싶은 마음은 가시지 않았고, 여전히.

여전히 형찬은 제영을 포기하고 싶지 않았다.

달리 미련도 욕심도 없던 그의 생에 유일하게 가지고 싶은 게 있다면 박제영이었다. 그러나 유일하게 가지고 싶은 것을, 많은 것을 손에 쥐고 태어나 그것이 귀한 줄도 모르고 권태롭기만 하던 형찬은 가질 수가 없었다.

제영의 조각들을 다시 돌려놓지도, 그렇다고 완전히 덮어 치우지도 못한 채 형찬은 한참을 그러고 서 있었다. 그러나 생각을 마냥 길게 이어 가지도 못했다.

전화벨이 울렸다. 날 때부터 손에 쥔 것이 많은 그는 책임져야 할 것도 많았다. 많은 것을 포기하고 물러났더라도 말이다.

"이형찬입니다."

-아. 대표님? 안녕하세요. '두근두근 심포니' 메인 PD 명재진입니다. 통화 잠깐 괜찮으신가요?

"예. 괜찮습니다만……. 그런데 PD님께서 무슨 일로 연락을 다 주셨습니까?"

회사 아니면 관련 업체이리라 생각했던 형찬인지라 되묻는 목소리에 의아함이 담겼다. 물론 '두근두근 심포니'에 유성 매니지먼트 소속인 윤이성과 몇몇 신인 배우들이 참여하고 있으니 연락 오는 일이 이상할 건 없었다.

다만 지금 시점에서 메인 PD가 직접 형찬에게 전화할 일이 있었던가. 그의 의도를 파악할 수가 없었다. 어쨌든 들어 보면 될 일이었다.

-예, 예. 그 다른 게 아니고, 얼마 전에 대표님 매니지에서 온라인 광고를 하나 내셨잖습니까?

"동영상 플랫폼에 광고로 내걸었던 신인 배우들 이미지 광고 말씀이시죠?"

-네. 바로 그겁니다! 하하. 그게 보니까 BGM으로 깔았던 곡이 mj.Kim 거더라고요. 여태까지와는 스타일이 달라서 깜짝 놀랐죠!

"아, 예."

-아무래도 이게 이 대표님 쪽에서 온 오퍼라 그 작곡가도 좀 더 대표님 취향에 맞게 신경을 쓴 모양이죠?

형찬이 시어터 룸 가운데 놓인 소파 팔걸이에 걸터앉았다. 턱을 쓰다듬는 그의 표정이 묘했다. PD가 하려는 말이 뭔지 대충 알 것도 같았다.

다만 이야기의 주제가 썩 달갑지 않았다. 그는 방금까지 제영의 생각을 하고 있었다. 제영을 잊기 위해. 혹은 포기하지 못하는 자신의 마음에 설득당하기 위해.

그런 와중에 제영의 연주 감성을 닮아 채택해 광고에 삽입한 음악을 화제로 한 대화라니. 썩 기껍지는 않았다.

"제가 뭐라고 작곡가가 더 신경을 쓰고 말고 하겠습니까."

-에이, 이 대표님 클래식 좋아하는 거 업계에 소문 다 났는데요 뭘. 그래서 스타일 맞춘 게 빤히 보이던걸요. 기존 mj 스타일에 클래시컬한 느낌이 딱 가미가 되어서…….

형찬이 미간을 짚으며 PD의 말을 잘랐다. 그러잖아도 달갑지 않은 주제인데 거기에 더해서 '유성'의 핏줄인 자신을 띄우는 말까지 들어 주고 싶지는 않았다.

"PD님. 저를 좋게 보고 말씀해 주시는 거야 감사한 일입니다만, PD님께서도 저도 시간 쪼개 쓰는 사람들인 건 매한가지인데 용건만 심플하게 갈까요?"

-아……. 예, 그럴, 그럴까요? 하하…….

PD가 멋쩍게 웃었다. 그러고는 곧 목소리를 바꿔서 말했다.

-다른 게 아니고, 저희가 딱 그 곡 스타일이 마음에 들어서 저희 프로 최종 경연 때 사용할 곡을 그 스타일로 mj.Kim 작곡가에게 맡겨 보려고 했거든요.

"그런 일이시라면 PD님 소속이신 DBS의 드라마국에서 얼마 전에 같이 한 번 작업하신 분이 계시지 않습니까?"

형찬의 말대로 '두근두근 심포니'의 제작과 방영을 맡은 방송국에서 얼마 전에 종영한 드라마의 OST를 mj.Kim, 그러니까 김무진 작곡가가 맡았었다. 해당 드라마도 그럭저럭 잘됐고, 김무진이 작곡한 OST도 제법 인기를 끌었다.

한 번, 그것도 건너서 일을 맡겼던 형찬보다는 도리어 같은 방송국 소속인 드라마국 PD를 통해서 일을 맡기는 게 나을 것이었다. 적어도 형찬의 생각은 그러했다.

만일 두 PD의 사이가 좋지 않다거나, 예능국과 드라마국의 사이가 유별나다면 모를까. 유성 매니지먼트를 형찬이 맡기 시작하면서부터 배우나 기타 연예인들의 소속도 많아지면서 형찬은 업계 상황을 꽤 주시해 파악하고 있었다.

둘 사이가 나쁘다는 소문은 없었다.

-이미 그쪽으로는 얘기를 해 봤죠. 그런데 계속 못 한다 손사래를 치더라고요.

"김무진 작곡가가요?"

-예! 그러니까, 어쩌다가 이게 좀 악상이 떠올라서 한 번은 했지만 두 번은 못 하네 어쩌네……. 하여간 계속 그렇게 얘기를 하더라고요.

"예. 그래서요?"

-그런데 대표님도 아시잖습니까? mj, 김무진 그 양반이 업계 일한 지가 벌써 10년이 넘었는데 말이죠. 그런 베테랑이 한 번 했던 걸 두 번 못 한다는 게 말이 안 된단 말입니다.

PD의 말이 수긍이 갔다. 형찬이 작곡을 잘 아는 건 아니지만, 그의 매니지먼트 소속인 가수들의 앨범 제작 회의는 매번 참여했다. 작곡가에게 어떤 스타일을 맞춰 달라, 이전 무슨 곡이 좋았으니 그런 게 좋겠다, 이런 식의 오퍼가 들어가는 일은 흔했다.

기존과 다른 스타일로 작업했던 곡이 좋으면 그 스타일로 맞춰 달라고 했을 때 그를 '어쩌다 아귀가 맞아서 나온 거니 두 번은 어렵다'고 하는 작곡가는 딱히 없었다. '어렵지만 해 보겠다' 혹은 '비슷하게 해 보겠지만 다를 수도 있다'고 변명을 붙인들 일단 시도는 했다. 그리고 곡을 써 왔고, 그 뒤에 계약까지 진행하냐 안 하냐는 부차적인 문제였다.

만약 바꾼 스타일이 잘나간다면 그쪽으로도 자신의 스타일을 다양화해서 굳힐 수 있게 아예 한동안은 해당 스타일로만 작업을 하는 경우도 왕왕 있다고 들었다.

김무진에게 받았던 곡은 신인 배우들의 이미지 광고가 별 도움이 안 됐던 것과는 별개로 곡 자체의 반향은 있었다. 그렇다면 꽤 팔릴 만한 김무진의 새로운 작곡 스타일이 될지도 몰랐다.

그가 아무리 잘나가는 작곡가인들 결국은 자신의 작업물을 판매하는 직업인이었다. 적어도 무시하기 어려운 규모인 클라이언트의 제의를 거절하기는 어려울 터였다.

-물론 mj가 대표님과 거래하기 전까지는 이런 클래식한 느낌의 감성을 한 번도 표출한 적이 없다고는 하지만, 그래도 mj 아닙니까? 대표님께서도 저번의 그 스타일 곡 굉장히 마음에 들어 하셨다는 썰이 있더라고요. 그러면 한 번 더 들어 보겠다는 마음으로다가⋯⋯.

PD의 말을 듣던 형찬이 설핏 웃음을 흘렸다. 방송국의 제안은 무시하더라도, 계열사가 많아 앞으로 일이나 영향력 면에서 큰 도움이 될지도 모를 '유성'의 제안은 무시하지 않으리란 그의 생각이 읽혔다.

아마도 PD의 생각과 김무진 작곡가의 반응이 그리 다르지도 않을 터였다. 치기 어린 시절부터 형찬은 제가 짊어지고 태어난 유성의 무게를 아주 잘 알고 있었다.

유성의 중심에서는 재단과 매니지먼트를 일찍 받아 오면서 물러선 지 오래되었다고 하지만, 형찬이 직계 핏줄이라는 사실이 변하지는 않는다. 그리고 어른이 된 이형찬은 이제, 제가 쥐고 태어난 것을 쓰는 데에 거리낌이 없었다.

"'두근두근 심포니'에 한해서는 저도 관련인이긴 하고, 기대하는 바가 큰 만큼 PD님이 원하시는 대로 한번 진행은 해 보겠습니다."

-아이고 그렇죠! 역시 그렇게 말씀하실 줄 알았습니다. mj가 이번에 바꾼 스타일이 아주 대표님 마음에 쏙 들었다는 걸 제가 알아서 이렇게 청을 드렸는데요.

다만 얻는 것 없이 베푸는 건 형찬의 스타일이 아니었다.

"그런데 말입니다, PD님. 그래도 경쟁을 표방하는 프로그램에서 이렇게 한쪽 축을 담당하고 있는 소속 재단에서 힘을 실어 드려도 형평성에 어긋나지는 않겠습니까?"

그가 웃음기 어린 목소리로 은근한 압박을 내비쳤다. 잠시 침묵을 흘려보내던 PD가 멋쩍은 듯이 하하하, 웃고는 답했다.

-제가 얼마나 그런 일에 공명정대한 사람인데요, 그걸 걱정하십니까? 개인적인 사례야 톡톡히 따로 하겠습니다.

"개인적인 사례라……. 예. 그렇게 알고 있으면 되겠습니까?"

-하하하, 잘 좀 부탁드리겠습니다. 참, 유성에서 뽑아다 출연시키신 패널들이 화면을 잘 받더라고요.

손에 움켜쥔 것을 자연스럽게 휘두르며 제 원하는 것을 얻어 내는 방식을 쓰는 건 사회인의 당연한 덕목이었다. PD는 형찬의 말이 지닌 뜻을 아주 정확히 알아들었다.

형찬의 얼굴에 사업가의 미소가 피어올랐다.

* * *

　땅을 넓게 쓰는 부촌 주택가 인근으로 어딜 가나 흔하게 볼 법한 평범한 검은 세단이 미끄러져 들어갔다. 드라이버의 운전 솜씨가 보통이 아닌지 매끈하게 속도를 줄여 멈춘 차는 한 치의 오차도 없이 수평으로 주차되었다.

　정말이지 도로를 나가면 열 대 중 여섯 대는 차지할 평범한, 그러나 누가 봐도 갓 뽑았음 직한 차에서 길쭉한 장신의 사내가 내렸다. 뺨은 막대 사탕을 물어 불룩하고, 한 손에는 까맣고 큰 비닐봉지를 든 남자는 다름 아닌 윤이성이었다.

　까드득, 사탕을 깨무는 소리가 났다. 사탕 막대만 입에서 꺼낸 그가 비닐봉지에 집어넣고는 길쭉한 다리로 한적한 길을 걸었다. 주머니에 들어갔던 손에 마스크가 쥐어져 있었다. 한쪽 귀에 걸고, 반대쪽 귀에 걸어 까만 마스크를 쓰고, 모자도 깊이 눌러썼다. 사실 이성은 누가 저를 발견해서 무슨 말을 얹든 큰 신경을 쓰지 않았다.

　"이렇게까지 조심하는 척이나 하고 다니는 게 제가 했던 말 때문인 것도 모르지, 하여튼 내 스폰서는."

　마스크 안쪽으로 입꼬리를 크게 휘어 올려 웃은 이성이 입 안을 달게 굴러다니는 사탕을 마저 잘게 씹어 꿀꺽 삼켰다. 그의 걸음이 점점 더 가볍고 경쾌해졌다. 금세 달음박질로라도 바뀔 것처럼.

　계절은 겨울을 향해 가건만 이성의 걸음에만 이르게 봄이 묻었다. 차를 세운 인근 공영 주차장에서 제영의 집까지 가는 길이 이제 몇 걸음 남지 않았다.

그런데 점점 더 빨라지던 이성의 걸음이 제영의 집을 코앞에 두고 천천히 느려졌다. 제영의 집 바로 앞은 아닌데, 그 주변을 어슬 렁거리는 웬 놈을 발견하면서였다.

"씨발, 저건 뭐야?"

이성이 낮게 중얼거렸다. 웬 놈은 '얼굴을 가리는 시늉'은 한 이 성과 비슷한 꼴을 하고 있었다. 뭔가 수상하게 마스크를 쓰고, 모 자를 눌러쓰고, 심지어 이 겨울에 색 짙은 선글라스까지 썼다. 그 러고는 제영의 집 앞으로 가지는 않는데, 정작 시선은 연신 흘긋 거리며 제영의 집 담벼락 너머를 살피려 애쓰고 있었다.

대충 170 중반은 될까 한 키로는 제영의 집 높은 담벼락 너머 를 훤히 보기는 어려울 거였다. 놈은 우습지도 않은 헛수고를 하 고 있었다. 이성이 픽 실소했다.

그가 고개를 뻗어 담장 너머로, 제법 넓은 마당 가운데 자리한 제영의 집 안을 들여다봤다. 그리고 이어 손목에 찬 시계를 살폈 다. 오전 9시 50분, 의외로 아침잠이 많은 제영이라면 한창 잠에 취해 있을 시간이었다.

거실에 돌아다니는 모습이 안 보인다 했지.

이성은 제영이 수상한 낌새를 눈치채고 나와 볼 일은 없지 싶어 다행이라는 생각을 했다. 이성이 몇 걸음 뒤에서 그렇게 살피는 것도 모르고 수상한 놈은 여전히 제영의 집 주변을 돌며 담장 안 쪽을 기웃거렸다. 그러더니 뭔가를 확인하듯 휴대 전화를 주머니 에서 꺼내 살피며 고개를 갸우뚱 기울였다.

언제나 한산한 부촌의 주택가는 심지어 평일 애매한 오전이라

유난히 사람 하나도 돌아다니지 않았다. 9시 이후로는 쭉 이랬을 것이다. 그러니 저 수상한 놈도 주변에 사람이 다니나 안 다니나 살필 생각도 하지 않고 수상한 짓을 하는 걸 터였다.

"어쩔까……."

이성에게는 저 수상한 놈을 해결할 두 개의 선택지가 있었다. 하나는 평범하고 거친 방식인데, 제영이 썩 좋아할 것 같지 않았다. 또 나머지 하나는 저 수상한 놈에게는 부드러운 방식이되, 이건 제영이 정말 좋아하지 않을 것 같았다.

하지만 이성에게는 썩 즐거운 놀이가 될 것 같았다. 아마 두 번째 방법을 취하되 이게 먹히지 않는 경우에는 결국 첫 번째, 다소 거친 방식을 취하게 될 듯지만.

이성이 주머니에서 휴대 전화를 꺼냈다. 번호를 검색하고 말고 할 것도 없이 바로 단축 번호 0번을 꾹 터치했다.

수상한 놈이 네 번을 더 담장 너머를 보려고 생쇼를 할 때까지 제영은 전화를 받지 않았다. 이성이 그냥 처음부터 거친 방법으로 갈 걸 그랬나, 하는 생각을 할 즈음 제영의 잠에 취한 목소리가 들려왔다.

-왜……. 왜 아침부터 전화질이야…….

이성이 바짝 올려 쓰고 있던 마스크를 콧대 반 정도가 보일 정도로 살짝 내렸다. 그리고 일부러 콜록콜록 기침했다. 수상한 놈이 인기척에 놀라 뒤를 돌아봤다.

정면으로 보니 얼굴을 죄 가려 놨어도 대충 이미지가 읽혔다. 30대 중후반쯤 되는 나이대, 관리에 꽤 신경 쓰는 실루엣에 스타일. 타고난 건 별로 많지 않아서 정말로 관리에 돈깨나 썼겠다 싶은데.

입은 옷은 우스꽝스럽게 잔뜩 가린 얼굴과 달리 트렌치코트에 모노 톤의 니트 베스트, 딱 맞는 맞춤 셔츠, 어정쩡한 다리 길이에 딱 맞는 역시나 맞춤 슈트 바지.

스타일은 평범하다 못해 어딘가 추측 나이대보다 노숙하지만, 돈은 제법 썼다. 이런 놈이 왜 제영의 집 앞에서 수상한 짓을 하고 있었을까.

"어어, 여보야. 깼오? 나 아포. 많이 아픈데 어젯밤 고생한 우리 여보야 깨우느니 내가 약국 그냥, 콜록! 다녀왔지. 그러면서 장도 봤다? 우리 여보 어제 국수 먹고 싶다고 했잖아. 맞지?"

⋯⋯자는 사람 깨우다가 이게 무슨 개소리야, 지금?

잠이 덜 깨 낮게 가라앉은 제영의 목소리가 퍽 귀엽게 들렸다. 이성이 피식 웃으며 늘 껄렁한 듯해도 반듯하기만 했던 허리를 수그렸다. 몸매는 슬림하지만 185센티의 큰 키에, 긴 팔다리, 의외로 골격이 크고 흉통이 넓은 그였다. 본래의 반듯한 자세라면 혹시라도 알아보기라도 할까 싶어서.

수상한 놈이 이성을 빤히 바라봤다. 도망가야 할지, 아니면 계속 어슬렁거려도 좋을지 고민하는 듯했다. 정확히는 이성이 이곳을 지나쳐 갈지, 아니면 제가 지켜보던 집으로 들어갈지 살피는 듯도 했다.

"응? 빨리 들어오라고? 콜록! 그럼, 우리 여보야가 보고 싶다고 하는데 얼른 들어가지용!"

—윤이성 씨, 너 미쳤어?

"콜록! 콜록! 아, 근데 여보야! 내가 보고 싶어도⋯⋯."

전화에 집중하는 듯 손에 든 봉투를 앞뒤로 살살 흔들며 눈을 휘어 웃던 이성이, 처음으로 수상한 놈과 눈을 빤히 마주쳤다. 놈이 흠칫 놀라며 걸음을 한 발 물렀다. 그러면서 어디 갈 생각은 않고 머무르는 게 보였다.

저거 분명히 박제영 찾으러 온 게 맞는 것 같은데, 옷차림을 봐서 도둑은 아니고. 무슨 나쁜 마음을 먹고 저러고 있을까. 아니, 도둑일 수도 있지. '어렵게' 번 돈으로 플렉스한 차림이 저 꼬락서니일 수도 있는 법이니까.

"······절대 나와 보고 그러진 말아용. 알았지?"

-뭐? 뭐라고?

이성의 말이 심상찮게 느껴졌는지, 제영의 목소리가 홀딱 잠에서 깼다. 이성이 작게 아 아쉬워라, 하고 혼잣말을 뱉었다. 제영의 잠에 취한 목소리가 퍽 귀엽게 들렸던 탓이다.

"아니 씨바알, 울 여보야 예쁘게 생겼다고 벌써 동네방네 소문이라도 났는지 집 앞에 웬 수상한 새끼가 싸돌아다니고 그러잖아."

-집 앞에 누가 있어?

"으으응, 절대 나와 보지 말아용. 콜록!"

-여기 우리 집인데 찾아왔으면 나 보러 온 건데 내가 누군지 봐야······.

"응! 알았어용! 얼른 갈게에. 사랑해!"

잊지 않고 쪽, 하고 입 맞추는 소리까지 낸 이성이 그제야 전화를 끊었다. 통화를 하며 느리게 한 걸음씩 다가선 이성과 수상한 놈의 거리는 이제 고작 다섯 걸음이나 떨어졌을까, 많이 가까워졌다.

"어떻게 한숨 쉬는 것까지 귀엽지……."

잠깐 멈춰 선 이성이 한숨을 혹 내뱉으며 수상한 놈을 노려봤다. 놈이 흠칫 굳으며 뒷걸음질을 쳤다. 이성은 놈이 한 발 뒷걸음질을 치면 두 발 다가갔다. 거의 제영의 집 대문 앞에 다다랐다.

이성이 놈의 어깨를 퍽 소리가 나게 치며 지나쳤다. 아직 어깨가 아슬아슬하게 닿아 있는 위치에서, 이성이 수상한 작자에게 잘 들리도록 고개를 살짝 뒤로 틀어 속삭였다.

"씨이발, 조용한 동네라고 해서 믿고 이사 왔더니 이거 어디 불안해서 살겠나."

"뭐, 뭐, 뭐, 무슨……."

"밑에 애새끼들이라도 풀어야지……."

끅, 급히 숨 삼키는 소리가 났다. 일부러 감기에 걸린 척 낮게 깔아 쉰 소리를 내던 이성이 킬킬거리며 웃었다.

"안 그렇습니까?"

수상한 놈이 기함하며 멀어졌다. 이성이 대문을 열고 제영의 공간으로 들어섰다. 바로 현관까지 향하지 않고 대문 옆에 붙어서 좁은 틈으로 바깥을 살폈다.

수상한 놈이 멀어지는 걸음 소리가 들렸다. 그러고도 한참을 더 살피니 멀지 않은 거리에서 자동차 시동 걸리는 소리가 이어졌다.

대문 틈을 바라보는 이성의 눈은 싸늘하기 그지없었다. 별 볼일 없는 새끼였긴 하지만, 역시 제영의 집을 살피는 기색이 영 거슬렸던 탓이다.

하지만 당분간 다시 찾아오지는 않을 듯했다. 아랫놈을 풀겠다는 허접한 거짓말을 믿고 겁을 먹을 정도면 정말로 보잘것없는 놈일 테니까. 거기다 아마 이곳을 제영의 집이 아니라 막 이사 온 위험한 신혼부부의 집 따위로 믿을 것이다.

그래도 혹시나 불안하니까, 정말 사람을 사서 집 근처에 붙여두기라도 해야 하나.

고개를 돌려 제영의 집 현관문으로 향하는 이성의 얼굴은 언제 싸늘했냐는 듯 금세 다시 풀렸다. 제 목줄을 쥔 주인님을 보러 가는 개새끼의 표정이었다.

* * *

잠옷 위에 긴 카디건을 걸친 제영이 팔짱을 끼고 이성을 마주했다. 잠이 완전히 가신 눈은 서늘하기 짝이 없어서, 이성은 죄지은 것도 없이 눈치 보는 시늉을 했다.

"너 아까 그 통화 뭐야?"

"아 왜……."

"집 밖에 누가 있었어?"

"몰라 어떤 찐따 같은 중늙은이가……."

제영의 팔짱이 풀렸다. 풀림과 동시에 그녀의 손이 냅다 이성에게 손에 쥐고 있던 것을 던졌다. 가볍게 툭 부딪히는 소리가 나고 떨어진 걸 내려다봤더니 늘 제영의 침대맡에 놓여 있는 인형이었다.

"근데 누가 네 여보야! 죽을래?"

"아니, 그거는 그냥 그 새끼가 네 집인 거 알고 찾아온 것 같길래 다른 사람 집인 줄 알고 보내려고 그랬지!"

"그럼 그냥 우리 집 앞에서 뭐 하세요, 하면 되지 왜 그런 되지
도 않을 소리를 하는데?"

인형 하나가 더 휙 날아왔다. 양손에 하나씩, 박제영이 준비 많
이 했다 싶었다. 그래도 별반 아프지도 않을 인형이라니, 박제영
성격에 많이 참는다 싶기도 했다.

이성이 배시시 입꼬리를 휘어 웃었다. 목소리는 억양 없이 딱딱
하고 표정도 아주 얼음장이 따로 없는 목석같은 박제영이건만, 왜
이렇게 귀여워 보이는지 모르겠다.

"내 흑심 좀 보였어?"

"안 보였겠니?"

"아 좀, 봐주라. 냅다 패 버릴까 하다가 또 우리 주인님께서 개새
끼 사고 쳤다고 혼낼까 봐 나름대로 온건한 방식으로 처리한 건데."

"냅다 팼으면……!"

제영이 머리를 쓸어 넘기며 가슴에서부터 끓어오르는 한숨을 삼
켰다. 아찔하기라도 한 듯이 눈을 감았다 뜬 제영을 보며 이성은
여전히 실실 웃었다.

"본인이 얼굴값하는 피아니스트라는 자각은 있지? 그랬으면 인
형으로 안 끝났어. 알아?"

"알지. 그러니까 온건하게, 흑심 한 1그램쯤 담아서 곱게 돌려
보냈잖아."

"그리고…….."

"그리고?"

제영이 떫은 얼굴로 침을 꿀꺽 삼켰다.

"누가 네 주인님이야?"

"그럼 아니야? 개새끼 목줄 쥐고 있으면 주인님이지."

"허⋯⋯."

말이 막힌 듯 제영이 반박은 못 하고 헛숨만 내쉬었다. 그래, 분명 제 입으로 윤이성이 그렇게 타령을 하던 '목줄'을 쥐니 마니 했다. 내가 왜 그랬을까. 때늦은 후회를 해 봐야 이미 늦었다.

제영의 헛숨은 기어이 한숨 같은 실소로 이어졌다. 오전부터 기운이 다 빠진 제영이 소파로 다가가 털썩 주저앉았다. 제영의 눈치를 보느라 멀뚱히 현관에 서 있던 이성이 큰 손에 인형 두 개를 쥐고 다가와 제영의 옆에 앉았다.

들고 있던 비닐봉지를 툭, 바닥에 놓는 건 덤이었다.

"잠결이었는데 통화 내용 다 기억하네?"

"그럼 내 집 앞에 수상한 사람이 있다는데 그걸 까먹니? 그리고, 그게 보통 개소리였어? 누가 누구 여보⋯⋯. 하아."

"그 미친 새끼 다시 올 것 같진 않으니까 그건 신경 끄고, 그래서 국수는 좋아해?"

제영이 곁눈질로 이성을 흘긋 쳐다봤다. 거리가 너무 가깝다. 제영이 엉덩이를 들어 한 뼘 정도 거리를 벌리고 고쳐 앉았다.

"국수 왜."

"나 국수 삶아 먹으려고 장 봐 왔다니까?"

"⋯⋯그것도 여보에 버금가는 개소리 아니었어?"

"국수는 개소리 아니고 개수작이지. 주인님한테 점수 좀 따려고."

이성이 비닐봉지를 벌려 보였다. 두고두고 먹을 것처럼 엄청난 양의 소면 하며, 멸치에 대파, 자연 농법이 어쩌고 쓰인 달걀 꾸러미에 고명으로 쓸 고기와 고추까지 보였다. 장 한번 제대로 봤다.

"부엌 쓴다?"

이성이 제영의 머리를 쓰다듬어 흩트리며 자리에서 일어났다. 제영이 제게 던졌던 인형을 그녀의 좌우에 하나씩 놓아 주고 '주인님 잘 지키고 있어라.' 하고 헛소리까지 제대로 지껄였다.

제영은 신경질적으로 이성이 흐트러뜨린 머리칼을 다시 정리한 뒤 고개를 절레절레 내저었다. 부엌으로 향한 이성이 콧노래까지 부르면서 요리하는 소리가 들렸다.

부스럭, 봉지에서 무언가를 꺼내 늘어놓는 소리.

싱크대와 선반 서랍에서 이것저것 꺼내는 소리.

쏴아아, 쏟아지는 물소리와 뽀드득 소리.

소리의 향연을 들으며 제영이 몸을 웅크려 모로 누웠다. 거실 소파는 푹신하고, 폭이 넓어 키가 작고 마른 제영이 눕기에 충분히 포근했다.

우습지도 않은 '여보' 소리에다, 집 밖에 이상한 사람이 돌아다닌다는 말에 놀라 깼던 잠이 제영을 다시 찾아들었다. 포갠 손을 머리통 아래 깔고 슬며시 눈을 감았다.

도마 위에 재료를 올리고 박자감 있게 통통 써는 소리가 들렸다. 물을 올려 둔 건지 보글보글 소리까지 더해지는 게, 이 나름의 박자감들이 퍽 귀엽고 다감하게 들렸다. 눈을 감은 제영의 입꼬리가 슬그머니 올라갔다. 천천히 잠에 취하는 제영의 손끝이 무엇을 연주라도 하듯 까딱까딱 움직였다.

꿈 하나 꾸지 않고 단잠에 빠져 있는데 어디선가 부르는 소리가 자꾸 들렸다.

박제영. 야. 내 스폰서. 어이. 주인님.

"여보야, 국수 다 됐는데?"

속삭이는 목소리에 장난기가 그득했다. 제영의 미간이 설핏 찌푸려 들었다. 으응, 앓는 소리를 내며 몸을 돌리는 제영의 뺨에 연주가 특유의 손톱이 짧은 손끝이 닿았다.

"하지 마……. 간지러워……."

"여보야아. 국수 다 불어터진다. 응?"

결혼도 안 한 새파란 처녀한테 아까부터 자꾸 왜 여보라는 거야. 대체 누가…….

제영이 눈을 감은 채로 깜박이는 기행을 보이며 고민했다. 누가, 누가 이런 말도 안 되는 소리를 하는 거지?

제영의 주변에 이런 헛소리를 할 사람이라고는 딱 한 명 있었다. 간질간질하게 닿던 손끝이 이제는 아예 대놓고 뺨을 꾹 찔렀다. 제영이 그제야 눈을 동그랗게 떴다. 아직 잠기운이 남아 흰자에 빨갛게 핏줄이 섰다. 제영이 뒤늦게 벌떡 일어났다.

"누가 여보야!"

"싫었으면 '내 스폰서'쯤에서 깨지 그랬어?"

이성이 배시시 웃으면서 그랬다. 웃는 얼굴에 침 못 뱉는다는 말도 다 옛말이었다. 개소리엔 매가 약인데. 제영이 제 앞에 웅크리고 앉아 저를 올려다보는 이성의 이마를 검지 끝으로 툭 밀었다.

일부러 으악! 소리를 내면서 과하게 뒤로 넘어가는 이성을 보고 제영이 한숨을 푹 내쉬었다. 아직 졸린 기운이 남은 찌뿌듯한 몸을 기지개로 풀어 주고 자리에서 일어났다.

"죽는다, 진짜."

"죽여도 좋으니까 국수는 먹고 죽여 주라. 내가 진짜 죽여주게 끓였으니까. 어? 어?"

뒤로 넘어갔던 이성이 금세도 일어나선 곧장 제영의 뒤로 따라 붙었다. 그러곤 제영의 어깨를 조심스레 감싸 안고 그녀를 식탁으로 이끌었다.

성가셔 죽겠다는 표정을 하고 있던 제영이 제 앞에 놓인 국수를 보고는 금세 얼굴을 바꾸었다. 비린내도 없이 진하게 우러난 누런 국물에 고명까지 예쁘게 얹은 국수에서 김이 폴폴 올라오고 있었다.

제영이 홀린 듯 젓가락을 집었다. 맛만 살필 생각으로 면이 흐트러지지 않게 조금 집어 입에 넣었다. 국물은 냄새에서 기대했던 것만큼 진하고 구수하고, 심지어 끝에는 감칠맛까지 느껴졌다. 거기다 면 삶기까지 딱 적당해서 다시 젓가락을 가져다 대고 싶게 했다.

"어때?"

"뭐가."

"존나 맛있지?"

솔직히 엄청 맛있기는 했다. 본래 오전이 지나기 전에 식사를 잘 하지 않는 제영이건만 식욕이 당겨 배가 욱신거리며 아파질 정도였다. 하지만 윤이성이 그렇다. 열 가지 잘해 놓고도 말로, 열한 번째의 사고로 제 밥을 몫을 깎아 먹는 남자였다.

존나가 뭐니, 존나가⋯⋯. 제영이 이성을 바라보며 한숨을 푹 쉬었다.

"먹을 만하네."

"에이. 맛있으면서."

이성은 제영의 심드렁한 태도에도 아랑곳하지 않고 배시시 웃었다. 그러곤 제영의 맞은편 자리에 앉았다. 같은 냉면기에 담은 국수건만 제영의 것과 이성의 것이 양 차이가 족히 두 배는 되었다. 제영이 그걸 보고는 피식 웃었다.

이성은 제영이 다시 젓가락질을 하나 안 하나 살피면서 휴대 전화를 들었다. 제 앞에 놓인, 여전히 김이 폴폴 오르는 국수에 대고 찰칵, 사진을 찍었다. 두 번째 젓가락질로는 면을 제법 잡아서 먹을 준비를 하던 제영이 멈칫했다. 그녀가 이성을 흘겨봤다.

"너 또⋯⋯. SNS 다시 살린 거 아니지?"

몹시 합리적인 의심이었다. 그러나 주인 말 잘 듣는, 목줄 잡힌 미친개가 되기로 한 이성에게는 퍽 억울한 일이었다. 이성이 입술을 삐죽 내밀었다.

"내가 단단히 미친 개라고는 해도, 내 목줄 잡은 주인님 말은 또 잘 듣거든?"

"웃기고 있다."

답은 퉁명스레 해 놓고도 믿기는 하는 눈치인지, 제영이 흘겨보던 시선을 거두고 국수에 집중했다. 작게 호로록 소리를 내며 국수를 먹는 제영을 이성이 흐뭇한 얼굴로 바라봤다.

이성이 다시금 휴대 전화를 들어 제 앞에 놓인 국수를 프레임 안에 담았다. 그러나 찰칵, 소리를 내며 찍힌 사진 안에 정작 담긴 것은.

볼을 오물거리며 국수를 먹고 있는 박제영의 얼굴이었다. 화면을 손끝으로 톡톡 두드린 이성이 젓가락을 들기도 전부터 배부른 얼굴을 하곤 웃었다.

* * *

사무실로 들어오는 김무진 교수를 보며 조교들이 자리에서 일어나 꾸벅 인사했다. 평소라면 젠틀한 신사에, 누구보다 다정한 교수로 통하는 그이기에 조교의 인사를 받아 주었을 테지만 오늘은 달랐다. 그럴 여유가 없었다.

"왜 저러시지……. 무슨 일 있으신가?"

"모르죠. 표정이 안 좋으시던데……."

의아한 얼굴로 속닥거리는 조교들을 뒤로한 김무진이 사무실 문을 닫아 잠갔다. 두통이라도 이는 듯 이마를 매만지던 그가 인상을 찌푸리고 한숨을 푹 내쉬었다.

그가 며칠 전 유성 매니지먼트의 대표인 이형찬과 나누었던 통화를 떠올렸다. 통화의 시작은 좋았다. 광고 효과는 그리 썩 좋지 않았지만, 유성에 보냈던 곡의 반응은 괜찮았었다. 그래서 대표가 친히 전화를 다 주셨나 했다.

-작곡가님께서 저희 쪽과 일하시면서 주셨던 곡의 스타일이 정

말 마음에 들었습니다. 제가 워낙 클래식한 스타일을 좋아해서이 기도 하지만 특히나 그 감성이……. 정말 좋았습니다.

"예. 취향이 그쪽이신 걸 알아서 조금 신경을 썼었죠. 그런데……. 어쩐 일로 직접 이렇게 연락을 주셨는지 여쭤도 되겠습니까?"

-명 PD님께 연락받으셨었죠?

"아……."

당시 김무진은 형찬이 '두근두근 심포니'의 메인 PD를 언급하 자마자 낯을 굳혔다. 이미 그에게 제안을 받았지만 거절한 참이었 다. 제영과 좋지 못하게 끝을 봤으니, 박제영의 곡을 앞으로도 몇 번 더 받아서 쓰기에는 영 그른 터였다. 그러니 PD의 제안도 거절 한 거였다.

사실 다른 학생들의 곡을 좀 더 '좋게' 만들어서 썼을 때는, 그 들의 기반이 자신과 크게 다르지 않은 실용 음악 스타일을 베이스 로 하고 있었기에, 비슷하게라도 따라 해서 내놓을 수 있었다. 아 예 학생에게 과제를 추가로 내 주고 고쳐 쓴 적도 있었고. 하지만 제영의 경우는 그 감성이 말 그대로 '클래식'에 훨씬 더 가까웠다.

아무렴 자신이 '여러 스타일의 곡'을 접해 베리에이션이 넓은 작 곡가라고는 하지만, 제영의 경우는 그 감성도 스타일도 제멋대로 베껴 쓰기엔 무리가 좀 있었다.

그래서 김무진은 '두근두근 심포니'의 화제성이 남다른 걸 알면 서도 눈물을 머금고 PD의 오퍼를 거절했다. 그런데 PD가 이렇게 거물을 물어다 다시 오퍼를 넣을 줄이야.

-'두근두근 심포니'는 윤이성 피아니스트부터 해서 저희 쪽 신

인들까지 제법 패널로 밀어 넣은 터라, 저희도 꽤 공을 들이고 있어서요. PD님께서 최종 경연용 오케스트라곡의 메인 작곡을 김무진 작곡가께서 해 주셨으면 하고 바라는 모양이더군요. 이미 한번 오퍼도 넣으셨다고 하고……. 그런데 거절하셨다지요?

"아, 아하하……. 네, 아무래도 제가 맡기에는 너무 부담스러운 일이 아닌가 해서 무거운 마음으로 거절을 했지요."

-무거운 마음이시라면? 어떤…….

"일단 제가 이번에 특별하게 클래식한 스타일을, 뉴에이지틱하면서도 사실상 좀 더 고전적인 느낌을 가미한 걸 시도는 해 봤습니다만 본격적으로 정말 클래식이다, 하는 작업을 맡기에는 무리가 따르겠다고 판단을 해서요. 더군다나 오케스트라가 연주할 협연 형식 곡의 작곡이라니요. 아무리 공동 작곡을 한다고 해도 여유 시간도 얼마 없기도 하거니와……."

사실은 진짜 작곡자, 원작자인 박제영의 스타일을 더는 따올 방법이 없어서 거절한 거였다. 그녀는 현직 유명 작곡가에 하늘 같은 교수인 자신에게 곡을 빼앗아 갔느냐 대놓고 따지고, 심지어 학교를 그만뒀다.

"정말 좋은 기회였습니다만……. 제 역량을 넘어선 일을 선뜻 맡기에는 또 프로의 양심이 있다 보니 그렇게 되었습니다. 하하……."

사실 그는 PD의 제안을 받았을 때, 이미 거절해 놓고도 괜한 아쉬움에 박제영에게 연락했었다. 이건 네 곡이 정말로 통하는지 알아볼 좋은 기회라고 알량한 말로 그녀를 구슬려 볼 참이었다. 이

번을 포함해서 한동안 절 도와주면, 그 뒤로는 너도 왕성하게 활동하는 프로 작곡가로 만들어 주겠다고. 말만이라도 그렇게 하려고 했다.

문제는 박제영이 번호까지 바꾸고 아예 잠적을 타 버렸다는 거였다. 하긴, PD의 연락을 받기 얼마 전 박제영의 친척 동생이라는 학생을 만났을 때 어렴풋이 예상하긴 했다. 일가친척과도 연락을 안 한다는데, 쓰던 번호를 유지할 리가 없지.

그러니 김무진은 무려 유성 그룹의 직계이자 매니지먼트 대표인 이형찬의 재오퍼라 한들 거절해야 했다. 그러나 그러질 못했다. 이형찬이라는 이름에 지워 놓을 수 있는 빚, 그에 따라 얻을 수 있는 인맥과 밝은 미래가 눈앞에서 그려졌다.

그걸 놓치기에는, 김무진이라는 인간의 속이 너무나 검고 욕심이 컸다.

그래서 결국엔 '어차피 공동 작업에, 메인 멜로디 라인만 따 주면 실질적인 오케스트라용으로의 재편곡은 전문 작곡가가 붙을 테니 메인 작곡가로서 작업을 부탁한다'는 이형찬의 제안을 덥석 물고야 말았다. 수락 직후 통화를 마치자마자 빠르게 반쯤 후회했지만, 역시 다시 생각해 봐도 놓칠 수 없는 기회였다.

해서 김무진은 박제영을 어떻게든 만날 요량으로, 이미 자퇴 처리가 완료된 제영의 폐기된 학적을 물어물어 알아내 바로 오늘 찾아갔었다.

"설마하니 이사까지 가 버렸을 거라고 누가 상상이나 했겠냐고……. 그것도 모르고 찾아갔다가 웬 양아치 같은 새끼나 만나고."

그 양아치 같은 놈은 얼굴을 죄 가려 수상한 몰골이었지만, 기억을 떠올려 보면 사실 키도 골격도 훤칠하긴 했었다. 제 여보인가 아내에게는 끔찍한 놈인 듯했다. 아래 애새끼들을 풀어야겠느니 어쩌느니 하는 꼴이, 어쩌면 양아치가 아니라 위험한 조폭일 수도 있었다.

혹시 하는 마음에 전에 살던 사람은 어디로 갔는지 아시냐고 묻기라도 해야 했는데, 질겁해서 도망갈 정도로 기세도 흉흉했었다.

김무진이 다시금 신경질적으로 제 미간을 매만졌다. 박제영을 만나서 설득할 일은 요원해 보였다. 그렇다고 무려 이형찬 대표의 제안을 수락해 놓고 이렇게 갑자기 다시 반려할 수는 없었다.

잠시 고민하던 그가, 학교의 과제를 올려 두는 서버와 자신의 개인 메일을 열어 뒤지기 시작했다. 일단 박제영이 과제로 냈던 곡들을 죄 긁어모아 들어 보기라도 할 셈이었다.

그의 선에서는 고루하고 낡은 스타일이라고 여겨질 뿐이었지만, 사실 박제영의 기초는 탄탄했고 건질 만한 구석은 짧은 연습용 작곡에서도 없지 않을 터였다.

10. Repeat

이성은 요즘 살아온 중에 가장 행복한 나날을 보내고 있었다. 촬영은 순조로웠으며, 제영과의 관계도 나름대로 매일 순항이었다. 아마도 제영이 자신의 목줄을 잡아 주겠다고 한 순간부터일 거다. 그날부터 이성의 눈에는 하루하루가 핑크빛이었다.

물론 제영의 성격이 또 보통이 아니다 보니, 딱히 살갑게 연애하는 느낌은 아니었지만 그래도 괜찮았다. 거기까지 쭉 달려갈 자신이 있었다. 시작이 뭐 같긴 했지만 이미 몸은 섞었고, 아닌 척해도 제영은 요즘 자신이 하는 입맞춤이나 스킨십에도 좀 너그러워졌다.

그럼 이제 마음만 제대로 섞어서 아예 하나처럼 만들면 그만이지. 자신 있었다. 그녀는 저의 목줄을 쥐었고, 자신에게 박제영은 구원자이자 뮤즈였으니까.

다만 하나 걱정되는 게 있다면, 학교까지 그만둔 우리 박제영이가 날백수에 집 지킴이 요정이 되었다는 건데…….

"뭐가 그렇게 좋습니까?"

"……엉?"

"윤이성 피아니스트. 지금 본인 다음 공연 조율 중인 자리인 건 알고 있습니까? 집중 좀 하세요."

"아. 쏘리. 거 미안합니다?"

이성이 형찬을 보며 씩 웃었다. 이성의 얼굴은 날로 빛이 나는데, 마주한 형찬의 얼굴은 딱 이성의 낯빛이 좋아질 즈음부터 영 혈색이 죽기 시작했더랬다.

통유리로 쏟아지는 겨울 정오께의 늘어지는 볕이 밝기만 하건만, 그 볕을 직격으로 받는 형찬의 안색에는 그늘이 한가득했다. 물론 이성은 형찬의 꼴이 왜 이 모양인가 썩 잘 알고 있었다.

"그러니까, 지금 방송 중인 '두근두근 심포니'에서 우승 팀이 될 자신 있거나 지금 화제성 끝까지 유지할 자신이 있으면 방송 끝날 시기에 맞춰서 공연을 열자? 이거죠?"

"그렇습니다. 아무래도 화제성을 이어 가면서 그간 공백이 있었던 만큼 왕성한 활동을 보여 주는 게 좋을 테니까요. 뭣하면 교양 방송 패널 자리도 있는데, 매체를 통해서 대중에게 거리감 없는 클래식 피아니스트로 자리를 잡는 것도 괜찮다고 봅니다."

"난 지금도 딱히 대중에 거리감 있는 스타일은 아닌데. 방송 그 거 거지 같아서 별로 하고 싶지도 않고."

형찬이 서늘한 눈으로 이성을 빤히 쳐다보았다. 안하무인이라는 말을 사람으로 빚었다고 해도 과언이 아닐 이성은 형찬의 눈빛을 받고도 그저 씩 웃고 말았다.

"그렇습니까. 뭐 아티스트가 그렇다는데 굳이 강요할 생각은 없습니다."

말은 그렇게 했지만 형찬의 입에서는 옅은 한숨이 삐져나왔다. 건방진 자세로 앉아 형찬의 꼴을 살피며 얄밉게 웃어 대던 이성이 별안간 자세를 고쳤다. 꼬고 앉았던 다리를 똑바로 놓고 허리를 숙여 테이블 위에 놓인 서류들을 살폈다.

"잡지사 인터뷰?"

"아, 그 건도 있었죠. 그건 해야 할 겁니다. 요청 들어왔던 것 중에 괜찮은 곳으로 몇 군데 골라 둔 거니 제대로 보세요."

형찬이 보기에 이성이 인터뷰를 거절할 것 같지는 않았다. 표정은 뚱했지만 저 윤이성이라는 놈이 어쨌든 인터뷰 요청이 들어온 곳을 정리한 서류를 뒤져 보고 있지 않은가. 형찬이 파악한 이성은 사회적인 제스처라고는 티끌만큼도 없는 놈이었다. 마음에도 없는데 시늉만이라도 할 작자는 아니지.

길쭉한 손가락이 종이 귀퉁이를 만지작거리면서 제법 진중하게 살피는 꼴이, 형찬이 보기엔 영 안 어울렸다. 그러나 굳이 그걸 말로 꺼낼 생각은 없었다.

문득 이성을 보고 있는 이 순간 가슴이 답답해졌다. 윤이성은 저 손가락으로 박제영을 끌어안고, 그녀의 뺨이며 입술을 매만졌겠지. 어쩌면 바로 어제도 그러했을지 모를 일이었다.

잘 지내고 있을까. 제영 씨는.

"뮤직 피커? 여기는 거긴데. 내가 차로 받아 버렸던⋯⋯. 그 개 같은 시향 악단 콘서트마스터, 여기 사장이 그 새끼랑 친해서 그 뒤로 족족 나 씹어 대는 평만 실었던 덴데."

이성이 아니꼬움을 숨기지 못하는 투로 말했다. 그가 잡지사 이름을 기억하고 있을 정도라면 원한이 대단했긴 한 것일 테다. 형찬이 미간을 찌푸리며 이성의 손에서 너덜너덜해진 서류를 제게 끌어왔다.

서류에는 이성이 국제 콩쿠르 2위 수상을 한 뒤 프로로 데뷔하면서부터 지금까지 해당 잡지사가 실었던 기사와 평들이 간략하게 정리되어 있었다. 그 밖에 이번 인터뷰에서 이성에게 건넬 질문, 청하는 답변 스타일 따위도 함께 정리해 두었다.

「뮤직 피커」는 다른 잡지사에 비해 이성의 제멋대로인 행태에 유난히 비난의 기색이 크긴 했다. 그러나 연주 테크닉이나 공연 평에 대해서는 음악 전문 잡지사의 이미지가 있다 보니 썩 공정했다. 잡지에 실리는 기사 사진에도 신경을 쓰는 편이었고.

사실 이성은 연주만큼이나 얼굴을 팔아먹는 경향이 있었다. 아마도 이쪽은 다른 것보다 잡지사 자체에서 쓰는 포토그래퍼의 실력에 점수를 많이 줘서 인터뷰 후보에 올린 듯했다.

형찬이 꼼꼼히 살펴보니 확실히 이성의 개짓거리에 대해 신랄하게 비난한 기사들이 여태 제법 되었다. 심지어 이성이 잠적했던 3년 간의 행보에 관해서도 나태한 피아니스트가 어쩌고 하는 비난을 해 두었다.

형찬이 낮게 침음했다. 이성이나 몇몇 재단 쪽 관련 아티스트들은 자신이 직접 관리하고 있었다. 고로 이 인터뷰 잡지사를 골라 마지막에 픽한 것도 형찬 본인이었다.

자신이 제정신이었더라면, 이 「뮤직 피커」는 이성에게 언급될 일조차 없었을 거였다. 기사나 평의 제목만 대충 훑고 올렸다가 사달이 났다.

제영이 제게 단절을 고한 충격이 일에까지 영향을 주고 있었다. 이래서는 안 됐다.

"……잘못 섞여 올라간 모양입니다. 그럼 여긴 빼고……."

"뭘 굳이 빼? 그럴 필요 없습니다. 나 여기랑 인터뷰할 건데?"

"예?"

"요즘은 사고도 안 치겠다, 꿀리는 게 있는 것도 아닌데 내가 왜 피합니까? 꼬랑지 내린 개새끼도 아니고."

"굳이 피차 좋은 사이 아닌 거 아는 곳이랑 일해야 할 이유가 있습니까?"

"내가 뭐가 모자라서, 피할 이유는 또 뭐고요. 대표님아?"

턱을 까딱거리면서 건방지게 답하는 이성을 보고 형찬이 한숨을 깊이 내쉬었다. 애초에 이럴 새끼라서 더 신경 써 거를 건 거르고 보여 줬어야 했는데.

형찬이 신경질적으로 미간을 매만졌다.

"인터뷰해 간 내용 날조해서 이미지 타격이라도 주면 어쩌려고요."

"그런 거 체크하라고 소속사가 있는 거 아닌가."

"틀린 말은 아니지만, 굳이 위험 감수하고 좋은 논조도 아닌 델 짚어 일할 필요가 없단 뜻 아닙니까."

"그래도 노망나서 손 달달 떠는 콘서트마스터보다야 대기업 핏줄 파워가 더 세겠죠."

대놓고 너 믿고 지랄하겠다는 말이었다. 형찬이 기어이 실소했다. 참, 새삼 여기저기서 제가 날 때부터 꿰차고 산 대기업 프리미엄 한번 알차게 이용해 먹는 기분이었다.

"마음대로 하세요. 책임은 본인이 지시고."

"언제는 내가 안 졌나. 뭐, 사실 기존부터 나한테 긍정적이었던 놈들이 긍정적인 평이나 인터뷰 실어 주는 거보다, 원래 뭣 같았던 사이에 좋은 평 해 주는 게 더 진솔해 보이기도 하잖아요. 겸사겸사 나만 좆대로 하겠다는 게 아니라, 그런 뜻도 있다고."

"생각이라는 걸 하고 사는 사람이었다는 말이군요."

"대가리에 똥만 차 있으면 무슨 수로 연주를 하나. 그 정도 잔머리는 굴러가지."

형찬이 수긍하기보다는 더 말을 섞기 싫다는 뜻으로 가볍게 고개를 끄덕였다.

"인터뷰는 됐고, 그래서 공연은 어떻게 할 겁니까?"

이성이 잠시 고민했다. 공연을 하냐, 마냐가 아니라 제영과 자신 사이에 걸었던 계약 조건을 따져 보는 것이었다.

데이트 한 번에 공연이 한 번이었다. 조건을 바꾸기 전에 했던 섹스의 값은 치렀다. 그 뒤 저와 제영의 과거를 짚어 보는 데이트가 한 번. 또 제영과 서로 옷이며 뭐며 사다 안겼던 백화점 털이도 데이트로 치려면 칠 수 있었다.

그리고 뭐가 있었더라……. 그 밖에 기억나는 건 없었다. 제영과 사이는 꽤 진척된 것 같은데, 박제영이라는 애가 의외로 대단한 집순이라 어디 밖에 나가서 데이트다운 데이트를 해 본 적이 드물었다.

하긴, 빌어먹을 방송 때문에 얼굴이 과하고 빠르게 알려져서 어디 사람 많은 데이트 코스를 다니기에는 영 애매해진 제 사정 탓도 있었다.

"큰 거 한 번, 작은 거 한 번 했으면 싶기는 한데 기간은 너무 타이트하게 잡지 맙시다. 값 떨어져 보이게."

"큰 거와 작은 거의 기준은 뭡니까?"

"그건 알 거 없고. 공연 두 번 중에 한 번은 자선 공연 같은 게 좋겠는데."

"방금까지 값을 논하던 사람이 자선 공연이라……."

"그거랑 이거는 다르지. 내가 이미지 관리를 했으면 하는 사람이 있어서, 그쪽 가치를 내가 좀 올려 볼까 해서요."

이성이 말하는 '이미지 관리를 했으면 하는 사람'은 분명 제영이었다. 형찬의 얼굴이 딱딱하게 굳었다. 지금은 적어도 일할 때만이라도 제영을 떠올리고 싶지 않았다. 더욱이 윤이성을 앞에 두고는 더욱 그러했다.

그런데 윤이성이 먼저 박제영의 이야기를 꺼냈다. 대놓고 제영이라고 말하지는 않았지만 그가 신경 쓰는 사람이 제영이 아닐 리가 없었다. 적어도, 정말 지금만큼은 이성의 입에서 나오는 제영의 이야기는 듣고 싶지 않았는데.

심지어 이성의 태도가 노골적으로 제영과 저의 사이가 진척되어

가고 있음을 알리고 있었다. 형찬이 드물게, 저답지 않게 속으로
욕설을 곱씹었다.

"좋았습니까?"

"뭐?"

"제영 씨랑, '관계' 있었잖습니까. 윤이성 피아니스트."

"씨발 이게 뭔……."

답지 않은 일을 또 하나 벌였다. 저도 모르게 튀어 나간 물음이
었다. 이성 또한 드물게 경악한 얼굴로 반문했다.

잠시 얼이 빠졌던 이성이 곧장 얼굴을 험악하게 구겼다.

"아니, 씨발……. 이게 무슨 댁답지 않은 급발진인데? 지금 그쪽
이 뭔 말 했는지는 인지나 하고 있어요? 예?"

이성의 분노에 찬 비아냥이 끝나기도 전에 형찬의 얼굴이 굳어
졌다. 이성의 말에 분노해서가 아니었다. 자신이 한 말이 얼마나
치졸하고 무례한 뜻을 담았는지 알아서였다. 뒤늦게 다가온 수치
심에 굳은 얼굴이 절로 뜨거워졌다.

"사귀는 사이는 아니지만 관계를 맺은 남자가 있어요."

"관계라 함은?"

"어른 남녀 사이에 사귀는 게 아닌데 관계라고 부를 만한 무언
가겠죠. 더 정확히 말씀드려요?"

성인이 된, 박희은이 아니라 박제영을 살아가고 있는 그녀를 처
음 만났던 자리에서 들은 말이었다. 그러곤 곧장 촬영장에서 다시
마주쳤을 때, 이성과 제영이 풍기는 묘한 기색에서 이미 그녀가
말한 관계를 맺은 남자가 이성임을 추측하고도 남았다.

거기다 원치 않게, 제영에게 확인 사살까지 당했었다. 납골당에서 제영과 가졌던 시간은, 그녀가 자신의 사람이 되기는 어렵겠다는 현실을 인정해야 하는 지금에 와서도 그에게 소중한 추억이었다. 그러나 다시 떠올려도 그날의 확인 사살은 아팠다.

비록 제영의 앞에서는 그녀가 누구와 잤든, 심지어 사귀고 있다고 하더라도 상관없다는 식으로 말했지만. 그 또한 자신의 진심이기도 했다.

그러니 상관없었다. 다만 그때는 정말로 아무런 상관이 없었다면, 이제는 그저 단순히 '관계를 가졌던' 남자에서 제영에게 한 걸음 더 성큼 다가간 윤이성은 끔찍하게 거슬렸다.

다만, 그렇다고 하더라도 좋았다느니 하는 물음을 던진 건 과하게 무례하고 치졸한 행위였다. 혼자 비참할지언정 몹쓸 놈이 될 생각은 추호도 없었는데.

형찬이 얼굴을 두 손으로 덮었다. 마른세수하며 한숨을 내쉬었다. 생각보다 훨씬 많이 좋아하고, 예상보다 더 많이 망가진 모양이었다. 자신은.

"씨발, 잤으면? 좋았으면? 어? 그랬으면 어쩔 건데. 이거 아주 우리 대표님 속이 존나 시커멓고 뭣 같이 짝이 없는 사람이었네?"

"……실언했습니다. 미안합니다."

형찬의 말에 이성이 후, 하고 분노에 찬 숨을 내뱉었다. 기어이 자리에서 일어난 이성이 테이블 맞은편 형찬의 멱살을 붙잡았다.

"실언? 말 다 뱉어 놓고 그 말이면 다인 줄 아나."

"화날 이유 충분한 것도 알고, 이해합니다만 좀 진정하죠. 정말로, 나도 모르게 튀어 나간 말이고……. 모욕할 의도나 정말로 알고 싶은 마음이 있었던 것도 아닙니다."

"나도 모르게 튀어나온 말이면 그야말로 존나게 진심이라는 뜻인데, 나보고 진정을 하라고?"

도리어 형찬의 멱살을 붙든 이성의 손에 힘이 들어갔다. 형찬이 깊이 한숨을 내쉬었다.

"우리 회사 계열사에 근무하고 있는 제영 씨 친척분을 통해서 제영 씨와 처음 만남을 가졌던 날. 아마 당신도 기억하고 있을 겁니다. 첫 촬영 날이기도 했었고, 그 촬영장에서 다시 마주쳤었으니까."

"갑자기 그날은 왜 또 꺼내시는데요?"

"일종의 맞선 자리이기도 했던 그날, 제영 씨가 날 거절하면서 그랬습니다. 사귀는 사이는 아니지만, 관계를 맺은 사람은 있다고. 그래서 본인의 도덕관으로는 나와 만날 마음이 없다고."

형찬의 말에 이성은 일순 얼이 빠졌다. 맞선 얘기를 꺼내기 시작할 즈음에 확 일그러졌던 얼굴은 형찬이 말을 맺을 때 와서는 오묘한 표정을 그렸다.

형찬의 멱살을 쥔 손에서도 살짝 힘이 풀렸다.

"그날 촬영장에서 마주치면서, 어쩌면 나는 이미 답을 알고 있었을 겁니다. 뭐가 되었든, 그냥……."

슬그머니, 형찬의 멱살을 쥐고 있던 이성의 손이 풀렸다. 형찬이 설핏 낮은 실소를 터뜨렸다. 처음 마주 앉았을 때부터 적잖이 수척한 낯이던 형찬의 얼굴에 씁쓸함이 끼얹어져 더욱 파리한 안색이 되었다.

형찬에 이어 이번엔 이성이 저답지 않은 짓을 했다. 본인이 쥐어 구겼던 형찬의 옷깃을 손으로 잡아 펴 주었다. 고개는 이성을 향하고 있었으나 시선만큼은 초점이 풀려 어딘가 먼 곳을 보고 있던 형찬이 정신을 차리고 굉장히 떨떠름한 표정으로 그를 마주 봤다.

형찬과 이성의 눈이 마주쳤다. 이성은 되레 상황에 맞지 않게 씩 웃었다. 기어이 먼저 고개를 돌린 쪽은 형찬이었다.

낯짝 두껍기로는 역시 이성이 나았다.

"어휴, 좀 많이 구겨졌네."

"됐습니다. 치우시죠."

"우리 대표님, 뭐 제대로 해 보지도 못하고 덜컥 실연당하신 아픔이 다소 크신가 보네. 하긴 사람이 좀 마음이 아프면 말도 헛나오고 그럴 수 있지."

이성은 몸을 뒤로 물리는 형찬을 끝끝내 따라잡아 비뚤어진 타이를 바로잡아 주었다. 그러고는 형형한 눈매에 입꼬리까지 비틀어 올리고 형찬을 잡아먹을 듯 노려보았다.

"……있는데, 그래도 할 말 못 할 말 이렇게 분간을 못 해서야 쓰나?"

이성이 덧붙인 말대로였다. 방금 꺼낸 말은 명백한 형찬의 실수였다. 이성의 비아냥이나 이죽거림이 문제가 아니라, 제영에게조차 무례한 짓을 저지른 것이었다.

다만, 지금 이성의 태도에는 제 잘못을 알면서도 울컥 화가 치솟았다. 차라리 멱살을 잡히는 편이 나았다. 배부른 낯짝을 한 이성의 꼴을 보는 건 무엇보다 비참했다. 그러나 이성의 태도를 핑계로 제영에게까지 저지른 무례를 넘어갈 수는 없었다. 비록 제영이 모르고 지나갈 일이더라도.

"……실언, 했습니다. 사과드리죠."

창백하고 침통한 낯으로 형찬이 사과의 말을 뱉었다. 이성은 형찬의 사과를 받아들이겠다는 듯, 얼굴을 여유롭게 웃는 낯으로 바꾸었다. 그로도 모자라 형찬의 어깨를 툭툭 두드려 주기까지 했다.

형찬이 이성의 작태에 실소를 터뜨렸다. 이성의 저 여유만만한 낯짝을 보는 것만큼 비참한 게 또 있을까 싶었는데, 있었다. 바로 실패한 놈의 낯짝을 하고 이성에게 제영의 안부를 묻고 싶어지는 자신의 속없는 꼴이었다.

"제영 씨는, 잘……."

형찬이 말을 다 꺼내기도 전에 이성이 냉큼 답했다.

"그럭저럭."

짧게 말을 맺어 놓고, 이성이 형찬의 표정을 살폈다. 그가 다시금 입꼬리를 씩 올려 웃었다. 승리한 자가 아량을 베풀듯 말을 이었다.

"인생 피곤하게 하는 것들을 죄 떼 놨으니 못 지낼 이유가 없기는 한데, 나갈 이유도 없어지니까 집에만 박혀 있는 게 좀 걱정이기는 해서."

"피곤하게 하는 것들……."

형찬의 읊조림에 이성의 웃음이 슬그머니 짙어졌다. 이겼다 싶은 상황에서도 사소하게나마 사람 속을 뒤집었다. 형찬이야 제영의 입으로 직접 들은 말도 아니거니와, 사실 제영에게 직접 안녕을 고해 들을 때 받을 타격은 다 받은 차였다.

아주 타격이 없지는 않았다. 다만 실소 한 번으로 끝낼 정도에 불과했다. 더불어 반격 한 번을 가할 정도.

"그러고 보니 사귀는 사이는 아니지만, 이라는 단서가 붙었었죠. 그날 내가 들은 말."

"음?"

"지금은 어떻습니까?"

반격이 아니라, 본인의 자살골이 될 수도 있는 물음이었다. 그러나 이성의 표정을 보자니 그건 아닌 듯했다. 이번에는 형찬이 이성에게 웃음을 돌려주었다.

이성이 화를 가라앉히듯 눈을 감고 콧김을 훅 내뿜었다. 밝은 머리칼이 훅 날렸다 가라앉았다. 이성 또한 형찬을 마주하고 웃었으나 눈빛만큼은 날카로웠다.

"내 스폰서님 괜히 더 피곤하게는 하지 맙시다. 나한테 지랄하는 거야 내가 넓은 아량으로 받겠는데."

형찬은 더 하고픈 말을 삼키고 그저 가볍게 어깨를 으쓱였다. 문득 우습지도 않게 애처럼 싸웠다는 생각이 들었다. 또 그런 생각도 했다. 이성과 나는 말싸움보다 더 유치한 마음이지만, 아직 제영과 그가 완벽하게 맺어진 관계가 아니라는 게 퍽 기뻤다.

그러나, 앳되었다지만 어른이 되어 다시 마주한 그녀는 단단하고 완고한 구석이 있었다. 이성도 살아온 햇수가 있는데 제영의 그런 점을 모르지 않을 것이다. 그런데도 저렇게 말할 수 있는 거라면, 그게 객기로 보이지 않는다면 그만큼이나 그의 앞에서 제영이 말랑하게 풀렸다는 뜻일 테다.

그렇다면 결국, 제영의 옆자리에 확실히 윤이성이 자리하기까지 그리 오랜 시간이 걸리지는 않을 거다. 그러면 나는 완전히 마음을 접을 수 있긴 할까. 그게 가능은 할까. 생각은 찰나 거기에까지 미쳤다.

"뭘 그렇게 쳐다본대? 재수 털리게."

저를 빤히 보며 침묵에 잠긴 형찬을 보고 이성이 툭 뱉었다. 형찬은 이성의 비아냥에도 그를 빤히 바라봤다. 그리고 기왕에 유치하게 떨어지는 생각, 좀 더 유치해져 보기로 했다.

대체 윤이성과 저의 차이가 무엇이었기에 제영은 그를 받아들이고, 저를 밀어냈을까.

이미 그와 몸을 섞어서? 붙어 지낸 시간이 훨씬 더 길어서? 그도 아니면…….

객관적인 지표로 놓고 보면 천재 피아니스트인 윤이성이나, 망할 일 없는 회사의 대표인 자신이나 크게 다를 건 없다. 심지어 제겐 핏줄이라는 프리미엄도 있었다.

외적인 면에 관해서는 취향의 차이는 있을지언정 윤이성에게 자신이 못 미칠 것도 없다. 정말로 유치하고 애 같은 생각이다만 그랬다.

더해 성격이나 매너 면으로 들어가면 글쎄. 아무렴 윤이성보다야 제가 낮지 않으려나.

그러나 곧장 형찬은 어떠한 이미지를 떠올리고야 말았다. 제영과 이성이 함께 있는 모습을 그려 보면, 그들은 같은 의자에 나란히 앉아 있다. 피아노 건반을 둥글게 말아 쥔 손으로 짚고 같은 곳을 바라본다.

자신과 제영이 함께한다면 어떨까. 그녀는 화면 안에서 그리운 듯이 피아노를 매만지고 있고, 자신은 그저 그 화면을 쓰다듬을 뿐이다. 같은 곳을 보고 있지도, 마주 보고 있지도 못했다.

어렴풋이, 아니 깨달음은 참 예상치도 못한 상황에서 확실하게도 찾아왔다. 녹지 않는 소금을 한 움큼 삼킨 것처럼 속이 저리고 따가워졌다.

그러나 이 녹지 않을 듯한 알갱이가 조금씩 깎이고 부서져 안에서 사라질 때까지. 마음을 정리하며 혼자 좋아하는 것까지는 누구도 뭐라 할 수 없겠지.

"……연주회 얘기도, 인터뷰할 잡지사 선정도 마쳤으면 할 얘기는 끝났군요."

"그거야 그런데……."

말끝을 흐린 이성이, 저도 뭐 형찬과 더 입씨름하고 있을 이유가 없다고 깨끗하게 결론을 내리고 자리에서 일어났다.

타이밍 좋게 대표실 문을 두드리고 형찬의 비서가 들어왔다.

"대표님, DBS의 명 PD님께서 연락을 주셨습니다. 아직 회의 중이시라고, 끝난 뒤에 연락드린다고 전할까요?"

"아닙니다. 이쪽 일은 마무리됐습니다. 연결해 주세요."

형찬도 자리에서 일어났다. 그가 이성을 향해 눈짓으로 인사를 건넸다. 이성도 대충 고개를 까딱여 인사하는 시늉을 하고는 대표실을 나섰다.

이성이 형찬에게 하는 꼴이며 최근의 사태들 덕에 위장병을 단단히 얻은 성길이 또 무슨 일로 이렇게 대화가 길어졌나, 하는 얼굴을 하고 퀭하게 이성을 바라봤다.

대표실 문이 닫히고 곧장 책상 위의 전화기가 벨을 울렸다. 형찬이 피로감을 느끼듯 미간을 엄지와 검지로 문지르며 수화기를 들었다.

"먼저 연락을 주시고, 일은 잘 진행되셨습니까?"

-예. 아이고 대표님께서 도와주셔서 아주 일사천리죠. 그러잖아도 그 곡이 정말 괜찮게 뽑혀서 연락을 드렸습니다! 하하하!

"아, 그거라면 작곡가님이 이쪽으로도 파일을 보내 주셔서 저도 들어 봤습니다. 피아노 협주곡으로 뽑는다더니, 그 작곡가가 피아노 멜로디 라인을 맡은 모양이더라고요. 썩 마음에 차더군요."

형찬이 희미하게 웃으며 말했다. 수화기 너머로 PD 또한 다시금 화통하게 웃음을 터뜨렸다. 그가 최종 경연곡이 잘 뽑힌 만큼 프로그램도 유종의 미를 거둘 것 같다며 거듭 감사 인사를 해 왔다.

형찬은 그의 너스레를 적당히 받아치며, 어딘가 제영의 연주 감성을 닮았던 김무진의 첫 번째 곡과 이번 곡을 번갈아 떠올렸다.

진짜 박제영의 흔적뿐 아니라, 그저 그녀를 떠올리게 하는 감수성만으로도 가슴이 저릿했다. 그는 프로그램의 대미를 장식할 좋은 곡을 받아서가 아니라, 그녀를 떠올릴 수 있을 애틋한 곡을 귀로 듣게 되어서 기뻤다.

특히 도입부에서 이어지는 열여섯 마디는, 정말로 제영이 만든 곡이 아닐까 하는 생각이 들 정도라서. 형찬은 요즘 김무진의 곡을 들으며 잠이 들곤 했다.

"해당 곡으로 메인 공연 할 우승 팀을 결정하기로 했죠? 생방송으로 특별 편성 해서 송출한다고 들은 듯하고요."

-예, 그렇죠. 화제성이야 여기서 더 오를 것도 없이 좋은 편이고, 당일에 공연 찾아오는 사람도 많을 겁니다. 온라인 반응도 살피고 있는데, 벌써 마지막 공연 티켓팅 놓고 걱정하는 시청자들이 아주 수두룩하더라고요! 하하, 이렇게 마지막까지 잘되게 도와주셔서 다시 감사드립니다. 대표님!

"아닙니다. 다 프로그램 기획하고 성공시키신 PD님 공이죠. 그럼 저도 마지막까지 기대하고 있겠습니다."

형찬의 기대감은 진심이었다.

우승 팀의 마지막 생방송 공연, 분명히 이성이 속한 팀이 이길 것이었다. 그렇다면 분명 제영이 첫 촬영 날, 그리고 이성의 공연 날 윤이성을 보러 왔던 것처럼 그날도 그 자리를 찾을 것이었다.

그렇다면 멀리서나마 제영을 볼 수 있을 것이다. 그녀를 닮은 곡을 들으며, 멀리에서나마.

* * *

3년 만에 찾아와 잎사귀가 물들기도 전인 초가을을 휘젓던 윤이성과 함께, 겨울을 맞았다. 문득 창밖을 바라보니 한동안 붉고 노랗던 나뭇잎들이 제 터를 벗어나 마른 갈색으로 부스러졌다. 곧 첫눈도 내릴 터였다.

그간 많은 일이 있었다. 일상을 휘저었던 윤이성은 뚜렷이 매듭지어 말로 뱉지 않았다 뿐이지 확실하게 박제영의 삶에 뛰어들었다. 어쩌면 이미 말로 꺼냈을지도 모르겠다. 아무것도 아닌 것처럼, 사소하게.

손이 망가진 이후로 단 한 번도 건반을 짚지 않았었는데, 멀쩡한 손이나마 연주를 하게 했다. 망가진 손이 짚어야 할 음표는 그가 대신 짚었다.

과제로 어설피 작곡한 곡을 연주해 주었다. 그녀가 만들어 낸 스타일을 온전히 자신의 몫으로 만들어 연주하곤 애드리브를 덧붙여 그 어설픔에 화답까지 해 주었다.

고작 그 열여섯 마디. 사실은 그게 가슴을 울렸다. 당시에는 느끼지 못했던 것들이, 돌이켜 생각하면 새록새록 박제영의 가슴에 와 닿았다.

그 전부터도, 사실 온전히 본인의 의지로 시작한 게 아닐지라도 제영은 작곡에 썩 흥미가 있었다. 그러나 피아노를 연주하며 자신의 모든 감정을 쏟아 냈던 때에는 비할 바가 못 되었다. 흥미는 있되 애정은 부족했다.

분명히 그랬었는데, 자신이 작곡한 곡을 이성이 마치 답이라도 주듯 제 마음을 담아 연주해 주는 그 과정에서 정이 붙었다. 그 정이 온전히 작곡만을 향했는지, 아니면 윤이성에게도 향했는지는 아직 명확히 정의 내릴 수 없었다.

아니, 그보다는 정의 내리지 않고 있다는 말이 더 옳겠다.

그러나 그와 선율로 감응하고, 어느 쪽으로든 무언가 쌓아 나간 자체를 부정할 수는 없었다. 그러니 윤이성이 박제영의 이정표가 된 것이었다.

덕분인지 무던하고 감흥 없던 생에, 그가 다시 찾아온 이후 참으로 많은 일이 휘몰아쳤다. 꼽아 보면 사실 좋은 일보다는 좋지 못한 일이 더 많았다.

그러나 심지 굳게 따라갈 목표를 찾았고 정 붙여 열정을 품을 것이 생겼으니 그마저도 다 괜찮았다. 저를 불편하고 괴롭게 할 것들을 털어 내기도 했으니 이제는 윤이성이라는 이정표를 따라, 천천히 앞에 놓인 길에 발을 내딛기만 하면 그만이었다.

정말 드물게, 아주 오랜만에. 그러나 이제는 종종 저보다 더 열심히 연주하게 될 이를 떠올리며 제영이 피아노에 고개를 묻고 앉았다. 건반 덮개 위로 제영의 머리칼이 쏟아졌다. 따뜻한 실내에도 불구하고 적당히 서늘하게 식은 매끈한 덮개에 닿은 뺨이 시원했다.

눈을 감았다. 아직 오지 않은 눈이 내리는 소리가 귓가에 들리는 듯했다. 천천히 내리는 듯해도 사실 저 높은 곳에서부터 떨어져 내리는 속도는 그리 느리지만은 않겠지. 소리 없이 내리는 듯해도 적막한 곳에서는 얼음 알갱이의 사그락거림이, 어쩌면 들릴지도 몰랐다.

한겨울의 얼어붙은 알갱이들이 알알이 내리는 것이지만 눈의 이미지는 퍽 포근했다. 하얗게 쌓인 것을 밟으면 나는 뽀드득 소리도 어쩐지 가슴을 따뜻하게 만들곤 했다. 하지만 정작 손 위에 올리면 아주 차갑고, 차가워서 손끝을 얼게 만드는……

어쩌면 이면적인 그 이미지가 누군가를 떠올리게 했다.

"양반은 못 되겠네."

잠시 감상적으로 빠졌던 생각이 결국에 다시 윤이성으로 수렴되는 순간, 당사자에게서 전화가 왔다. 본래 휴대 전화와 그리 친하지 않았던 제영은 어느 때부터 늘 곁에 휴대 전화를 두었다. 지금처럼.

피아노 악보대 위에 올려진 휴대 전화를 들고 통화 연결 버튼을 터치했다.

-뭐야, 왜 이렇게 늦게 받아?

"요즘 배가 불렀어? 끊어?"

말은 툭툭 나가는데 정작 제영의 입꼬리에는 웃음이 걸렸다. 그녀의 표정을 보지 못하는 휴대 전화 너머의 이성이 볼멘소리를 냈다.

-끊긴! 끊긴 뭘 끊어요. 끊지 마. 주인님아. 개새끼 예쁘게 꼬리 흔들고 있잖아.

"주인……."

-왜. 맞잖아. 내 목줄 잘 쥐고 있…….

"끊는다."

-잘못했어!

제영이 피식 웃음을 터뜨렸다. 휴대 전화를 손으로 살짝 가리고 있어서 아마 이성은 듣지 못했을 것이다. 끊어지는 소리도 나지 않았건만 살벌하게 조용한 건너편이 불안한지 이성이 슬그머니 물었다.

-……끊었어? 진짜 끊었, 아닌데.

"어차피 내가 끊어도 다시 전화할 거잖아."

-안 받을 거잖아.

"아네. 그러니까 헛소리 작작 해라. 양반도 못 될 게."

-아니 내가 상놈 팔자긴 한데……. 갑자기 뭔 소리야?

"그런 게 있어."

흐응, 이성이 낮게 목소리를 굴렸다. 곧게 뻗은 흰 손으로 건반은 섬세하게 두드리는 남자가, 목소리만큼은 현악기를 더 닮은 것도 같았다.

낮고 울림이 좋지만 기교와 색기가 흘러서, 콘트라베이스보다는 첼로의 낮은음을 짚은 것에 가까운.

-내 생각 했어?

제영이 흠칫 놀랐다. 얼굴이 보이지 않는 통화라 다행이었다.

-내 생각 했구나? 그러니까 양반은 못 된다고 하지. 아냐?

"……마음대로 생각해라."

-맞네. 왜, 아니면 호랑이 할까? 호랑이도 제 말 하면 온다는 말도 있잖아?

제영이 피식 웃었다. 낮게 가르릉거리는 목소리가 호랑이도 썩 어울릴 법했다. 유난히 색이 밝고 웃지 않으면 사나워 보이는 눈동자도 제법.

그러나 역시 말은 퉁명스레 나갔다.

"호랑이는 고양잇과고, 넌 개지."

-그야…… 그렇지? 그래도 요샌 광견병 좀 치료했다?

"미친 개새끼라는 말을 좋게도 받는다. 하여간……. 주변 시끄럽네?"

제영이 휴대 전화를 귀에서 떼 잠시 화면을 확인했다. 벌써 오후 3시, 어쩐지 볕이 좋다 싶었더니 겨울 볕 받기는 썩 좋을 시각이었다. 이성이 한창 촬영에 들어갈 시간이기도 했고.

"촬영장?"

-어엉. 촬영도 막바지다, 막바지다 말은 많은데 씨발, 언제 끝나나 몰라.

"썩 내키는 시작은 아니었지만 그래도 넌 그 방송으로 이득 톡톡히 봤잖아. 근데 그렇게 질려 해?"

-내가 이 방송 안 했다고 공연 표를 다 못 팔았겠냐, 아니면 복귀를 뭣같이 했겠냐?

자신감 한번 윤이성다웠다. 하긴, 그는 그래도 될 법한 스타성과 실력을 겸비하긴 했다. 제영이 피식 웃었다.

"교만 떨지 말고, 그래도 정말 얼마 안 남긴 했잖아."

-빨리 끝내고 여행이나 존나 가고 싶다. 내 목줄 쥔 사람하고.

"누가 너랑 여행 간대?"

-이참에 아예 가서 사는 거나……. 뭐 몇 년 푹 눌렀다 오는 것도 괜찮고. 장소는 프라하나, 빈이 좋겠다. 뭐 런던도 나쁘지 않고. 거긴 날씨가 좀 구려서 별론가?

이성의 속이 빤히 읽혔다. 전부 이름 들으면 알 법한 음악 학교가 자리한 도시들이었다. 처음부터 여행은 핑계고 제영이 제대로 음악을, 작곡을 공부하길 바라는 눈치였다.

제영이 눈을 굴렸다. 창밖으로 잘 다듬어진 황량한 겨울이 보였다. 아직 가까스로 몇 개의 마른 잎사귀가 붙은 앙상한 나뭇가지마저 퍽 운치 있다.

고작해야 한 달이나 집에 붙어 있었나. 제영은 지금의 여유를 조금 더 즐기고 싶은데 정작 이성이 더 안달이 났다. 마치 제영이 우울감을 이기지 못해 집에 처박힌 거라고 오해라도 하는 것처럼 보이기도 했다.

"일단 사고 치지 말고 방송이나 마저 잘 마쳐. 오늘 촬영 뭐야?"

-결선 곡 발표한다고 하던데.

"그래? 뭐로 하려나. 너랑 다른 피아니스트 한 분도 있으니까 교향곡은 아니겠고, 협주곡일 텐데……."

-그게 협주곡은 협주곡인데,

"바흐? 모차르트? 아니면 차이콥스키려나?"

무언가 말을 하려던 이성이 저를 제치고 먼저 입을 연 제영의 목소리를 들으며 그저 낮게 웃었다. 새가 조잘거리듯 이어진 제영의 목소리가 퍽 듣기 좋았던 까닭이다.

"아, 뭐 온라인엔 관계자 썰이랍시고 무슨 새로 작곡한 곡으로 한다는 얘기도 들리던데……. 설마 그건 아니겠지?"

제영이 문득 스치듯 봤던 이야기를 꺼내 중얼거렸다. 그런데 휴대 전화 너머로 이성이 답이 없었다.

"뭐야, 왜 말이 없어?"

-……박제영이, 인터넷을 봐?

불쑥 튀어나온 이성의 말에 제영이 인상을 찡그렸다.

"그럼 안 보니? 윤이성 관련해서 나오는 반응이나 이번 방송 반응까지 체크하고 있었는데? 그게 그렇게 놀랄 일이야?"

-와…….

"응?"

제영이 인상을 찡그렸다. 피아노 위에 숫제 반쯤 누워 있다시피하던 제영이 아예 자세까지 고쳐 앉았다.

"그 반응 뭔데?"

-내가 SNS로 그렇게 지랄을 떨 때는 한 톨이라도 신경이나 쓰긴 하나 싶더니만. 지금은 보긴 본다고. 아니 챙겨 본다고?

"그땐 그때고."

제영이 퉁명스레 답했다. 사실 이성과 계약을 종료하고 난 뒤로는 굳이 그의 기행을 찾아볼 이유가 없었다. 막 계약을 종료한 시점에서는 그럴 여유가 없었다는 말이 더 맞았다.

저를 마지막으로 지탱해 주던 할아버지가 돌아가셨다. 가족이라 부를 만한 혈연이 남지 않은 건 아니었으나, 기대고 숨 쉬어 갈 곳이라고는 하나도 없었다.

그런 상황에 내쳐져 그저 할아버지의 마지막 말, 그리고 그것을 제 좋을 대로 해석한 할머니의 의지에 적당히 순응하며 살아가는 것만으로도 벅찼다.

이성과 관련된 것들을 찾아보면 자연히 할아버지가 떠올랐다. 피아노가 떠올랐으며, 연주를 위해 건반 위에 내디딘 긴 손가락이 떠올랐다.

저의 감성을 고스란히 가져간, 처음부터 닮아 있던, 그리고 거기에서 더 대단한 것을 이룩해 낸 남자. 윤이성. 그는 굳이 찾아보지 않아도 먼 곳을 쳐다보는 제영의 망막 뒤편에 맺히곤 했다.

이겨 낼 수 없는 아픔을 딛자면 이성과 관련한 모든 것에서 눈을 돌려야 했다. 이성이 재단 후원 계약이 종료되자마자 곧바로 진행되던 모든 일을 그만두고 잠적한 걸 알아도, 그래서 찾지 않았다.

결국 이성이 먼저 제영을 찾아왔고, 할아버지와 다른 저의 기댈 곳이 되었다. 기댈 곳이 되었다기보다는 홀로 견딜 수 있을 길을 의도치 않게, 혹은 의도하여 차분히 제시해 주었다.

그가 자신의 이정표가 되었다는, 향수로 전한 마음은 거짓이 아니었다.

만일 내가 그때, 계약을 종료시키지 않고 윤이성을 그대로 곁에 두었으면. 좀 더 빨리 지금의 안정을 찾았을까. 지금껏 벌어진 어떠한 일도 없이 그저 평온하게…….

부질없는 생각이었다.

"너 SNS 다시 살리는지도 계속 감시하고 있어."

-그래……. 지금이라도 관심 주시는 게 어디냐. 목줄 꽉 쥐고 놓치지나 마세요.

"그래서 결선 곡은 어떻게 된 건데?"

제영이 이성의 입에서 나온 목줄 이야기에 쓱 말을 돌려 버렸다. 이성은 알면서도 속아 주듯 픽 웃으며 답했다.

-그 관계자 썰이 맞을걸? 뭐 곡이 유출된 것도 아니고 그거로 좋은 쪽이든 나쁜 쪽이든 반응이 있어서 안 막은 건지 뭔지.

"진짜 새로 작곡했다고?"

-그런가 보던데? 그 곡으로 연습 장면들 두 편 분량 뽑고, 클래식 연주자 놈들은 1대 1로 붙어서 이기는 놈이 마지막 화 생방에서 독주 무대가 방송 나간다고 그러던가?

"왜 굳이 그런 짓을……. 전문 연주자들 모아 놓고 이미 세계적으로 인증된 클래식 곡을 두고 새로 작곡한 곡을 연주하게 한다는 거야? 누가 했는지도 모를?"

-뭐 스태프들 사이에서 도는 얘기 들어 보면 작곡가 선정에 공 졸라게 들인 모양이더구먼. 잘 나왔겠지. 난 내 거나 잘하면 그만 이지, 알 바냐?

제영이 이성의 오만할 정도로 자신감 그득한 답변에 힘 빠진 한 숨을 내쉬었다. 그야 그렇긴 했다. 윤이성이야 저 하던 가락대로만 해도 손해 볼 건 없었다. 곡이야 수준이 어떻든, 이성의 연주는 걱 정할 거리가 없었으니까.

그래도 제영은 어딘가 모르게 찜찜했다. 뭔가 불편한 기분이 느 껴져 저도 모르게 명치를 쓸어내렸다.

-왜, 걱정돼?

답이 없는 제영이 이상했던 모양인지, 이성이 몹시 다정한 목소 리로 물었다. 숨소리를 품은 낮게 가라앉은 목소리가 지나치게 달 아 도리어 쌉싸름할 지경이었다.

"누가 갑자기 사고만 안 치면 내가 걱정할 게 뭐 있어?"

-······걱정 붙들어 매시게 제가 잘할게요?

"뭐가 걱정인지 알긴 아네."

제영이 먼저 픽 웃고, 이성이 따라 웃었다. 휴대 전화 너머로 전 해지는 어수선함이 더 짙어졌다.

"슬슬 시작하려나 보네. 마지막까지 정말 사고 치지 말고 잘해 라."

-어 그런가 봐. 악보 나눠 주는 모양이네. 총보는 어쩌고 파트별 로······.

"끊는다."

-어, 잠⋯⋯!

제영이 들려오는 이성의 말을 무시하고 통화를 종료했다. 다시금 명치 끝이 싸하게 아렸다. 제영의 손이 제 명치를 쓰다듬다가 꾹 눌렀다.

식사를 안 해서 그런가. 그러고 보니 한 끼 식사를 건너뛰었다. 제영이 피아노에서 일어나 느린 걸음을 옮겨 부엌으로 향했다.

"마지막에 뭔가⋯⋯."

윤이성 목소리가 안 좋은 쪽으로 낮게 까라지는 것 같았는데. 제영이 고개를 모로 기울였다. 냉장고 문을 열자 바로 어제 이성이 '좀 챙겨 먹어라. 이게 또 마른 거 봐라!' 하고 만들어 두고 간 죽이 보였다.

만든 사람과 참 안 어울리게, 각진 통에 조금씩 나눠 담긴 죽이 정갈하기도 했다.

"뭐, 본인 입으로 사고는 안 친다고 호언장담을 하셨으니까."

제영이 죽이 든 통 하나를 집어 들었다. 조금씩 나눠 담아 둔 건데도 하나가 제법 묵직했다. 전자레인지로 죽을 데우며 제영이 다시금 쓰려 오는 속을 손끝으로 꾹 눌렀다.

빈속을 따뜻한 죽으로 채우면, 이 불길한 통증도 불안함도 가라앉으리라.

딩동.

전자레인지가 일을 마쳤다는 알림을 보냈다. 제영이 문을 열고 김이 오르는 죽을 꺼냈다. 살짝 식어 있던 손끝이 죽의 온기로 따뜻하게 달아올랐다.

＊ ＊ ＊

"어, 잠……!"

통화 내내 장난스러울지라도 한없이 다정해 '저게 촬영하러 온 윤이성이 내는 목소리가 맞는가?' 하는 의문을 자아냈던 이성의 목소리가 한순간에 낮아졌다.

그리고 전화가 끊겼다. 누가 보기에도 연인과의 통화가 곱게 진행되다 막판에 틀어진 꼴이었다. 아닌 척 은연중에 이성의 통화 내용에 귀를 기울이고 있던 사람들의 시선이 슬그머니 제윤에게로 향했다.

뚱한 얼굴로 매니저에게 핀잔을 듣고 있던 제윤이 그 시선을 느끼곤 주변을 돌아보았다.

"왜요?"

"윤이성 피아니스트, 방금까지 새 애인이랑 통화한 것 같던데."

제윤과 같은 팀으로 '두근두근 심포니'에 패널로 참여 중인 신인이 그녀에게 답해 줬다. 가만 들어 보니 '새 애인'이라는 말에 악센트가 크게 들어갔다.

"그게 왜요?"

"왜요가 아니라, 촬영장에 전 애인이 있는 게 영 마음에 안 들어서 새 애인님이 토라지신 거 아니냐……. 하는 말이죠."

"어머."

제윤이 정말 어이없는 말을 들었다는 듯이 피식 웃었다. 그녀의 매니저도 떫은 감이라도 씹은 표정을 하고는 제윤에게 반쯤 시비로 말을 건넨 패널을 바라봤다.

나이도 이미지도 제윤과 비슷해서 내심 서로 경쟁심 따위를 느끼고 있던 관계였다. 그러다 제윤이 윤이성과 스캔들이 나며 빵 떴고, 이제는 둘의 급이 좀 달라졌다. 그게 아니꼬워서인지 종종 이렇게 제윤에게 시비를 걸곤 했다.

"스캔들 그거 아니었다고 정정 보도까지 나간 게 언젠데 아직도 그걸로 잡고 물고 늘어지시네?"

"뭐, 한번 떠 보겠다고 과거까지 박박 긁어서 인맥 이용한 거여도 애인 입장에서는 짜증이 나겠죠?"

결론적으로 저 말을 하려고 패널이 제윤을 긁은 거였다. 제윤은 흠집 하나 나지 않았다는 듯이 씩 웃었다.

"이용하든 진짜 전 애인이든 조심하셔야겠어요. 윤이성 피아니스트 지금 엄청 살벌한데."

그런 제윤이 끝끝내 얄미웠던 듯, 그녀에게 시비를 걸던 패널이 기어이 샐쭉하게 말했다. 들고 있던 오보에로 생각에 잠긴 건지, 아니면 화를 참는 건지 모를 기색의 이성을 툭 가리키면서. 그러곤 제윤과 더 말을 섞기 싫다는 듯이 자리를 피했다.

"촬영 들어가나 보다. 너도 준비해야지."

매니저가 제윤의 등을 툭 두드리며 말했다. 제윤은 제게 시비를 걸었던 패널이 오보에로 가리켰던 그대로, 정말 기세가 심상치 않은 이성을 보며 넋을 빼고 있었다.

"매니저 오빠."

"왜 날 불러. 촬영 시작할 것 같다니까? 너 준비 안 하냐? 요즘 드라마도 하나 하고 있고 여기저기 이름 좀 알린다고 뭐라도 된 것 같아? 너 아직 밑바닥이야, 먼저 가서 스태프들한테 살랑거리면서……."

"아니 그게 아니고."

"엉?"

"윤이성 진짜 이상해 보이지 않아요?"

"아니 지금 네가 윤이성 신경 쓸 게 아니라!"

제윤이 매니저의 팔뚝을 손바닥으로 툭 쳤다. 그리고 턱짓으로 윤이성을 가리켰다.

"봐 봐요. 심각한데. 촬영 진행 안 되는 거 아냐?"

제윤의 말에 그제야 매니저가 이성을 제대로 바라보았다. 어째 기세가 흉흉한 게 보통이 아니라선지, 어수선하게 이리저리 부딪쳐 대는 촬영장이건만 그의 주변에만 둥글게 사람이 없었다.

손에 쥔, 전달받은 지 얼마 되지 않은 악보가 구겨진 채였다. 그는 종이가 구겨진 대로 일그러진 오선지에 그려진 음표를 보면서 실소하다가 고개를 들어 주변을 돌아봤다. 마치 무언가를, 혹은 누군가를 찾는 듯이.

그러다 박제윤과 아주 잠깐 눈이 마주쳤다. 이성의 얼굴이 설핏, 아주 조금 더 구겨졌다. 제윤은 퍽 익숙한 일이라 그리 신경 쓰지 않았다. 제영이 저를 포함해서 가족들과 연락을 두절한 뒤부터 매번 그래 왔던 탓이다.

"……어라?"

그런데 이건 좀 이상했다. 제윤과 눈이 마주치면 들리든 말든 꼭 한마디라도 욕을 지껄이곤 했던 이성이, 오늘은 다른 타깃이 있다는 듯이 곧장 제윤에게서 눈을 돌렸다.

씨발, 한 박자 늦게 이성에게서 음산한 욕설이 터졌다. 제윤의 얼굴이 심각해졌다. 제게 시비를 걸었던 또래 패널의 추측은 완전히 빗나간 듯했다. 이성이 짜증이 난 건 통화 때문도, 박제윤 때문도 아니었다.

제윤이 이성의 손에 구겨진 악보를 다시 봤다. 그리고 제게도 주어진 악보를 확인했다. 패널들에게 건네진 건 친절하게도 연주해야 할 파트에 형광펜까지 그어 두었다. 그 위로 같은 악기 파트의 메인 연주자가 연주할 멜로디 라인도 보였다.

악보에는 크게 이상할 게 없었다. 멀쩡한데.

가장 첫 장, 맨 위에는 '〈Shining〉 -인생의 가장 빛나는 순간-' 이라는 제목과 함께 작곡자의 이름이 적혀 있었다. 정확히는 '공동 작곡'이라는 말로 뭉뚱그려져 있었다.

제윤이야 또래 친척인 박제영만큼 음악을 진지하게 하지도 않았고, 재능도 없었다지만 그래도 깜냥이라는 게 있었다. 제영의 조부인 박신환이 음악 재단까지 운영할 정도였으니 가풍이랄 것도 있었다.

그런 제윤이 보기에 악보에는 별다른 문제가 없었다. 원래 협주곡이나 오케스트라 작곡은 예전이면 모를까 지금은 공동 작곡을 하는 경우도 많았고……

"박제윤, 네 말 맞겠는데?"

"네?"

"윤이성 진짜 눈 돌아갔나 봐. 지금 PD랑 얘기하는 사람이 이거 작곡가인 것 같은데, 어어, 어어어!"

제윤의 매니저가 다급한 소리를 냈다. 윤이성이 갑작스레 사람들을 헤치고 이야기를 나누는 중인 PD를 향해 거친 걸음을 옮겼다.

주변 모두의 눈이 동그랗게 떠졌다. 윤이성이 대뜸 PD를 밀쳐 내고 그와 이야기를 나누던 남자의 멱살을 잡았다.

"너냐?"

"어, 어어, 네, 예? 아니, 유, 윤이성 피아니스트, 갑자기 이, 이게 무슨……!"

"댁이 이거 작곡한 새끼 맞느냐고."

이성의 손에서 구겨진 악보가 흔들렸다. 갑작스레 들이닥친 일에 얼이 빠진 남자가 저도 모르게 고개를 끄덕였다. 저 총보를 전부 작곡하지는 않았지만, 남자가 작곡에 참여한 것은 사실이었다. 지분도 꽤 컸다. 그러니 촬영장에까지 먼저 불려 온 것이었다.

"아니, 근데, 저기! 우선 이건 좀 놓고……."

남자가 말을 다 끝맺기도 전에, 이성의 주먹이 날아갔다.

"악!"

삽시간에 주변이 싸늘해졌다. 경황없이 한 대 후려 맞은 남자가 꽥 비명을 지르고, 손등으로 찢어진 입술을 훑으면서 멍청하게 '피, 피, 피가……!' 하고 중얼거리는 소리나 겨우 들렸다.

이성이 고개를 옆으로 꺾으며 머리를 손으로 쓸어 올렸다.

"하하, 씨이발. 진짜……."

"피, 피! 이거, 피! 아니 대체!"

"도둑놈 새끼가 고작 입술 좀 찢어진 거로 지랄이냐? 누구는 속상해서 피눈물이 날 것 같아도 벌벌 떨고 말았는데?"

"윤이성 씨, 대체 무슨 말을 하는 겁니까? 저 아세요? 우리 초면입니다!"

초면부터 얻어맞은 남자가 강력히 항변하듯 말했다. 이성이 말한 '도둑놈' 어쩌고 하는 말이 대체 뭘 뜻하는 것인지조차 파악하지 못했다. 아니, 아예 제대로 귀에 들리지도 않은 듯했다.

"너, 이름이 뭐야?"

"······예?"

"김······. 아니다. 이러나저러나 씨발 다 같은 꼴통들이겠지."

심지어 이성은 제가 왜 갑자기 주먹을 휘둘렀는지, 친절하게 이유를 설명해 줄 위인이 못 되었다. 별안간 주먹질을 당한 남자도, 주변 사람들도 대체 이게 어떻게 돌아가는 꼴인지 상황을 파악하지 못했다. 그저 경악하거나 황당해할 따름이었다. 그 가운데 제윤만, 적어도 이성이 이렇게까지 분노하게 만든 이유의 실마리를 잡았다.

"박제영······."

제윤이 조용히, 저의 가깝지도 멀지도 않은 친척 언니의 이름을 중얼거렸다.

3년 공백 뒤에 복귀한 이후 이성은 과거의 모습이 무색하게 제법 얌전하게 굴었다. 제영과 제윤이 다니는 학교 캠퍼스에서 한 번, 그리고 제윤과의 스캔들 한 번 외에는 자신이 아는 한 사고랄게 없었다는 말이다.

그런 그가 과거처럼 밑도 끝도 없는 지랄을 시작했다. 이건 분명 박제영과 연관 있는 일이었다. 정확히 무엇 때문인지 지금의 제윤이 다 파악할 수는 없더라도 말이다.

"야, 야. 박제윤, 너 지금 이 분위기에 어디 가. 왜 가!"

제윤이 겁도 없이 이성에게로 걸음을 옮겼다. 기겁한 그녀의 매니저가 속삭이듯 답답한 목소리로 그녀를 불렀다.

그러나 제윤은 흥미와 불안이 그득한 눈빛을 숨기지 않은 채, 기어이 이성의 옆에 다가가 섰다.

제윤이 이성의 옷깃을 붙잡았다. 핏방울이 튄 셔츠 소매를 살짝 잡아당기자마자, 이성이 팔을 잡아챘다.

"꺅!"

사람과 사람이 부딪치는 살벌한 소리와 함께 제윤도 뒤로 나자빠졌다. 이성이 제윤의 머리께에 맞은 제 팔꿈치를 문지르며 뒤를 돌아봤다.

"······넌 또 왜 하필!"

제게 뭣같이 구는 사람에 한해서, 이성은 폭력을 행사하는 데 딱히 성별이나 지위 고하를 가리지 않았다. 그러나 방금 제윤을 친 건 반사적인 행동이었다. 물론 눈이 돌아간 상태였으니 제 성질 빤히 아는 성길이나 다른 남성 스태프였더라면 신경도 쓰지 않았을 거였다.

하필이면 제영과 퍽 다르면서도 어렴풋이 닮은 데가 있는 박제윤이었다. 심지어 저보다 한참 작은 게 나동그라져 머리를 쥐고 있지 않은가. 제윤의 꼴에 이성이 그답지 않게 썩 당황했다.

"악, ······피 났어!"

자빠지면서 입술을 헛깨문 제윤이 제 이에 찢어진 입술에서 난

피를 일부러 손으로 문질러 닦았다. 그러고는 손목을 꺾어 이성에게 닦아 낸 피가 보이도록 했다. 억울해 죽겠다는 얼굴로 그를 노려보는 것도 잊지 않았다.

이제는 다들 이성이 아니라 제윤을 기겁한 얼굴로 쳐다봤다. 아무렴 그가 한창 미쳐 날뛰던 거야 3년 전의 일이라지만, 워낙 업계에 유명한 미친놈이 바로 윤이성 아닌가. 그가 지랄을 시작했는데 다가가는 사람이 있다면 경악하고 바라볼 법했다.

"야. 잡고 일어나."

이성이 신경질적으로 다시금 머리를 헝클어뜨리며 제윤에게 손을 내밀었다. 이 틈을 타 먼저 이성에게 한 대 맞고 정신을 반쯤 놓고 있던 남자가 이성에게서 세 걸음쯤 물러섰다.

맞아서 욱하는 동안에 내지르긴 했지만, 저보다 한참은 큰 이성에게 맞는 건 공포에 질릴 일이었다. 더군다나 그도 이성이 한번 날뛰면 앞뒤 가리지 않는 미친놈인 걸 아주 잘 알고 있었다. 나중에 다시 따질 건 따지더라도 당장은 일신의 안전을 도모하는 게 나았다.

"아니, 뭐, 사람을 보지도 않고 냅다 치고 그래요?"

"누가 열받은 또라이 건드리래? 그러니까 잡고 일어나라고. ……아니면 혼자 처일어나시든가."

"와……."

제윤이 당혹스럽다는 듯이 한숨을 푹 내쉬었다. 윤이성 성격이야 제윤도 모르지 않았다. 혼자 처일어나시라면서도 내민 손을 거두지 않은 걸 보면 적잖이 미안한 거였다. 나중에 박제영한테 이를까. 저게 내 손 잡았다고. 제윤이 그런 생각을 하며 씩 웃고는 이성의 손을 붙잡았다.

그대로 일어난 제윤이 아야, 일부러 엄살을 한 번 더 부렸다. 그러곤 다시 따가운 입술을 닦는 시늉을 하며 이성에게만 보이도록 입술을 움직였다.

'박제영 때문이지?'

이성은 물론, 제윤의 의도대로 그 입술을 정확히 읽어 냈다. 박제영의 이름이 걸렸는데 윤이성이 제대로 알아듣지 못할 리가 없었다.

"씨발……."

제윤이 선 자리에서 살짝 비틀거렸다. 매니저가 뒤늦게 눈치를 보며 다가와서 제윤을 부축하려 했다. 제윤이 제 매니저의 손을 치웠다.

"내가 언니한테 다 이를 거야. 윤이성 여자도 패는 나쁜 놈이라고."

"……어디서 연락도 안 되는 게."

"못 할 것 같아요? 언니가 알면 진짜 좋아하겠다. 그죠?"

이성이 씩씩거리던 숨을 거두고 그제야 입술을 뚱하게 내밀었다. 제윤이 말하는 '언니가 알면 좋아하겠다'는 빈정거림이 본인이 맞아서가 아니라, 지금 이성이 사고 친 상황을 두고 하는 말인 걸 알아차렸다.

이번에는 이성이 한숨을 내쉬었다.

"야, 따라와 봐."

이성이 말 한마디만 툭 던지고 먼저 성큼 걸음을 옮겼다. 제윤이 놓칠세라 따라붙었다.

상황을 지켜보던 사람들 사이에서 웅성거림이 커졌다. 한마디도 하지 못하고 얼어 있다가 '대체 무슨 일이래요?' 하고 누군가 시작한 질문이 불붙듯이 소란스레 번졌다.

가장 넋을 빼고 얼어 있던 PD가 쓰고 있던 모자를 벗고 엉망진창인 머리를 헤집어 댔다. 뒤늦게 정신을 차린 그가 이미 한참 멀어진 이성의 뒤통수를 보면서 외쳤다.

"뭔데? 대체 무슨 일이야 이게 지금? 아니, 아니. 윤이성 씨! 이거 뭔데 설명은 해 줘야 할 거 아냐!"

* * *

상황이 상황이다 보니 촬영은 시작도 전에 잠시 중단되었다. 제윤이 바라는 대로 사람이 없는 조용한 곳을 찾은 이성이 멈춰 서선 한숨을 푹 내쉬었다.

그가 저도 모르게 슈트 가슴팍 안의 주머니를 뒤졌다. 촬영을 위해 입은 옷에 그가 원하는 게 들어 있을 리 없었음에도 그랬다. 사실 본래 입고 있던 옷이었더라도 이성이 찾는 물건은 거기에 없었을 거다.

대신에 주머니를 뒤지면 사탕 하나쯤은 나왔겠지. 박제영이 싫어하는 걸 알아서 말이 나오기도 전에 자진해서 끊은 담배 대신에 한 번씩 물고 있는 그 달콤한 게.

"뭔데 머리 굴려서 사람을 끌어내?"

이성이 신경질적인 말투로 툭 던졌다. 제윤이 눈을 동그랗게 뜨고 깜박이며 이성을 바라봤다.

"아까 그 PD랑 얘기하던 남자 때린 거, 박제영이랑 관련 있죠?"

제윤의 물음에 이성이 인상을 구겼다. 바로 답하지는 않았다. 그는 눈앞의 제윤과 제영의 관계가 어떤지 퍽 잘 알고 있었다. 얜 또 뭘 어떻게 써먹으려고 이렇게 궁금해 죽겠다는 눈을 하고 있나.

"네가 알아서 뭐 하게?"

낮게 가라앉은, 약간은 협박하는 어조가 풍기는 답이 돌아왔다. 제윤은 살벌한 이성의 기세에도 아랑곳하지 않았다.

"뭐 하긴요? 나랑 관련 없는 일도 아닌데, 내가 알면 안 될 것도 아니고. 어차피 일은 칠 대로 쳐 놓은 마당에 나중에 다 알게 될 거 내가 먼저 알면 안 돼요?"

"그러니까 먼저 알아서 뭘 어쩌려고 그러냐고. 너 대가리 굴리는 소리 여기까지 들리는 건 아나?"

"어우, 말 좀 예쁘게 해 주면 덧나나?"

제윤이 입술을 삐죽거렸다. 그러곤 그 경황 없던 사이에 챙겨 온 제 파우치를 열어 뒤졌다. 플라스틱 케이스로 싸인 화장품 펜슬을 손에 쥐더니 별안간 뚜껑을 열었다.

이 시점에서 화장이라도 고치겠다는 건가 싶어 이성이 제윤을 황당하다는 눈으로 쳐다봤다. 그런데 웬걸, 펜슬 안에서 튀어나온 건 얇은 담배였다.

제윤이 꺼낸 담배를 이성에게 건넸다.

"이거 찾는 것 같던데요, 아까. 막 옷 뒤졌잖아요."

"너 진짜 뭐냐? 어린 게 까져 가지고."

"안 피워요? 한 대 태우고 진정 좀 하시라고요. 대화가 안 되잖아요."

"대화가 안 되는 건 씨발, 내가 너랑 대화할 이유가 있나?"

이성이 제윤의 손에서 담배를 빼앗아 들고 똑 분질러 버렸다. 제윤이 '아까워라.' 하는 얼굴로 인상을 찌푸리고 부러진 채 바닥으로 던져진 담배를 살폈다.

"대화할 이유가 없는 게 아니라니까. 박제영이랑 나랑 친척이잖아. 한 핏줄. 거기다 여기 촬영은 오빠 혼자 해요? 나도 '두근두근 심포니' 출연진인데?"

"근데 이게 아까부터 박제영, 박제영……. 박제영이 네 친구냐?"

"지금 그게 중요한 게 아니고. 진짜 뭔데요? 뭐 때문에 악보 보다가 갑자기, 그 남자는 왜 때렸는데요?"

제윤의 물음에 이성이 또 한숨을 푹 내쉬었다. 어차피 자신은 대답할 생각이 없고 제윤은 같은 것만 주야장천 물어 댈 테니 다시 촬영장으로 돌아가는 게 나을 듯했다.

가서 PD한테 저만 표절작을 쓰려고 굳이 좋은 명곡들 놔두고 새로 작곡했냐고 따져야 했다. 저 새끼가 메인 멜로디 작곡한 새끼냐고, 이미 한 대 패 놓은 놈을 더 작신작신 밟아 놔야 했다.

문제는 박제윤이 저를 놔줄 생각이 없었다는 점이다.

"아 어디 가요! 물어봤으면 대답 좀 해 주지!"

"내가 진짜 마음먹고 여자 때려야겠냐?"

"그러면 박제영한테 이 일 싹 다 일러바칠 거라니까? 윤이성 여자도 패는 새끼라고."

"할 수 있으면 해 보든가."

"전화 연락만 끊었다고 진짜 연이 끊기나. 어차피 박제영 그거 아직도 거기 살 거 아냐. 자기 엄마 아빠랑 살던 그 더럽게 큰 집. 거기 가서 내가 소리 지르면, 근데 거기 윤이성 이름까지 들리면 그게 안 나오고 배길 것 같아요?"

이성이 기함해서 입을 벌렸다. 막 나가는 건 자신의 캐릭터인 줄만 알았지, 눈앞에서 또 새롭게 막 나가는 사람을 보니까 이렇게 황당할 수 없었다.

박제영이 나 볼 때도 이런 느낌이었나?

"야!"

"아 왜요! 뭐 난 못 할 것 같아? 아니 어차피 지금 댁이 사고 쳐 놔서 여기서 수습 못 하면 박제영이 알고 그쪽한테 난리 칠 거 아냐! 내 말 틀려요?"

"그래서 어쩌자고!"

"조용히 수습하자고요! 좀 조용히! 그러니까 내가 알고 싶다고 하는 거잖아!"

이성이 제 머리를 흐트러뜨렸다. 촬영을 위해 곱게 세팅해 두었던 머리가 엉망으로 헝클어졌다.

"너, 말은 그렇게 하고 이번 일로 뭐라도 해서 또 나 엮어 가지고 네 멋대로 하려는 거 아냐?"

"뭐래? 오빠가 사람 때린 일로 내가 엮어서 뭐 할 게 있어요?"

"이용당하는 뭣 같은 기분 느끼는 거 한 번으로도 족하거든? 박제영에 나까지 엮였으니 네가 그걸로 뭐라도 해 보려는 건지 아닌지 씨발 내가 의심 안 하게 생겼냐?"

제윤이 허, 하고 실소했다. 사실 이성이 말한 대로 지금 상황을 정확하게 파악해서 뭐라도 써먹을 데가 있으면 써먹으려고 했던 건 사실이었다. 그렇지만 단순히 그것 때문만은 아니었다.

이성이 이렇게까지 흥분하는 일은, 복귀 후에는 제영과 관련한 일밖에 없었다. 그렇다면 이번에도 따질 것 없이 제영이 관련된 건 확실할 거였다. 아마도, 뭔가 제영이 엿을 집어 먹은 일이 아닐까 하는 생각이 들었다.

이상한 말이지만, 박제영을 싫어하면서도 제윤은 그런 상황이 발생했다는 게 싫었다. 늘 그랬다. 두 살 언니에 그렇게 가까운 촌수도 아닌 박제영에게 갖는 그녀의 마음은 늘 그랬다.

아마 처음에는 조금 좋아하고 동경도 했을 거다. 예쁜 원피스를 입고 도도한 표정으로 피아노를 치면 정말 요정처럼 기가 막히게 아름다운 선율을 뽑아내던 제영을.

그러나 할아버지부터 아버지를 통해 엄마와 자신에게까지 이어진 열등감이 아주 어린 제윤을 좀먹었다.

"우리 제윤이도 저만큼 부자 할아버지, 부자 아빠 밑에서 태어났으면 저거보다 훨씬 더 잘했을 거야."

어차피 피아노로는 안 될 것 같으니까 바이올린을 시켰으면서. 엄마는 늘 제윤에게 이렇게 말했다. 제윤은 늘 동경의 눈으로 보던 제영에게 차츰차츰 열등감과 비틀린 애증을 품었다.

무엇보다 워낙에 잘나서 한 번을 관심조차 주지 않던 제영이 가장 미웠다. 그래서일 거다. 자신이 아닌 남이 박제영을 엿 먹이는 상황이 그리 달갑지 않은 건.

그래서 이게 대체 어떻게 된 일인지 궁금한 건.

"아니, 겸사겸사 도우면서 내가 챙길 수 있는 거 있으면 챙길 마음이 아예 없는 건 아닌데요. 그거뿐만은 아니거든요?"

"까고 있네."

"그러니까아, 뭐냐고요. 무슨 일인데!"

"아 좀 꺼져! 너한테 말할 일 없으니까 좀 놓으라고!"

이성이 제 옷깃을 꽉 붙잡은 제윤의 손을 팍 쳐 냈다. 제윤이 힘에 밀려 뒷걸음질 치다 바닥에 주저앉았다. 이성이 찜찜한 얼굴로 그런 제윤을 내려다보다가 결국 그냥 등을 돌렸다.

"아 진짜 뭐지라도 좀 같이 알고 해결해 보자니까? 오빠는 사고 칠 줄만 알지 수습할 줄은 모르잖아! 대체 뭔데!"

"좀 닥쳐라! 나는 사고 치러 갈 테니까! 씨발 박제영한테 말을 하든지 말든지!"

"악보!"

이성은 분명 그냥 제윤을 내버려 두고 갈 생각이었다. 제윤이 자리에서 벌떡 일어서며 외친 말이 아니었으면 분명 그랬을 거다.

제윤은 우뚝 멈춰 선 이성의 뒤통수를 보고 역시 그게 맞다 싶었다. 문득, 이 상황과 전혀 상관이 없을 기억이 하나 떠올랐다.

제영이 제 머리채를 잡고 흔들고, 그러고 나선 아예 번호까지 바꾼 건지 연락이 도통 안 되고 잠수했을 때.

그때 자신이 박제영의 담당 교수를 찾아간 적이 있었다. 그 교수 새끼 어째 사람 좋은 척만 해 대지, 뒤가 구리다 싶었는데…….

박제영은 작곡과였고. 악보를 보고 이성이 인상을 썼고, 사람들은 또 윤이성이 미친 짓을 하나 보다 하고 제대로 듣지 않고 넘긴 듯하지만 분명히 도둑질 어쩌고 하는 말을…….

"박제영이 뭐 정말 표절이라도 당했나……?"

이성의 어깨가 움찔 떨렸다. 제윤은 제 생각에 빠져서 그걸 못 봤다.

"아니, 아니지. 걔는 뭐 졸업도 못 한 학생인데 걔가 표절이고 자시고 당하고 말 게 뭐가 있어?"

이성이 등을 돌려 다시 제윤을 쳐다봤다. 제윤이 헛웃음을 터뜨리며 자리에서 일어났다. 엉덩이를 손으로 툭툭 털면서 어이가 없다는 듯이 고개까지 저었다.

"참 별, 말도 안 되는 생각까지 다 드……."

"씨발 그게 뭐가 말이 안 되는데?"

"엥?"

이성이 다시금 다가와 제윤의 앞에 섰다. 오히려 아까 막 대화를 해 보자고 제윤이 이성을 따라왔을 때보다 훨씬 가까워졌다.

상황과 상관없이 박력을 느낄 정도로 가까운 이성의 얼굴에 제윤이 놀라서 딸꾹질하며 눈을 깜박였다.

"그게 뭐가 말이 안 되냐고. 박제영이 표절당한 게 말이 안 된다며 네가! 그게 왜 말이 안 돼?"

"뭔 소리예요, 좀 알아듣게……!"

"씨발 전적이 이미 있는데 어떻게 말이 안 된다고 네 멋대로 확신하냐고! 아! 진짜 머리 돌게 하네!"

"이미 전적이 있다고? 그건 또 뭔 소리야……."

"야, 네가 박제영이 작곡 얼마나 잘하는지 봤어? 어? 보지도 않고 존나 아까까지는 친척이 어쩌고 하더니 무시부터 하냐? 어?"

흥분한 윤이성은 말이 통하지 않았다. 상대방이 하는 말은 하나도 듣지 않고 제 말만 뱉기 바빴다. 씩씩거리는 이성을 보며 제윤이 어찌할 바를 몰라 고개를 돌렸다.

"야! 박제영 무시하냐고!"

"아니……. 내가 박제영의 뭘 무시해 지금……."

삽시간에 지쳤다. 제윤이 얼굴을 두 손으로 감싸고 한숨을 내쉬었다. 그리고 우선 이성에게서 몇 걸음 물러났다. 아까부터 코앞까지 가까이 서서 소리치는 걸 듣느라 귀가 찡하게 아팠다.

제윤이 뒤늦게 이성의 말을 곱씹었다. 박제영이 표절당한 게 말이 안 된다며. 이 말은 박제영이 표절을 당했다는 말이었다.

이미 전적이 있다. 이거는 이전에도 표절을 당한 적이 있다는 말일 테고…….

눈앞에 발화자가 있는데 대체 뭐 한다고 이걸 곱씹고 유추를 해야 하나 싶어 헛웃음이 터졌다. 그러다가 이성이 악보를 보자마자 구겼던 거 하며, 지금의 반응 하며. 머리가 제대로 돌기 시작하면서 뒤늦게 상황이 탁탁 이어졌다.

"우리 악보……. 그, 그게. 지금 그러니까, 박제영이 원래 썼던 곡이 표절당해서 들어갔다 그 말이에요, 지금?"

"그래! 그러니까 씨발 지금 그게 왜 말이 안 되냐고!"

"아니……."

이성이 날뛰는 모습을 보며 제윤이 다시 얼떨떨한 표정을 지었다. 답은 나왔는데, 이 답을 도저히 머리가 납득할 수가 없어서 당최 상황이 제대로 인지되지 않았다.

우선은 눈앞의 미쳐 날뛰는 이성을 진정시키는 게 먼저였다. 어쨌든 이성이 돌아 버린 이유는 답을 찾았으니까. 어쨌든.

"내가 보지도 않은 박제영 작곡 실력을 무시하는 게 아니라요."

"씨발 말도 안 된다며!"

"그러니까! 상황이 그렇다는 거잖아요, 상황이! 걔가 뭐 프로 작곡가로 활동하고 있는 것도 아니고, 고작 작곡과 학생…… 이었다가 지금은 그마저 학교도 때려치웠다며!"

"내 말이! 그 뭣 같은 교수 새끼가 박제영 과제를 표절해서 빡쳐서 그런 거라고!"

"교수……. 김무진 교수가 박제영 거를 표절했어요?"

"그렇다니까!"

"아니 뭘 언제 말해 줬다고 '그렇다니까'래!"

답답함에 결국 제윤까지 소리를 꽥 질렀다. 이성이 씩씩거리던 걸 그치고 제윤을 빤히 쳐다봤다.

"너 뭐 잘했다고 나한테 소리를 지르나?"

"안 지르게 생겼어요? 아니 무슨, 제대로 설명도 안 해 줘, 대답도 안 해 줘! 상식적으로 상황이 이해가 가는 상황이 아닌데 무작정 무시하니 어쩌니 몰아붙이기나 하니 내가 열 안 나고 배겨요?"

"그야 네가 여태 쌓아 놓은 업보가……."

"뭐요! 내가 오늘 한마디라도 박제영 무시한 적 있어?"

오늘로 한정해서 보자면 딱히 없었다. 제윤의 말이 틀리지 않았다. 조금이지만 집 나갔던 정신머리가 돌아온 이성이 멋쩍은 듯 입술을 꾹 다물었다.

하긴, 제영이 이미 교수 새끼한테 표절당한 역사가 있는 걸 모르는 사람이라면 박제윤처럼 생각할 수도 있었다. 아니, 그녀의 말처럼 정말 상상도 못 할 거였다. 교수가, 프로가, 학생 과제 곡을 표절한다고?

"야, 말해 뭐 하냐. 네가 직접 봐."

이성이 휴대 전화를 꺼내 들었다. 그리고 갤러리 어플을 켰다. 날짜순대로 정리된 화면을 보며 스크롤을 쭉 내렸다.

제영이 처음으로 표절당했던 곡. 그리고 자신에게 가장 먼저 보여 준다는 악보를 보고 자신이 연주했던 날의 영상을 찾았다.

"여기 영상에 날짜 보이지?"

오른손으로만 주 멜로디 라인을 짚으면서부터 박제영을 닮은 곡이라고 생각했었다. 그래서, 그 한 번으로 연주하고 그치고 말기가 아쉬워 그녀 몰래 영상을 찍었다.

사실 자신의 SNS에 올릴 생각도 했었다. 아마 그랬더라면 제영에게는 당장 욕을 들어 먹었어도, 처음 터졌던 그 개 같은 표절부터 당장에 바로잡았을 수도 있을 텐데.

"……어디서 들어 본 기억이 나는데."

"그리고, 이거 영상 올라온 날짜 봐라."

이성이 이번에는 영상 플랫폼에 올라온 영상을 하나 틀었다. 제윤도 알고 있는 영상이었다. 이성이 제영의 악보를 받고 연주하고, 그걸 촬영한 날짜에서는 두 달 정도 뒤에 올라온 영상이었다.

"어! 이거!"

"앞만 좀 다르지, 뒤에 더 들어 봐."

"아니 앞에만 들어도 이거 스타일하고 박자 미는 법만 좀 다르지, 이거 완전히……."

제윤이 인상을 찌푸렸다. 영상은 제윤도 알고 있는 거였다. 제가 속한 소속사 동기들이 유성 매니지먼트는 신인한테 이런 것도 해 준다고, 우리도 케어 더 받을 수 있는 거 아니냐며 툴툴거리던 것까지 뒤늦게 기억났다.

문제는 배경에 깔린 BGM이었다. 먼저 들은 이성의 연주와 비교하면, 누가 들어도 같은 곡을 한쪽이 편곡한 거로 들렸다. 전자는 피아노로 연주한 것뿐이고, 후자는 음향이 빵빵하니 어쩌면 원곡이 후자 쪽으로 들릴 법도 했지만.

제윤은 귀가 꽤 트인 편이었다.

"아무리 들어도 곡 감성은 앞쪽이 맞네……."

"귀는 똑바로 달렸네. 네가 들어도 그렇지? 당연하지, 이쪽이 원곡인데."

제윤도 이성의 말에 동의했다. 어떻게 들어도, 선율이 지닌 기본 감성은 이성이 피아노로 연주한 쪽이 훨씬 곡의 분위기에 어울렸다.

다만 이것만으로 원곡과 표절곡을 가를 수는 없었다. 증거로는 불충분하다는 말이었다. 물론 이성이 연주한 영상이 날짜는 두 달이나 앞서 있었지만, 어디에도 공개된 적이 없는 영상이었다.

더군다나 두 번째 영상에서 본 곡의 작곡가는 mj.Kim, 김무진 교수였다. 꾸준히 인기를 끌던 곡을 작곡한 작곡가이자, 제영의 전임 교수.

"그런데 이것만 가지고 표절이니 아니니를, 아니 표절이라기보단! 상황 따지자면 이 작곡가가 박제영 곡을 훔쳤다고 봐야 하는데……."

"하는데? 하는데 뭐."

"아무튼 이것만 가지고 이 작곡가가 박제영 곡을 훔쳤다는 증거로 쓸 수는 없다고요."

"왜 안 되는데?"

"이 작곡가가 박제영 교수였잖아요. 본인이 팔아먹을까 말까 하던 곡 강의에서 들려줬고, 박제영이 영향받아서 이렇게 곡 쓴 거라고 하면 어쩔 건데요?"

"뭐?"

이성이 한 대 얻어맞은 표정으로 제윤을 바라봤다. 제윤이 아직 끝나지 않았다는 듯이 말을 이었다.

"박제영이 어디 자기가 작곡한 곡 올려 둔 적 있어요? 아닌 말로 이게 곡이 교수한테 흘러 들어갔다는 건 과제로 낸 곡이라는 건데……. 그럼 그 계집애 성격에 습작을 어디 남들 보이는 데 전시해 둘 애도 아니고."

"아니……."

"막말로 해 뒀다고 해도, 교수가 내가 먼저 작곡한 거에 학생이 무의식적 표절을 저질렀다. 이렇게 해 버리면 도대체 어떻게 그걸 반박을 할 건데?"

"야 아무리 그래도! 뭣도 모르는 네가 들어도 박제영 쪽이 원본 같다며!"

"그야 곡 느낌에 좀 더 맞는 스타일이 그렇다는 거죠! 근데 이게 표절이나 훔친 상황의 증거가 되지는 못한다니까요?"

이성이 미간을 쓰다듬으며 한숨을 내쉬었다. 인정하기 싫지만 제윤의 말에서 틀린 점을 찾을 수 없었다. 박제윤은 굉장히 상황을 제대로 파악하고 얘기하고 있었다.

"그리고 나도 처음에 표절이 어쩌고 얘기 들었을 때부터 반응 어떻게 했는지 생각해 봐요! 상식적으로 '이미 잘나가는 작곡가가 고작 별거 없는 평범한 학생 곡을 표절했겠냐?' 이게 사람들 생각이 다 똑같을 거라고요!"

"씨발 그럼 어쩌자고!"

"정말 맞아요? 아니, 내가 박제영이나 오빠를 의심하는 게 아니라. 박제영이 영향받은 게 아니라 진짜 이거 도용이나 표절이 맞냐고요."

"뭐?"

"그리고 오늘 받은 악보, 그것도 박제영이 당한 거라고 했죠? 그것도 진짜 맞아요? 뭐 잘못 안 게 아니고?"

이성이 입술을 꽉 깨물었다. 제윤이 팔짱을 끼고 한심함 반, 답답함 반이 섞인 얼굴로 그런 이성을 바라봤다.

"아니…… 다시 한 번 말하는데 내가 의심을 하겠다는 게 아니라, 근데 진짜 아무 생각도 없이 일부터 벌였어요? 뭐 증거고 뭐고 아무것도 없이 사람부터 쳤다고?"

"……악보 보자마자 빡치는데 어떡하나?"

"아이고……."

상황이 갑갑해서 한숨만 터졌다. 제윤이 먼저 한숨을 폭 내쉬면서 고개를 내저었다. 이성은 죄 없는 휴대 전화만 연신 만지작거렸다.

다시 갤러리로 넘어간 화면에서 스크롤이 쭉 내려갔다. 비가 왔던 날, 비를 맞으며 제영을 기다려 그녀의 집에 쳐들어갔을 때의 사진이 손에 걸렸다.

대체 이런 게 왜 집에 있었나 싶은 현란한 티셔츠를 입은 자신의 셀카. 뚱한 얼굴에 불만이 가득한 이 사진은 제영이 저를 버려두고 과제를 할 때에 찍은 것이었다.

사진의 날짜는 아직 여름 기운이 다 물러가지 않은 9월 초. '두근두근 심포니'의 촬영이 결정 나지도 않았을 때였다.

박제영은 이때쯤 악보에 베껴진 곡을 작곡했다. 그리고 자신이 들었다. 학교에도 분명 얼마 지나지 않아 과제를 보냈을 것이다.

"야."

"왜요? 뭐 생각나는 거라도 있어요?"

이성이 고개를 모로 꺾으며 말했다.

"원래 클래식 관심도 없던 새끼가, 방송 때문에 부탁받은 게 아니고야 갑자기 클래식한 스타일의 작곡을 할 확률은 얼마나 된다고 보나?"

제윤이 표정 없는 얼굴로 이성을 빤히 바라보다가, 이성을 따라서 씩 웃었다. 일이 재밌게 돌아갈 것도 같았다.

아무래도 이성이, 뭔가 실마리를 잡은 듯했다.

11. 뮤즈

외부 미팅이 마무리될 즈음이었다. 여유롭게 웃으며 클라이언트와 악수를 한 형찬이 자리에서 일어서기 무섭게, 그의 비서가 원활한 대화를 위해 맡아 두고 있던 휴대 전화를 건넸다.

"무슨 일이죠? 아까부터 표정이 안 좋던데."

"직접 통화해 보시는 게 좋겠습니다. 윤이성 피아니스트 매니저 김성길 씨가……."

비서가 말을 끝내기도 전에 다시 휴대 전화의 진동이 울렸다. 형찬이 낯을 찌푸리며 화면을 살폈다. 비서가 말한 김성길의 전화였다.

"전화 받았습니다. 무슨 일이죠? 직통 번호로는 웬만한 일 있지 않으면 연락하지 말라고 전체 공지 돌렸는데요."

-저, 그⋯⋯. 예, 우선 죄송합니다. 그런데 그 웬만한 일이 생겨 버렸습니다⋯⋯.

굉장히 공손하고 납작 기다 못해, 숫제 사람이 쪼그라들어 사라질 듯한 목소리로 성길이 답했다. 형찬이 한숨 같은 웃음을 픽 터뜨렸다.

이제 사고 안 치고 이미지 관리나 하겠다더니. 윤이성이 사고를 쳤구나.

-그러니까, 이게⋯⋯. 처음 연락드렸을 때 비서님이 또 대표님이 바쁘시다고, 주주분과 만나고 계신다고 하셔서 제가 다시 연락을 안 드리려고 했습니다만, 예. 그게⋯⋯. 지금 워낙 촬영장에서, 제가, 제가 아니면 또 PD님이 직접 통화를 하겠다고 노발대발을 하셔서 제가 부득이하게 계속 전화를⋯⋯.

중언부언하며 말하는 성길의 뒤로 썩 익숙지도 낯설지도 않은 PD의 고함치는 소리가 들려왔다. 촬영장 분위기가 개판이긴 한 모양이었다.

그렇지만 아무리 그래도 그렇지, 이런 상황이면 오히려 딱 용건을 정리해서 전달해야 하는 거 아닌가. 형찬의 미간이 구겨졌다.

"급한 상황인 듯한데, 우리 용건만 간단히 할까요?"

-유, 윤이성이 사람을 팼습니다!

"⋯⋯예?"

-이성이가 사람을 팼어요. 다짜고짜 가서 PD님이랑 얘기하던 프로그램 보조 작곡가를 그냥, 확! 들이받았⋯⋯.

"사람을 팼다고요?"

이런 사고는 공백을 지나고 복귀 후 처음이었다. 차라리 스캔들이나 기물 파손이 낫지, 사람을 팼다고. 이미지 관리를 하겠다던 놈이.

형찬이 얕은 한숨을 터뜨렸다. 그가 휴대 전화의 아래를 손으로 지그시 감싸 가리고, 비서에게 물었다.

"오늘 이후 일정 중에 중요한 외부 일정 있습니까?"

"아 오늘은, 외부 일정은 딱히 없습니다. 대표님."

가볍게 고개를 끄덕인 형찬이 다시 휴대 전화 너머의 성길에게 말했다.

"지금 촬영은 그래서, 중지된 상황입니까?"

-예? 일단, 15분 뒤에 이성이 빼고 다른 출연진들은 곡 받고 연습하는 거 따기로 했습니다. 다들 스케줄 맞추기가 어렵다 보니까요.

"그럼 윤이성 피아니스트는 어차피 당장 거기 없어도 괜찮다는 말이로군요."

-예, 아마도⋯⋯. 아, 아니, PD님, 제가 일단 말씀을 드리고, 아니, 그렇죠, 물론 정말 죄송한 일인데⋯⋯!

아무래도 PD가 성길이 형찬과 통화가 연결된 걸 확인하고는 냅다 달려든 모양이었다. 둘이서 실랑이하는 소음이 형찬의 귀를 긁어 댔다.

형찬이 인상을 찌푸렸다. 그가 목소리를 높여 말했다.

"명 PD님, 제가 이 전화 끊고 직접 연락드리겠습니다. 오늘 일은 죄송합니다. 우선 촬영 진행하시고, 이따 정식 통화로 뵙죠."

다행히 그의 말이 제대로 들린 모양인지, PD가 씩씩거리면서도 물러나는 소리가 들렸다. '정말로 전화 기다립니다!' 하고 외치는 소리도 똑똑히 들렸다.

"그리고 매니저님은 윤이성 피아니스트 데리고 지금 바로 회사로 오세요. 끊습니다."

그가 신경질 섞인 한숨을 뱉으며 통화를 종료했다.

"차량에서 PD와 통화하면서 이동해야겠습니다. 가죠."

잠깐의 통화를 마친 것뿐이건만 형찬의 얼굴에 피로가 가득 고였다. 비서가 불안한 얼굴로 형찬의 뒤를 따랐다.

* * *

사고를 치고 불려 온 윤이성은 대단히 뻔뻔했다. 아니, 뻔뻔함을 넘어서 숫제 당당했다. 본인이 사고를 쳤다는 건 아는 건지 모르는 건지, 전혀 감이 오지 않는 태도로 권하지도 않은 소파에 인상을 쓴 채 늘어지게 앉았다.

바쁜 사람 오라고 했다 이건가. 아니면 뭐 그런 일로 사람을 부르냐는 표정인지도 모르겠다. 저 속을 알면 애초에 사고 칠 일이 없게 방비나 잘 했겠지. 형찬이 그런 생각을 하면서 실소를 터뜨렸다.

형찬의 얼굴에 잠시 걸렸던 헛웃음은 금세 지워졌다. 처음 이성이 사무실에 들어서면서부터 고수하고 있던 딱딱한 표정이 되었다. 그가 이성의 뒤편에 안절부절못하고 선 성길을 바라보았다. 눈길이 싸늘했다.

"윤이성 피아니스트가 주먹을 휘두른 사람이 이대웅 작곡가라고요?"

"예, 그렇습니다……."

"당시에 매니저님은 어디 계셨습니까? 현장에 같이 계셨어요?"

"네, 있었습니다……."

"있었는데 본인이 케어해야 할 사람을 말리지도 않고 그 사고를 치게 만듭니까?"

꼬박꼬박 답을 뱉던 성길이 이번에는 입을 꾹 다물었다. 아니, 입은 혜 벌렸다. 그 표정이 꼭 '저 새끼가 말린다고 말려지는 인간입니까?' 하고 따지고 싶은 걸 겨우 참고 황당해하는 꼴로 보였다.

물론 형찬도 윤이성을 아주 잘 알았다. 자신의 매니지먼트 소속 예술인으로 인식하기도 한참 전부터. 윤이성은 클래식계에 조금이라도 관심이 있는 사람이라면 모를 수 없는 제멋대로의 또라이로 유명했잖은가.

그때부터 성길은 이성의 매니저였다. 그때라고, 또 지금이라고 성길이 이성을 말려선 적이 없지 않으리라는 것도 잘 알았다. 그러나 그는 회사의 대표이자 사고를 수습해야 할 우두머리로서 마땅한 힐책을 할 의무가 있었다. 그걸 아니까 성길도 차마 말로 뱉지는 못하고 표정으로나마 미약한 반응을 보이고 마는 것이었다.

"성길이 형이 무슨 잘못이라고 형을 조지시나?"

다만 그런 걸 모르지 않으면서도 제멋대로 삐딱선을 타는 사람도 있는 법이었다. 대표적으로 사고를 친 당사자인 윤이성이 그러했다.

이성의 날 선 반응에 형찬은 인상을 찌푸렸고, 성길은 이 새끼가 진짜 왜 이러나, 하는 얼굴로 곧 터질 듯한 목덜미를 붙잡았다.

"일 친 놈은 난데 나 불러다 앉혔으면 씨발, 나한테 따지면 될 거 아니냐고. 왜 애먼 사람을 긁냐고요, 대표님아."

"지금 본인한테 그런 말을 할 자격이 있다고 생각합니까? 윤이성 피아니스트?"

"그럼 내 일인데 내가 말 한마디 못 없나? 나랑 일하는 사람이 죄도 없이 긁히고 있는데?"

"처음부터 사고를 안 치면 이럴 일도 없었으리라는 생각은 안 합니까? 그리고 매니저라는 직업이 대체 무슨 일을 하는 직업인 줄은 알고 김성길 매니저가 죄가 있니 마니 하는 소리를 하는 겁니까?"

사무실에 들어서면서부터 좋지 않았던 이성의 얼굴이 더욱 구겨졌다. 이성이 결국 참지 못하고 소리를 질렀다.

"매니저가 뭐? 스케줄 챙겨서 잘 다니면 그만이지 내가 뭣도 모르고 미성년자 때 데뷔한 철모르는 애야? 아니면 매니저가 1부터 10까지 다 맡아서 해 주는 보모나 시종이냐고!"

"윤이성 피아니스트!"

"또 형은 내 밑에서 내 돈으로 월급 주는 사람인데 왜 나도 아니고 네가 형한테 지랄이시냐고. 본인은 뭐 대단하게 깨끗하고 실수 하나 없이 일하는 사람인 줄 아나 본데……."

이성이 말을 하다가 입을 꾹 닫고 입술을 깨물었다. 그도 형찬에게는 퍽 할 말이 많았다. 여기 불려 오기 직전까지 박제윤과 작당을 하고 있었다. 그러면서 알게 된 사실이 많았다.

"MC 보는 경훈 선배가 우리 소속사라서 살살 물어봤는데, 이 오빠가 여기 PD랑 전에도 같이 프로 한 적 있어서 좀 알거든요."

"야, 야. 본론만."

"어우…… 씨. 하여튼 그래서 물어봤더니 오빠가 본 그 멜로디 라인은 몰라도 작곡에 김무진 그 새끼가 참여한 건 맞대요."

"뻔할 뻔 자지."

"근데 김무진이 어떻게 참여를 하게 됐느냐, 그걸 PD가 술자리에서 비하인드를 풀었는데……."

박제윤이 종알거린 '비하인드' 스토리를 떠올리던 이성이 기어이 낮게 욕설을 지껄였다. 혀를 내밀어 마른 입술을 핥은 그가 돌연 성길을 보고 말했다.

"형, 나가 있어."

"야, 이성아, 윤이성. 너 또 뭘 어쩌려고……."

"진짜 어쩌는 꼴 보기 싫으면 지금 나가라고."

이성의 서슬 퍼런 목소리에 성길이 이러지도 저러지도 못하고 형찬과 이성의 눈치만 살폈다. 형찬이 미간을 손끝으로 누르며 나가 보셔도 좋다는 뜻으로 손짓했다. 어차피 성길에게 할 말이 남아 있지도 않았다. 대표로서 해야 할 말을 했을 따름이지, 형찬이 성길에게 달리 유감이 있는 것도 아니었고.

성길이 형찬의 손짓을 보고도 바로 나가지는 못하고 머뭇대다가, 결국 눈을 치켜뜬 이성의 시선을 견디다 못해 뒤늦게 후다닥 사무실을 나갔다.

둘만 남은 사무실에 잠시 침묵이 감돌았다. 형찬은 여전히 미간을 손끝으로 주무르고 있었다. 어째 이성의 마지막 말이 신경을 거슬렀다.

본인은 대단히 깨끗하고 실수 없이 일하는 사람이냐고 했다. 갑자기 그 소리가 왜 나온 건지. 맥락상 성길을 긁어서 나온 말인 듯은 했지만, 그것과 깨끗하게 일하는 사람이냐는 말은 도통 연관성이 없었다.

형찬이 고개를 내저었다. 어차피 지금 중요한 건 그게 아니었다.

"대체 왜 그랬습니까?"

"뭘."

"PD 앞에서, 아니 다수의 사람 앞에서 면식 한 번 없었던 이대웅 작곡가한테 주먹은 왜 휘둘렀냐고요."

이성이 대답 없이 형찬을 빤히 쳐다봤다. 이름도 모르는, 그러나 들려오는 대화로 작곡가인 것만 겨우 알았던 그놈에게 주먹을 휘두른 이유야 하나였다.

그 새끼가 김무진인가 해서. 적어도 자신이 들고 있었던 악보에 적힌 그 곡을 작곡한 놈이라서, 연관이 있는 놈이라 촬영장에 온 것일 테니까.

박제영의 곡을 훔쳐서 쓴 새끼와 연관이 없을 리 없는 놈이니 주먹을 휘두를 수밖에 없었다. 그건 윤이성에게는 당연히 그래야 할 정당방위였다.

"뭐, 예전에 시향 악단 콘서트마스터 차 들이받았을 때처럼 그 사람이 당신한테 뭐라도 쏠았습니까? 그럴 시간적 여유도 없었다던데요. 내가 전해 듣기로는."

이성은 형찬을 빤히 보고 있었으나 그의 머릿속은 온갖 생각들로 복잡했다. 형찬의 비아냥도 제대로 귀에 들어오지 않았다.

이형찬도 박제영을 안다. 그가 제영을 좋아하는 마음이 진심이었던 만큼 제영이 작곡과에서 공부하는 것도 알고 있을 것이었다. 그뿐일까. 솔직히 자신이 제영을 다시 찾아가기 전에, 돈을 써서 알게 됐던 사실들을 이형찬도 꼭 그만큼은 잘 알고 있을 거였다.

어쩌면 이형찬은 김무진이라는 교수 새끼가 제영의 담당 교수였던 것도 알고 있었을지도 몰랐다. 그래서 김무진 그 새끼한테 곡을 맡겼나? 제영과 연결 고리가 있는 새끼라서?

아니다. 이성은 형찬이 당시에 김무진의, 정확히는 제영의 곡을 뭣같이 비틀어 놓은 김무진의 것인 줄 알았던 곡을 들으며 고민하던 장면을 봤다. 처음부터 김무진에게 바로 맡긴 게 아니라 여러 곡을 받아 두고 그중에 뭘 고를까 고민하고 있었다.

그리고 형찬이 기어이 김무진 새끼의 곡을 고르는 데 자신이 손을 보탰다. 그게 박제영의 곡인 걸 이형찬도 알고 있는 줄 알고. 그때는 그랬었다.

그럼 지금은?

"그냥 좆같아서."

"……좆같아서? 그게 이유입니까?"

PD의 제안을 고사하던 김무진이 기어이 제안을 수락하게 도운 게 이형찬이라고 했다. 과연 지금도 이형찬은 김무진이 박제영의 곡을 훔친 걸 모를까.

이성의 머리는, 형찬이 아직도 그 사실을 모를 것이라고 말한다. 그게 맞을 거였다. 형찬은 아직 모른다. 알면서도 이형찬이 제영의 곡을 베낀 놈을 화제성 높은 프로그램에 연결시켜 줬을까?

이성은 제영을 향한 형찬의 마음이 적어도 자신과 그리 다르지 않은 감정임을 알았다. 자신도 제영을 좋아하고 있으니, 같은 마음을 품은 이형찬의 속도 뻔히 보였다.

좋아하는 마음이 진심인데, 제영을 엿 먹인 김무진을 PD와 이어 주는 데 힘을 보탰다고?

"최근 방영 회차에서 유성 애들만 엄청 샷 받았잖아요! 나는 그게 오빠 인기가 넘사니까 PD가 그 눈치 보고 그러는 줄 알았는데, 그게 다 뒤로 그렇게 거래가 있어서 그랬다는 거예요!"

"주둥이 좀 다물어. 그것까지 내 알 바냐?"

"아니 어떻게 자기 좋은 거만 들으려고 그래? 이형찬 대표님 진짜, 너무 차갑고 냉철한 사업가 아니에요? 근데 그럼 대표님도 박제영이 곧 뺏긴 거 알아요? 알면, 알면서도 그럴 수 있나?"

"뭐?"

"아니면, 생각한 것보다 박제영 그걸 별로 안 좋아하시나……?"

박제윤이 했던 말에 거짓이 한 톨도 없다면, 형찬과 김무진, 그리고 PD 사이에 오간 건 사업적인 거래였다. 그래서 너는 그렇게 깨끗하냐는 말이 튀어 나간 거였다.

박제영을 좋아하는 이형찬. 그리고 대기업 유성의 핏줄이라서 어릴 때부터 사업에 머리 굴리는 방법을 수천 가지는 배워 왔을 이형찬.

"정말 그딴 게 당신이 얼굴도 모르던 사람에게 다짜고짜 주먹을 날린 이유입니까?"

박제영과 연락이 끊기고, 수척해진 형찬의 모습은 그가 제영에게 정말로 진심이었다는 생각이 들게 했다. 형찬은 처음부터 제영에게 진심으로 보였었다.

진심이었는데…….

"당신 진짜 내가 왜 그 새끼가 좆같았는지 몰라?"

"내가 그 자리에 있었던 것도 아닌데 그걸 어떻게 압니까? 그리고 지금 그게 중요한 게 아니라……."

형찬이 한숨을 내쉬었다. 정말 아무것도 제대로 아는 게 몰라서 갑갑한 사람의 표정이었다. 하긴, 제영을 향한 형찬의 마음이 그렇게나 진심인데 상황을 알면서도 가만히 있었을 리가 없었다.

없는 걸 아는데, 이상하게도 이성은 지금 일을 형찬에게 제대로 알릴 마음이 들지 않았다. 이유는 여러 가지였다. 형찬은 사업가였고, 한 회사의 대표였다. 제영을 사랑하는 마음이야 진심이겠고, 아직 그 마음이 온전히 정리되지 않은 것도 맞겠지만.

그래도 서른 해 넘게 팍팍한 삶을 살아 본 이성이 보는 이형찬은 사업가적인 기질을 타고난 사람이었다. 그 말인즉, 회사에 직접적인 손해를 끼치거나 이미지에 타격을 입을 일이라면 무조건 방해하고 만류부터 할 사람이라는 거였다.

만일 형찬이 제영과 김무진 사이의 일을 알게 된다면? 그는 자신의 방식대로 돈과 있는 분들의 법으로 찍어 누를 것이었다. 어쩌면 그게 자신이 생각하는 김무진을 찍어 내릴 방법보다 훨씬 깔끔하고 확실하게 끝날지도 몰랐다. 제영도 어쩌면 그 편을 더 반길지도 몰랐다.

그러나 아주 당연하게도 이성은 그게 싫었다. 자신이 아닌 다른 놈이 끼어들어 제영의 일을 돕는 것도 싫었고, 그놈이 하필이면 '형찬'인 것도 싫었다. 의도한 바는 아니겠지만, 사실상 형찬은 김무진이 제영의 곡을 처음 훔치는 일에 직접적으로 관여하지 않았던가.

애초에 형찬이 김무진의 곡을 선택하지 않았다면 제영이 이렇게 두 번이나 속상해야 할 일이 발생하지 않았을 수도 있었다. 물론 자신도 제영과 형찬 사이에 직접 거래가 있는 줄 알고, 그가 김무진이 훔친 곡을 사는 데에 힘을 보태긴 했지만.

깔끔하게 법과 돈으로 보내느냐, 아니면 어떤 '이슈'를 일으켜 사장을 시켜 버리느냐의 차이일 뿐 이성에게 방법이 없는 것도 아니었다. 그걸 위해 박제윤과 머리를 맞대지 않았던가.

이렇든 저렇든. 결론적으로 이성은 형찬이 이 판에 끼어드는 상황을 용납할 수 없었다. 다른 누구도 아닌, 형찬이라면 절대로.

"그래, 뭐 내가 뭐 때문에 그 새끼가 좆같았는지가 중요한 건 아니잖아. 내가 그 새끼를 쥐어 팼다는 게 중요한 거지. 적어도 우리 대표님한테는."

형찬은 이성의 입에서 '우리'라는 말이 나오기 무섭게 대번에 인상을 찌푸렸다. 단번에 형찬의 주의를 돌려 낸 이성이 피식 웃으면서 다시 몸을 소파에 편하게 기댔다.

"누구 때문에 이미지 관리라는 걸 해 본다지 않았습니까? 지금 이 상황이 윤이성 씨가 그 잘난 이미지 관리를 해낸 결과입니까?"

"뭐……. 개 버릇 남 못 주는 거 아니겠습니까?"

사고 친 이유를 설명할 생각이라곤 추호도 없어 보이는 이성의 태도에 터져 나온 형찬의 한숨이 깊었다.

윤이성을 믿지는 않았다. 그러나 이성이 제영을 좋아하는 마음만큼은, 서로 알진 못하더라도 이성이 형찬의 마음을 인정하는 꼭 그만큼을 형찬 또한 인정했다.

윤이성이 어울리지도 않게 이미지 관리니, 값을 올리니 하는 말을 한 이유는 분명 제영을 의식해서였다. 그랬던 만큼 형찬은 이성이 적어도 한동안은 이렇게 갑작스레, 말도 안 나오는 상황을 만들리라곤 추호도 예상치 못했다.

"혹시 박제영 씨 때문에……."

형찬이 중얼거렸다. 홀로 생각만 하고 흘리려던 게 입을 타고 흘러나온 것이었다. 아직 형찬이 생각에 잠긴 사이, 이성이 흠칫 굳었다.

씨발 감도 좋아.

"뭐요?"

"아니, 아닙니다. 혼잣말이었습니다. 박제영 씨가 그 사람이랑 연관이 있을 리가 없는데."

말을 단호하게 맺으며 형찬이 이성을 빤히 쳐다봤다. 이미 당혹했던 속내를 전부 갈무리한 이성이 꽤 뻔뻔한 얼굴로 웃었다. 역시 형찬이 제영에게 있었던 일을 제대로 알고 있는 것 같지는 않았다.

"그냥 사고 칠 때가 됐다 싶어서 한번 쳐 봤다고 쳐요. 어차피 벌어진 일이고, 수습할 방법이나 생각하시라고요. 대표님은."

"사고는 그쪽이 치고 수습은 내가 합니까?"

"그쪽? 그쪽, 뭐. 그래, 그쪽이라고 치고. 내가 그러려고 매니지먼트 끼고 일하는 거 아닌가. 수익 나눠 가면서."

형찬이 실소했다. 이미 터진 일이고 이성이 당장 유성 매니지먼트 소속인 건 맞으니, 빌어먹기 짝이 없게도 자신이 수습해야 할 일이 맞긴 했다. 정말 빌어먹게도.

다만 문제는 그 '수습'의 과정이었다. 회사 측면에서만 조용히 일을 덮겠다고 나선다고 될 게 아니었다. 아무리 윤이성 이미지야 이미 개차반인 상태에서 시작한 거라지만, 그건 대중에게 공개되는 부분에 관해서였다.

맞은 당사자에게는 당연히 때린 장본인의 사과와 행동이 뒤따라야 제대로 된 수습이 되는 거였다. 그런데 그걸 윤이성이 과연 따라 줄 것이냐는 게 문제였다.

더군다나 '두근두근 심포니'의 PD까지 열받아서 길길이 날뛰는 상황이었다. 물론 PD가 사고를 친 이성을 바로 잘라 내지는 않을 것이었다. 그도 잔뼈 굵은 사회인이었다. 상황이 상황이라 난처하고 화가 나는 제 감정은 둘째 치고라도, 현재 프로그램 화제성의 큰 축을 담당하는 이성을 먼저 쉽게 쳐 낼 생각은 없겠지.

그렇다면 결국 또 돌아가서, 문제는 윤이성이었다. 저 미친놈의 속내.

"회사에서 수습이라는 걸 한다고 하면, 그걸 따라 줄 용의는 있습니까?"

"봐서?"

"프로그램은 어쩔 작정입니까? 혹시 하차라도 생각하고 일 저지른 겁니까?"

"하차? 내가 왜?"

뻔뻔하기 짝이 없는 이성의 답변에 형찬이 혀를 내밀어 마른 입술을 축였다. 그리고 눈을 내리감고 심호흡을 했다.

당장 오늘 친 사고, 그래도 아직 외부에 공개되지 않은 폭력 사태를 만들기 전까지의 이성은 딴에 프로그램에 꽤 성실히 임했었다.

수습은 봐서 따르겠다고 하니, 방법을 권해 봐야 마음에 안 든다고 뭣같이 굴 꼴이 빤히 예상이 갔다. 그래도 프로그램 하차는 생각이 없다니 다행이라면 다행이었다.

이렇게 깽판을 놓고 제대로 된 수습도 없이 하차 선언까지 한다면, 윤이성 본인은 몰라도 회사 입장은 곤란해지니까.

그런 만큼 이성이 하차할 생각이 추호도 없다면 분명 다행한 일이었다. 그런데 어째선지 형찬은 묘하게 찜찜한 기분을 지울 수가 없었다.

"하차 생각은 없다는 말입니까?"

"아니, 내가 뭐 어쨌다고 하차씩이나 하냐고. 생각 없다니까?"

"없는데 그런 일을 벌인 것도 참……."

"윤이성다운 일이다?"

형찬이 실소했다. 이성이 형찬의 눈치를 슬쩍 살폈다. 흘긋 눈을 굴려 그를 보다가 딴청을 피우던 이성이 괜히 멋쩍어 머리를 매만졌다.

정말로 하차는 추호도 생각이 없었다. 하차는 왜 해. 거기서 터뜨린 일 거기서 수습할 건데. 윤이성이 터뜨린 일도 그렇고, 김무진 그 새끼가 한 헛짓도 마찬가지고.

이성의 속내를 똑바로 봤더라면 분명, 형찬은 차라리 좆같아서 못 하겠다고 핑계라도 대고 물러나라며 고함을 쳤을 것이다. 더해서 제대로 된 사건의 해결은 본인이 한다고 했겠지.

"수습은 어떻게 할 건데, 요?"

"뭘 어떻게 입니까. 정석대로 가야죠."

"정석?"

형찬이 이미 더 바를 것도 없는 자세를 더욱 꼿꼿하게 세워 앉았다.

"사과부터 해야죠. 무례하고 분별없었던 폭력에 대해서."

"사과? 나한테 사과를 하라고?"

"그럼 안 합니까?"

"아니, 내가 사과를……!"

급히 자리를 박차고 일어날 기세인 이성을 보고 형찬이 피식 웃었다. 그 웃음에 이성은 도리어 머리가 식었다. 이성이 들썩이던 엉덩이를 자리에 딱 붙이고 앉았다. 깊은 한숨이 튀어나왔다.

피아니스트로 이름을 알리고 난 후부터, 사고란 사고는 다 치고 다녔지만 제대로 된 사과를 한 적은 딱히 없었다. 그런 이성에게, 친히 사고 친 대상에게 사과하라고 했으니 지금 이성의 반응이야 빤히 예상했던 바였다.

"아까 수습을 시도하면 따라 줄 용의는 있냐고 물었었죠."

"해. 한다고. 한다고요. 대표님아."

"제대로 할 게 아니면 차라리 안 한 것만 못한 건 알고 있습니까?"

"씨발, 그걸 모를까."

이성이 퉁명스럽게 답했다. 하긴, 차라리 원래 성격대로 뻗대면 뻗댔지, 어설프게 사과하는 게 더 질이 나쁘게 보일 거였다. 숫제 사람 놀리는 것처럼 비칠 수도 있었다.

이성은 일단 형찬의 말을 따라 줄 생각이었다. 그의 말이 전부 옳다고 생각하고, 최대한 회사를 위해 맞춰 주기 위해서는 물론 아니었다. 일단 1차적인 수습을 해서 무마가 되어야 이 일이 제영의 귀에 들어가지 않을 걸 알아서였다.

물론 자신이 밑도 끝도 없이 쥐어 팬 그 작곡가가 김무진 본인이었다면, 이성은 절대로 사과의 'ㅅ'도 할 생각이 없었을 거다. 그러나 상황은 아무리 곱씹어 봐도 김무진 새끼가 혼자서 멋대로 제영의 곡을 훔친 것으로 보였다. 그렇다면 제게 맞은 그 작곡가는 아무 죄도 없이 맞은 거니까.

"뭐, 사과 정도야……. 하죠. 하지 뭐."

"어째 사람 불안하게 하는 재주가 있습니다, 윤이성 피아니스트."

"뭘 불안해. 사과가 별건가? 공손하게 꽃바구니 과일 바구니 사들고 가서 굽신거리면서, 제가 좀 오해가 있어서 존나게 죄송합니다. 하면 되는 거지."

"그……."

"뭐 더해서 댁의 병원비와 기타 등등도 제가 다 처리하겠습니다, 하고 정신적 충격이 어쩌고 하면……. 뭐 그것도 예. 다 청구하십시오. 하면 되는 거 아닌가."

형찬이 뭐라 말을 하려다 말고 입을 꾹 다물었다. 다문 입술을 비집고 기어이 다 삼키지 못한 한숨이 픽 새어 나왔다.

하긴 무려 '그' 윤이성이 직접 찾아가서 사과씩이나 한다는 것만으로도 어쩌면 충분할 것이었다. 가서 비아냥거리지만 않으면. 너무 건방지지만 않으면.

둘 모두 걱정을 내려놓을 수 없는 일이었으나, 괜히 더 말을 얹어 봐야 이성을 상대로는 긁어 부스럼밖에 되지 않을 것이었다.

"사과하러 가는 날은 김성길 매니저님 외에 내 비서 한 사람도 대동하게 할 겁니다."

"왜? 아예 대표님 본인이 직접 등판하시지."

"그 정도는 아닌 것 같군요."

"스케일이 큰 사고는 아니다?"

"사고 친 당사자가 윤이성 씨 본인이 아니었다면 굉장히 큰 스케일이죠. 당신이야……."

"여태 워낙 벌인 일이 많아서 이 정도야 싶다? 뭐, 사과받을 쪽도 그거 알 테니까, 나중에 어디 술자리 가서 씨발 그 윤이성이가 나한테 고개 숙여서 사과했다는 거 아니냐, ……하고 입 털 일 하나 만들어 주고 말 일이고."

형찬의 눈초리가 매서워졌다. 이성이 씩 웃으며 자리에서 일어났다.

"그렇다고 사과를 대충 하겠다는 건 아니고. 얘기 뭐, 내가 사과하러 가겠다고 했으니 다 끝났나?"

"이걸로 끝이겠습니까?"

"그럼 뭐. 다시 앉아요?"

"그럴 것까지는 없습니다. 외부로 알려지든 아니든 앞으로 자숙하시고, 명 PD님께도 상황 곤란하게 해서 죄송하다고 사과드리란 말만 더 붙일 생각이었습니다."

이성이 고개를 모로 기울인 채 형찬을 바라봤다. 형찬은 또 뭐가 마음에 안 드냐는 얼굴로 이성의 시선을 맞받아쳤다.

이성은 자숙할 생각도, PD에게 사과할 생각도 없었다. 하지만 그걸 형찬에게 곧이곧대로 말할 수야 없었다.

사실 없는 포용심을 발휘해서, PD에게는 미안하다는 빈말 정도야 던질 용의는 있었다. 어차피 앞으로 그 인간이 피곤해질 걸 생각하면 그 정도 입 터는 일이야 뭐 못 하랴.

다만 자숙이라. 그건 안중에도 없었다. 앞으로 더 날뛰면 날뛰었지.

"PD한테 미안하다 한마디 하는 정도까지는 수용합니다. 그럼 이제, 진짜 끝?"

형찬이 더 말도 섞기 싫다는 듯이 이마를 짚고, 남은 손을 휘휘 저어 흔들었다. 이성이 등을 돌려 대표실을 나가다 말고 뒤돌았다.

그러고 보니 앞으로 자신이 날뛰면 피곤해질 위인이 PD 하나가 아니었다.

"아."

"뭡니까?"

"우리 대표님한테도, 내가 미안하게 됐다고."

이성의 가벼운 사과에 형찬이 기어이 픽 웃음을 터뜨렸다. 굳이 제영과의 사이를 막론하고라도, 당분간은 저 실실 웃는 꼴을 보기 싫을 듯했다.

* * *

유성 매니지먼트에서 나온 이성의 걸음은 곧장 제영의 집을 향했다. 늘 하던 대로 차를 조금 먼 공영 주차장에 세우고 마스크에 후드 집업의 모자까지 푹 눌러쓴 채, 이성이 제영의 집 대문을 두드렸다.

때마침 나와서 마당을 거닐고 있던 제영이 이성을 웬 미친놈 보듯 보고는, 한숨과 함께 집으로 들여 주었다.

"이제 날씨 진짜 쌀쌀하다. 설마 이런 날도 우리 주인님은 나한테 얼음 듬뿍 담은 아이스커피 주나?"

"……어디서 주인님을 찾아? 여기가 유기견 보호 센터라도 되니?"

"멍멍."

기어이 정말 개 소리를 내는 이성을 보며 제영이 할 말을 잃었다. 거실에 이성을 앉히고 제영이 부엌에서 김이 오르는 코코아를 한 잔 타 왔다.

"촬영은? 잘 했어?"

"몰라, 그냥 똑같지. 아니다. 똑같진 않고. 나 PD한테 까였다?"

"뭐? 왜?"

이성이 제영의 말에 답하기 전에 코코아부터 한 모금 입에 물었다. 위에 마시멜로까지 올라간 진한 코코아는 이성이 먹기에는 과하게 달았다. 이성이 잔뜩 얼굴을 일그러뜨렸다가, 겨우 입에 머금은 한 모금을 삼켰다.

아니 금연한다고 주야장천 빨아 먹는 사탕도 달아 죽겠는데.

"야, 너무 달잖아!"

"얼음이라도 부어 줘?"

"아니, 그 말이 아니라……. 뭐. 또 먹고 빨리 꺼지라고?"

"PD한테는 왜 까였냐고."

정확히 말하자면 까이지는 않았다. 그냥 오늘 무슨 일이 있었는데, 그게 너랑 관련한 일이어서 내가 못 참았고, 그래서 사고를 쳤는데 PD가 화는 났을 거다. 그 말을 제영에게 똑바로 하지를 못해서, 대신해 꺼낸 말이었다.

그냥 제영에게 작은 투정을 부리고 싶었다. 아껴 마지않는 널 벗겨 먹으려는 쓰레기들이 왜 그렇게 많냐고. 속상해 죽겠다고.

"촬영에 협조 뭣같이 한다고……. 야, 안 되겠다. 나 그냥 얼음 타 줘."

"직접 정수기로 가서 타 먹어."

"그럴 바엔 커피를 새로 타지."

"네 맘대로 하시고요. 촬영에 협조는 왜 안 했는데?"

이성이 입술을 삐죽이면서 자리에서 일어났다. 말은 그렇게 했어도 제영이 제 손으로 타 준 코코아를 차마 어떻게 안 먹고 새로 커피를 타겠는가.

몇 번 제 손을 탔다고 이제 제 것 같은 제영의 집 냉장고를 열어 우유를 꺼내 더 타고, 내친김에 컵이 넘칠 듯해 잔도 갈았다. 덕분에 얼음까지 넣을 일은 없어졌다.

"내가 뭐 이유 있어서 지랄하고, 이유 없어서 지랄 안 하나?"

"본인이 지랄하는 건 잘 알고 계시네?"

"주인님, 제가 좀 지랄견이잖아요. 대충 개로 치면 비글 정도 되나?"

"비글은 귀엽기나 하지……."

제영의 중얼거림에 이성이 상처 입은 표정을 지었다. 제영이 그런 이성을 가증스럽다는 듯이 흘겨보았다. 이성이 씩 웃으며 불쌍한 얼굴을 싹 지웠다.

사실, 소위 이성의 '지랄'이 태반은 이유가 없었다고 하나 큰 건들은 죄 이유가 있었다. 그 이유는 따져 보면 언제나 박제영이었다. 누가 저를 욕하다가 박제영을 욕해서, 혹은 숨어 버린 박제영을 꺼내 보겠다고 온갖 파티며 클럽에 찾아다니고, 여자 끼고 놀고.

정말로 전부 박제영이었다. 그런데 그걸 박제영은 모른다.

오늘도 그랬는데, 너는 또 알아 봐야 조용히 해결하고 덮고 넘어가자고 하겠지. 절대 그러기 싫은, 네가 찾은 새로운 길의 처음을 더럽히기 싫은 내 마음은 좆도 모르겠지.

어차피 몰랐던 거, 마지막으로 이번까지만큼은 박제영이 몰라야 했다. 적어도 자신이 하는 일이, 그녀가 어떻게 손을 써 수습하거나 끼어들 여지가 없을 때까지만이라도.

"아무튼 그래서 기분 잡쳤는데, 그러니까 박제영이 또 보고 싶지 않겠어? 그래서 왔지."

"그러시겠죠. 적당히 놀다 가라."

"연주해 줄까?"

"뭐를?"

"듣고 싶은 거 없어?"

"갑자기 왜 그래? 진짜 미쳤어? 너 약 먹을 시간 됐니?"

"좋게 해 주려고 해도. 아 씨발, 아직도 달아."

코코아 몇 모금을 넘기곤 또 인상을 찌푸리는 이성을 보며 제영이 한숨을 내쉬었다. 그녀가 이성에게서 잔을 거둬 가려 다가갔다. 이성이 다가온 제영의 뒤통수를 부드럽게 쥐고 끌어당겨 뺨에 쪽 입을 맞췄다.

"야!"

"왜!"

"진짜, 윤이성 씨. 좀 적당히 좀⋯⋯!"

"너. 너는 오늘 별일 없었어?"

이성이 신경질을 부리려는 제영의 말을 끊고 퍽 진지하게 물었다. 한 뼘도 되지 않는 거리에서 얼굴을 마주한 채였다. 뒤통수를 감싼 이성의 커다란 손이, 그 손끝이 머리칼 사이를 가볍게 움직이며 쓸어 댔다.

일순 말문이 막혔다. 제영이 커다란 눈만 깜박거렸다. 뭔가 짚기 어려운데, 어딘가 이성이 이상했다.

"별일 없었냐고."

"집에서 신수 편하게 놀고먹는 내가 있을 일이 뭐가 있어?"

"그래도. 물어보고 싶었어. 제영아."

머리카락 사이를 파고드는 손가락보다도 지금 이성의 낮게 깔린 목소리가 더 간지러웠다. 제영의 시선이 갈 곳을 잃었다. 이렇게 어찌할 바를 모르겠는 일은 그녀의 생에 드물었다.

"나는 박제영한테 무슨 일이 있으면, 진짜 너무 속상할 것 같아."

"윤이성 씨, 너 진짜 갑자기 왜 이러는데⋯⋯."

말을 끝맺는 제영의 목소리가 조금 떨렸다. 이성이 낮게 목울대를 울려 웃었다. 그 작은 움직임에 코끝이 닿았다 떨어지기를 반복했다. 이대로 입술이 겹쳐질 것도 같았다.

제영은 일부러 눈을 감지 않고 똑바로 이성을 바라봤다. 심장이 뛰는 템포가 점점 빨라졌다. 몸에 열이 오르는 느낌이 선했다. 이 대로 두면 곧 뺨까지 붉게 상기될 듯했다.

"무슨 일이라도 있는 것처럼……."

윤이성이 이상했다. 그런 그를 앞에 둔 박제영, 그녀 또한 이상 해질 것만 같았다. 마음과 마음이 통하는 흐름이 생겨서일까. 그 흐름이 조금 더 물살을 탈 것만 같은, 그런 순간이었다.

똑바로 마주하면 정말로 뺨까지 붉어질까 봐 조금 아래, 이성의 콧잔등이며 입술을 내려다보던 제영의 시선이 똑바로 앞을 향했 다. 이성의 눈과 제영의 눈이 서로를 똑바로 마주했다.

제영의 미간에 짙은 주름이 생겼다. 이성의 눈이 숨기지 못하는, 진짜 불안을 품고 있었다.

"윤이성. 너 진짜 뭐 있어? 무슨 일, 있었어?"

"아니."

"있었지?"

아니라고 답하는 목소리는 한껏 가라앉아 있었다. 제영의 의심 을 부추기기에 부족함이 없었다. 제영이 제 머리를 감싸 쥔 이성 의 손을 치우고 뒤로 물러났다. 그러곤 한껏 심각해진 얼굴로 이 성을 바라보았다.

"있었잖아. 그렇지? 뭔데?"

제영을 앞에 둔 채 그녀를 한가득 눈에 담고, 또 한편으로는 먼 곳의 걱정까지 짊어진 눈을 하고 있던 그였다. 그랬던 이성이, 제영이 제게서 멀어진 것을 기점으로 저도 허리를 똑바로 폈다. 언제 걱정과 안타까움이 가득한 눈을 했었냐는 듯이 평이한 얼굴을 했다.

"있긴 뭘 있어?"

목소리도 금세 가라앉은 기색 없이 매끈해졌다. 그의 입가에 개구쟁이 같은 미소가 씩, 하고 깃들었다.

"아직도 내가 그렇게 걱정 짊어지고 살 사람 같아 보이냐?"

"아냐? 정말, 아니야?"

"이게 아직도 날 모르네."

이성이 고개를 절레절레 내저었다. 그러고는 고개를 삐딱하게 기울인 채 시선을 모로 흘리는 곳에 두었다. 제영은 여전히 의심을 다 거두지 못한 눈초리로 이성을 살폈다.

"그냥 입술 한번 비벼 보고 싶어서 분위기 좀 잡은 거지."

말을 끝내기 무섭게 이성이 다시 제영에게 다가가 그녀의 뺨에 입술을 쪽, 하고 찍었다. 제영은 잠시 멈칫했다가 조금 지나고 나서야 인상을 찌푸리고 진저리를 쳤다.

그녀가 잠시 멈칫했던 이유는 갑작스레 다가와 가벼운 뺨 키스를 날린 이성의 행동이 싫지 않아서였다. 오히려 좋았다. 지금의 이 짜증이 꾸며 낸 것이어야 할 만큼.

"야!"

"싫었어?"

"너는……."

"누가 갑자기 붙잡고, 닿고. 그런 거 너 싫어하는 거 아는데 그냥 하고 싶었어. 미안해. 항복!"

이성이 하하 웃음을 터뜨리며 두 손을 들었다. 눈에는 미안한 감정을 그득 담았다. 이성의 휘어져 내려간 눈꼬리를 보며 제영이 한숨을 내쉬었다.

"근데 진짜 싫었어?"

이성이 다시 물었다. 은근한 목소리에 제영이 쉽게 답하지 않고 뜸을 들였다.

"갑자기 입술 들이댄 거라면 싫지는 않았어."

"그럼?"

"그냥, 분위기 잡지 마. 어울리지도 않게……."

답하며, 이번에는 제영이 고개를 모로 돌려 이성의 시선을 슬그 머니 피했다. 제영의 앞에 무릎을 세우고 앉아 있던 이성이 무릎 걸음으로 두어 걸음 제영에게 다시 가까이 다가갔다.

"알았으니까, 안 싫었으면. 그러면 키스해 주면 안 돼?"

이성이 가까이 다가온 만큼, 제영이 아무리 고개를 돌려도 시야 의 끝에 그의 얼굴 자투리가 잡혔다. 완전히 고개를 틀고 눈을 감 아야만 보이지 않을 정도였다.

이성은 다가온 그대로 더는 어떠한 행동도 취하지 않고 가만히 제영의 답을 기다렸다. 제영이 곁눈질로 이성을 살폈다. 기어이 제 영의 고개가 똑바로 돌아왔다. 서로 말없이 상대의 눈만 한참을 바라보았다.

제영의 고개가 이성에게로 기울어졌다. 이성이 한껏 부드럽게 웃으며 팔을 뻗어 제영의 등을 감쌌다. 커다란 손에 거의 가려질 듯이 여린 몸이 감겼다.

제영의 눈이 감겼다. 파르르 떨리며 내려가는 눈꺼풀이 완전히 닫혔을 때, 그와 그녀의 입술이 겹쳐졌다. 이성의 혀가 부드럽게 제영의 입술을 축이고, 간질였다.

많지도, 적지도 않은 시간 동안 나누었던 입맞춤이 제법 되었다. 늘 이성은 욕구를 자제하면서도 갈급함을 온전히 숨기지는 못하는 키스를 했다. 벌써 오래전에 제영의 입술을 가르고 들어와 안을 헤집어야 했다.

그러나 오늘의 이성은 그러지를 않았다. 의아해진 제영이 슬며시 눈을 뜨려고 했다. 으응, 이성이 낮은 목소리로 토라진 것도 같고 칭얼거리는 것도 같은 소리를 냈다. 그리고 남은 손을 뻗어 제영의 눈을 가렸다.

입술이 맞닿은 그대로 제영의 실소가 터졌다. 키스해 주면 안 되냐고 하더니 정말로 먼저 해 주길 바라는 거였다.

제영이 웃음을 멈추고 조금 입술을 벌렸다. 이성의 손이 주는 따뜻한 어둠이 나쁘지 않았다. 눈이 다시 감겼다. 제영의 속눈썹이 이성의 손바닥과 손가락 사이를 간질였다.

여린 혀가 빼꼼하게 이성의 입술을 핥았다. 그러곤 힘 하나 없이 다물린 이성의 입술을 가르고 조금 더 진입했다. 이성의 혀가 제영을 마중하듯 다가와선 부드럽게 얽혀 들었다.

지나치게 부드러워 간지러운 입맞춤이었다. 그 입맞춤이 이어지는 내내 이성은 눈을 뜨고 있었다. 어느덧 제영의 눈을 가린 손을 내리고도 계속.

느리고 부드럽게 이어졌던 입맞춤이 끝났다. 맞닿았다 떨어지는 입술에서 쪽, 하고 젖은 소리가 났다. 제영이 눈을 뜨고, 여전히 가까이에 있는 이성의 얼굴을 마주했다.

"……코코아."

"응?"

"너무 달아."

입꼬리에 미소를 머금은 이성의 얼굴이 갸우뚱 기울어졌다. 그대로 낮게 울림통을 울려 웃으며 이성이 말했다.

"거봐. 내가 너무 달다고 했잖아."

윤이성은 모르는 모양이다. 그렇게 말하는 제 목소리가 훨씬 달콤하다는 사실을. 얽어 오던 혀의 움직임이 훨씬 농밀하고 따뜻했다는 사실을. 아까의 입맞춤은 꼭 그랬다. 마음의 겨울을 녹이는 키스였다.

제영의 뺨이 키스를 마친 지금에서야 별안간 달아올랐다. 이성이 테이블에 놓은 코코아를 한 모금 입에 머금었다.

이번에는 이성이 먼저 제영에게 입을 맞췄다. 다소 짓궂고, 여전히 과하게 달콤한 입맞춤이 짧게 이어졌다.

"으응……."

제영이 가느단 비음을 흘리며 입술을 떼고 뒤로 물러났다. 이성을 흘기는 눈초리가 사나웠다. 이성은 아랑곳하지 않고 제영의 입술을 한 번 더 쪼듯이 쪽, 입을 맞췄다.

"이거 진짜 걱정돼서 어떡하지. 아 씨발……."

"……뭐가 또."

"박제영이 너무 예뻐서 누가 훔쳐 가면 어쩌나 싶은데."

"그런 소리 좀 진지하게 하지 좀 마! 뭐 하니, 너?"

이성의 말에 제영이 기어이 꽥 소리를 질렀다. 인상까지 확 찌푸린 제영을 보고도 여전히 이성은 심각한 얼굴이었다.

"아니, 정말로. 박제영은 존나 예쁘고. 그리고 또 나 말고도 너 좋다는 새끼도 있었잖아. 우리 회사 대표."

이번에는 이성이 인상을 구겼다. 형찬이 제게 했던 말이 떠오른 탓이다.

"그러고 보니 사귀는 사이는 아니지만, 이라는 단서가 붙었었죠. 그날 내가 들은 말."

"음?"

"지금은 어떻습니까?"

지금은 어떠냐고 했다. 여전히 그녀와 자신은 사귀는 사이, 하고 땅땅 확정된 상태가 아니었다. 저는 제영에게 목줄이 쥐어졌고, 제영에게 자신은 그녀만의 이정표였으나 그래서 두 사람이 연인이냐고 하면 모호했다.

정말로 불안해졌다. 제영을 소유하지 못해서가 아니었다. 어디까지나 아직은 타인이기에 그러했다. 제영에게 무슨 일이 생겨도 윤이성이라는 존재가 그녀에게 참견하고 위로하고 간섭할 무언가가 없었다.

그 사실이 불안했다. 그러나 이런 것을 이유로 제영에게 저를 어서 연인으로 받아 달라 보채고 싶지는 않았다.

"아, 씨발……."

"욕 좀……. 요즘 욕 느는 건 알아? 적당히 해. 내가 대표님한테 관심조차 안 두고 연락도 안 하는데 갑자기 그걸 갖다 붙이니?"

"아니, 그뿐이었으면 내가 말을 안 해! 너 얼마 전에도 집 앞에 웬 수상한 새끼가……."

흥분해서 말하던 이성의 얼굴이 삽시간에 싸늘하게 굳어졌다. 문득 그날의 기억이 이성의 뇌리를 스치고 지나갔다. 그의 감이 그날 만난 그 이상한 놈을, 어수룩하게 넘기는 실수를 범하지 말라고 외치고 있었다.

"수상한 새끼? 너 그 여보가 어떻고 헛소리한 날 말하는 거야?"

제영의 물음에 이성이 정신을 차렸다. 한없이 냉기가 서렸던 표정을 숨기고 바보 같은 얼굴로 고개를 끄덕여 제영의 말에 동의를 표했다.

"어? 어. 어어……. 그날!"

"그게 왜? 아무 일도 없었잖아. 여기 그런 수상한 사람 있다고 해도 쉽게 털리는 동네도 아니야. 뭘 걱정해?"

"원래 좋아하는 여자 걱정은 24시간을 해도 모자란 거거든. 네가 아직은 짝사랑남인 내 마음을 알긴 아냐?"

이성이 반쯤 장난을 섞어 가볍게 답했다. 제영은 피식 웃고 말았다. 그녀가 이성의 머리를 손바닥으로 가볍게 밀고 자리에서 일어났다. 이성의 머그잔을 거두어 들고는 부엌으로 향하는 제영의 얼굴이 사뭇 진지했다.

박제영은 걱정을 넘어서 무언가에 분노하듯 싸늘해진 윤이성의 표정을 똑똑히 봤다. 이성은 대수롭지 않게 넘어가려 하는 듯했지만, 무언가 확실히 있는 듯했다.

* * *

　3년간 제영의 소식을 알기 위해 썼던 사람들의 번호가 아직 이성의 휴대 전화 주소록에 있었다. 이성은 제영의 집에서 나와 곧장 그들에게 연락했다.

　"길어도 한 달 조금 전의 일이니까, 최대한 뒤져 봐 주세요. 제가 추측하는 그 인물이 맞는지도 같이 확인해 주시고."

　─에이, 저희 일 처리 깔끔하게 하는 거 누구보다 잘 알고 계시잖습니까. 걱정 붙들어 매십쇼. 그리고……

　"선수금은 전화 끊자마자 들어갈 겁니다. 선생님들이야말로 뻔히 아시면서 그런 거 걱정은 마시고. 더 뭐 얼마가 추가로 들든 상관없으니까, 일만 잘 해 주세요."

　이성이 할 말을 마치고 전화를 끊었다. 타이밍 좋게 운전석을 비웠던 성길이 돌아왔다. 그가 차량 뒷좌석 문을 열어 커다란 꽃바구니와 과일 바구니를 싣고, 돌아와 운전석에 앉았다.

　"야. 네가 말한 대로 했다?"

　"존나게 크게 만들어 주세요, 가게에서 제일 큰 거로 주세요. 했다고?"

　"그래, 인마!"

　"잘했네. 이제 병원으로 갑시다."

　성길이 시동을 걸며 입술을 삐죽거렸다. 꿍얼거리며 본인한테나 겨우 들리게 하는 말이 죄 누구의 새끼를 찾아 대는 말이었다. 물론 이성은 하나도 신경 쓰지 않았다.

성길의 연이어지는 구시렁거림을 배경 음악 삼아 10여 분을 달린 차가 대학 병원 주차장에서 멈췄다. 주차를 마친 성길이 눈을 감고 확 젖힌 시트에 편하게 기대 누운 이성을 노려봤다.

"도착했다? 일어나라?"

"어어엉. 누가 안 일어난대?"

"어휴. 어휴!"

이성이 차 문을 열었다. 내리면서 굳이 한마디를 보태는 게 그다웠다.

"뭐 아무것도 잘못한 것도 없는데 한숨을 푹푹 내쉬고 그래? 오던 복도 달아나게."

이성의 핀잔에 그를 대신해 '존나게 큰 바구니' 두 개를 꺼내던 성길이 그를 노려보며 꽥 소리쳤다.

"내가 너 만나고 올 복이 있긴 있냐?"

"금전 운도 따지면 복이지. 형 페이 좋잖아. 누가 많이 챙겨 줘서."

"병원비로 싹 다 나간다! 싹, 다!"

"그럼 병원 오신 김에 검진이나 받으시든가. 형도 내키면 입원비까지 나한테 청구하고."

진심을 담아 장난스럽게 말하는 이성을 성길이 희번덕희번덕한 눈으로 노려봤다. 그러곤 괜스레 어깨로 이성의 날갯죽지를 툭 쳤다. 이성이 피식 웃고 말았다.

성길은 이성에게 장난을 걸고 투덜거리면서도 내심은 그의 기분을 살폈다. 이게 또 사과하러 간답시고 사과는커녕 병상을 뒤집을까 걱정하는 눈치였다.

이성을 걱정하는 사람은 성길 말고도 또 있었다. 약속한 시각보다 이르게 와서 병원 주차장 입구를 지키고 있던 형찬의 비서가 그들의 앞을 막아섰다.

"뭔데?"

"대표님께서 미리 말씀하셨다고 하시던데요."

이성이 인상을 구겼다. 제 비서까지 대동하고 가라던 말이 빈말이 아니었던 모양이지. 또 따져 보면 납득이 안 가는 처사는 아닌지라, 더군다나 한동안은 얌전히 굴어 주기로 가슴 굳게 마음을 먹었는지라. 이성이 퍽 수월하게 수긍했다.

성길에, 비서까지 뒤에 붙이고 이성이 병실 앞에 당도했다. 꼭대기, VIP들이나 머문다는 병실에 자신이 대뜸 주먹을 날렸던 '이대웅' 작곡가가 입원 중이라.

"이미 대표가 손을 썼나 보네."

형찬을 제 편할 대로 칭하는 이성의 모습에 비서가 인상을 찡그렸다. 아마 형찬이 미리 언질을 주지 않았더라면 한마디 했을 것이다. 그러나 지금, 이 순간만큼은 이성의 심기를 건드리지 않는 게 좋았다.

이성이 병실 문을 열고 들어섰다. 병실 베드를 조금 세워 기대 누운 채로 음료수를 쪽쪽 빨아 먹던 이대웅이 병실로 들어오는 이성에게로 고개를 돌렸다. 차마 윤이성이 상식적으로 사과를 하러 왔다는 생각은 못 하는 모양인지, 이대웅의 얼굴이 허옇게 질렸다.

"안녕하세요. 잘 지내진…… 못하셨겠고."

"왜, 왜, 왜 왔습니까?"

"그야 사과드리러 왔죠. 턱이랑 목에 깁스는……. 제가 그렇게 세게 때렸나요?"

이대웅이 얼빠진 얼굴로 이성을 쳐다봤다. 그러더니 그가 깁스한 목을 끄덕거리려 했다. 기어이 끙 소리를 내며 이대웅이 제 목을 잡았다. 이성이 터질 뻔한 웃음을 입술을 꾹 깨물어 참았다.

"미안합니다. 이대웅 작곡가님."

"예, 예?"

"사과드리는 겁니다. 사과드리러 왔다고 했잖아요?"

"아니, 저기……. 그러니까 그게, 저한테 윤이성 피아니스트가 사과를 한다고요?"

"싫으세요?"

이번에는 이대웅이 절로 돌아가려는 고개를 우선 손으로 먼저 붙잡았다. 그래도 아픈 모양인지 절로 찡그려지는 인상을 보며 병실 안의 나머지 세 사람도 같이 인상을 찡그렸다.

"아니 누가 사과받는 걸 싫어하겠습니까만……. 근데 진짜 지금 저한테 사과하신 거죠?"

"사과드린 거 맞는데요. 뭐 석고대죄라도 해 드려요?"

"아뇨, 뭐 그런 건 아닌데……. 왜요?"

이성은 순간 말문이 막힌 듯 시선을 모로 돌리고 얕은 한숨을 흘렸다. 성길과 비서는 이대웅의 반응이 십분 이해가 가고도 남는다는 듯이 잘게 고개를 끄덕였다.

"내가."

"예."

"그러니까 내가, 다짜고짜 그쪽, 이 아니고 이대웅 작곡가님을 두들겨 팼잖아요."

"예. 그랬죠."

"그래서 그걸 지금 미안하다 하러 온 거고요."

"예……."

"병실도 좋은 곳으로 잡아 드렸고."

"그, 뭐, 편하게 지내고 있습니다……."

사실 정확히 말하자면 이대웅의 병실을 바꿔 준 것은 형찬이 먼저 손을 쓴 거였다. 비서는 그걸 또 날름 주워 먹는 이성을 슬쩍 노려봤다. 성길이 초면도 구면도 아닌 비서의 옆구리를 슬쩍 툭 쳤다.

이 정도면 양호한 거니까 거슬리게 하지 말고 얌전히 있으란 신호였다.

"당연히 병원비도 전액 지불할 거고. 위로금이나 사적 합의금 원하시면 드릴 거고. 더 필요한 거 있으면 도의적인 선에서 제공해 드릴 거고요."

"그러니까 그게 왜……."

아직도 영문을 모르겠다는 듯이 또 되묻는 이대웅의 '왜' 공격에 기어이 이성이 터져 버렸다.

"아 죄를 지었으니까! 사과하겠지!"

"히익!"

이대웅이 어깨를 잔뜩 움츠렸다. 잔뜩 겁먹은 얼굴로 제게 한 걸음씩 다가오는 이성을 바라봤다. 이성이 두어 걸음 이대웅의 침상으로 다가가다가 멈추고 뒤를 돌아봤다.

그가 성길을 향해 손을 뻗었다. 재깍 이성의 뜻을 알아들은 성길이 다가와서 이성의 손에 커다란 바구니 두 개를 건넸다.

"불편해서 손으로는 못 받으시겠네. 꽃바구니는 저기 창가에 두고 과일은 냉장고에 넣어 드려?"

성길이 대뜸 침대 위에 바구니를 올려놓으려는 이성을 만류하려 다가왔다. 그리고 상황을 정리하며 웃는 낯으로 이성에게 물었다. 물론 시선은 이대웅을 향하고 있었다. 이대웅이 잽싸게 고개를 끄덕였다.

"저, 근데 좀……. 좀 뒤로 떨어져 주시면…….."

"얼마나?"

"열, 다섯 걸음?"

"열다섯 걸음이요? 병실 나가라고? 볼일 끝났다고?"

"아니, 아니, 다섯 걸음…….."

이성이 고분고분 말을 들었다. 성길은 다급히 과일 바구니를 정리해 커다란 냉장고 안에 넣었고, 비서도 한숨을 내쉬며 성길을 도와 꽃바구니를 적당히 두기 좋은 테이블에 놓았다.

이대웅은 여전히 이성을 도무지 이해할 수 없다는 표정으로, 반쯤은 겁을 집어먹은 채 바라봤다. 상황을 제대로 인지하지도 못한 자의 얼굴이었다.

이대웅의 말대로 정확히 다섯 걸음을 물러난 이성이 마음을 차분하게 다스렸다. 지금 자신을 제영이 보고 있다고 생각해 보자고 속으로 서너 번 중얼거렸다.

이제 이대웅에게 상황을 친절하게 설명해 줄 차례였다.

"이대웅 작곡가님. 제가 댁을 때린 그날, 악보를 받았는데 그게 처음엔 내 마음에 안 드는 거야. 왜냐. 굳이 좋은 명곡들 두고 어디서 보지도 못한 곡을 들이밀어서 기분을 잡쳤으니까. 그런데 PD랑 얘기 나누는 걸 보니까 그쪽이 작곡가인 것 같네?"

"예⋯⋯."

"그래서 팼습니다. 여기까진 이해되셨고?"

"그, 네. 아마도."

"그러다 머리가 좀 식고 악보를 다시 봤는데 뭐 생각보다 곡이 나쁘지 않더라고요. 그래서 또 생각을 해 봤지. 아, 내가 너무 쉽게 손을 올려 사람을 상하게 하였구나."

이대웅이 이제는 답할 기력도 잃은 듯이 입을 헤벌리고 침묵했다.

"가뜩이나 몇 년 쉬다 돌아와서 내가 뭣도 아닌데, 성질 좀 죽여야지 하는 생각을 하고 있었거든요."

"그쪽이 성질을 죽여요?"

이성의 눈에 힘이 들어갔다. 이대웅이 침을 꼴깍 삼키고 눈을 내리깔았다.

"그래서 사과드리러 온 겁니다. 내가 잘못했으니까. 우리 이대웅 작곡가님은 또 죄 없이 맞은 거잖아. 이제 이해가 다 되셨나?"

"예. 예, 뭐⋯⋯."

"내가 사과가 진심이 아니라서 하는 소리가 아니라, 우리가 어쨌든 첫인상부터 좀 별로긴 했지만 같은 프로그램에 묶인 사람들이잖아요?"

"예?"

"한국말은 끝까지 들어야지. 조용히 넘어가 주십사 하는 겁니다."

"아······. 예."

어쩐지 이대웅의 얼굴에 그럼 그렇지 하는 표정이 깃들었다. 이성이야 대충 이대웅이 사과받는 시늉만 하고 입만 닥치면 되는 일이라 상관이야 없었다. 그러나 어째 좀 거슬렸다.

"뭐 영원히 무덤까지 가져가라 그러는 건 아니고요. 프로그램 끝나고 나서야 어디 술자리 가서 내가 그 개 같은 윤이성한테 사과를 들었네, 어쩌네 하고 자랑하셔도 되고."

이성의 말에 이대웅은 다시금 입을 헤벌렸고, 형찬의 비서는 기함하며 인상을 찡그렸다. 아무렴 이성이 유명한 업계 또라이고 망나니라지만 사과를 이런 식으로 할 줄은 몰랐다.

자고로 그가 아는 사과란, 특히 비즈니스적인 사과란 서로의 이미지와 이득에 손실이 없도록 하려고 하는 것이었다. 그런데 윤이성은 병실에 들어선 직후부터 지금까지 태도부터가 사과하는 자의 태도가 아니었다.

심지어 이제는 대충 입 닥치고 있다가 나중에는 소문 퍼져도 상관없으니 술자리에서 나불거리고 다니라는 말까지 직접 덧붙이고 있지 않은가.

이걸 대표님께 어떻게 보고를 하나. 저게 사람인가? 말려야 하는 거 아닌가?

심각한 얼굴로 생각에 잠긴 비서의 옆구리를 성길이 한 번 더 쿡 찔렀다. 성길이 보기엔 이성치고 이 정도면 몹시 양호한 태도인 탓이었다.

"아, 안 할 겁니다. 술도 별로 안 좋아하고⋯⋯."

"식사 자리에서 반주 한 잔은 걸칠 수도 있겠죠. 그러다 보면 툭 튀어나올 수도 있고. 그래도 뭐라고 안 한다고. 프로그램 끝나고 나면 뭐."

"네, 뭐⋯⋯. 예."

"그럼 우리 작곡가님, 사과는 받아 주신 거로 내가 알면 되나?"

"하셨는데, 받았죠. 제가⋯⋯."

이대웅이 말끝을 흐렸다. 그러나 어째 한마음 한뜻으로 그 흐려져 차마 다 나오지 못한 말을 유추할 수 있었다.

네가 사과를 하는데 어떻게 안 받고 배길 수 있겠어요⋯⋯.

분명 이대웅이 사과받는 상황이건만 이대웅이 불쌍해 보이는 광경이었다. 오직 이성만이 아랑곳하지 않고 해맑다 싶게 씩 웃었다.

"그럼 그렇게 알고 저는 이만 꺼져 드리겠습니다."

심지어 저답지 않게 허리를 굽혀 인사까지 건넸다. 과하게 공손한 인사가 어째 더 공손하지 않게 보이는 것도 장본인이 윤이성인 탓일 테다.

"그럼 쾌차하시고."

이성이 정말로 볼일 끝났다는 개운한 얼굴로 돌아섰다. 그러다 저를 노려보는 비서와 눈이 마주쳤다. 이성이 피식 웃으며 입꼬리를 비틀어 올렸다.

비서와 성길을 지나쳐서 이성이 먼저 이대웅의 병실을 나왔다. 곧 뒤따라 나온 성길과 비서의 반응이 몹시 상반되었다.

"야, 잘했다. 잘 참았다, 야!"

"도대체 누가 사과를 그렇게 합니까?"

이성을 칭찬한 성길과 쏘아붙인 비서가 서로를 마주 봤다. 상대를 도저히 이해할 수 없다는 얼굴을 하고. 이성이 그 꼴을 보고 기어이 피식 웃음을 터뜨렸다.

피식거리고 웃는 이성을 비서가 노려봤다. 벌써 머리가 아팠다. 이 상황을 형찬에게 전달하는 건 자신의 몫이었다. 아무리 사람이 실력이 좋아도 그렇지 성질머리가 이렇게 개차반에 심심하다 싶으면 사람 속을 뒤집는데. 그렇게 이거저거 잘 재는 대표님은 이 새끼를 왜 데리고 있을까.

"이봐요, 대표 비서님."

"제가 이걸 대표님께 뭐라고 보고해야 합니까? 좀 말려 보려고 치면 여기 매니저님은 본인이 나서야 할 일에 계속 저를 말리고 있고!"

"그래서 저 작곡가가 내 사과 안 받겠다고 했어?"

"지금 상황이 사과를 하고, 받은 상황이라고 볼 수나 있습니까?"

"그럼 아니야?"

이성이 삐딱하게 서서 제 바지 주머니에 손가락을 걸쳤다. 어깨를 늘어뜨리고 비뚤게 서 있건만 훤칠한 키와 체격 때문인지, 위압감이 상당했다. 비서가 지지 않으려고 눈에 힘을 주고 이성을 똑바로 쳐다봤다.

이성은 방금 나온 문을 턱짓하며 짧게 말했다.

"그럼 나 다시 들어가?"

"뭘 다시 들어가? 야이, 그런 소리 하지도 마라. 들어가서 또 뭐 얼마나 내 속을 뒤집으려고!"

비서는 말문이 막혔는지 입을 꾹 다물고 있고, 대신에 성길이 끼어들어 화급히 답했다. 이성이 성길을 보며 굳었던 표정을 풀고 실실 웃었다. 알았어, 넉살 좋은 양 대답도 건넸다. 이성이 다시 비서를 바라봤다.

"내가 대표 비서님이 뭘 거지같이 느꼈고 뭘 걱정하는지 알겠는데, 댁이 걱정하는 일 하나도 벌어지지 않을 거니까 쓸데없는 걱정 붙들어 매시고 가서 대표님한테 미주알고주알 있었던 일 일러바치기나 하세요."

"보고는 알아서 합니다."

"나한테 지금 지랄하는 거, 다 떼 놓고 댁이 이형찬 대표한테 깨질까 봐 그러는 거잖아. 그럴 일 없으니까 인상 풀라고."

이성의 손이 비서의 어깨를 두드렸다. 가만가만 두드려 주는 모습이 꼭 기운을 북돋아 주려는 것처럼 보였으나, 자세히 보면 그 손길에 유감스러운 힘이 잔뜩 실렸다.

"어차피 댁 대표님은 나 좆같이 굴고 다니는 거 세상 제일, 은 아니고. 두 번째로는 잘 알걸? 댁이 뭘 얼마나 세세하게 보고하든 '그래도 사과했으면 됐습니다.' 할 거라고."

"손이나 치우십시오!"

곧장 비서의 어깨에서 손을 치운 이성이 장난스럽게 두 손을 들어 올렸다. 그 꼴을 보고 비서가 한숨을 푹 내쉬었다.

이제야 이성의 매니저인 성길의 반응을 이해하겠다. 저게 다시 병실로 들어갔으면 100퍼센트 깽판을 치고도 남았겠다. 그가 깊은 한숨을 내뱉었다.

"……대표님께 보고는 제가 알아서 할 일이고, 대체 이대웅 작곡가에게 프로그램 마치자마자 여기저기 입 털고 다니라는 말은 왜 했습니까?"

"그 말 안 했으면 뭐, 나한테 두들겨 맞은 저 사람이 어디서 입 꼭 다물고 있었을 것 같아요? 오히려 장본인이 여기저기 말하고 다니셔도 신경 안 쓴다고 하면, 그래야 입 열기 전에 머릿속으로 생각이라도 한다고."

"뭐요?"

"아닐 것 같아? 두고 보라니까."

이성이 말끝을 느리게 늘이며 시선은 손목을 향했다. 일부러 우아하게 손끝을 늘어뜨린 과장된 제스처를 취하며 시간을 살핀 이성이 성길에게 말했다.

"형, 나 오늘 다음 스케줄 있지 않았어?"

"어? 있지. 있어. 오늘 거기랑 인터뷰 아냐."

"그것도 저 양반 달고 가나?"

이성을 보는 성길의 눈에 힘이 들어갔다. 저게 진짜, 하는 눈빛이었다.

"그러면 그림 이상해지지. 누가 인터뷰하는데 대표 비서까지 대동하고 가. 빤히 바닥 생리 다 아는 사이에. 너 사고 쳤다고, ……광고할 일 있냐?"

"그렇다네? 잘 가세요."

이성이 마지막으로 방점을 찍어 비서를 보내 버렸다. 여기서 더

물고 늘어지는 것도 이상했다. 비서가 인사도 없이 돌아서 먼저 병원을 떠났다.

가만히 그걸 보고 있던 이성을 성길이 채근했다.

"야, 인터뷰 있는 거 알고 물어본 거 맞지? 우리도 얼른 가야 해."

"아니 오늘 형은 뭐 하루 온종일 나 보채기만 하다 집에 갈 거야? 움직여. 움직인다고!"

그들도 먼저 내려간 엘리베이터 옆에 섰다. 버튼을 눌러 놓고 기다리는데 별안간 이성이 아, 하고 뭔가 잊었던 것을 떠올렸다는 소리를 냈다.

"뭐. 또 왜."

"나 뭐 좀 놓고 온 것 같은데. 형 먼저 내려가서 차에 있어. 나 금방 내려가."

"그런 거면 네가 먼저 내려가. 내가 가져올 테니까. 뭔데?"

"형은 뭐 똥 마려운 개처럼 그러냐? 내가 가져와. 내 발로 사과한 거 안 망치고 놓고 온 것만 들고 올 거니까 인터뷰 전에 내 성질 건들지 말고 먼저 내려갑시다. OK?"

"똥 마려운 개……."

허탈하게, 혹은 황당하지도 않다는 듯이 실소한 성길이 한숨을 푹 내쉬었다. 여기서 안 터진 폭탄 저기서 터뜨리게 할 수는 없었다.

때마침 엘리베이터가 도착했다. 성길이 머리를 헝클어뜨리며 엘리베이터에 올랐다. 닫히는 문 사이로 보이는, 돌아서 이대웅의 병실로 향하는 이성의 걸음이 참 상쾌했다.

성길의 한숨만 깊어졌다. 때려치우면 속이 시원하겠는데, 저걸 누가 또 맡아 데리고 다니나, 하는 생각이 들었다.

미운 정이 원수였다.

* * *

「뮤직 피커」와 이성의 인터뷰는 이대웅이 입원한 병원과는 다소 거리가 있는 위치의 고급스러운 개인 카페를 빌려 이루어졌다. 이성이 다시 이대웅의 병실을 다녀왔음에도 둘은 약속한 시각보다는 일찍 도착했다.

"저희도 일찍 온다고 왔는데, 역시 먼저 계셨네요."

"어머, 매니저님 안녕하세요. 오랜만에 뵙네요!"

일찍 도착했음에도 인터뷰를 맡은 「뮤직 피커」 쪽 사람들이 먼저 와 있었다. 성길이 건넨 인사를 인터뷰를 맡은 편집장이 받았다.

제 인사에 답한 편집장, 강윤희의 얼굴을 확인한 성길의 낯빛이 영 좋지 못하게 변했다. 카메라 위치를 조절하고 인터뷰할 질문을 확인하던 강윤희가 그런 성길을 보고 저는 속 좋게 웃었다.

"제가 반갑진 않으시죠? 그래도 전보다 화제성 더 높아진 우리 윤이성 피아니스트 정도 인터뷰하려면 사측에서도 편집장급은 보내야 하지 않겠냐고 하시더라고요."

강윤희는 성길의 떫은 반응에도 넉살 좋게 말했다. 예, 하고 여전히 떨떠름한 기색을 지우지 못한 성길의 답에도 연신 웃는 낯이었다.

카페로 들어서면서도 다른 생각에 잠겨 있던 이성도 뒤늦게 강윤희의 얼굴을 확인했다. 다만 그는 성길처럼 곧바로 그녀가 누구인지를 떠올리지는 못했다.

"형 반응 뭔데?"

이성이 성길을 툭 치고, 허리를 굽혀 성길의 귀에 작게 속삭였다. 성길이 진저리를 치며 이성에게서 훌쩍 떨어졌다가, 머뭇머뭇 뭉뚱그려 답했다.

"내 반응이 뭐 어때서. 그냥 어떻게 편집장이 나왔나 싶어서 그랬다. 왜."

"저쪽에서 그랬잖아. 반갑진 않을 거라고."

이성이 입술을 뚜하게 내밀고 성길의 답을 기다렸다. 성길은 연신 이성의 시선을 피하며 딴청을 부렸다. 이건 숫제 터지기 전의 폭탄을 어쩌지 못하는 김성길 특유의 반응이렷다…….

오히려 이래 버리면 더 감이 잡히는 게 있었다. 이성이 의아한 얼굴로 속닥이던 저와 성길을 바라보는 강윤희를 똑바로 쳐다보며 해사하게 웃었다. 아까 강윤희가 넉살 좋게 웃던 것보다 더 짙은 웃음이었다.

"제 인사가 늦었네? 윤이성입니다. 인터뷰 바로 들어가나요?"

"그럼요. 생각보다 일찍 도착하셔서 저희가 준비가 좀 늦었네요. 여기 앉으시면 돼요. 우선 인터뷰부터 진행하고, 지면에 실릴 사진 촬영은 끝나고 진행할……."

"뭐 그렇다고 치고. 그쪽은 5년쯤 전에 내 욕 하는 기사 신나게 써 재끼고 편집장 되신 그분이신가?"

이성에게 인사하며 다시 웃음을 품고 있던 강윤희의 입꼬리가 천천히 아래로 내려갔다. 이성의 말이 썩 틀리지는 않았다.

당시 이성이 시향 악단 콘서트마스터의 차를 뒤에서 받아 버렸을 때, 가장 신랄하고 아름다운 어조로 이성을 후려 까 사장의 신임과 총애를 받은 게 그녀였다. 다른 이들은 혹시라도 윤이성이 찾아와 지랄을 부릴까 무서워 적당히 물러섰기에 그녀의 신랄함이 더욱 빛을 발했다.

덕분에 그 뒤로도 여유 있게 다른 이들을 제치고 편집장까지 오른 건 사실이었다. 고로, 그녀도 따지자면 보통 인물은 아니었다.

언제 웃음이 지워졌냐는 듯이, 강윤희가 다시 매끈하게 입꼬리를 올려 웃었다.

"맞아요. 유감이 많으시겠지만, 그래도 사람이 일하고 사는 게 다 그렇다는 거 아시죠? 전 윤이성 피아니스트에게 사감 없습니다."

"그래, 뭐. 사회생활이 다 그렇겠죠."

이성이 대충 고개를 주억거리며 답했다. 그러곤 강윤희가 손짓으로 짚은 자리를 턱 끝으로 다시 짚었다. 테이블에서 살짝 뒤로 빠진, 곧장 앉으면 될 자리로 걸음을 옮겼다.

"여기 앉으라고?"

"네. 거기 앉으시면 되고……. 지금 인터뷰 빨리 진행하면 이따 촬영 때 해가 딱 좋겠네. 시작할까요?"

인터뷰가 시작되었다.

성길의 무궁한 우려와는 달리 인터뷰는 무난하게 진행되었다.

모든 질문은 현재 사람들의 많은 관심을 받는 프로그램 '두근두근 심포니'와 관련되어 있었다. 이성은 회사에서 받은 예상 질문의 답변대로 곱게 답했다. 비록 태도는 성의 없더라도 답변은 제대로 했다.

사실 이성의 성질머리야 강윤희도 매우 잘 알고 있는지라, 멀쩡하게 지면에 실을 분량을 뽑아 주는 것만으로도 감지덕지했다. 물론 감지덕지한다는 게 거기서 만족하겠다는 뜻은 또 아니었다.

"그러니까 윤이성 피아니스트는 본인 팀의 우승을 확신하신다는 말씀이시죠?"

"안 그렇게 생각할 이유가 따로 있나? 있어도 이런 데서는 우리 팀이 이길 겁니다, 하는 게 당연한 거고요. 뭐 겸손 떠는 사람도 있겠지만, 그건 나랑 안 어울리잖아?"

"하하, 뭐 그렇죠. 음……."

피차 서로가 질문과 답을 알고 있는 문항은 전부 끝났다. 그러나 강윤희는 뭔가 아쉽다는 듯이 입술을 물고 뜸을 들였다. 이성이 앞에 놓인 다 식어 빠진 커피를 들어 입에 머금었다.

더럽게 쓰네. 차라리 달아 죽겠는 박제영의 코코아가 낫겠다. 박제영네 집에서 먹던 커피도 항상 괜찮았는데. 역시 난 커피는 연한 게 취향…….

"윤이성 피아니스트."

"음?"

"인터뷰는 끝났지만, 외람된 질문 하나 드려도 될까요?"

이성이 머릿속으로 무슨 생각을 하고 있었든, 겉보기에는 CF 속의 한 장면처럼 우아하게 들고 있던 커피 잔을 내려놓았다. 그가 묘한 표정을 지었다.

그대로 저 뒤편에 대충 앉아 인터뷰를 지켜보고 있던 성길과, 강윤희를 번갈아 바라봤다. 성길이 고개를 저었다.

"흐응……."

이성이 낮게 콧소리를 내면서 강윤희를 다시금 빤히 봤다. 강윤희가 웃는 낯으로 침을 꿀꺽 삼켰다. 싫다고 해도 오프 더 레코드라고, 개인적으로 궁금해서 그렇다고 질척하게 달라붙을 생각이었다. 윤이성이 지랄을 떨지 않을 선에서.

그런데 어째, 이성이 마냥 질문을 받지 않을 생각은 아닌 듯이 보였다. 이성의 크고 길쭉한 손이 테이블 중앙으로 뻗어 나왔다.

신나게 돌아가던 녹음기의 작동이 중지되었다. 이성의 길쭉한 손이 버튼을 누르고 물러났다.

"나한테 궁금한 게 또 뭐가 있는데 그래요? 오프 더 레코드로. 딱 세 개만 받을게."

"야, 이성아!"

성길이 다급하게 이성을 말렸다. 어디 소속의 누구든 인터뷰어 앞에서 한 말은 말이 좋아 오프 더 레코드지, 언제든지 퍼지지 않을 도리가 없었다. 심지어 지금 자신을 인터뷰하는 인터뷰어는 여태껏 저를 까 내리던 신랄한 기사를 쉽게도 써 재끼던 강윤희였다. 이성도 그걸 모르지 않을 터였다.

아니, 어쩌면 누구보다 더 이 바닥 생리를 잘 아는 게 윤이성이었다. 그런 그가 오프 더 레코드로 질문을 받겠다는 건, 도리어 퍼뜨려도 좋겠다는 완곡한 허락에 가까웠다.

이성이 성길을 향해 손을 내저었다.

"해 봐야 뭐 3년 전엔 왜 갑자기 잠적했냐, 왜 다시 복귀했냐. 그리고 뭐 하나는……. 듣고 내가 좆같으면 대답 안 하면 그만이지."

강윤희가 급히 이성의 말을 받아쳤다.

"그럼요! 억지로 대답 끌어내리고 그러는 건 아니고요. 정말로 이렇게 녹음기까지 끈 마당에 지면에 실을 생각은 없으니까 편하게 답하고 싶은 것만 답하세요!"

"그렇다잖아."

"너……!"

성길이 한숨을 푹 내쉬며 이마를 짚었다. 적어도 오늘 이성이 이대웅의 병실에 가서 내키지도 않는 사과를, 그 나름대로는 성의껏 한 날만 아니었어도 더 제지해 봤을 거였다.

하지만, 아니 하긴. 윤이성이야 어떤 날이었든 말린다고 말을 듣는 놈이 아니었다. 성길이 이성의 귓가에 속삭였다.

"적당히……. 좀 제발, 잘 해라. 나 이러다 진짜 위에 구멍 나서 실려 간다. 어?"

"우리 매니저님이 그렇다는데. 편집장님 살살 뭅시다. 그래서 질문이?"

강윤희가 사람 좋게 하하하 웃었다. 그리고 괜스레 제 콧잔등을 쓰다듬으며 부산을 떨었다. 이성이 피식 웃으며 질문을 기다렸다.

"이거 정말 그냥, 다들 궁금할 내용이라 저도 궁금해하는 거잖아요. 그렇죠? 그런데 유성에서는 말도 꺼내지 말고 방송 관련해서나 질문하라고 싹 잘라 버리고."

"서두가 기시네."

"아까 윤이성 피아니스트가 꼽은 그 질문 맞아요."

"왜 잠적했고, 왜 복귀했느냐?"

"그렇죠."

이성이 활동을 모두 중단하고 잠적했던 이유야 말할 것도 없이 제영 때문이었다. 다시 복귀한 것도 제영과 계속 붙어 있고자 수작을 부렸기 때문이었고.

물론 이 사정을 제대로 아는 건 본인뿐이었다. 다만 형찬이 어렴풋이 자신의 잠적이 제영과 관련이 있음을 느낀 건지, 질문을 죄 잘라 버린 모양이었다.

사실 어디가 되었든 이성의 인터뷰를 원한 곳이라면 전부 그가 왜 잠적했고, 어떤 마음으로 복귀했는지 궁금해하지 않는 곳이 없을 것이었다.

"우선 잠적한 이유는."

강윤희의 눈이 반짝였다. 이성이 그런 강윤희를 보고 피식 웃음을 터뜨렸다. 문득 그의 눈이 깊어졌다. 제영을 떠올린 까닭이었다.

솔직하게 말할까? 안 내켰다. 어쨌든 저 강윤희라는 여자에게 박제영의 존재를 내놓고 싶은 마음은 썩 들지 않았다.

"좆같아서."

"……네?"

"그쯤 내 인생 시궁창에서 끌어 올려서 피아니스트로 만들어 준 은인이 죽었잖아요. 그래서 만사 다 좆같더라고. 뭐 은혜 갚을 시간도 안 주고 그렇게 사람이 훅 가나?"

이성의 말에 강윤희가 느리게 고개를 끄덕였다. '그' 윤이성의 말이기에 어울리지 않는 이유라는 생각이 들면서도, 한편으로는 '피아니스트'의 감수성을 가진 사람이라면 들 법도 한 이유라고 생각했다.

사실 무슨 대단한 이유가 있으리라고 생각지는 않았다. 예상했던 범위 안의 답이기도 했다. 그래도 이성이 답을 주었다는 것만으로도 긍정적이었다.

다만, 이렇게 평범한 대답이 나올 걸 유성에서는 왜 이성의 공백과 관련한 질문을 원천 봉쇄 했을까. 그게 의아해졌다.

"아무래도 박 전 재단장님이 건강이 갑자기 나빠져서 돌아가시긴 했죠. 슬픔이 많으셨겠어요."

"슬프기보다는 좆같⋯⋯."

"윤이성!"

성길의 다급한 호통에 되레 강윤희가 어색하게 웃었다. 그럼 그렇지. 멀쩡한 답을 해 놓고도 깎아 먹을 작자가 윤이성이었으니, 아예 좀 아니다 싶은 건 전부 막았을 수도 있겠다.

"예, 뭐⋯⋯. 그래서 복귀하신 이유는요? 그것도 3년이나 지나서. 어떤 계기가 있었나요?"

"계기?"

"네. 굉장히 갑작스러웠잖아요. 활동 중단 기간에도 사실 잠적이라고 보기는 뭐한 게, SNS는 꾸준히 하고 계셨기도 했고. 그런데 그쪽으로 이렇게⋯⋯. 뭔가 천천히 활동 시작하겠다 하는 말도 없이 굉장히 갑작스럽게, 이번 프로그램으로 얼굴을 비치기 시작하셨고."

"아."

"그리고 정작 활동 시작하시면서, SNS는 닫으셨죠? 이것도 궁금하네. 이걸 마지막 질문으로 쓰긴 아까운데……."

말꼬리를 흐리는 강윤희를 보던 이성의 시선이 다시 깊어졌다. 입으로는 '돌아 돌아 도로 두근두근 심포니네.' 하고 중얼거리면서도 그는 속으로는 박제영 생각을 하고 있었다.

SNS를 닫은 날을 떠올렸다. 정확히는 계정을 잠근 날이었다. 이성의 눈동자가 부드럽게 내려앉은 겨울 볕을 받아 따뜻하게 반짝였다. 그의 입가는 온화한 호선을 그렸다.

왜. 목줄 꽉 붙들어 달라며. 지금 그러고 있잖아.

제영이 자신이 건넨 목줄을 꽉 붙든 날. 마음이 없는 건 아니라는 말이 그날만큼 직접적으로 와 닿은 적이 없었다.

생각은 어느새 얼마 전 나누었던 키스까지 흘렀다. 제영에게 먼저 키스해 달라고 말했고, 져 주듯이 제영이 먼저 혀를 내밀었던 날. 그날도 좋았다.

"……복귀한 이유는 연주가 하고 싶어져서."

"갑자기요? 3년 만에?"

너무나 단순한 답이었다. 강윤희는 계속 이성을 살피고 있었다. 이성이 지금 보이는 눈빛은 '단순히 연주가 너무 하고 싶어서'라는 이유만으로는 부족했다.

어쩐지 사랑스러운 것을 떠올리는 듯한 그 눈빛에는 분명히 무언가 있었다. 성길이 이성의 썩 만족스러운 대답에 느리게 고개를 끄덕였다. 그도 이성이 갑작스레 복귀한 이유를 전부는 모르지만, 일부는 알았다. '대종예 캠퍼스' 건을 무마한 게 바로 성길 본인이었다.

이성은 거기서 웬 여학생을 스폰서가 어쩌니 하고 찾더니만 갑자기 복귀를 선언하고 공연부터 하겠다고 설쳤었다. 그걸 강윤희한테 덥석 물려 줄 수는 없으니까, 이성이 나름 잘 대답한⋯⋯.

"그럴 만한 뮤즈를 찾았으니까."

성길이 슬그머니 웃으며 고개를 끄덕이던 그대로 굳었다. 딴에는 눈을 크게 뜨고 이성을 보며 소리를 지르지 않은 것만으로도 많이 참았다.

폭탄 발언이었다. 여기서 자신이 과도한 반응을 보이면 뭐가 있긴 있다는 걸 직접 반증하는 꼴밖에 되지 않았다. 이성을 말려도 마찬가지였다. 이미 그른 거다. 망한 판이었다.

"어머, 뮤즈요? 로맨틱하다⋯⋯. 연주를 접었던 피아니스트를 다시 복귀하게 만든 뮤즈가 있다? 이건 진짜 제대론데요?"

이성이 대답 없이 그저 씩 웃었다. 휘어진 눈매 사이에 숨은 눈동자가 한없이 달콤했다. 뭐라도 대화를 더 끌어내려 이성을 빤히 살피고 있던 강윤희의 뺨이 별안간 붉게 익었다. 자신을 보며 짓는 눈빛이 아닌 걸 알면서도 설레게 하는 데가 있어서였다.

"우리 인터뷰어께서 건질 거 다 건진 것 같은데 굳이 마지막 질문은 하지 맙시다."

이성이 돌연 자리에서 일어나며 말했다. 몽롱하게 풀려 있던 강윤희의 눈에 빛이 돌아왔다. 그녀가 이성을 따라 벌떡 일어섰다.

"에이, 어차피 오프 더 레코드인데 인심 좀 쓰시죠?"

"어차피 말만 오프 더 레코드인 거 그쪽도 알고, 나도 알고."

"알아도 그쪽이라고 하시면 섭섭하죠? 우리 그래도 두 시간이나 앉아서 대화했는데."

이성이 턱을 쓰다듬었다. 고민하는 눈치였다. 강윤희가 턱을 당기며 침을 꼴깍 삼켰다.

"그럼 들어 보고."

"아⋯⋯. 또 이렇게 나오시니까 어렵네."

막상 이성의 허락이 떨어졌어도 질문을 고르기가 어려웠다. 결국 강윤희가 오늘 건진 것 중에 흥미로운 거라곤 윤이성에게 '뮤즈'가 있다. 이것 하나가 전부였다.

'두근두근 심포니'와 관련한 질문이야 어차피 지면 채우기일 따름이었다. 앞으로 그의 활동 방향? 마찬가지다. 아무렴 강윤희가 속한 「뮤직 피커」가 음악, 그것도 무게감 있는 음악을 좋아하는 애호가들을 주 구독자로 둔 잡지라고 해도 그랬다.

어차피 사람들은 신랄한 평론가의 평가나 좀 들여다보고 말 따름이었다. 요즘 세상이 그랬다. 다만 윤이성은 지금 악평이나 비평으로 건드리기에는 장본인의 볼륨도, 뒤에 선 회사의 규모도 무시 못 할 정도로 컸다.

이럴 때는 가십이 최고였다. 기존의 구독자들도 흥미를 보이고, 일반인들도 재밌어 미칠 만한.

윤이성의 뮤즈. 뮤즈라⋯⋯.

"그 윤이성 피아니스트의 뮤즈라는 분……."

강윤희의 질문이 시작되자, 이성이 곧장 그럴 줄 알았다는 표정을 지었다. 이성의 가까이에 다가와 선 성길이 그의 허리께를 팔꿈치로 지그시 찔렀다. 물론 이성은 신경도 쓰지 않았다.

"혹시 저번에 화제가 될 뻔했다가 해명과 함께 사그라들었던 그 스캔들과 관련이 있을까요?"

"하……."

강윤희가 질문을 끝맺자마자 이성이 탄식을 터뜨렸다. 표정은 짚어도 한참 잘못 짚었다는 표정이었다. 강윤희의 표정이 샐쭉해졌다.

"노코멘트 해도 답은 충분히 아실 것 같고. 이제 사진 몇 장 찍어 주고 난 집에 가면 되나?"

"어우, 방금 한숨 얄미웠던 건 아시죠? 그래요. 이동할게요."

뭘 더 건져 내진 못했지만, 윤이성은 저 성격에도 강윤희에게 충분한 질문의 기회를 주었고 답변도 착실하게 했다. 여기서 물러나야 했다.

"작가님, 우리 어디부터 백그라운드로 깔고 찍어요? 해 좋을 때 조명 없이 피아노부터 갈까?"

강윤희가 잽싸게 움직였다. 곧 포토그래퍼의 사인이 떨어지고, 이성이 카페 중앙 홀에 놓인 그랜드 피아노로 다가갔다.

"저희가 귀한 피아니스트님한테 진짜 연주까지 부탁하기는 좀 그렇고, 어떻게 시늉만 좀 멋지게 잘 부탁드립니다."

"내가 무슨 배우나 모델도 아닌데 뭘 시늉만이야."

"하하하……. 그게 또 그렇게 되나요?"

이성이 포토그래퍼의 멋쩍은 물음에 답을 대신해 연주를 시작했다. 건반 위에 올린, 둥글게 쥐어진 손가락이 길고 곧았다. 카페의 전면 창으로 쏟아지는 겨울 볕이 백건 위로 이성의 손가락 그림자를 늘어뜨렸다.

언뜻 계절과 어울리잖게 포근한 노란빛을 품은 빛이 이성을 밝혔다. 이성이 에릭 사티의 〈Sarabande No.2〉를 연주하기 시작했다. 잔잔한 선율이 지금 쏟아지는 볕과 창밖의 바람 따위와 퍽 어우러졌다.

연주에 집중해 미간에는 얕은 주름이 진, 그러나 입술은 살짝 풀어지고 시선은 깊어진 이성을 향해 카메라의 셔터음이 쏟아졌다.

"뮤즈, 뮤즈라……."

강윤희가 연주하는 이성을 가만히 바라보며 중얼거렸다. 오늘은 잘못 짚어 마지막 기회를 날려 버렸지만, 어쩐지 윤이성의 '뮤즈' 발언을 앞으로도 신경 쓰고 있어야 할 것 같다는 생각이 강하게 들었다.

그녀의 감은 썩 잘 맞는 편이었다.

12. 목줄이야

제영이 팔짱을 끼고 두 개의 휴대 전화를 내려다보았다. 본래 표정이 풍부한 편은 아닌 그녀라지만, 지금만큼은 얼굴에 실린 감정이 확실했다. 누가 봐도 자못 고민이 섞인 심각한 얼굴이었다.

제영이 내려다보는 두 개의 휴대 전화 중 하나는 이성이 사 준 것으로 지금 사용하는 것이었다. 그리고 나머지 하나는 그 바로 전까지 사용하던 것이고.

어폐가 조금 있다. 바로 전까지 사용하지는 않았다. 제윤과 이성의 스캔들에 제영의 과거 이름인 '박희은'이 끌려 나왔던 그날. 제영이 혜옥이 머무르는 '본가'에 찾아갔던 날부터 이성이 스케줄로 자리를 비우지 않을 때면 무조건 전원을 꺼 두었으니까.

이후로도 휴대 전화를 버리거나 해지하지 않은 건 제영 본인도 제대로 인지하지 못하는 자신의 습관 때문이었다. 그녀의 서랍 깊은 곳에는, 박희은이었을 때 있었던 교통사고 당시 들고 있던 고장 난 휴대 전화도 여전히 존재했다. 제대로 작동되지 않는 것이지만 그 안에는 부모님과 나눴던 다정한 연락이며 사진이 담겨 있어, 버릴 수 없었다.

아마도 그때 붙은 습관이, 매몰차게 연락을 전부 두절했음에도 제영이 휴대 전화를 버리지 못하게 막은 듯했다. 그러나 제영은 진심으로 이 휴대 전화를 꺼내 자신이 다시 켜 볼까 고민하게 될 줄은 추호도 몰랐다.

"어떡하지……."

제영의 손끝이 차가운 휴대 전화 화면을 매만졌다. 걸리는 것 없이 매끄럽게 미끄러지는 새카만 화면은 금방이라도 불이 들어올 것 같았다.

"정말 이상했는데. 그날, 윤이성……."

이성이 마지막으로 집에 들렀던 날, 제영이 자의로 그에게 입을 맞추고 혀를 얽었던 날을 떠올렸다.

"너. 너는 오늘 별일 없었어?"

"그래도. 물어보고 싶었어. 제영아."

"나는 박제영한테 무슨 일이 있으면, 진짜 너무 속상할 것 같아."

뻔질나게 연락하고 심심하면 만나러 오는 사람의 안부를 묻는 눈빛이라기엔 한없이 깊었다. 진심이 담겨 온통 걱정의 빛으로 물들었던 그 눈빛을 두고, 그날의 이성은 입술을 비벼 보려고 수작을 부린 거라고 했었다.

이성이라면 충분히 할 법한 짓이었다. 그러나 그날은 달랐다. 뭔가 진심이 아니라고 할 수 없는 어떤 분위기가 있었다.

윤이성에게, 혹은 윤이성이 걱정하는 자신에게. 무슨 일이 정말로 있기라도 한 것만 같았다. 하지만 들려오는 건 아무것도 없이 흐르는 하루하루는 조용하고 평온하기만 한데.

그런데 마음은 자꾸만 그날의 이성을 떠올리며 술렁였다. 걱정을 놓을 수가 없었다. 이건 박제영답지 않았다.

전원을 끄고 서랍에 처박아 두었던 휴대 전화를 꺼낸 건 그 이유에서였다. 자신이 모르는 곳에서의 윤이성에게 분명 무슨 일이 있는 건 같은데, 그걸 알아보려고. 그러려면 지금 사용하지 않는 이 휴대 전화에 담긴 연락처가 필요했다.

이성이 소속된 유성 매니지먼트의 대표인 형찬이나, 혹은 그와 같은 프로그램을 촬영 중인 자신의 친척 동생 제윤. 어쩌면 둘 중 하나는 이성이 갑자기 불안한 모습을 보이는 이유를 알고 있을 듯했다. 결론은 둘 중 한 사람에게 연락해 봐야 한다는 쪽으로 맺어졌다.

제영이 결심한 듯 차갑게 꺼진 휴대 전화의 전원을 켰다.

"무슨 메시지가 이렇게……."

휴대 전화는 전원이 켜지기가 무섭게 쌓여 있던 메시지를 줄줄이 수신하며 연신 진동을 울려 댔다. 워낙 오래 꺼 뒀던 탓인지 당장 걸려 오는 전화가 없는 게 다행일 판이었다.

저장된 연락처나 확인하려던 제영의 손이 실수로 막 수신되고 있는 메시지를 터치했다.

[야 박제영! 할머니 핑계 안 댈 테니까 연락 좀 하고 지내자고. 아무리 그래도 이렇게까지 칼처럼 확 끊어 버리는 게 어디 있냐?]

[부재중 연락-박제윤 님으로부터 11월 27일 14시 37분 부재중 연락이 있었습니다.]

[폰 아예 꺼 뒀어? 끝까지 재수 없는 거 봐.]

위로도 몇 번이나 할머니가 아프신데 연락이 안 되냐는 메시지며, 혜옥이나 박태욱의 채근으로 보낸 듯한 메시지, 부재중 통화 알림이 죽 이어졌다. 멍하니 화면을 들여다보며 스크롤을 올려 대던 제영이 얕은 한숨을 내쉬었다.

"박제윤한테 연락하면 성가실 것 같은데……."

제윤 자체는 별 상관 없었다. 유감이야 없지는 않지만, 제영은 제윤을 달리 크게 싫어하거나 불편해하진 않았으므로.

제영이 메시지 창에서 빠져나왔다. 뒤늦게야 주소록으로 넘어갔다. 몇 번 스크롤을 내리면 끝나는 휑한 주소록에는 이형찬의 번호도, 박제윤의 번호도 보였다.

제영은 고민했다. 누구한테 연락을 하는 게 옳을까. 박제윤은 성가셨고, 뒤에 있을 그녀의 아버지 박태욱이나 혜옥이 불편했다. 반면에 형찬은…….

형찬은 어려웠다. 제게 품은 마음을 알면서도 단호하게 그를 거절했었기 때문에. 사람의 마음을 거절하고 밀어낸 게 처음은 아니었지만, 이만큼이나 제게 진심으로 다가왔던 사람을 밀어내고 완벽하게 거절한 건 또, 따지자면 처음이었다.

어렵다기보다는 미안했다. 그런 사람에게, 자신이 다른 것도 아니고 '윤이성' 때문에 연락을 하는 게 과연 괜찮은 일인가 하는 생각이 들었다.

제영의 고민은 짧았다. 결국 제영은 박제윤에게 연락하는 쪽을 택했다. 어렵고 미안한 것보다는 성가시고 불편한 쪽이 나았다.

더해서, 이성에게 무슨 일이 있다면 어쩐지 '두근두근 심포니' 촬영장에서 일어났으리란 근거 없는 확신도 있었다. 이 경우, 형찬보다야 제윤이 겉핥기라도 일을 알고 있을 확률이 더 높지 않을까.

'두근두근 심포니'의 촬영장으로 오는 내내 밴 안에서 매니저에게 잔소리 폭격을 맞은 제윤의 표정이 불퉁했다.

"너는 진짜 스캔들 상대였던 데다가, 사고란 사고는 다 끌고 다니는 윤이성 그 새끼랑 도대체 뭔 짓을 꾸미고 있는 건데? 너 진짜 그러지 마라. 어? 집안 믿고 깝치기에는 네가 집안이 그렇게 좋지도……."

"아니 오빠는 무슨 말을 그렇게 해요? 내가 언제 집안 믿고 깝쳤어?"

"야, 박제윤이. 너 아버지가 유성 임원이고 집안이 뭔 재단 운영하고 그런 거 우리 회사에 모르는 놈이 없어요. 그게 괜히 소문이 다 났냐? 어?"

"아니! 그리고, 솔직히 내가 이성 오빠랑 붙어서 스캔들 내고, 나만 덕 봤어? 우리 소속사에 그때 내 스캔들 때문에 덕 본 사람 한둘 아니잖아요!"

매니저의 잔소리는 차가 멈추고 나서도 이어졌다. 볼을 빵빵하게 부풀린 제윤은 하나도 져 주는 것 없이 매니저의 말에 반박했다. 또 그게 아주 틀린 말은 아니라 매니저도 잠시 말문이 막혔다.

"……그래도. 그때랑 지금이랑 같냐? 너 그때 일 잘 풀려서, 어? 지금 웹드 하나 하고 있고 공중파 드라마 조연 역도 물망 오른 거 알지? 그거 사고만 안 치면 100프로 네 거야. 뭔 말인 줄 몰라? 지금은 사려야 할 때라 그 말 아니냐. 어?"

"아 진짜 이 오빠는 걱정도 팔자야. 나, 무슨 일을 벌이든 내 손해는 안 보고 살거든요?"

"이게 뭘 벌이긴 벌인다는 소리네! 너 진짜, 오늘도 결국 윤이성 새끼 만나서 속닥거린답시고 촬영장 일찍 온 거 맞네! 어?"

"어우, 누가 오빠 새끼야? 이성 오빠 앞에서도 어디 그렇게 얘기해 보지 그래요? 이번에는 오빠 얼굴에 꽃밭 피겠……."

제윤과 매니저의 대화가 툭 끊겼다. 제윤의 휴대 전화가 울려 댄 탓이었다. 제윤은 혹시 저처럼 일찍 도착한 이성일까 싶어 잽싸게 휴대 전화를 확인했다.

"뭐야, 윤이성이지? 너 그 새끼랑 연락도 이렇게 저렇게 주고받는 거 맞지?"

"아 아니거든요!"

이성과 연락을 주고받는 건 맞다. 작당하느라 그런 것도 맞고, 매니저를 채근해서 촬영장에 일찍 온 이유가 이성과 속닥대기 위해서도 맞았다. 하지만 지금 온 전화는 정말로 이성이 아니었다.

"아니긴 뭘 아니야, 이 철없는 계집애야!"

"아니라고요!"

"너 혹시 윤이성이랑 진짜 사귀냐? 너 찐 스캔들은 안 된……."

"아 친척 언니라고요!"

제윤이 매니저에게 휴대 전화를 들어 화면을 보여 주었다. 매니저가 제윤이 들이댄 화면을 확인했다.

[왕싸가지언니년]

확실히 윤이성은 아닐 것 같았다. 걸리면 남녀 안 가리고 팰 인간을, 아무렴 제 전담인 제윤이 간덩이가 부었다고 한들 저렇게 저장하진 않았을 듯하고.

"이번엔 오해해서 미안하긴 한데, 너 아무튼 그래도 조심해라? 어?"

"아 진짜! 근데 얜 왜 갑자기 나한테 전화했지?"

"일단 받아 봐. 그럼 알겠지."

제윤이 매니저를 흘겨봤다. 그러곤 차 문을 열고 내리면서 말했다.

"나 한 대 태우면서 받을 거니까 망이나 잘 봐 줘요. 괜히 따라 들어와서 전화 엿듣지 말고!"

그러곤 제윤이 곧장 달렸다. 이성과 얘기를 나누기로 한, 사람들이 잘 찾지 않는 외진 곳으로 향했다. 시간이 꽤 흘러 '왕싸가지언니년'으로 저장해 두었던, 박제영의 전화가 끊겨 버렸다.

"이게 나한테 왜 전화했지? 아예 꺼 놓고 연락 두절했던 게……."

부재중 표시를 보며 입술을 뚜하게 내밀고 고민하던 제윤이, 고민을 짧게 마치고 곧바로 다시 제영에게 전화를 걸었다.

설마 그사이에 다시 제영이 휴대 전화 전원을 꺼 버렸을까 생각했는데, 다행히 통화 연결음이 흘렀다.

한 번, 두 번, 세 번의 연결음이 이어지고 나서 박제영이 전화를 받았다.

-응.

"보통은 '여보세요'부터 하지 않나?"

제윤이 장난스럽게 말했다. 제영이 전화를 받은 것부터가 다행이다 싶고, 괜히 반가우면서 말이다. 반응 없이 한숨만 내쉬는 제영의 목소리를 들으며 제윤이 까르르 웃었다.

"근데 평생 연락 끊고 살 것처럼 그러더니, 왜 전화했어?"

-물어볼 게 있어서.

"네가? 나한테? 나한테 관심도 없는 게 뭘 물어봐?"

사실 제윤은 짚이는 게 있었다. 제영이 궁금해하는 거라면 물을 것도 없이 이성의 일일 거였다. 지금 제영이 자신 아닌 다른 사람에게 관심을 가진다면 그 대상은 이성이 유일할 테니까.

하지만 제영에게 자신이 뭔가 알고 있다는 티를 낼 수는 없었다. 제윤은 이미 제영의 성격을 썩 잘 알고 있었던 데다가, 이성을 통해 김무진 교수가 처음 제영의 곡을 훔쳐 썼을 때 제영이 어떻게 대응했는지 들은 바도 있었다.

-윤이성 피아니스트, 요즘 무슨 별일 없었어?

역시 제영의 용건은 이쪽이었다. 제윤이 소리 없이 손을 올려 입을 가렸다가, 곧 의아함이 가득한 목소리로 답했다.

"그걸 왜 나한테 물어? 너 이성 오빠하고도 연락 안 하고 지냈니?"

-누가 누구 오빠……. 아니. 됐다. 촬영장에서 정말 별일 없었어?

"없었다니까?"

제윤의 대답에 저도 모르게 픽 하는 웃음이 섞였다. 누가 누구 오빠냐고 따지는 것 좀 봐. 제영의 태도에 어라? 싶어졌다. 이성이 제영에게 열렬하게 돌진하는 거야 모를 수가 없는 사실이었다지만.

제영의 마음은 도통 모를 일이었다. 아니, 제윤에게는 제영이 그녀의 엄마, 아빠, 그리고 할아버지 외의 다른 사람에게 애정이나 관심을 두는 일이 상상조차 가지 않을 일이었다.

그런데 이 반응이라. 마치 제 연인을 가까이 대하는 여자를 경계하기라도 하는 듯이…….

-없었어? 윤이성은 자기가 PD한테 혼났다고 하던데. 아무 일도 없었다고?

제영의 말에 제윤이 흠칫 놀랐다. 통화가 아니었다면 뭔가 켕기는 것이 있음을 단번에 들키고도 남았을 것이었다.

-박제윤?

곧바로 답하지 않는 제윤을 채근하듯, 제영이 그녀의 이름을 불렀다. 아이 씨, 소리 나지 않게 툴툴거림을 뱉은 제윤이 머리를 쥐어짜 가까스로 할 만한 답을 찾았다.

"누가 겁도 없이 그 인간을 혼내? 윤이성 오, ……아니고 피아니스트가 어디 자기 혼내는 소리 듣고 가만히 있을 사람이야? 촬영장 뒤집힐 일 있니?"

윤이성, 하면 떠오르는 바로 그 이미지대로의 답이었다. 제영도 일부 수긍하는지 흐음, 하는 소리가 수화기를 넘어왔다.

"너한테 불쌍하게 보이려고 오버해서 얘기한 거 아니야?"

-오버해서 말할 만한 뭔가 있기는 있었다는 뜻이야?

"아니 그러니까……."

애가 쉽게 안 넘어가네. 제윤이 그런 생각을 하며 입술을 꽉 물었다. 하긴 제영이 제 관심사 빼고는 매사 무심해서 그렇지 바보는 아니었다. 되레 어릴 때부터 한 분야에서 그야말로 미쳤단 소리를 들을 정도로 두각을 드러냈으니, 바보는커녕 머리가 비상하다고 봐야 할 것이었다.

심지어 윤이성은 지금 제영의 주 관심사이기까지 했다. 제윤이 한숨을 푹 내쉬는데, 휴대 전화 쪽과 반대쪽에서 각각 말소리가 들려왔다.

-너 내가 저번에 머리 쥐어뜯은 거에 앙심 품고 말 안 하는 거면, 그거 사과할 테니까 얘기 좀 해 봐.

애 봐라?

"뭐 하냐? 누군데? 뭘 불쌍하게 오버해?"

아니 또 이 인간은 왜 이런 타이밍에 등장하는데?

제윤이 입으로는 제영에게 답을 하며, 이성에게는 검지를 세운 손을 내밀어 그 입 닥치라는 제스처를 해 보였다. 그나마 이성이 일말의 눈치는 있어 속삭이듯 말한지라, 제영은 못 들은 듯했다.

"나 그렇게 쩨쩨한 성격 아니거든? 그게 언제 적 일인데 아직까지 물고 늘어지니?"

-너 그런 쩨쩨한 성격은 아닌데, 원한 생기면 안 잊는 성격이잖아.

이 타이밍에 굳이 맞는 말을 하는 제영 덕에 잠시 제윤의 말문이 막혔다. 자신이 원한이나 열등감을 가졌던 일을 하나도 잊지 않고 기억하는 성격이 맞긴 했다. 그리고 물론 제윤에게 박제영은 두 경우 모두 해당하는 인사이기도 했고.

하지만 정말 놀랍게도 진심으로 제윤은 그 일을 이유로 제영에게 이성의 이야기를 전하지 않는 게 아니었다. 물론 이성이 부탁해서 함구하는 것도 아니었고.

속이 복잡해진 제윤이 입술을 불퉁하게 내밀었다.

"너한테 말하고 말고 할 뭐가 정말 없었어. 그냥……."

제윤이 말을 흐렸다. 자신의 통화 상대가 제영인 걸 알아챈 이성이 입은 제윤의 뜻에 따라 확실하게 닥쳤으나, 통화 내용은 궁금했는지 갑자기 제윤의 휴대 전화에 얼굴을 확 들이댄 까닭이었다.

-그냥? 왜 자꾸 말 흐리는데?

"아 촬영장이니까 그렇지. 사람 가까이 오가는데 그냥 막 아무 말이나 다 뱉니?"

-아……. 미안. 그렇구나. 오늘도 촬영 있구나, 참.

"아무튼!"

제윤이 이성을 흘겨보며 몸을 뒤로 물렀다. 그러고는 패기 있게 이성에게 주먹을 들어 보였다. 이성이 눈을 홉뜨고 제윤을 마주 노려봤다.

곧바로 제윤이 휴대 전화를 손가락으로 가리키며 소리 나지 않게 입 모양으로 '다 까발린다!' 하고 이성을 향해 으름장을 놓았다.

이성이 욱해서 아, 까지 뱉었다가 입을 꾹 다물었다. 제영에게 괜히 상황 전해서 일 복잡하게 만들고 싶지 않은 마음은 누구보다 이성 본인이 가장 컸다.

이성이 결국 입 모양만으로 '이 씨발!' 하면서 제윤에게 패배를 선언했다.

"매일 트러블 만들고 매일 PD랑 한 번씩 말싸움하고요, 매일 또 예상 밖으로 수월하게 촬영 잘 하고 있어. 네가 걱정하시는 그분은."

–……그래?

"네가 윤이성 피아니스트의 뭘 걱정하는지는 모르겠는데요. 여태까진 뭐 없었거든?"

–아무 일도 없었다고?

"아 몇 번을 말해!"

제윤이 신경질적으로 답했다. 휴대 전화 너머에서 제영이 들릴 듯 말 듯, '뭐가 있긴 분명히 있을 텐데…….' 하고 혼잣말을 중얼거렸다.

이성이 제윤의 어깨를 쿡 찌르고는 인상을 썼다. 턱을 추켜올려 드는 얼굴이 지나치게 껄렁했다. 외모가 받쳐 주지 않았더라면 숫제 양아치처럼 보였을 것이었다.

언니한테 언니 대접 잘 하라 이거지. 그럭저럭 통화를 잘 이어 가던 제윤의 심사가 처음으로 뒤틀렸다. 분명히 둘이 아직 사귀는 사이는 절대로 아닐 텐데, 그녀의 촉이 그걸 말해 주는데.

어째서 오래 사귄 커플 사이에 어중간하게 껴서 서로의 염장질에 고통받는 기분이 자꾸만 드는 걸까. 울컥 치솟는 짜증을 가까스로 참아 낸 제윤이 후, 하고 거칠게 숨을 뱉었다.

제영과 이성의 사이에 끼어서 묘한 고통을 받는 것과는 별개로, 어쨌든 이 상황 덕에 제영과 연락이 닿은 것은 나쁘지 않았다. 제윤은 성질대로 짜증을 부리기보다는 잽싸게 머리를 굴렸다.

"뭐, 앞으로라도 네 윤이성 씨한테 무슨 일 있으면 알려 줘?"

-앞으로?

"응. 앞으로. 뭐 별일 없을 것 같거나, 네……."

제영과 연락을 유지하기 위해 머리를 굴리는 것도 바빠 죽겠는데, 잠시 뒤로 치워 뒀던 이성이 다시금 고개를 디밀었다. 그가 제윤의 어깨를 힘주어 세운 검지로 쿡 찔렀다.

"……언, 니가 나랑 연락 계속 할 생각이 없으면 어쩔 수 없지만."

제영이 잠시 고민하다가 답했다.

-……네가 다른 가족들한테 내 소식 전하는 것까진 내가 어떻게 못 막겠는데, 번호까지 알리지는 않겠다는 전제하에.

"전제하에?"

-새 번호 알려 줄게.

"언니 윤이성 피아니스트한테 진심이야?"

제영이 말을 끝맺기 무섭게 제윤이 반문했다. 거의 생각을 거치지도 않고 튀어 나간 물음이었다.

제윤의 입장에서는 지금 제영이 보이는 태도가 믿을 수 없을 만큼 신기할 따름이었다. 여태껏, 제윤 자신과 가족들, 할머니 혜옥까지 제영을 귀찮고 성가시게 했어도 제영은 연락을 두절하거나 끊어 내려 한 적이 없었다.

그랬던 박제영이 가족들과 연락을 끊고 다시는 연락하지 마시란 말까지 했다. 자신이나 부모님에게는 그럴 수 있었다. 하지만 혜옥은 좀 달랐다. 그녀는 제영의 친조모였다. 거기다 절망에 빠져 아무것도 못 하던 제영을 구원한 박신환이 사랑한 아내였다.

그래서 제영은 성가심도, 귀찮음도, 때로는 무례한 요구도 그저 참아 왔을 것이다. 혜옥을 보면서 조부를 떠올렸을 테니까.

혜옥과 제윤의 가족들은 제영이 조부에게 보내는 애정을 너무 믿었다. 서슴없이 제영의 역린인 과거의 이름을 건드렸다. 기어이 제영이 저들을 끊어 내게 했다. 늘 심드렁하던 태도의 제영이 그만큼 무섭게 제 성질을 부려 대는 건 처음 봤었다.

그런 만큼, 사실 제윤은 제영이 저와 쭉 연락을 이어 가는 일도 쉽게는 승낙하지 않을 거로 생각했다.

그래서 물어본 거였다. 이성이 그만큼이나 좋으냐고. 그 뜻으로.

─아하하······.

제영이 휴대 전화 너머로, 제법 산뜻하게 웃었다. 제영의 목소리에 담긴 여러 감정이, 제윤에게 꽤 선명하게 읽혔다.

어렴풋이 인식은 하고 있었지만, 확정은 짓지 않았던 감정의 윤곽이 선명해지고 말아서 지은 웃음이었다. 박제영이 본인을 향해 짓는 실소였다.

그러나 기분이 나쁘거나, 감정을 인정하기 싫은 건 아니다. 본인은 인식하지 못하는 듯했지만, 저건 수줍은 거다. 난생처음인 감정이라서. 그래서 알면서도 마냥 인정하고 빠져들기는 부끄러워서.

─그런 것 같네.

그러나 박제영은 박제영이었다. 그녀가 웃음의 끝에 담백하게 저의 상태를 인정하고 고했다. 이번에는 제윤의 입에서 까르르 웃음이 터졌다.

처음 등장해 제윤의 휴대 전화에 귀를 가져다 대고 있을 때보단 멀어졌다지만, 이성은 여전히 꽤 가까운 거리를 유지한 채 귀를 쫑긋 세우고 있었다.

제영의 대답을 들었다. 믿지 못하고 멍청한 표정을 짓고 있었다. '그' 윤이성이 말이다. 제윤의 웃음은 휴대 전화 너머와 저의 바로 옆 양쪽 모두에게 향하는 거였다.

－문자로 바꾼 번호 보낼게. 사소한 거라도 있으면 얘기 좀 해 줘.

"좋아."

제윤이 여전히 멍한 얼굴을 한 이성을 흘긋 봤다. 귀와 목덜미부터 해서 뺨을 타고 혈색이 올라오는 꼴이 어째 또 염장질에 당하는 기분을 느끼게 했다.

－그럼 끊는……

"아. 박제영 언니야, 잠깐만."

－뭔데?

"할머니 아프다는 얘기, 그거는 너랑 연락 끊겨서 수 쓴 게 아니라 진짜였어."

제영의 깊은 한숨 소리가 들려왔다. 얼굴이 빨갛게 익어 있던 이성도 제영이 듣기 싫어할 이야기를 꺼내는 제윤에게 다시 으르렁거리기 시작했다.

제윤은 아랑곳하지 않았다. 둘 반응이 어떻든 할 얘기는 해야지.

특히 박제영은 정말로 알고 있어야 한다고 생각했다. 어쨌든 혜옥은 제영에겐 유일하게 남은, 제대로 피가 통하는 혈육이었다.

-그래. 쾌차하시면 좋겠네.

"할머니나 가족들이 나 달달 볶아 대서 전하는 거 아니야. 나는 너 더 귀찮게 하지 말라는 쪽이었어."

-그럼 굳이 전하는 이유가 뭔데?

"확실히 우리 엄마 아빠랑, ……네 할머니랑은 좀 다르더라고."

제영은 어떠한 반응도 보이지 않고 침묵했다. 제윤의 말이 뜻하는 바를 이해하지 못한 듯했다.

아마 제영은 이해하지 못할 거다. 그녀에게는 혜옥이나 자신의 부모님이 다 똑같이 느껴지겠지. 제윤도 여태까지는 제영과 그리 다르지 않게 생각했다. 혜옥과 저의 부모님은 똑같은 관점으로 제영을 못마땅하게 여기면서 손에 쥐고 멋대로 하고 싶어 했으니까.

그런 가족들을 보고 제영은 홀로 고고한 척 굴었다. 이제 쥐뿔도 없으면서 자존심만 세운다고 여겼다. 제윤 자신을 포함해서, 사실상 제영에게 남은 혈연 중에는 제영을 이해해 보려 노력하는 사람이 단 하나도 없었다.

그런데 혜옥이 달라졌다. 처음에는 제영의 절연 비슷한 선언에 잔뜩 성을 내고 그녀를 괘씸하게 여겼다. 그러나 얼마간 시간이 지나고 나서는 태도가 바뀌었다.

이미 오래전 명을 달리한 박신환의 사진을 만지면서 제영이 왜 그럴까 툴툴댔고, 그러다간 더 오래전에 먼저 간 아들을 추억하며 차츰 제영의 상황을 '이해하고자' 했다.

"여보, 내가 또 우리 아들이 나를 미워하게 한 방법으로 손녀를 괴롭혔을까요? 그런데……. 당신도 나한테 제영이를 부탁한다고 했잖아. 사람들이랑 엉켜 살다가 결혼도 하고, 내가 제영이가 낳은 증손주 안아도 보고 그러고 나서 당신 곁에 왔음 좋겠다고 했잖아……."

"내가 틀렸을까?"

"생각을 해 봤는데……. 이제야 아주 많이 생각을 해 봤는데, 내가 아들을 잃었을 때 내 손녀는 아버지를 잃었더라고. 조실부모했더라고. 그 아픔이 적지 않았겠더라는 생각이 이제야 들었어. 그 애가 외로웠겠다는 생각이 이제야 들어. 내가 제영이를 더 외롭게 했겠더라는……."

"내 탓이니까, 애한테 시간을 줘야겠지요? 영영 안 보러 오지는 않겠지? 당신 닮은 우리 아들을 닮았으면, 나처럼 냉정하지는 않을 거야. 그렇지?"

제윤은 혜옥의 방 앞을 오가며 들은 주름진 목소리에서, 어떤 방식으로든 제영을 이해하기 시작한 게 느껴졌다. 여전히 제영을 괘씸하게 여기고, '가족'들이 다 같이 이득 볼 방향을 거들떠보지도 않는 제영을 한심하게 여기는 제윤의 부모와는 달랐다.

문득 제윤은 그런 생각을 했다. 자신이 박제영의 상황이었을 때, 저를 저렇게나 이해해 줄 사람이 있을까. 아니, 당장 혜옥부터도 저를 저렇게 생각해 주긴 할까. 제윤이 또 불쑥 솟은 질투심에 한숨을 푹, 내쉬고 이어선 피식 웃었다.

곁에서 이성이 눈을 부라리고 있었다. 제윤이 입꼬리를 씩 비틀어 올렸다. 이성이 뭔가 불안을 감지하고 흰자위의 비중이 늘어날 정도로 눈을 크게 떴다.

"아. 박제영 언니야, 끊기 전에."

-또 뭐.

"너 싫은 얘기 들어 줬으니까, 보상도 하나 해야겠다 싶어서……."

이성의 커다란 손이 제윤에게 다가왔다. 제윤이 잽싸게 뒤로 네댓 걸음 물러났다. 그녀는 곧장 이성을 향해 눈을 부라리며 손으로 휴대 전화를 가리키고, 또 검지를 세워 제 입술을 툭툭 건드렸다.

"PD가 혼냈다고 할 만한 일이 있긴 있었어. 방송 관계자를 살짝 패서!"

-……뭐?

제윤의 말이 떨어지기 무섭게 이성이 주먹을 쥐어선 제윤에게 들어 보였다.

"자세한 건, 나도 모르니까! 본인한테 물어보든지."

그러거나 말거나 제윤이 이야기를 계속하자, 이성이 기어이 제윤의 휴대 전화를 뺏기 위해 달려들었다. 이성의 손이 제윤의 손을 덥석 쥐어 감쌌다.

-아니, 박제윤! 너 그 얘기를 왜 이제……!

"어, 나 준비 들어가라고 스태프 언니가 부른다! 끊는다! 안녕! 너 문자로 번호 보내라!"

이성이 무언가 하기 전에 기어이 제윤이 제 할 말을 다 하고 휴대 전화의 통화 종료 버튼을 턱으로 냅다 눌렀다. 통화 종료 화면을 확인한 이성이 눈을 느리게 감았다 뜨고는 버럭 소리쳤다.

"야!"

"귀 잘 뚫렸거든요? 왜 소리를 지르고 그래요?"

"넌 그 얘기를 박제영한테 왜 전하는데?"

"내가 뭐 엄청 디테일하게 앞뒤 다 족족 일러바쳤나? 그냥 있던 일은 있던 일이라 말한 거잖아요. 나 아니라 다른 쪽으로라도 혹시 아냐?"

영 자신 없는 것처럼 제윤의 목소리 볼륨이 점점 줄어들었다.

"뭐, 어떻게 알아볼지……."

그러다 다시 불쑥 커졌다.

"소문날 수도 있잖아! 오빠한테 맞은 작곡가가 소문낼 수도 있는 거 아냐?"

이번엔 이성이 코웃음 쳤다.

"너 내가 그거한테 사과한 건 알고 하는 소리냐?"

"허어억, 윤이성이 사과를 했다고? 그걸 나보고 믿으라고? 우와……."

"네가 조용히 해결하라며. 박제영 귀에 안 들어가게! 그래 놓고 씨발, 제 입으로 애한테 말하고 앉아 있어?"

둘 사이에 껴서 염장질당하는 기분에 제윤이 입을 좀 허투루 놀린 건 사실이었다. 제윤이 입술을 삐죽거렸다. 그런데 생각해 보니까, 반격할 말이 너무나도 매끄럽게 떠올랐다.

"아니, 그게 애초에 왜 박제영이 나한테까지 전화를 하게 만들어요?"

"너는 진짜 태어날 때 싸가지를 엄마 배 속에 두고 나왔냐? 언니! 언니! 두 살이나 많은 언니한테 야 너 박제영 이름 막 불러? 어?"

"말씀하시는 윤이성 피아니스트께서는 싸가지 안녕하시고요? 그리고 지금 그게 중요한가? 아니! 그 사랑하는 박제영 '언니' 앞에서 나 무슨 일 있다! 하는 티를 얼마나 낸 건데?"

제윤에게 아직 쏟아 낼 말이 한참 남았던 이성이었다. 그랬던 그가 입을 꾹 다물었다. 이성의 눈알이 옆으로 휙 구르는 것을 보고 제윤이 피식 웃었다.

일찍부터 촬영장에 쫓아와 머리를 맞대기로 한 이유인, 본론을 나눌 차례였다.

* * *

"이용하던 센터가 있어서, 오랜만에 거기서 사람을 좀 써서 알아봤거든."

"센터? 뭐, 심부름센터요?"

"엉. 대충 비슷한 거. 그 개 같은 교수 새끼가 원래 클래식 작곡하고는 거리가 멀었잖아. 근데, 내가 또 그 새끼 일하는 필드에는 관심이 없었고."

제윤이 이성의 설명에 뚱하게 인상을 쓰고 답했다.

"그래서요?"

"그래서 어영부영 지나다니다 흘려들은 거나 아는 거지, 그 새끼가 습작이라도 정말 클래식이나 하다못해 그 비슷한 발가락 때

같은 거라도 진짜 만들어 본 적이 있는지 없는지 모른다 이거지."

"그게 왜요?"

"1차로는 자료 조사. 진짜로 이 새끼가 박제영이랑 마주치기 전에 비슷한 스타일을 작곡한 적이 있는가, 없는가."

제윤이 그제야 납득했다는 듯 고개를 끄덕였다. 그런 제윤을 보며 이성이 피식 웃고는 제 휴대 전화를 꺼내 손에 들었다. 그러곤 제윤을 향해 화면이 똑바로 보이도록 건넸다.

"입 아프게 설명하기 싫으니까 직접 읽어 봐라."

"입 아프게 설명하기 싫으면 내 폰으로 전송하면 되잖아요?"

"그거 보안이 어쩌고 해서……. 다른 저장 장치로 전송하면 못 보게 뭐가 있다던데?"

"무슨 첩보 영화 찍어요?"

"내가 그렇게 만들었냐, 그쪽에서 그렇게 준 걸 뭐 어쩌냐. 아 빨리 보고 돌려주기나 해."

제윤이 말은 그렇게 하면서도 내심 이 상황을, 신기하고 재밌다는 감각으로 즐기며 딴에는 퍽 진지한 눈으로 화면을 집중해서 보았다. 첫 페이지에는 포털 사이트에서 김무진 교수의 이름이나 mj.Kim을 검색하기만 해도 나올 그의 이력이 좀 더 상세하게 정리되어 있었다. 단, 작곡한 곡명이 정리된 곳에는 이상하게 색이 입혀진 제목들이 보였다.

제윤이 이성에게 이게 뭐냐고 물을까 하다가, 제 눈으로 직접 보는 게 좋겠다 싶어서 쭉쭉 스크롤을 넘겼다.

"굳이 이번만이 아니라 스타일이 확확 바뀌는 순간이 있었네…….

그 기점 되는 곡들 표시해 놓은 거죠? 이거. 글자 색이 다른 거."

"뒤에 더 봐."

제윤이 곧장 스크롤을 더 내렸다. 다음 페이지는 제윤이 보기에 그다지 재미있는 내용으로 보이지는 않았다. 날짜와 몇 개의 숫자 나열, 그리고 같은 듯 비슷한 문자들이 죽 이어져 있었다.

제윤이 혀를 내두르며 고개를 내저었다. 그러곤 이성에게 다시 휴대 전화를 돌려주었다.

"뭐야. 어휴 글자 빼곡한 거 봐, 정신 사나워! 여기만 좀 뭐라도 알려 줘 봐요. 그냥 봐선 하나도 모르겠는데?"

제윤의 말에 이성이 울컥한 표정으로 제윤을 노려봤다. 그간 지켜본 바 제윤은 자신이 건넨 내용을 찬찬히 살펴 모를 정도로 둔하지 않았다. 분명 제가 직접 읽어서 내용을 파악하기 귀찮은 게 틀림없었다.

이성이 한숨을 내쉬었다. 조금 양보하기로 했다. 까놓고 말하면 제윤은 자신을 돕는 입장이었다. 비록 제윤 본인의 재미나 이득이 있어서 끼어든 것이라고는 해도.

"아까 앞에 표시된 곡들 봤지? 그 곡들 나온 시기에."

이성이 제 휴대 전화 화면을 손끝으로 툭툭 두드려 제윤의 이목을 집중시켰다.

"학교 과제물 제출 서버랑 본인 메일에 유난히 들락날락 오가는 일이 심하셨다는 기록이지."

"이게 뭐라고……. 아!"

"박제영이 첫 번째 피해자가 아닐 수도 있다는 얘기."

"나쁜 짓은 안 하는 놈하고 계속 하는 놈은 있어도 한 번만 하고 마는 놈은 없는 것처럼?"

"그거지."

제윤과 이성이 서로를 보며 의미심장한 웃음을 나눴다. 그러다간 곧장 정색하고 시선을 피했다. 지금이야 상황이 맞아 손발을 맞추고 있다지만 따지고 보면 별로 서로가 아주 기꺼울 사이는 또 아니었던 탓이다.

"……그래서, 이거면 다 나온 거 아니에요? 이대로 들고 가서 얘가 베낀 정황이 있다, 아니 훔친 정황이 있다 뭐 그렇게 어디든 고소하고 그럼 안 되나?"

제윤의 말에 이성이 인상을 와락 구겼다. 이게 무슨 개 풀 뜯어 먹는 소리냐는 표정이었다.

"이건 제가 먼저 나한테 차근차근 정리를 하니 마니 바람은 바람대로 넣어 놓고 완전히 저는 뇌가 꽃밭에 가 있네?"

"허얼, 무슨 말을 그렇게 심하게 해요?"

"너는 법정에서 해킹해서 알아낸 정보 막 증거로 받아 주고, 추측만으로 어? 재판도 해 주고 그럴 것 같냐?"

"……우리 아빠 하는 거 보니까 그러진 않더라. 이거 해킹한 정보예요?"

"그럼 내가 학교 서버 기록을 무슨 수로 알아내는데? 요청하면 주냐? 여기 너도 다니는 학교 아니냐? 이야, 이 학교 완전 투명하네. 열린 문이네, 아주."

연신 저를 비꼬는 이성을 흘겨본 제윤이 발을 동동 굴렀다. 조금 먼 바깥에서 어느덧 인적이 만드는 소란이 들려오기 시작했다.

제윤이 시간을 확인하고는 한숨을 내쉬었다. 정작 중요한 얘기는 제대로 나누지도 않았는데 벌써 촬영장에 사람들이 우르르 들이닥칠 시간이었다.

"아 진짜 말 되게 못되게 해. 박제영한텐……."

"언니."

"……언니한텐 안 그러죠?"

"대체로 그런 편이지."

은근한 얼굴로 웃는 이성을 보면서 제윤이 고개를 절레절레 내저었다. 이성은 아까 제윤과 제영의 통화를 엿들은 후로부터, 알게 모르게 살짝 들뜬 상태였다. 그게 지금은 유난히 도드라지게 보여서, 제윤은 제가 말을 잘못 꺼냈다 싶어 고개를 내젓고야 말았다.

"그래서, 이거 사람 시켜서 이만큼이나 알아봤는데 쓸모없는 정보면 이제 어떡해요?"

"쓸모가 없진 않지. 너도 이제 박제영이 순수한 피해자라는 거 믿잖아. 다른 피해자가 있을 거라는 것도 뭐. 얼추 믿을 거고."

"이제 믿긴 하죠. 근데 어떻게 할 거냐고요."

"뭘 어떡해? 피해자 찾아 떼로 몰려가서 그 새끼 같이 쥐어 패자고라도 해야지."

제윤이 일순 이성의 말에 입을 쩍 벌렸다. 앞에서 그럭저럭 잘해 놓고 결론이 왜 저렇게 나는지 도통 모를 일이었다. 기어이 허, 하고 기도 안 차는 숨을 뱉었다.

제윤이 더 말해야 무엇 하겠냐 싶은 기분으로 의미 없이 휴대 전화를 바라봤다. 최근에 제윤이 조연으로 출연한 웹 드라마 방영이 시작됐다. 첫 화가 공개된 날부터 그녀의 SNS에 소소하게 사람이 붙기 시작한 덕에, 휴대 전화 상단 알림 창이 빡빡했다.

언제나 오로지 저만을 향한 관심에 목마른 제윤의 입가에 썩 기분 좋은 미소가 어렸다. 그러고 보니 이성은 정작 '두근두근 심포니'로 다시 이름과 얼굴을 사람들에게 제대로 각인시키기 시작하면서부터 도리어 SNS를 닫았더랬다.

"근데 윤이성 피아니스트님."

"뭐냐, 왜 그렇게 징그럽게 부르냐? 야, 별생각 없으면 그냥 촬영이나 준비하러 가자. 이렇게 붙어 있다가 너랑 또 좆같은 스캔들이라도 날까 봐 무섭다."

"난 별로 안 좆같았는데요? 아, 아무튼!"

"뭐. 왜."

제윤이 눈을 동그랗게 뜨고 이성을 올려다보면서 물었다. 어째 다소 짓궂은 표정이었다.

"잘 써먹던 SNS 계정 왜 닫았어요? 혹시……. 박제영 언니님이 닫으라고 하던가요?"

"응. 너랑 났던 그 뭐 같은 스캔들 때문에……."

익히 예상했다는 듯이 제윤이 까르르 웃었다. 그런데 별안간 이성의 표정이 이상해졌다. 덩달아 웃던 제윤의 표정도 애매하게 굳어졌다.

"왜요? 왜 갑자기 표정을 굳혀요! 사람 무섭게!"

"SNS."

"에?"

"사람들 관심 끄는 데 그만한 게 없지 않나?"

이성이 너무나 당연한 말을 하고 있었다. 제윤 자신이야 아직은 얼굴이 알려진 연예인이라기엔 좀 무리가 있는 소소한 정도였지만, 이성이라면 달랐다.

그는 피아니스트 윤이성으로서가 아니라도 한때 SNS에서 끗발 좀 날리던 인물이었다. 계정은 잠가 두었지만, 팔로워 수는 여전히 크게 줄지 않은 채였다.

"너 발품 좀 팔아야겠는데, 나랑 재밌는 거 해 볼래?"

이성의 말에 제윤이 곧장 답했다.

"일단 들어는 보고요."

* * *

제윤에게 미션을 맡기고 촬영까지 썩 훌륭하게 끝낸 이성은 이제 아주 자연스럽게 제영의 집으로 향했다. 한겨울이라 그리 살갑지는 않은 풍경인 정원을 걸어 제영이 있을 곳으로 가는 이성의 걸음은 퍽 가벼웠다.

그의 얼굴은 어딘가 모르게 달콤하고 기분 좋은 빛으로 상기되어 있었다. 콧노래까지 나오려는 걸 억지로 눌러 내리며 그가 주머니 속의 작은 상자를 만지작거렸다.

그러다 문득 촬영을 마치고 떠나는 저를 향해 제윤이 했던 말이 떠올랐다.

"진짜 티 작작 내요. 특히 오늘 통화! 티 내기만 해. 나도 다 엎어 버리고 그쪽이랑 손 놓을 테니까."

대번에 이성의 얼굴이 팍 구겨졌다. 맞는 말인지라 반박할 여지도 없었고, 말을 끝내자마자 딴에는 어깨를 툭 치고 지나간답시고 제 옆구리를 찌른 제윤의 태도가 황당해 반박할 때도 놓쳤었다.

아니, 박제윤 말이 맞긴 맞는데. 맞기는 한데. 너무나 바른 말인데.

"언니 윤이성 피아니스트한테 진심이야?"

-아하하…… 그런 것 같네.

이걸 듣고 어떻게 아무렇지 않을 수가 있겠어. 그게 짝사랑하던 남자가 보일 태도인가? 그런 태도를 보이는 어른스러운 남자도 있겠지만, 적어도 윤이성이 생각하는 본인은 결코 어른스러운 남자는 아니었다.

박제영의 진심이 뭘까. 뭐가 그런 것 같은 걸까. 박제영도 나를 좋아한다는 걸까? 역시 그거겠지? 박제영은 저도 나 좋아하면 그렇다고 티 좀 내 주지. 아니 좀 내긴 했나? 아닌가? 하긴 박제영이 또 그런 성격은 아니야.

한 걸음마다 제영을 향한 생각이 부풀었다. 기어이 만면에 웃음이 그득해졌을 때, 현관문 앞까지 당도했다. 문이 열렸다. 잔뜩 피곤이 쌓인, 그럼에도 이성의 눈에는 사랑스럽기만 한 제영의 얼굴이 드러났다.

"너 야밤에 찾아오는 짓 그만하라고 내가 몇 번이나……."

"키스해도 돼?"

제영이 잔소리를 채 쏟아 내기도 전에 이성이 선수를 쳤다. 짜증 섞인 목소리에도 아랑곳하지 않고 설렘 그득한 목소리로 맞대응하는 이성의 모습에 제영이 일순, 하던 말을 멈췄다.

그대로 빤히 이성을 올려다보던 제영이 픽 웃음을 내뱉고는 그제야 답했다.

"되겠니? 들어오기나 해."

"왜애? 누가 볼까 봐서?"

"너 도로 갈래?"

"아니!"

이성이 냉큼 현관문 안으로 뛰어들었다. 그리고 길쭉한 팔을 뻗어 제가 문을 닫아 잠갔다. 저의 집처럼 익숙하게 구는 이성의 꼴에 제영이 다시금 실소했다.

이 다음은 또 빤했다.

"이제 문 닫아서 아무도 볼 사람 없으니까 해도 돼?"

아니다. 빤하지 않았다. 제영이 저를 뒤따라 거실로 들어서는 이성을 향해 몸을 돌렸다. 활짝 웃는 얼굴이 잔뜩 상기된 윤이성이 보였다.

그가 이상했다. 윤이성이 전과는 좀 다른 형태로 이상했다. 원래 제영의 집을 찾으면 그는 곧바로 쫓겨나지 않을 수를 찾기 위해 아주 뜨겁거나, 아주 달거나, 아주 차가운 커피나 음료 따위를 먼저 주문하곤 했다.

불청객에 가까우면서 그것도 퍽 뻔뻔한 태도이기는 했지만, 오늘은 좀 다르게 유난했다. 문을 열자마자 키스하자고 하지를 않나, 문을 닫고 들어오자마자 다시 이제 해도 되냐고 하지를 않나.

어딘가 붕 뜬 태도였다. 바로 전에 봤을 때는 무슨 일이라도 터질 것처럼 진지한 낯을 하고 사람을 걱정시키더니. 대체 감을 잡을 수가 없었다.

원래 윤이성이라는 인간이 종잡을 수 없는 캐릭터이기는 했다. 제영의 입가에 희미한 웃음이 걸렸다간 곧 사라졌다.

"안 돼."

"그래, 그럼. 그러면 커피 줘. 아주 진하고 뜨겁게."

옆으로 빙 둘러서 결국 원래의 패턴대로 돌아왔다. 제영이 이번에는 별다른 사감 없이 고개를 끄덕였다. 더럽게 쓰고 뜨거운 커피를 내리러 부엌으로 향하는 제영의 뒷모습을 이성이 빤히 바라보았다. 제 마음을 어떻게도 숨기지 못하는 열렬하고 애틋한 눈빛이었다.

"마시고 가라고 해도 안 갈 거지?"

"이야, 우리 박제영 씨 이제 윤이성 박사 됐어. 날 아주 잘 알아."

"작작 해라."

"아직 아무것도 안 했는데?"

"너 사람 팼다며."

어차피 말을 해 봐야 빙빙 돌기만 할 걸 깨닫곤 제영이 불쑥 주제를 바꿨다. 연신 웃는 낯이던 이성의 얼굴이 때마침 입술을 적신 쓴 커피까지 만나 팍삭 구겨졌다.

"……어?"

"저번에 나한테 그랬잖아. PD한테 혼났었다고. 그거 사람 패서 그런 거라며?"

"어, 으응······."

"왜?"

눈까지 가름하게 뜨고 묻는 제영의 모습에 이성이 침을 꿀꺽 삼켰다. 답할 말이 궁해서는 아니었다. 그냥 상대방이 저를 열받게 해서 한 대 툭 쳤다고 하면 그만이었다. 원래 그게 윤이성이니까.

지금 이성이 긴장한 이유는 다른 데 있었다. 혹시라도, 아주 만약에 자신의 반응에서 박제영이 알면 안 되는 걸 읽어 낼까 봐.

요컨대 자신이 박제윤과 벌이고 있는 작당 모의 같은 것들 말이다.

"······넌 그걸 어디서 들었는데?"

최선의 방어는 공격이랬다. 이성이 입술을 뚜하게 내밀고 되물었다. 제영이 잠시 생각하는 것처럼 팔짱을 끼고 허공을 보다가 답했다.

"박제윤."

"어?"

"박제윤한테 들었다고."

"왜?"

"뭘 왜야?"

"아니지, 아니지. 어떻게?"

제영이 인상을 찌푸렸다. 대관절 이성이 무슨 말을 하는 건지 한 번에 알아듣기가 힘들었다. 그가 미친놈이니 개새끼니 불릴 정도로 막 나가는 이상한 캐릭터인 건 맞지만, 이렇게 두서없이 말을 쏟아 내는 사람은 아니었는데.

"뭘 어떻게야, 전화로 물어봤지."

"아니, 내 말은……. 박제영이 왜 개랑 연락하냐고. 가족들이랑 연락 다 끊은 거 아니었냐?"

"끊었었지."

"지금은? 다시 하려고?"

"지금 그게 중요한 게 아니라……. 복귀 후에 안 그러던 윤이성 피아니스트가 왜 사람을 팼느냐가 중요한 거 아니야?"

"나한테는 박제영이 왜 다시 가족들이랑 연락하냐가 중요한데?"

또 맥이 끊겼다. 제영이 신경질을 숨기지 못하는 목소리로 답을 내뱉었다.

"군이 물어보게 할 정도로 네가 신경 쓰이게 굴었잖아."

"내가?"

이성이 인상을 구기면서 되물었다. 제영이 단호하게 한 번 고개를 끄덕였다. 별안간 이성의 얼굴이 빨갛게 달아올랐다.

제영은 이해할 수 없는 이성의 반응에 되레 제 얼굴을 구겼다. 이성이 제가 언제 그랬냐며 펄쩍 뛰고 대뜸 성질을 낼 줄 알았다. 이건 예상했던 반응이 아니었다.

"바, 바, 바, 박제영이 내가 신경이 쓰여서 칼같이 연락 끊은 가족들을……."

"그래. 그게 왜?"

"내가 신경이 쓰여서……. 내가 이상한 게 신경이……."

이성의 얼굴은 지칠 줄을 모르고 붉게 익었다. 이쯤 되니 제영은 같은 말을 중얼거리는 이성에게 짜증이 나는 게 아니라, 그가 걱정될 정도였다.

"너 왜 그러는데요, 윤이성 씨."

"내가 그렇게 신경 쓰였어?"

"그랬으니까 가족들한테 연락까지 했겠지."

"날 그렇게 신경 써?"

"지금 같은 말을 몇 번 묻는 건데? 진짜 왜 그래?"

이성이 제 붉어진 뺨을 커다란 두 손으로 감쌌다. 그러곤 헤벌쭉 입꼬리를 잔뜩 당겨 웃었다. 귀엽고 바보 같은 얼굴이었다. 빤히 이성을 쳐다보던 제영마저 기어이 픽 웃음을 터뜨리고 말았다.

"왜?"

"좋아서. 좋아 죽겠다 지금. 박제영이 날 그만큼, 그렇게 신경 써서 좆같은 가족한테까지 연락해 볼 만큼 마음에 두고 있다, 이거 아니야."

"그 정도는 아니……!"

제영이 말을 다 마치기도 전에 이성이 다가와 그녀를 답삭 끌어안았다. 길쭉하고 커다란 이성의 품에 제영이 폭 안겨 사라졌다. 제영이 다급히 이성을 치워 내기 위해 바동거려 보았으나, 소용없는 짓이었다.

"아, 좀, 나와! 뭐 하는 거야!"

"너무 좋아서 그러잖아! 아, 조금만!"

"지금 이럴 때가 아니라! 그래서 사람은 왜 패셨는데요?"

"키스해도 돼?"

"야!"

"키스하고 나서 대답해 줄게. 응?"

이성이 제영을 어르고 달래듯 부드러운 목소리로 말했다. 이럴 때마다 이성의 목소리는 한없이 달콤한 공기를 품고 낮아지곤 했다. 과거에는 연습은 이쯤 하고, 따위의 말을 할 때나 쓰던 감정 없던 목소리에 지금은 그 달콤함을 배가시키는 애정까지 담았다.

정도의 차이는 있을지언정 그들의 감정은 일방통행이 아니었다. 제영이 여전히 이성의 품에 갇힌 채로 그를 빤히 올려다보았다.

이성은 제영의 입에서 허락이 떨어지기를 한없이 기다리고 있었다. 얕은 한숨을 내뱉은 제영이 두 손을 이성의 어깨 위에 얹었다.

"대답 뻔했다가는 봐."

"여부가 있겠습니까."

제영의 눈이 느리게 감겼다. 그보다 더 느린 속도로 그와 그녀의 입술이 맞닿았다. 이성은 마치 제영과 나누는 첫 입맞춤인 것처럼, 아주 조심스럽게 그녀의 입술을 탐했다.

입술과 입술이 떨어질 듯 조심스럽게 맞닿았다가 떨어지기를 반복했다. 그러다 문득 제 어깨를 쥔 제영의 손끝에 힘이 들어가는 걸 느꼈다. 제영의 입술이 살짝 벌어졌다. 언제 조심스러웠냐는 듯, 이성의 혀가 갈급히 제영의 입술을 가르고 들어갔다.

혀와 혀가 얽히고, 남자가 여자의 숨을 빼앗는 소리가 야릇하게 조용한 공간을 채웠다. 창밖으로 조용하고 소란스럽게 눈이 쏟아졌다. 잠시 가름하게 뜬 눈으로 이성이 어둠을 하얗게 채우는 그 광경을 훔쳤다.

제영의 혀가, 숨결이, 이 순간이 한없이 달았다. 이 달콤함에 전신이 녹아 버릴 것처럼 여겨졌다. 흐응, 응, 하고 제영의 입술을 타고 그녀의 신음이 이성의 입으로 넘어와 삼켜졌다. 가느다란 두 팔은 이제 이성의 어깨를 짚다 못해, 그의 품 안에서 그를 가둘 것처럼 조금 더 깊이 이성을 끌어안았다.

끝나지 않을 것처럼 진득하게 이어지던 입맞춤은 제영의 코끝에서 색색거리는 숨이 뱉어지며 끝이 났다. 떨어진 입술 사이로 제영이 다급히 숨을 삼켰다.

이성이 아쉬운 듯이, 제영의 아랫입술을 살짝 물었다 놓았다.

"······아파."

"안 아프게 물었는데."

제영이 눈을 가늘게 뜨고 이성을 흘겨보았다. 이성이 찔끔해서는 괜히 배시시 웃으며 말했다.

"미안."

"그래서 사람은 왜 팼는데."

"아."

답을 주기로 하고 나눴던 키스였다. 이성은 제영에게 취해 홀라당 잊고 있었던 사실을 도로 떠올리며 괜히 제영이 얄미워져 눈을 흘겼다.

"그 새끼가 이번 경연곡 작곡가거든."

"그런데?"

"근데 곡이 좆같은 거야. 그래서 팼지."

"너······. 미쳤어?"

이성의 대답을 들은 제영의 입에서 그녀도 제어하지 못한 말이 튀어나왔다. 곡을 받았는데 마음에 안 든다고 사람을 팬다? 윤이성다운 행동이기는 했다. 하지만 근래 제영이 보았던 이성답지는 않았다.

"내가 괜히 미친 개새끼 소리 듣고 살았겠나?"

"요즘은 안 그랬잖아. 안 그랬는데……."

제영이 이성의 가슴을 퍽 소리가 나도록 짚어 밀어냈다. 이성이 부러 밀려 주며 아야, 하고 엄살을 피웠지만, 제영은 신경도 쓰지 않았다.

"이거 완전히 광견이 따로 없네."

"광견?"

"그럼 아니야?"

"아니요. 우리 주인님 표현이 너무 고상하셔서."

이성이 히죽 웃으며 말했다. 그러곤 제영이 딱 밀어낸 만큼, 다시 제영에게 가까이 다가갔다. 제영이 또 밀어낼 태세를 취하자 이성이 곧장 제 앞으로 다가온 제영의 손목을 입술로 앙 물었다.

"으악! 야!"

"아무리 그래도 주인이 돼선 개가 미쳤다고 이렇게 밀어내면 되나? 어? 고삐를 더 단단히 잡아 줘야지."

"……네가 진짜 개야?"

"광견이라며."

손목을 물린 충격으로 아직 굳어 있는 제영을, 이성이 기어이 저의 품에 다시 가두었다. 물린 손목이 아프지는 않았다. 입술로 살짝 앙 물었으니 아플 리가 없었다.

다만 예상치도 못했던 부위에 생각지도 못했던 공격이 닿았던지라, 제영은 여전히 얼이 빠진 상태였다.

저를 품 안에 가둔 이성의 상체가 만드는 그림자에 제영이 뒤늦게 정신을 차렸다. 밀어내려 손을 뻗던 그녀의 눈이 얼결에 이성과 마주쳤다. 위험한 낯을 하고 있어야 어울릴 법한 행동을 해 놓고, 이성은 금방이라도 떨어질 어른의 불호령을 기다리는 아이의 표정을 하고 있었다.

눈썹을 내려뜨리고 입술을 죽 빼문 채 저의 눈치를 살피는 이성의 모습에, 분명 과거였다면 신경질이 났을 텐데. 아니, 애초에 이성이 이렇게까지나 엉겨 붙지도 않았을 거다.

벽은 진작 허물어졌다. 언제부터였지. 의미 없이 시기를 가늠하며 제영이 이성의 가슴팍을 짚었던 손을 천천히 내렸다. 이성은 말 한마디 없는 제영의 눈치를 여전히 살피고 있었다.

"멍멍."

침묵을 참지 못한 이성이 먼저 입을 열었다. 하지만 딱히 사람의 말로 지금의 침묵을 벗어날 방법을 찾지 못해 한다는 말이 개 소리였다.

말 그대로의 개 소리.

제영이 눈을 동그랗게 떴다. 기어이 제영의 조그만 입술이 크게 벌어지며 와하하, 웃음을 쏟아 냈다. 이성의 긴장 가득했던 얼굴도 풀어졌다. 그가 이제야 제 행동에 조금 어울리는 표정을 지었다.

대번에 제영이 정색하며 이성을 올려다보았다.

"개 소리 그만 내고 저리 가."

"아 좀 잡아 주라. 고삐 잡아 주겠다며! 전에 그랬잖아."

"그래서 이 밤에 외간 남자를 집에 들여 주고 있잖아. 헛소리하는 것도 받아 주고. 이상한 짓 하면 하지 말라고 혼내고. 뭘 더 바라?"

"그거 뭐……! 그렇기야 그런데, 조금 더 단단히 잡아 주면 안 돼?"

"뭘 어떻게?"

제영의 말이 떨어지기 무섭게 이성이 벌떡 일어났다. 당당하게 벗어 소파 등받이에 걸쳐 두었던 코트 주머니를 뒤적인 그가 반지 케이스를 찾았다. 그러곤 보무도 당당하게 다가와 다시금 제영의 위를 덮었다.

"……뭐야?"

수상한 낌새를 눈치챈 제영이 물었다.

"나를 더 단단하게 박제영에게 동여매 줄 고삐 줄?"

"무슨 줄이 굉장히, ……되게 반지 케이스 같은 곳에 들어 있다?"

"그야 반지니까."

케이스를 열어 보인 이성은 좀 더 뻔뻔해졌다. 그가 손으로 누가 봐도 커플링, 내지는 잘 봐 줘도 우정 링이라고 할 법한 한 쌍의 반지 중 지름이 작은 쪽을 엄지와 검지로 쥐었다.

"비유법이지."

입꼬리가 올라간 이성의 표정엔 묘한 장난기가 어려 있었다. 다만 한층 낮아진 그의 목소리에는 가벼움이라곤 없었다.

이성이 제영의 손을 들어 올리려다, 제게 남은 손이 없는 걸 확인하고는 잠시 미간을 찌푸렸다. 제영은 이걸 어디까지 그냥 지켜봐야 하나, 하는 표정으로 그를 가만히 쳐다봤다.

박제영이 물러졌다. 윤이성이 박제영의 단단한 벽을 허물고는 말랑하고 무른 속내로 파고들고 있었다. 예전 같았으면 어땠을까. 이성이 3년 만에 그녀를 찾아왔을 때나, 혹은 그 전, 아니면 그 이후 심드렁하게 이성에게 너 나 좋아하는 거 다 티 난다고 할 때 말이다.

분명 그때 이성이 제영에게 반지를 보여 주었더라면 이렇게 뚱하니 바라보고만 있지는 않았을 거였다. 어쩌면 대번에 정색하며 이게 무슨 개수작이냐는 말부터 꺼냈을지도 모른다.

지금과는 달리.

"아, 씨발······."

"그 욕 좀!"

"이런."

픽 웃은 이성이 입술로 조심스레 반지를 물었다. 제영의 왼손을 가볍게 쥐고 반대편 손에 들고 있던 케이스는 그제야 생각났다는 듯 소파 앞 테이블에 내려놓았다.

이제 자유로워진 손이 입술에 문 반지를 쥐었다. 제영의 왼손은 오른손처럼 이전보다 감각이 무뎌지고 움직임이 더뎌진 곳은 없지만, 그래도 자세히 보면 그날의 흉터를 품고 있었다.

그 안타까운, 그리고 자잘한 흉터를 가만히 내려다보던 이성이 그녀의 상처를 감싸려는 듯 제 커다란 손으로 덮었다.

자연스럽게 반지는 제영의 약지에 끼워졌다. 그녀의 손을 덮은 그의 손에도, 그리 순탄치만은 않은 삶의 흔적이 제법 많이 남아 있었다.

상처가 많은 손가락과 손가락이 얽혔다. 그대로 제영의 손을 조심스레 끌어당긴 이성이 약지에 낀 반지 위로 부드럽게 입술을 내렸다.

소리 하나 없이 새털처럼 가벼운 입맞춤이었다. 그런데 어쩐지 제영의 심장은 둔중한 것으로 두들겨 맞은 것처럼 쉴 새 없이 뛰기 시작했다.

바로 전에 키스를 나눌 때도 이렇게 심장이 뛰지는 않았는데.

"잘 어울린다."

"너, 이거, 윤이성, 너 반지……."

"고삐 줄이라니까."

흔치 않게 말을 더듬는 제영을 사랑스럽고 귀여운 것 보듯 하며 이성이 웃었다. 그러곤 제영에게 끼워 준 반지를 쓰다듬으며 말했다.

"또 살 빠졌지. 헐겁네."

"너랑 나랑 이런 사이야?"

"아직은 그냥 고삐라니까. 내 건 아직 저 상자 안에 있잖아."

이성이 제영의 반박에 흘긋 눈짓으로 아직 제 몫의 반지가 남아 있는 케이스를 가리켰다. 이성의 말대로, 이성의 손에 꼭 맞을 반지는 케이스 안에 여전한 채였다.

"이건 빼지 말고, 저건 나중에 네 마음이 내킬 때 직접 끼워 줘."

"너……."

곧장 무슨 말이라도 꺼내려는 제영의 입을 이성이 콧수염이라도 그리듯 가로로 눕힌 검지로 툭 막았다.

"이 정도만 욕심내자. 응?"

여전히 입이 막힌 채 제영이 눈만 깜박였다. 생각해 보면 이성은 자신에게 애정을 내보일지언정 제게 티끌만 한 것이라도 답해 달라 강요한 적은 단 한 번도 없었다. 어떻게 보면, 지금이 처음이었다.

반지를 끼워 주며 제 몫은 네가 끼워 줄 때까지 기다리겠다는 말. 그게 널 소유하고 싶다는 첫 표현이었다.

이만하면 윤이성 성격에 정말로, 정말로 많이 참은 게 아닐까. 그만큼이나 그의 딴에는 박제영이라는 사람을 아주 많이 좋아해서겠지.

"······사고만 쳤다간 봐."

제영이 이성의 손가락을 치워 내곤 딱 한마디 했다. 박제영치고 몹시 긍정적인 답변이었다. 이성이 제영을 답삭 안았다. 잽싸고 성급하지만, 끝에 이르러서는 혹여나 품 안의 제영이 아플까 싶었는지 힘이 쏙 빠진 채였다.

윤이성의 품은 지나치게 따뜻했다. 심장은 제영의 것보다 더 빠른 템포로 뛰고 있었다. 그의 품에서, 제영은 아무도 보지 못하게 아주 살그머니 웃었다.

나쁘지 않은 온기였다.

* * *

제윤의 입에서 땅이 꺼질 듯 커다란 한숨이 새어 나왔다. 팔짱을 끼고 삐딱하게 서서 제 앞을 가로막은 현관을 바라보는 제윤의 눈에 갑갑함이 그득했다.

"미치겠네 진짜······."

입술을 꽉 깨물며 중얼거린 제윤이 다시 벨을 눌렀다. 익숙한 멜로디의, 제윤에게는 이제 지긋지긋한 멜로디의 알람음이 울리고 안에서 사람이 발을 쿵쿵 구르면서 현관으로 다가오는 소리가 들렸다.

제윤이 반 발짝 뒤로 물러났다. 다만 현관문이 거칠게 열리는 게 더 빨랐다.

"악!"

"아 안 한다니까!"

거칠게 열린 현관문에 밀려 뒤로 나동그라진 제윤의 얼굴에 울상이 가득 피었다. 안 한다고 대뜸 소리를 내지른 남자가 뒤로 넘어가 엉덩방아를 찧은 제윤을 보고 잔뜩 찡그리고 있던 인상을 펴고야 말았다.

이제 남자는 다소 당황한 얼굴이 되었다. 땡그란 눈에 조막만 한 여자를 철문으로 밀어 넘어뜨린 걸 미안하게 여길 정도의 죄책감은 갖춘 탓이었다.

"……안 해요."

"왜요? 아니 안 하는 건 좋은데 어쨌든 넘어뜨렸으면 손이라도 잡아서 일으켜 줘야 하는 거 아니에요?"

"아니, 그러니까……."

남자가 이마를 짚고 한숨을 푹 내쉬었다. 사실 요 며칠 제윤에게 이런 대우는 몹시 익숙하게 벌어진 일이었다. 사람들이 하나같이 아주 몰상식하지는 않아서, 이제는 일부러 더 벌러덩 넘어지는 잔재주까지 벌이고 있었다.

제윤의 생활 연기력을 모르는 상대방들이야 이게 전부 노림수라는 걸 전혀 상상조차 못 하겠지만.

"뭐 손잡아서 일으켜 주면, 내가 꽉 붙잡고 김무진 교수 까 달라고 지금보다 더 질척거릴까 봐 그래요?"

제윤이 혼자 씩씩하게 일어나서 엉덩이를 털며 툴툴거렸다. 그러나 목소리에 진짜 퉁명스러움만 묻어나서는 안 된다. 최대한 불쌍하게. 불쌍하게.

"그러니까……. 그게 아니라, 진짜 그쪽 말 들어주면 내가 곤란해진다니까요. 지금도 곤란해요. 이렇게 찾아와서 부탁하는 거."

제윤을 넘어뜨린 남자가 결국 누그러진 목소리로 답했다. 그는 연신 머리를 긁적이며 아무도 없는 오피스텔 복도를 두리번거렸다. 마치 누군가에게 들키면 안 되는 것처럼 말이다.

제윤이 눈을 내리깔고 입술을 쭉 내밀었다간, 남자의 표정을 살피고는 고개를 치켜들었다.

"익명으로, 그냥 그 나쁜 놈이 교수랍시고 직함 달고 내 거 가져다 제 거라고 그랬다! 딱 그것만 얘기해 주셔도 된다니까요?"

"조용히 좀! 그러니까 그게 안 된다니까?"

"아 왜! 왜 안 되는데!"

제윤이 발을 동동 굴렸다. 남자가 깊은 한숨을 푹 내쉬고 발을 구르는 제윤을 아래위로 훑어보았다.

"그쪽, 박제윤 맞죠? 요즘 좀 얼굴 알리는 배우."

"나 알아요? 세상에, 날 알면서도 이렇게 푸대접했단 말이야?"

"그쪽은 업계에서 유명한 대배우가 본인 거 '어 이거 좋다. 내가 좀 쓸게.' 하고 훔쳐 가면요. 그거 훔쳤다고 익명으로라도 어디서 입 털 수 있겠어요?"

문전박대를 당하면 당했지, 이렇게 대놓고 반박하는 사람은 제윤도 처음이었다. 제윤이 꿀 먹은 벙어리처럼 입을 꾹 다물었다.

"심지어 그게 무슨 물건인지까지 말하면 익명이고 뭐고 내가 누군지 다 밝혀질 게 뻔한데도?"

"저기이, 그러니까……."

"할 수 있겠어요? 본인 직업 목숨 걸고? 심지어 나는 아직 졸업도 안 해서 그 씨…… 그 나쁜 놈이 우리 과 교수인데?"

"그러니까 무슨 곡인지는 안 밝히고……."

"내가 박제윤 씨 뭘 믿고 인터뷰를 해 줘요? 나중에 자막으로라도 내가 도용당한 곡이 뭔지 갖다 붙이면 그만인걸."

"안 그런다니까요! 안 그래요!"

"잘도 믿겠다."

남자가 이번에는 제윤을 문으로 치는 일이 없도록 살펴 가며 문을 살살 닫기 시작했다. 제윤이 다급히 문 사이에 자신의 발을 끼워 넣으며 제동을 걸었다.

"아 정말이에요! 나는 내 얼굴 이름 다 걸고 인터뷰할 건데, 설마 내가 내 얼굴 걸고 거짓말을 하려고?"

"글쎄, 안 한다니까. 다른 사람 알아봐요."

"이종훈 씨 그쪽이 마지막이란 말이에요!"

"거봐. 앞에서도 다 거절했네! 근데 왜 나한테만 이렇게 질겨?"

"앞에서도 질기게 했어요!"

"그래도 안 해 준다 했으면 이유를 알 거 아니냐고!"

"그래도요! 한 명만 하면 우르르 다 하게 돼 있다니까? 혼자 하기 무서우면 단체로, 어? 단체로 하는 건 어때요?"

문이 딱 제윤이 걸어 둔 발만큼의 틈만 남기고 닫혔다. 여기서 더 힘을 주면 제윤의 발이 다치기 딱 좋은 상황이었다. 남자, 이종훈이라고 이름이 불린 그가 다시금 시름 깊은 한숨을 내쉬었다.

"그쪽이 김 교수님한테 당한 애들, 그중에 알음알음 소문난 애들 다 찾아다니는 거, 사실 제윤 씨가 먼저 찾아간 내 친구한테 나도 들었거든요."

"네. 근데 이거 문 좀 더 열고 얘기하면 안 돼요? 나 발 아픈데."

"이것만 얘기하고 다시는 말 안 섞을 거니까 그렇게 알고 들어요. 근데 걔들이 다 입 닫고 있는 이유가 뭐겠어요? 교수님 인맥 몰라요?"

"알아요!"

"그쪽이 우리 같은 상황이어도 쉽게 입 못 열 거 아니야. 어차피 재수 없어서 당한 건 당한 거고, 그 곡 잘 됐으면 나한테 그만한 깜냥은 있다고 치고 앞으로 업계에서 먹고살아야겠다 하고 개 같아도 다 그렇게 생각하고 넘기는 거라고요."

이종훈의 말이 맞았다. 아마 다 같은 마음일 거다. 그들은 제윤의 부탁을 들어줄 이유가 없었다. 아니, 제윤의 말대로 김무진 교수가 자신의 곡을 훔쳤다고 익명으로라도 인터뷰를 하는 건 위험성이 너무 컸다.

사실 제윤이 억지를 부리고 있는 거였다. 첫 상대를 찾아가서 문전박대를 당한 순간부터 제윤은 감이 왔다. 문제는 달리 뾰족한 수가 없다는 거였다. 소송이라도 벌이자고 이성에게 말해 봤지만, 그렇게 일을 크게 벌이면 제영이 알게 되는 게 싫다나 어쨌다나.

그거 말고도 분명 법적으로 일을 벌이면 여러 곳에서 끼어들 것도 싫다고 했다. 그건 또 그것대로 썩 틀린 말은 아니었다.

하지만 아무래도 이 방법은 틀린 것 같았다. 하다못해 학생들을 찾아다니는 게 제윤 자신이 아니라 어쨌든 음악에 발을 걸치고 있는 윤이성인 편이 나았으려나. 그럼 뭐 하나, 그는 또 그대로 너무 거물이라서 확실하지도 않을 때 뭔가 꿍꿍이를 벌이고 있단 말이 퍼지기라도 하면 개판이 날 텐데.

"그쪽도 좁은 판에서 일하고 있으니까 알 거 아녜요. 안 그래요?"

"알긴 뭘 알아요. 아니, 아는데! 알아도 억울하면 사람이 말은 하고 살아야죠! 그러니까 나도 얼굴 팔아 일하는 직업인데도 여기까지 와서 이러고 있지!"

"이 일 잘못 풀리면 그쪽도 다친다는 생각은 안 하고요? 아니 대체 왜 이걸 제윤 씨가 파고 다니는데요? 궁금한 거나 좀 풀어봅시다, 나도."

"답해 주면 인터뷰……."

"안 합니다."

"그럼 뭐 나도 굳이 말할 필요가……."

이종훈이 한숨을 내쉬고 제윤의 발끝을 툭 차서 **빼냈다**. 힘을 **빼고** 있던 찰나에 일어난 일이라, 제윤이 어찌할 새도 없이 기어이 문이 닫혀 버렸다.

정말로 제윤이 찾아간 재학생 피해자 중엔 이종훈이 마지막이다. 이쯤 되면 자존심 문제였다. 윤이성이 직접 움직이기 어려운 대신 피해자들의 신상을 알아봐 줬다. 그리고 자신이 인터뷰를 설득하기로 했었다.

윤이성은 제 할 일을 다 했는데, 당당하게 끼어들고 나선 박제윤이 제 할 일을 못 했다? 이건 박제윤의 자존심이 허락할 수 없는 문제였다.

그녀가 이종훈의 집 현관문을 주먹으로 쾅쾅 두드리며 외쳤다.

"우리 언니도 피해자예요!"

이종훈은 반응이 없었다.

"언니가 피해자라고! 그래서 거지 같다고 학교도 때려치웠는데 또 당했다고! 그것도 내가 지금 출연 중인⋯⋯!"

기어이 제윤이 덧붙인 말에, 절대 열리지 않을 것 같던 문이 다시 열렸다.

"우리 과에 최근에 자퇴한 학생 없는데 어디서 약까지 팔아?"

"있잖아요! 박제영!"

"박제영, 박제영이라⋯⋯. 아. 걔. 걔 학교 그만뒀어요?"

"몰랐어요?"

"둘이 자매고?"

"그냥은 아니고 친척 자매."

이종훈이 제윤을 새삼 다시 위아래로 훑었다. 안 닮았는데⋯⋯. 중얼거리는 낯이 여전히 제윤이 거짓말을 한다고 의심하는 꼴이었다. 제윤이 '친척끼리 닮으면 얼마나 닮는다고.' 하고 구시렁거리는 걸 들은 이종훈이 또 한숨을 푹 내쉬었다.

"그 아싸가 털린 건 진짭니까?"

"박제영, 그러니까 제영 언니가 털린 거 진짜 맞아요. 증거도 아주 없진 않고."

"당한 사람이 가까이 있으면서 왜 다른 사람들을 쑤시고 다녀요? 그거나 터뜨리지."

"고작 학생 한 명이 당했다, 그럼 사람들이 믿겠어요? 오히려 박제영 그게 강의 때 들었던 그 새끼 습작 역으로 베껴 놓고 배 째라 한다고 하면 어떡해요. 그러니까 단체로 움직이려고 그랬던 거죠."

이종훈이 저도 모르게 고개를 끄덕였다. 김무진의 영향력 덕에 저도 곡을 뺏긴 사실을 숨기고 움츠리고 있는 마당이었다. 제윤의 말대로 사람들이 고작 한둘 당했다고 김무진을 의심하진 않을 거였다.

"그래서, 나까지 전부 싫다고 했는데 이제 어쩌려고?"

"뭘 어째요. 망했죠. 우리 언니 불쌍해서 어떡하지……."

제윤이 자신의 자존심이 꺾이게 생긴, 이 분한 상황을 애써 제영의 걱정으로 승화했다. 제윤의 눈가에 눈물이 금세 차올랐다. 그녀는 본인의 생각보다도 연기력이 몹시 뛰어났다.

집안 핏줄에 흐르는 예술적 재능이 제영에게는 음악으로 발현되었다면, 박제윤에게는 연기력으로 발현했다. 지금 이 자리에선 제윤이 자신의 재능을 조금 남다르게 써먹고 있다고는 해도.

어쨌든 제윤의 눈물은 이종훈에게 먹혔다.

"어떡하지이……."

초면에 현관문으로 밀어 넘어뜨려 버리기까지 한, 저보다 한참 작은 사람의 눈물에 인간이라면 마음이 흔들리게 마련이었다. 이종훈도 그러했다. 그가 잔뜩 당황한 얼굴로 연방 '아이 씨, 아이

씨.' 해 가며 머리를 긁적였다.

이종훈이 한숨을 푹푹 내쉬며 연신 눈물을 짜내는 제윤을 바라봤다. 제윤도 눈물을 줄줄 흘리면서 흘긋흘긋 이종훈을 살폈다.

한숨을 멈추지 못하던 이종훈이 결국 무거운 입을 열었다.

"폰 줘 봐요."

"어머, 폰은 왜요? 내 번호 따게요? 나도 나름 연예인이라……."

"그게 아니라. 인터뷰 상대 소개 안 받을 겁니까?"

제윤이 금세 눈물을 그치고 배시시 웃으면서 제 휴대 전화를 내밀었다. 한숨을 푹 내쉰 이종훈이 제윤의 휴대 전화에 번호를 하나 찍었다.

"졸업한 선배 중에 진짜 더럽고 치사해서 못 해 먹겠다고, 이쪽 아예 쳐다도 안 보는 형이 하나 있거든요."

"……형이요?"

"그 형이 졸업 전에 공모전 나갈 곡을 준비해서 보여 줬다가 세 갠가 빠꾸 맞았는데……. 그걸 어떻게 했다더라. 아무튼 그 교수 3년 전 대표곡 있잖아요. 그거, 그게 그 형 곡이에요 원래는."

"헉! 진짜요? 와……. 김무진 완전 쓰레기네."

제윤의 살벌한 발언에 지레 놀란 이종훈이 눈을 휘둥그레 뜨고 주변을 둘러보았다.

"그 입 좀 조심 못 해요? 아니 무슨 연예인이라는 사람이 이래? 아무튼 그 형은 아예 다른 일 하고 있으니까 혹시 몰라요."

"감사합니다!"

"그냥 떠올리기도 싫다고 이 형도 꺼지라고 할 수도 있어요. 그거까진 내가 뭐 어떻게 못 해 주고."

"어휴! 이 정도면 충분하죠! 진짜 진짜 고마워요! 이종훈 씨!"

제윤은 언제 문에 발까지 걸어 가며 이종훈을 귀찮게 했냐는 듯이 곧장 돌아섰다. 볼일 끝났다는 태도였다. 쫄래쫄래 달려 사라지며 어디론가 전화를 거는 제윤을 보며 이종훈이 허탈하게 웃었다.

혀를 내두르며 고개를 내저었으나, 그는 내심 제윤이 벌이는 일이 잘 됐으면 싶었다. 그도 피해자였다. 기왕이면 김무진 교수가 엿 먹는 엔딩을 구경하고 싶었다.

13. Live

　요즘 제영과의 사이만 따지자면, 아니 그의 전부를 놓고 보더라도 이성은 탄탄대로를 달리고 있었다. 그래서인지, 일전에 돌연 초면인 작곡가에게 주먹을 휘둘렀던 그 모습은 온데간데없이 얌전해졌다.

　주변에서 보기엔 그러했다. 다만 제윤이 보기엔 달랐다. 윤이성은 터지기 일보 직전의 시한폭탄이었다. 겉으로나마 매끈하게 웃는 낯을 유지하는 거야 아마 제영과의 사이에 정말로 발전이 있어서일 것이었다.

　다만.

　"내가 너한테 가져다준 목록만 열셋이었는데 고작 한 명? 그것도 그 목록에 없는 놈이라고?"

"다들 그 교수 새끼 무서워서 싫다는데 나라고 어떡해요?"

"야, 이…….그래. 됐다. 너 거머리처럼 들러붙는 거 내가 모르지 않는데 그 정도면 박제윤 너도 할 만큼 했겠지."

"거머리라니 말이 심하네! 아무튼 한 명이라도 확실한 피해자 인터뷰는 땄잖아요. 그게 어디야."

"한 명으로 되겠냐……."

이성에게 받은 재학생 피해자 추정 리스트 중 마지막으로 찾아갔던 이종훈에게 받은 번호, 그 번호의 주인인 '형'이라는 사람은 다행히 인터뷰를 수락했다. 주제가 주제인지라 썩 화기애애한 분위기는 아니었지만, 인터뷰도 알차게 마쳤다.

다만 한 명뿐이라는 게 문제였다. 김무진은 생각보다 대단하고, 대중에게도 꽤 이름 있는 작곡가였다. '형'이라는 사람도 자기 혼자만 가지고는 안 될 거라며 저와 비슷한 사정을 가진 사람들의 번호를 또 제윤에게 알려 주었지만, 그들은 그 '형'처럼 제윤의 제안에 응하지 않았다.

그 김무진이 엿 먹는 건 보고 싶지만, 그걸 위해 자신이 티끌만큼이라도 피곤해지고 싶지는 않다는 이유였다.

처음 이성이 제윤에게 제공했던 재학생 피해자 열셋, 학교 서버를 털어 추측한 예상 리스트에 불과했지만, 적중률은 100퍼센트였다. 거기다 이종훈이 소개한 '형'까지 하나. 도합 열넷에, '형'이 소개해 준 번호 넷을 합치면 열여덟 명.

그중에 인터뷰에 응한 사람은 결국 한 명. 일이 수월하게 풀리는 꼴은 절대 아니었다.

상황을 곱씹는 이성의 표정은 당장이라도 뭔가 일을 칠 것처럼 보였다. 제윤이 다급히 말했다.

"설마 방송 휘저을 거 아니죠? '두근두근 심포니' 지금 결승하고 마지막 라이브 공연 방송 딱 두 회차 남은 거 모르는 거 아니죠? 이거 다 끝나고 피해자 인터뷰 터뜨리겠다고 우리 약속했어요?"

"아, 누가 뭐래?"

당시 윤이성은 살짝 찔끔한 표정을 지었었다. 박제윤은 그때의 이성을 분명히 기억했다. 그런데 놀랍게도, 윤이성은 결승전에서 '제윤의 곡을 표절한 구간이 일부 들어간' 곡을 멀끔하게, 아주 완벽하게 연주해 냈다.

그 과정에서 불편한 티를 내거나 하는 일도 없었다. 도리어 너무나 완벽하게 연주해 내서, 이성의 피아노 독주 구간이 있기 전까지 다소 상대편에 밀리는 듯했던 자신의 팀을 승리로 이끄는 역할을 맡기까지 했다.

당시에 쏟아졌던 열화와 같은 박수를 제윤은 기억했다. 최종 우승을 차지한 그의 팀원들과 함께 이성은 몹시 매끄럽게 웃었다. 안타깝게도 제윤은 이성의 상대편에 속해 있어서 스포트라이트를 받지는 못했지만, 뭐. 그건 상관없었다.

제윤은 당시 그저, 이성이 짜증을 터뜨리거나 돌발 행동을 해서 일을 망치지 않는 것만으로도 굉장히 안도하고 있었다.

그러면 안 됐다. 안도가 너무 빨랐다.

                    * * *

‘두근두근 심포니’의 최종회는 처음부터 생방송으로 계획되어 있었다. 결승전에서 이긴 팀의 공연을 라이브로 송출하는 게 애초부터 ‘두근두근 심포니’의 목적이었다.

대한민국 클래식계에 사람들의 관심을 끌어들이고, 난다 긴다하는 클래식계 연주자들의 공연에 시청자들을 초대하고, 심지어 ‘우승 팀’의 연주는 안방에서도 볼 수 있게 하겠다는 제작 팀의 원대한 포부였다.

이 대단한 포부를 이룰 수 있게 된 데는 처음부터 이성의 역할이 컸다. 본래 그들은 콧대 높은 클래식 연주자들의 섭외부터 애를 먹고 있었다. 그러던 중 잠적했던 스타 피아니스트 윤이성이 복귀할 것이라는 정보가 돌았다.

프로그램 총괄 PD는 정보를 듣자마자 유성 매니지먼트에 연락을 넣었다. ‘그 윤이성’을 프로그램에 꽂아 주십사 한다고. 윤이성의 복귀에 스포트라이트 아주 화려하게 쏴 드리겠다고 입을 털었다.

사실 PD는 윤이성이나 유성 매니지먼트 측에서 이 제안을 몹시 당연히도 거절할 줄 알았다. 그러나 예상과는 달리 퍽 매끄럽게 이성이 프로그램에 합류했다.

클래식계는 단순한 청자였든, 아니면 같은 연주자였든 윤이성을 잊지 않고 있었다. 클래식에 그리 관심을 두지 않는 일반인도 몇몇은 이성을 기억하고 있는 마당에 그는 당연했다.

실력, 스타성, 미친개 같다는 소리를 듣는 인성까지 겸비한 이성을 한번 뇌리에 인식하면 잊기 쉽지 않았다. '그런' 윤이성이 출연한다고 하니 엉덩이가 무거운 다른 연주자들도 하나둘 거절 의사를 철회하고 프로그램에 합류했다.

그렇게 웬만해선 쉽지 않은 국내 클래식 신예, 거물이 모인 프로그램 '두근두근 심포니'가 시작됐다. 처음에는 관심 있는 사람들만 보나 했던 프로그램이, 처음 팀 결정전에서 이성이 보여 준 〈작은 별〉 연주로 흥했다.

클립 영상이 SNS며 동영상 사이트를 떠돌아다니며 연일 뷰 수를 갈아 치우고, 윤이성의 연주와 연관된 영상들까지 섭렵한 사람들이 본방송을 보기 시작했다.

그리고 결국에 프로그램의 시작부터 흥행까지 성공시킨 거나 다름없는 윤이성이, 아슬아슬했던 자신의 팀을 우승으로 이끌었다.

전부 한가락 한다는 연주자들을 모아 놓았으니 우열을 가리기 어려웠는데, 콘서트마스터와 피아노 독주에서 승패가 가려졌다.

특히 피아노 독주는 단연 뛰어난 이성의 곡 해석력을 상대편 피아니스트가 따라가질 못했다.

어쩌면 당연했다. 그건 윤이성이 아주 잘 아는, '박제영'의 곡이었으니까. 기실 일반인이 봐도 쉽게 알 정도로 감동의 차이가 날 만큼 두 피아니스트의 연주가 갈린 덴 그 점이 크게 작용했을 것이다.

"대체 왜 결승전을 못 보게 한 건데?"

"내가 언제 못 보게 했어?"

"그래……. 못 보게 한 건 아니고, 못 듣게 했지."

제영이 자신에게 엉겨 붙어 지금도 연신 쪽쪽거리고 있는 이성을 팔꿈치로 밀어냈다. 이성이 음소거된 화면을 흘긋 보면서 제영에게서 물러났다. 물론 그의 한 손은 리모컨이 차지하고 있었다. 방송이 아직 끝나지 않아서였다.

"어차피 내가 이겼다니까?"

"윤이성 씨, 본인이 아니라 본인 팀이 이긴 거고요. 어차피 이겼어도 어떻게 이겼는지 내가 직접 듣겠다는데 왜 이렇게 훼방을 놔?"

제영의 핀잔에도 이성의 시선은 화면에 꽂혀 있었다. 이런 프로그램의 편집이야 뻔했다. 분명히 자신이 팀을 우승으로 이끈 피아노 독무 부분이 다시 흘러나올 거였다.

역시나였다. 제영도 그 장면을 확인하고는 이성에게 달려들었다. 지금 음소거된 소리를 켜면 이성이 연주한 걸 들을 수 있었다.

"아니 남의 집 와서 왜 제멋대로 리모컨을 휘두르는데!"

"야! 박제영! 우리가 남이야?"

"그럼 아니야?"

"아니 아무리 그래도 그렇지! 네가 어떻게 나한테 그렇게 말할 수가 있어? 나 지금 존나 상처받았어!"

"상처받은 건 받은 거고, 내 리모컨 내놓으라고!"

제영이 기어코 이성이 쥔 리모컨을 빼앗겠다고 그의 몸을 타고 올랐다. 그녀의 손끝이 리모컨에 닿을 바로 그즈음, 이성이 화면을 슥 보고는 아예 제영을 끌어안아 자신의 품에 가둬 버렸다.

"이렇게 먼저 올라타 주시고, 어? 나 완전 감동인데?"

"헛소리 말고 달라고! 어차피 휴대 전화 켜서 다시 보기를 하든 어디를 돌아다니든 빤히 보고 들을 수 있는 걸로 뭐 하는 건데!"

"왜긴. 재밌으니까 그러지. 아유, 덕분에 우리 콧대 높은 박제영 씨가 나한테 올라타기까지 해 주시고. 얼마나 좋아."

"너 요즘 또 잠잠하다 싶더니 미쳤니? 돌았어?"

이성은 제영의 입에서 쏟아지는 고함에도 그저 실실 웃었다. 제영의 가벼운 무게감이 제 배 위에서 느껴지는 순간이 실로 썩 나쁘지 않았다. 마치 연인의 장난질을 하는 듯했다.

실제로 그와 그녀는 '아직은' 진짜 연인 사이는 아니었다. 그렇지만 이런 접촉이 아무렇지 않을 정도로, 제영이 무뎌진 건 사실인 듯했다.

씩씩거리는 제영을 제 몸 위에 올린 채, 이성은 상황에 어울리지 않게 해사하게 웃었다. 부릅뜨고 있으면 날카롭고, 갸름하게 휘어지면 나른한 인상을 만드는 이성의 눈이 곱게 휘었다.

길쭉하고 풍성한 속눈썹이 이성의 눈매에 그늘을 드리웠다. 제영이 일순 화내던 것도 잊고 이성의 웃는 얼굴을 바라보았다.

"상황 안 맞게, 왜 그렇게 웃어?"

"키스해도 돼?"

"그건 또······."

"안 돼?"

제영이 한숨을 폭 내쉬곤 눈을 감았다. 이미 몇 번이나 나누었던 입맞춤이었다. 이성과의 접촉이 싫지 않았다. 달리, 거절할 이유는 없었다.

제영이 저의 위에 올라탄 자세인지라, 이성이 손을 뻗어 그녀의 목을 감았다. 부드러운 안내를 따라 제영의 입술이 이성의 입술과 맞닿았다. 힘없이 다물린 제영의 입술을 가르고 이성의 혀가 그녀를 찾았다. 달콤하게 얽히는 혀는 딱 아쉬울 즈음 물러났다.

"······하아."

본래의 체온보다 더 따뜻하게 데워진 숨이 새된 소리와 함께 제영의 입술을 타고 흘렀다. 아쉬움은 이성이 더했던지라, 그녀의 뒷덜미를 부드럽게 쥔 손에 힘이 들어갔다.

제영의 입술을 가볍게 물고 놓은 이성이 내친김에 아예 TV를 꺼 버렸다. 제영이 입술을 악물고 이성의 가슴팍을 퍽 소리가 나게 때린 뒤 그의 위에서 내려왔다.

"대체 왜 그렇게까지 안 보여 주려는 건데? 뭐 있었어? 그러고 보니까 지난 회차에서도 피아노 독주 쪽은 연습 장면도 안 나오더라."

제영의 말대로였다. 그건 이성이 PD에게 제안해서 아예 잘라 버린 거였다. '피아노에서 제대로 눌러 줄 테니까, 사람들 관심 고조되게 피아노 쪽 연습은 아예 잘라 주세요.' 하고 당당하게 말했었다.

물론 결과는 윤이성이 예상한 대로 나왔다. 다만 제영이 볼 걸 알면서도, 결승에서까지 피아노 독주를 잘라 버리는 건 이성의 권한 밖이었다. 그래서 고집스레 시간을 맞추어 방송 시간에 제영을 찾아왔고, 이렇게 제영이 다시금 제 곡이 도둑맞았음을 알아차리는 시기를 늦추었다.

박제윤이 나서서 다른 피해자들의 인터뷰를 따는 일이 잘 풀렸으면 이렇게까지는 하지 않았을 텐데. 아니면 제영이 생각보다 자신의 일에 관심이 좀 적었다든가.

어느 쪽도 따라 주지 않으니 자신이 나서서 제영의 귀와 눈을 차단하는 수밖에 없었다. 일이 제대로 해결되기 전에 제영이 알게 하고 싶지 않으니까.

"그건 오늘 방송분에서 내가 진짜 제대로 압도할 걸 연습 장면부터 알아서 그랬겠지? 방송은 긴장감이 생명, 몰라?"

"그래서 그 대단한 연주 듣겠다는데 왜……."

"어, 이제 라이브 공연 신청 시작하겠다. 너도 직접 와서 들을래?"

"내 자리 빼 놨니?"

"어……."

방송 초반부터 이성은 자신의 팀이 우승할 것을 확신했다. 그는 뻔뻔할 정도로 자신감과 자존감이 넘치는 인사였다. 그런 만큼, 제영에게 자신의 멋진 모습을 보여 주고자 물론 라이브 공연 티켓을 한 자리 빼 두었다. 제영의 몫으로.

"아…… 니. 그게 요즘 방송 공정성이 어쩌고 하면서 PD가 씨발, 죽어도 안 주려고 하더라고. 하하……."

하지만 티켓은 제영에게 전하지 않을 예정이었다. 그 자리에 좆같은 김무진도 결승곡 작곡가로 초청되어 참여할 예정이니까. 제영을 그 새끼와 다시 마주치게 하고 싶지 않았다.

"그럼 별수 없지."

제영이 이성의 어색한 웃음에 눈을 갸름하게 떴다가, 이내 따지는 것도 지친다는 얼굴로 한숨을 내쉬며 말했다. 뭔가 있는 듯했지만, 절대로 제게 알려 줄 것 같지 않은 이성의 태도에 포기한 것이었다.

이러니 도리어 이성이 제영의 선선한 수긍에 불안함을 품게 되었다. 그러고 보니 제영의 말마따나 조금만 있으면 휴대 전화로 인터넷 접속만 해도 방송의 클립 영상이 돌아다닐 거였다.

"너, 나 없을 때 그거 들을 거야?"

"그럼?"

"그냥 방송 마지막 날 공연까지 기다렸다 내 라이브 들으면 안 되나?"

"내가 왜 그래야 하는데?"

제영이 일어나 자세를 고쳐 앉는 이성을 바라보며 팔짱을 꼈다. 상당히 방어적인 자세에 이성이 제영을 빤히 바라봤다. 딱히 돌려 막을 레퍼토리가 없었다. 네가 그 곡을 듣는 게 싫다고 말할 수는 없는 노릇이고.

"그냥."

"……그냐앙?"

"응. 그래. 그냥. 막방 날 라이브로 기깔나게 연주해 줄 테니까, 그때 들어."

"내가 왜?"

"아니 좀. 한 번만 그래 주면 안 되나?"

제영이 이성의 말도 안 되는 고집에 피식 웃음을 터뜨렸다. 그녀의 고개가 모로 더 삐딱하게 기울었다.

"윤이성 씨. 그쪽이 어디 이런 말도 안 되는 억지 부리면서 사람 기분 이상하게 만드는 게 한두 번이었어야지. 그래야 그 한 번만 그렇게 해 주면 안 되냐는 말이 먹히는 거 아냐?"

"아니! 나는!"

이성이 불쑥 소리부터 내질렀다. 그러나 제영의 말에 반박할 수가 없었다. 제영이 하는 말이 너무 옳았다. 제가 돌발 행동이나 기행으로 제영을 곤란하게 했던 게, 다시 찾아와 이렇게 관계가 진전된 후뿐이던가. 그 전에는 더하면 더했지, 덜하지 않았다.

어떡하지. 저를 삐딱하게 쳐다보는 제영의 시선을 슬금슬금 피하며 이성이 눈을 굴렸다. 달리 뾰족한 수가 생각나지는 않았다.

"그 말은 맞는 말인데……."

원래 빡빡 우기고 제멋대로 살던 인생이 아무렴, 좋아하는 여자 하나 생겼다고 돌연 인간적이고 정상적인 형태로 급변하지는 않았다. 이성은 차라리 여태까지 자신의 캐릭터가 또라이였던 게 다행이라고 생각했다.

"그냥 내 말대로 좀 하자. 대신에 내가 박제영 소원 하나 들어줄게."

"내 소원은 지금 당장 윤이성이 내 앞에서, 저 피아노로, 독주 부분을 연주하든가, 아니면 내 집에서 꺼져 주는 건데."

나름대로 괜찮은 제안을 던졌다고 생각했던 이성이, 제영의 답변에 입을 떡하니 벌렸다.

"아니, 사람이 소원 하나 들어주겠다는데 그걸 그렇게 써먹는 사람이 어디 있나?"

"눈앞에 있네."

"야!"

꼭 떼쓰는 아이 같은 이성의 반응에 제영이 또 픽 웃음을 터뜨렸다. 참 이상했다. 예전 같았으면 분명 이성의 이상한 짓에 절대로 동참해 주지 않았을 텐데. 지금은 이성의 아이 같은 반응이 퍽 귀엽게 보였다.

제영이 웃음을 터뜨린 것에 이성이 입술을 뚱하게 내밀고 그녀를 흘겨보았다. 제영이 기어이 크게 터진 웃음을 갈무리하며 눈가에 맺힌 눈물까지 훔쳤다. 이성의 표정이 더 불퉁해졌다.

"소원이라……."

제영이 조용히 중얼거렸다. 이성에게 제가 무언가를 소원할 일이 있을까. 아마 그가 얌전하고 무탈하게 아무 일도 벌이지 않기를 바라는 정도가 아닐까.

하지만 그건 제영이 이성에게 굳이 소원을 써서 부탁하지 않아도 될 일이었다. 과거와 비교하면 이성은 제영에게 제 마음을 고백한 뒤로 '그런대로' 얌전하게 지내 왔다. 지금 또 뭔가 꿍꿍이가 있는 듯하지만, 아마 저건 소원으로 어떻게 해 주지 않을 작정인 것 같고.

또, 제영은 이성에게 뭔지 모를 신뢰가 생겼다. 적어도 윤이성이라는 존재가 자신에게 미움받을 짓을 일부러 하지는 않으리라는 확신 같은 거였다.

어쩌면, 그만큼 이성의 애정이 제게 닿아 스민 것일지도 몰랐다. 한껏 자신만을 보는 사람에게 소원이라. 이 소원을 쓸 일이 생기기는 할까.

"쓸 일이 있을지는 모르겠지만, 알았어."

"……어? 알았다고?"

"그래. 알았다고."

"진짜?"

"진짜."

이성이 얼빠진 얼굴을 하고 제영을 보며 연신 눈을 깜박였다. 제영이 그런 이성을 한참 바라보다가, 이성의 앞에 놓인 잔이 빈 걸 보고 자리에서 일어났다.

채웠던 잔이 비면 이성에게 축객령을 내리는 건 암묵적인 그들 사이의 약속이었다. 물론, 한 번도 제대로 지켜진 적은 없지만.

그러나 제영은 지금 이성이 이 커다란 집을 떠나는 것을 원하지 않았다. 제영도 모르는 자신의 속내였다.

"와. 박제영 좀 이상한데 오늘……. 근데 어디 가는데?"

"커피나 한 잔 더 마셔."

"왜? 나 오늘 안 재우려고?"

"헛소리 말고 온 김에 연주나 해. 피아노 조율 맡길 때 됐어. 테스트하게."

제영의 핀잔에 그녀를 따라 일어서 부엌 쪽으로 함께 걷던 이성이 걸음을 돌렸다. 거실 피아노 앞에 앉은 그는 조율할 때가 되었다는 제영의 말을 떠올리곤 건반을 하나씩 눌러 보며 음을 확인했다.

표정이 사뭇 진지했다. 다시 채운 잔을 들고 부엌에서 나온 제영이 그런 이성을 가만히 바라보았다. 아마 사람들이 알고 있는 이성의 모습은, 피아노 앞의 저 무심하고 차가운, 다가가기 어려운 모습에 가까울 테다.

이성이 고개를 들었다. 제영을 바라보는 그의 얼굴에 금세 나른함과 진지함이 날아가고 장난기 가득한 웃음이 걸렸다.

"뭐 치지? 결혼 행진곡?"

"⋯⋯작작 해라, 진짜."

핀잔을 내뱉으면서도, 제영은 그의 장난스러움이 나쁘지 않았다. 저의 무거운 어두움을 흩어 주는 햇살처럼 느껴지기도 했다.

아주 이르게 봄을 맞은 듯했다. 정말, 나쁘지 않았다.

* * *

'두근두근 심포니'의 최종회, 클래식 라이브 콘서트는 대형 연주홀에 준비되었다. 많은 관객을 수용하기 위해 처음에는 야외무대 설치도 고려되었으나, 그러기에는 2월 초입의 바람이 너무나 차가웠다.

예년보다도 날카로운 바람이 불어오는 날이지만, 라이브 콘서트를 찾은 관객들의 표정은 하나같이 설렘과 기대감을 품고 있었다. 그런 사람들을 상층 대기실 창문으로 내려다보는 이성의 표정은 바깥에 부는 칼바람보다도 싸늘했다.

오늘. 이곳에서 그는 박제영을 속상하게 할, 김무진이 도둑질해 제 것이라고 팔아먹은 곡을 연주해야 했다. 그리고 멀쩡하게 연주도, 라이브도, 방송도 끝마친 뒤 박제윤이 피해자의 인터뷰 영상을 터뜨리기를 기다려야 했다.

그럴 수 있을까. 그렇게 한다고 하면 일이 잘 풀리기는 할까. 온갖 생각이 휘몰아쳤다. 생각의 중심은 온통 박제영이었다. 그녀의 재능을 훔친, 많은 이들의 생때같은 결과물을 도둑질한 김무진을 향한 분노가 곁가지를 치기도 했다.

"씨발⋯⋯."

낮게 뇌까린 이성의 욕설이 벽을 타고 넘어온 첼리스트의 감미로운 연주와 엉켰다. 이성의 시선이 어느덧, 객석에서 멀어져 저 끝의 무대를 향했다. 무대 중앙에 앉은 첼리스트는 그와 한 팀이었던 여자였다. 이성과 비슷한 나이였으나 이성은 그녀를 보고 제영을 떠올렸다.

제영이 피아노를 시작할 나이쯤 저 첼리스트도 악기를 잡기 시작했다고 했다. 그때는 피아노를 치다가, 몸이 좀 자라고는 현악기를 전부 거쳐 종착지는 첼로 활이 되었다던가.

이성은 달리 타인에게 관심을 두고 살지 않았지만, 석 달에서 넉 달에 가까운 기간을 주기적으로 얼굴을 보게 되다 보니 저들이 하는 말이 신경 쓰지 않아도 들려왔다. 귀에 박히도록 제 자랑을 해 대는데 귀를 틀어막지 않고서야 듣지 않을 도리가 없었다.

그러나 지금 순간 문득 저 첼리스트의 과거지사가 떠오른 이유라면 단연 박제영 때문이었다. 제영이 저 첼리스트의 나이까지 아무런 사고도 겪지 않고 자랐다면, 아마 지금 이 순간 자신이 차지한 자리는 제영의 몫이었을지도 모르겠다.

그렇다면 저 무대에서 붉은 드레스를 입고 피아노에 앉아 스포트라이트를 받으며 환상적인 곡조를 뽑아냈을 터였다. 그랬다면, 김무진 같은 인간을 만나 자신의 것을 도둑질당할 일도 없었을 거였다.

"⋯⋯그랬으면 내가 널 만나지는 못했겠다."

이성의 목소리에 아쉬움이 가득 묻어났다. 그는 자신이 제영의 불행에 빌붙어 지금의 위치를 차지하고 있지는 않은가 생각했다. 제영이 불우한 사고를 겪지 않았더라면 박신환 재단장이 저를 찾아내는 일도 없었을 것이다.

그러나 그건, 달리 아쉽지 않았다. 그랬더라면 지금과 비교하는 게 우스울 정도로 찌든 삶을 살기야 했겠지만, 달리 불행을 느끼지도 않았을 것이다. 자신이라면 그랬을 걸 윤이성은 확신했다.

그의 목소리에 묻어난 아쉬움은 오로지, 그랬더라면 지금 자신이 사랑하는 박제영이라는 사람을 만나지 못했을 것이라는 사실에 치중해 있었다.

나는 너를 만났기에, 너의 불행에 감사해야 하나. 너는 그 불행 때문에 또 다른 불행으로 마음이 다치고 속상할 일이 남았는데.

나는 네가 싫어할 걸 아니까 침묵해야 하나.

"저……."

노크 소리가 가볍게 들리고, 이성의 대기실 문이 열렸다. 이성이 무표정한 얼굴 그대로 고개를 돌려 저의 상념을 깬 이를 바라보았다. 촬영 스태프였다.

"다다음 순서가 윤이성 피아니스트님 독주고, 마지막이 우승 팀 협주라서요. PD님께서 슬슬 준비하시라고……."

이성의 싸늘한 눈빛에 괜스레 겁을 집어먹은 스태프의 목소리가 끝에 가서는 슬슬 기어들어 갔다. 이성이 표정을 풀며 피식 웃음을 터뜨렸다. 그러나 여전히 그의 눈매는 한없이 날카로웠다.

"뭐 전할 말 전하러 와서 그렇게 쫄아요? 내가 잡아먹나?"

"예? 아, 아뇨……. 그, 저, 가시, 가실까요?"

이성이 다시금 웃음을 터뜨리고는 표정을 갈무리했다. 아무래도 표정에서부터 제 울분이 티가 나는 모양이었다. 그럴 법도 했다.

많이 참았다. 박제영이 알고 말릴까 봐. 박제윤이 제영에게 떠벌리기라도 할까 봐.

그런데 이제 더 조용히, 딴에는 온건한 방법으로 일이 해결되는 꼴만 보고 있기에는 더 참을 여력이 없었다.

어차피 벌어질 판이었다는 생각이 들었다.

내가 뭘 어쩌든 박제영이 슬퍼할 일은 이미 결정 난 거잖아.

그럼, 내 멋대로 날뛰기라도 해야지.

"가죠."

윤이성이 무대를 향해 걸음을 뗐다.

* * *

결국 티켓은 구하지 못했다. 제영은 방송이 시작하기 전, 그러니까 이성이 공연에 들어가기 전에 메시지를 하나 보냈다.

[늦게라도 저녁 같이 먹어. 고생해.]

별것 없는 딱딱한 내용이었지만, 자신이 먼저 이성에게 다른 용건 없이 자리를 청하고 마음을 담은 연락을 하는 건 처음이었다. 그래서인지 괜히 낯이 부끄러웠다.

가볍게 속을 달래려 데운 우유를 가져온 제영이 TV가 가장 잘 보이는 소파 한가운데 자리에 앉았다. 문득 결승전 방영일에 저와 실랑이를 했던 이성이 떠올라 저도 모르게 옆자리를 바라봤다.

없다. 오늘은 그가 옆에 없었다. 당연했다. 바로 그 윤이성이 연주하는 결승곡 피아노 독주, 그리고 그의 연주를 듣기 위해 지금 TV를 켠 거니까.

제영이 메신저 창을 열어 제가 보낸 메시지를 괜스레 다시 봤다. 아직 그가 확인하지는 않았다. 평소라면 듣고 있는 곡에만 집중할 그녀이건만 오늘만큼은 그게 쉽지 않았다.

TV에서는 광고가 모두 끝나고 이미 '두근두근 심포니'의 최종회 방영이 시작되었다. 이성의 앞 순서인 연주자들의 독무대가 이어졌지만, 제영의 눈은 여전히 휴대 전화를 힐금거리고 있었다.

그러다 TV에서 윤이성의 이름이 흘러나왔다. 그 순간 제영의 시선이 화면으로 붙박였다.

클래식 피아니스트라고 하기엔 몹시 독특한 윤이성이 살아온 삶의 이력, 그리고 '두근두근 심포니'에서 보여 주었던 이성의 모습이 하이라이트 장면으로 편집되어 나왔다. 그리고 화면이 갈라지며 실제 공연 중인 공연장으로 바뀌었다.

"고별⋯⋯."

첫 음을 짚고 연주를 시작하는 이성의 피아노 소리를 들으며, 제영이 곡의 제목을 읊조렸다.

베토벤, 피아노 소나타 제26번 '고별', Op.81a.

1악장이었다.

피할 수 없이 쏟아져 내리는 비처럼, 이성의 손끝에서 소리가 쏟아졌다. 빠르고 강하게, 혹은 안개비처럼 여리고 느리기를 번갈아 가며 그의 손이 피아노 위에서 춤을 추었다.

제목만큼 마냥 서글픔만이 느껴지지는 않는 곡조는 차츰 고조되었다가는, 여려진 비가 개고 아직은 먹구름이 남은 하늘을 연상시키며 흘렀다. 그러고는 마지막 빗방울이 내린 비가 고여 마련된 수면 위에 파문을 일으키는 듯, 강렬한 음으로 끝을 맺었다.

자연스레 감겼던 눈꺼풀을 들어 올린 제영이 첫 곡의 연주를 마친 이성의 얼굴을 바라보았다. 풀 샷이었던 카메라가 줌을 당기며 이성의 얼굴을 화면 가득 띄웠다.

"연주 잘해 놓고, 표정이 왜……."

피아노 앞에서야 늘 진지한 무표정 일색인 이성이라지만, 오늘의 그는 제영이 보기에 좀 달랐다. 어딘가 불안해졌다.

다음 곡은 이성이 콘서트의 마지막에서 연주했던 〈비창〉이었다. 제영은 〈비창〉이 흐르는 동안, 이례적으로 윤이성의 연주에 집중하지 못했다.

그가 여태껏 보여 주었던 연주에 집중하는 표정과는 달랐다. 그러나 제영의 귀는 이성의 연주에 아무 문제도 없다고 말하고 있었다.

가슴 한편이 서늘해졌다. 알 수 없는 불안감과 찜찜함에 제영이 저도 모르게 우유 잔으로 데운 따뜻한 손으로 제 가슴을 짚었다.

〈비창〉, 다음은 드디어 이성이 그렇게도 오늘까지 들려주지 않으려고 하던 협주곡이었다. 현대적으로 해석되어 세련되지만 웅장함이나 우아함을 버리지 않은 곡조가 연주되었다.

관과 현의 조화도 나쁘지 않았다. 제영은 문득 이성이 쳤던 사고에 관해 떠올렸다.

"그 새끼가 이번 경연곡 작곡가거든."

"그런데?"

"근데 곡이 좆같은 거야. 그래서 팼지."

그와 저의 듣는 귀가 그리 다르지는 않을 터였다. 취향의 차이는 있을지언정 곡을 골라내는 이성의 귀는, 분명 제영에게서 배웠다. 적어도 클래식은 그러했다.

제영의 불안감이 더해졌다. 안정감 있게 흐르는 관현의 조화를 들을수록 그러했다. 곧 피아노 독주가 시작될 타이밍이었다.

박제영이 윤이성과의 약속을 지켜 찾아 듣지 않고 기다린 바로 그 부분.

무대 중앙에서 살짝 측면으로 치우친 곳, 피아노에 앉은 이성에게로 스포트라이트가 집중되었다. 이성의 길쭉하고 하얀 손가락이 건반 위에 얹어졌다.

그의 연주를 기다리며 아래를 받쳐 주던 바이올린조차 물러간 그 시점, 어딘가 곡조가 익숙한 감성을 품고 있다고 제영이 막 느낀 그 찰나.

"저, 저게 왜……."

이성의 연주가 시작되었다. 제영의 얼굴에서도 표정이 사라졌다. 모를 수가 없는 멜로디가, 아주 약간의 변형만을 거친 채 이성의 손끝에서 피어올랐다.

한 마디, 그리고 다음 마디. 열다섯 마디쯤.

표정을 일그러뜨린 윤이성이 입술을 꽉 깨물고, 주먹으로 피아노 건반을 쾅 내리쳤다.

-씨발, 거지 같아서 못 해 먹겠네.

화면 안의 윤이성이, 그렇게 말했다.

* * *

"씨발, 거지 같아서 못 해 먹겠네."

꽉 쥔 주먹을 내려다보며 윤이성이 말했다. 그가 주먹 쥔 손을
펴고 얼얼한 손날을 살폈다.

거칠고 투박하고, 귀를 찌르는 듣기 싫은 소리를 냈다. 건반을
그따위로 다룬 적은 윤이성의 삶에 오늘이 처음이었다. 그러나 이
정도의 퍼포먼스는 필요했다.

실제로 기분이 엉망이기도 했다. 이성이 숨을 고르고 객석을 바
라보았다. 영문을 몰라 웅성대는 소리가 앞에서도, 뒤에서도 들렸
다. 같이 '두근두근 심포니'의 촬영을 진행한 이들에게는 썩 미안
할 일이었다. 아마 이성에게 일말의 양심이 1그램이라도 더 남아
있었더라면 분명히 미안해서라도 지금 벌인 행각을 마지막까지 미
루었을 것이다.

PD가 이성을 노려보다가, 휘하의 스태프들을 호령하며 무언가
를 지시했다. 카메라의 앞에 점멸하던 붉은 불빛이 하나둘 꺼졌다.

"일단 광고로 돌려!"

명백한 방송 사고였다. 지금 화면을 계속 송출할 수는 없는 노
릇이겠지. 이성이 피식 웃었다. 그가 자리에서 일어나 무대 아래를

향해 걸었다. 대번에 이성의 멱살이라도 잡으려고 다가오는 PD를 사람들이 뜯어말렸다. 객석의 웅성거림이 커졌다.

PD를 뜯어말리는 사람 중 하나는 형찬이었다. PD는 관객들의 눈치를 살피면서도 놓으라고 으름장을 놓다가, 자신을 말리는 형찬이 하는 귀엣말에 조금 잠잠해졌다.

형찬과 이성의 눈이 마주쳤다. 이성은 그를 보고 피식 웃었고, 형찬은 얼굴을 싸늘하게 굳혔다. 이성은 아랑곳하지 않고 그에게서 시선을 거두었다. 이제 그의 시선은 저와는 상관없다는 듯이 상황을 관망하고 있는 김무진을 향했다.

띠딩—!

이성의 귀가 예민하게 소리를 잡았다. 방송용 카메라는 꺼졌지만 앞으로 벌어질 상황을 전파하는 건 방송만 있는 게 아니었다.

객석의 사람들이 꺼 두거나 매너 모드로 해 두었던 휴대 전화를 들고 하나둘 녹화를 시작했다. 이성의 걸음이 김무진의 앞에서 멈추었다.

"김무진?"

"예. 제가 김무진인데……. 갑자기 절 왜……."

"재밌습디까? 존나게 처웃고 있던데."

"……예?"

뭔가 이상한 낌새를 이제야 느낀 김무진이 자리에서 일어났다. 그가 '아니, 아니…….' 하는 말을 연발하며 주변을 둘러보았다. 이성이 그런 김무진의 멱살을 잡았다. 사람들의 눈이 휘둥그레 커졌다. 지켜보던 PD는 턱이 빠져라, 입까지 벌렸다.

"재밌었냐고. 남의 곡 훔쳐서 제 것처럼 써먹고, 프로 연주자들이 좋다고 연주하는 꼴 보는 재미가 쏠쏠했냐고!"

이성의 주먹이 기어이 김무진의 턱을 가격했다. 주변에서 비명이 터져 올랐다.

"……묻잖아."

비명이 그치기를 기다렸다 말을 뱉은 이성이 주변을 돌아보았다. 처음에는 치기 어린 몇몇이나 카메라를 들고 자신을 촬영하더니, 이제는 관객 대부분이 제 휴대 전화를 꺼내 카메라를 켰다. 그게 아니라면 전화를 걸어 함께 이곳에 오지 못한 지인에게 상황을 전했다.

"이, 이게 지금 뭐 하는 짓입니까! 내가, 내가 누구 곡을 훔쳐요? 지금 무슨 헛소리를……!"

"헛소리? 댁이 여태까지 본인 이름으로 발표한 곡 중에 태반이 다른 놈 곡 훔쳐다 발표한 거였잖아. 그것도 같은 업계인도 아니고 저가 가르치는 학생들 곡 훔쳐다가. 재미 많이 봤더라? 알아보니까 피해자가 한둘도 아니던데?"

"이보세요, 윤이성 씨!"

"더 처맞고 싶은 거 아니면 입 다무세요. 씨발 새끼야. 나 아직 할 말 남았으니까."

갑작스레 벌어진 상황에 얼어붙어 있던 사람 중 가장 먼저 정신을 차린 건 형찬이었다. PD는 아예 목덜미를 잡고 넘어갔다. 형찬이 다시금 주먹을 고쳐 쥐는 이성에게 급히 다가왔다. 그가 이성의 손목을 꽉 붙들었다.

"방송 중에, 그것도 공연 중에 이게 무슨 추태입니까. 이게 지금 당신 혼자만의 공연입니까, 윤이성 피아니스트?"

"놔."

"당신부터 지금 작곡가님 멱살 쥔 거 놓으세요. 그리고 관객분들이랑 다른 분들에게 사과드리고……."

"여기서 너랑 저 PD 새끼만큼은 나 말릴 자격 없으니까 놓으라고."

"뭐?"

최대한으로 평정을 유지하며 공적으로 이성을 대하던 형찬조차 기어이 존대를 내려놓고 말았다. 도무지 이성이 벌이는 이 상황이며, 제게 하는 말까지 이해가 가는 것이 하나도 없는 까닭이었다. 인상을 일그러뜨리며 제게 반문하는 형찬을 보며 이성이 실실 웃음을 터뜨렸다. 그에게는 지금 이 상황이 우습기 짝이 없었다.

"PD한테 이 새끼 엮어 준 게 당신이라며?"

"그래서. 그게 왜. 그게 지금 당신이 벌이는 이 짓거리랑 무슨 상관이야."

"댁은 남한테 관심 한 푼도 없는 내가 김무진 이 새끼가 남의 곡을 훔쳤는지 어쨌는지 왜 알고 있다고 생각하십니까?"

이성이 제 머리에 대고 검지 끝을 쿡쿡 찍었다.

"머리 좋잖아. 사업하는 양반이. 생각을 좀 해 봐. 피해자가 누구라서 내가 이러는 걸지."

오래 생각할 것도 없었다. 형찬은 바로 답을 찾았다. 이성은 김무진이 '학생'의 곡을 훔쳤다고 했다. 그리고 그가 알기로 제영은 김무진이 교수로 있는 대학교의 작곡과 학생이었다.

거기다, 하나 더 짚이는 게 있었다. 정말로 저와 상관없는 타인의 일에 관심이라곤 쥐뚱만큼도 두질 않는 이성이, 회사 일에 관심을 보인 적이 있었다. 신인 배우들의 홍보 영상에 삽입될 BGM을 고르던 때.

"방금까지 나오던 곡이 제일 좋았고. 근데 어디에 쓰려는지는 모르겠지만 좀 아쉬운 부분도 있었습니다만?"

"아쉬운 부분이라면요?"

"곡이 원래 표현하고자 하는 느낌은 어떤 설렘이나 기다림, 이런 느낌? 뭐 감성? 같은 게 아닐까 싶은데 클라이맥스나 전체적인 구성이 좀 어긋난 것 같아서. 편곡의 실수라고 해야 하나."

"확실히 좀, 우리가 기존에 요구했던 느낌에서는 다소 벗어나긴 했죠. 곡도 지금보다 차분하고 산뜻한 쪽이……."

"어울리고."

이성이 회의실로 불쑥 튀어 들어와서는, 자신의 마음이 기울었던 곡에 표를 던지고 말을 얹었었다. 지금 와서 그때의 대화를 돌이켜 보니, 윤이성은 마치 '원곡'을 알고 있는 것처럼 얘기했었다.

자신의 마음이 끌렸던 이유는, 그 곡이 제영의 연주에서 느낀 감성과 어딘가 닿아 있다고 느껴서였고, 그런데도 확실하게 결정하지 못한 이유는 알맹이와 껍질이 맞물리지 않는 듯한 어떤 이질감 때문이었다.

그 점을 이성이 짚어 냈다. 결국 곡을 수정해서 가져다 쓰게 되었다.

그리고 지금의 윤이성은, 자신에게 말릴 자격이 없노라고 말했다.

"설마 그때도……."

"감 잡았으면 손 치워."

여태 싱글거리고 있던 이성이 무표정한 얼굴로 말했다. 그가 손을 흔들자, 이미 힘이 빠져 있던 형찬의 손이 쉽게 툭 떨어져 나갔다.

"그럼 그때는 왜 말하지 않고 이제 와서!"

"그땐 나도 진상을 제대로 몰랐으니까요. 대표님아. 내가 그 곡이 이 새끼 이름으로 나갈 걸 알았으면 가만히 있었겠어? 내가?"

김무진의 멱살이 다시 바투 잡혔다. 어억, 하는 소리를 내며 끌려온 김무진에게 기어이 이성이 주먹을 한 번 더 날렸다.

안경이 저만치 날아가고 김무진조차 바닥에 나동그라졌다. 주변에서 다시금 비명이 터졌다. 상황 돌아가는 꼴을 지켜보고 있다 한 대를 더 얻어맞은 김무진이 억울해 죽겠다는 듯이 외쳤다.

"대체 내가 뭘 훔쳤다는 건데! 윤이성 피아니스트, 당신 또라이라는 말 내가 여러 번 들었습니다만! 이렇게 사람 모함하는 작자라는 건 처음 알았습니다! 예?"

"아니야? 안 훔쳤어?"

"내가 도둑도 아니고 대체 뭘 훔친다는 말이에요! 허, 참 나!"

"뻔뻔하기가 짝이 없네. 내가 여기서 피해자 이름 다 불어? 어?"

"아니 진짜로, 이 사람이……!"

역대급이라고 해도 모자라지 않을 방송 사고에 뒤로 넘어갔던 PD가 정신을 차렸다. 그가 멍하니 이성과 김무진을 바라보고 있는 형찬의 어깨를 툭툭 두드렸다. 형찬의 고개가 돌아갔다.

"대표님. 이를 어찌합니까?"

형찬의 뒷배경을 생각해 온건하게 억누른 말이 PD의 입에서 흘러나왔다. 하나 지금 상황에 대한 분노마저 전부 숨기지는 못했다. 결국 그는 제 회사에 속한 이성의 관리에 대한 책임을 묻고 있는 거였다.

윤이성이라는 미친 개새끼가 벌인 이 사태를 어떻게 해결하실 거냐고.

형찬이 실소하며 미간을 짚었다. 피로감과 울분이 몰려왔다. 여전히 이성은 김무진과 설전을 벌이고 있었다. 네가 곡을 훔쳐 썼네, 아니네. 같은 말을 반복하다간 기어이 다시금 멱살까지 쥐었다. 평소에 젠틀한 신사이기로 유명한 김무진까지 이제는 이성의 옷깃을 틀어쥐었다.

보타이가 뜯겨 나가고, 아예 이성의 셔츠 단추까지 풀렸다. 몇 개는 제자리를 벗어나 팅팅 소리를 내며 바닥을 뒹굴었다.

"어떻게 하냐고요, 이 사태를!"

아무런 말이 없는 형찬을 PD가 다그쳤다. 형찬이 입술을 깨물고 한숨을 내쉬었다. 이성이 날뛰는 이유야 무엇이든, 결국 사고는 그가 치고 수습은 자신이 하게 생겼다.

살아오면서 이렇게까지 제 손을 벗어난 일이 많이 벌어졌던 적이 있던가. 제영과의 관계도 그렇고, 저기 미쳐 날뛰는 윤이성도 그렇고.

상황이 어떻든, 감정이 어떻든. 형찬은 책임을 지는 위치에 있는 사람이었다.

"사적인 부분은 따로 얘기합시다. 지금 그보다 중요한 게 많은 건 PD님이 더 잘 아실 테고요."

"사적, 사적이요? 아……."

이 상황을 방송국에서 책임지고 독박 써야 할 자신을 위한 보상을 말하는 것임을 알아챈 PD의 화가 조금 누그러졌다. 형찬은 역시 일의 순서를 아는 사람이었다.

"우선 공적으로 처리해야 할 부분은……. 보상을 어떻게 하든 관객들 휴대 전화로 찍고 있는 영상들 유출부터 막아야죠."

"예, 예. 그렇죠."

"그래도 방송 끝 무렵에 터졌으니 광고로 어느 정도는 커버하셨을 거고, 사과 방송이나 다른 부분도……. 그것도 다음에 얘기하시죠. 지금 방송국 쪽 스태프는 얼마나 동원 가능합니까?"

"지금 일단 열댓……."

"움직입시다. 공연장 외부로 저희 측에서도 경호 업체 연락해 인원 더 불러서 정리할 테니까. 벌써 냄새 맡고 기자들 들이닥치기 시작했을 겁니다."

형찬의 말이 끝나기 무섭게, 그의 휴대 전화와 PD의 것이 동시에 화면을 밝히기 시작했다. 형찬이 시름 깊은 한숨을 내쉬었다. PD가 형찬과 똑같이 피곤함이 그득한 얼굴로 손에 쥔 휴대 전화를 내려다보았다.

김무진과 신나게 싸우고 있던 이성이 그런 형찬과 PD를 날 선 눈으로 쏘아봤다. 사실, 이성은 일을 치면서 한순간도 감정에 삼켜지거나 이성의 끈을 놓지 않았다.

"일은 내가 쳤는데 책임을 왜 저쪽에서 져? 내가 져요, PD님.

알아 처먹으시겠어요? 저쪽 대표님은 이 일에 책임질 이유도 자격도 없으시다고."

"윤이성 씨야 당연히 자기가 벌인 일에 책임을 져야지 그럼!"

"그러니까 이쪽 대표님한테 돈 받아먹고 할 대가리 굴리지 말라고 하는 소리라고. 방송국이든 댁이든 간에, 고소하든 지랄을 하든 나한테 하라고."

이성의 발언에 PD가 다시금 목덜미를 잡았다.

"뭐, 뭐?"

"내 개지랄도 아직 안 끝났으니까, 그렇게 아시고."

이성이 지금 공연장 꼴과는 어울리지도 않게 해맑게 웃으며 말했다. 그러나 끝에는, PD와 김무진을 번갈아 쏘아보았다.

* * *

'개지랄'을 아직 안 끝냈다던 이성은 제 말과는 달리 형찬의 단호한 만류에 촬영장에서 물러났다. PD는 기자들에게 시달리면 어김없이 입을 털어 댈 이성의 성질머리를 잘 알고 있어서 그를 먼저 보내는 데 동의했지만, 나중에 보자며 이를 갈았다.

사실 방송 출연이야 안 하면 그만일 이성에게 PD가 이를 갈아 봤자였다. 기껏해야 무서울 게 방송국이나 PD가 방송을 망친 것을 토대로 업무 방해 따위로 소송을 거는 정도일 텐데, 이성은 그런 걸 겁내는 성정이 아니었다. 무엇보다, 애초에 이성이 먼저 대놓고 고소하든 뭘 하든 제게 하라고 선전 포고를 해 버린 상황이었다.

머리끝까지 열이 찬 채로 망쳐 버린 마지막 화의 생방송을 수습하기 위해 뛰어다니는 PD의 분노에 대응하는 건 결국에는 형찬의 몫이었다. 우선 공연장에 직접 찾아온 관객들에게 돌아갈 보상을 형찬이 책임지기로 했다. 더해서 앞으로 '두근두근 심포니'를 총괄했던 PD가 차기로 준비할 프로그램에 형찬의 '가족'들이 줄 수 있는 도움이 있다면 주겠다는 구두 약속을 했다.

그러고 나서야 대충의 수습이 끝났다. 늦은 시각 사무실로 돌아온 형찬의 피로 지수는 살면서 이런 적이 또 있었을까 싶을 정도로 역대급이었다. 형찬이 늘 빈틈없이 세팅해 두는 제 머리칼을 헝클어뜨리며 실소했다. 목을 죈 넥타이가 갑갑하게 느껴지기도 처음이라, 넥타이까지 느슨하게 풀어 내렸다.

사업상 필요한 사람들에게 번호를 공개한 업무용 휴대 전화는 쉴 없이 울린 지 오래라 꺼 버렸다. 그런데 가까스로 조용해졌나 싶었던 그의 사무실에 휴대 전화 진동 소리가 울렸다.

형찬이 가슴께에서 느껴지는 진동에 한숨을 내쉬며 포켓에 넣어 둔 휴대 전화를 꺼냈다. 그의 친형 의찬의 이름이 화면에 떠 있었다. 아마도 가족들을 대표해서 전화한 것일 터였다. 받지 않을 수는 없었다.

"……왜."

-이게 다 무슨 일이야? 어? 실수 한 번 없던 녀석이, '그' 윤이성은 컨트롤이 안 되던?

"내가 무슨 실수가 없어."

-아아, 놓친 게 하나 더 있기는 했지.

의찬이 말하는 제 동생 형찬이 놓친 것이라면, 제영이었다. 형찬이 전화 너머의 의찬에게는 보이지 않을 것을 알면서도 절로 표정을 굳혔다.

"그 얘기는 그만하고."

-그래. 방송사 쪽이랑은 어떻게 수습하기로 했어? 이 형님 도움이 좀 필요하지 않겠냐? 아니면 뭐, 아버지 도움이라든가.

"미안하게도 그럴 것 같네. 아마, 지금 프로그램 PD가 방송국 쪽에서 징계를 좀 세게 받을 것 같은 상황인데 이쪽에서 수습해 줘야지."

-그게 아무렴 유성이라도 일개 매니지먼트사만으로는 수습이 어려울 거고.

자못 재밌어하는 것처럼까지 들리는 의찬의 목소리에 기어이 형찬의 입에서 실소가 터졌다.

"그래. 다 알면서……. 형, 동생 놀리는 거 재밌어?"

-이런 기회 흔치 않으니까? 그리고 솔직히, 아버지는 좀 신경 쓰시는 모양이더라만 내가 보기에는 일이 좀 재밌게 터졌겠나?

"형은 지금 상황이 재밌어?"

-재밌지. 흥미진진한 가십 아니야? 대중음악에 큰 관심 안 둘 프로 클래식 피아니스트가 대중음악계에서 핫한 작곡가를 건드렸잖아. 그것도 가장 치명적일 '표절' 이슈로.

"형."

-아니다. 표절이 아니라 뭐……. 뺏어 갔다고 그랬나? 자기 학생 곡들을?

형찬의 입에서 다시 한숨이 터졌다. 의찬은 제 동생의 한숨이 퍽 즐겁다는 듯 유쾌하게 웃음을 터뜨렸다. 그러나 웃음은 금세 잦아들었다. 의찬이 진지한 목소리로 물었다.

-그건 어떻게 해결할 거야? 너, 네 소속 아티스트 말이 거짓말일 때의 파급력은 생각해 봤어?

"클래식계에서는 유명한 미친놈이야. 윤이성. 업계에서는 별것 없이 지나갈 수도 있어."

-문제는 대중이지. 너 지금 사람들 반응은 알고 있냐?

"그냥, 윤이성 피아니스트가 또 미친 짓 한 번 했다고 생각하겠지."

-그건 내 동생치고 너무 나이브한 생각인데요. 네 소속 피아니스트야 그런 놈이라 치고, 그놈이 하는 발언은 별개로 봐야지. 어떨 것 같아?

형찬이 눈을 질끈 감았다. 다시금 피로감에 찡그려진 미간을 손끝으로 내리누르게 되었다. 그러나 의찬의 전화를 쉬이 끊을 수도 없었다. 어쨌든 제가 제어하지 못해 벌어진 일을 도와 수습해 주어야 할 사람이었다.

"안 믿겠지. 소수는 저렇게 일을 터뜨린 이유가 있을 거라고 생각이야 하겠지만, 윤이성이라는 피아니스트가 뭘 그렇게 잘 알겠냐고 생각할 거고."

-그래서. 진실은 뭔데? 너 그것부터 알아봤을 거 아냐. 그리고 어떻게 맺을 건데?

"진실은……. 윤이성 말이 맞을 거야. 그 사람이 제멋대로 사는 사람 같아도 멍청하게 사는 사람은 아니니까."

-그것만으로 네가 확신을 했다?

"……윤이성이 나선 이유가 박제영 씨 때문이야."

-박제영?

의찬이 한 번에 알아듣지 못하고 잠시 뜸을 들였다. 잠시 제영의 이름을 곱씹던 의찬이 뒤늦게 기억난 듯 '아!' 하고 시원하게 소리쳤다.

-그, 박희은? 네가 놓친 걔? 너 설마 그 여자 그 또라이 피아니스트한테 빼앗긴 거냐? 어?

"형……."

-아니 뭐 그렇게 연결이 됐대? 재밌잖아. 아니, 내 동생 실연의 아픔이 재밌다는 건 아니고……. 그래서 아무튼. 그 곡 빼앗어 갔다는 말이 틀린 말이 아닐 거라고?

"그래. 맞을 거야."

-너 그것만으로 확신할 수 있어? 박희, 아니 박제영이라는 사람이 피해자라서 그 미친놈이 나댄 거라는 거.

"정확히 알아봐야 하겠지만 이미 반쯤 확신해."

-부디 감정놀음에 눈 돌아간 것만은 아니기를 빈다. 내 동생 이형찬이.

"다시 검토까지 할 거니까 그건 걱정하지 마. 근데 맞을 거야. 내가 알아. 박제영 씨, 좋아하기 이전에 그 사람 감성의 팬이기도 했었으니까."

형찬의 말에 의찬이 심드렁하게 한숨을 툭 뱉었다.

-그래서 어떻게 해결할 건데, 그럼? 사실 진실이 뭐냐는 나나

너나, 또 나가서 사람들한테 별로 안 중요한 거 알지?

"그건 상황 보고 결정해야지."

-네가 좋아했던 여자가 피해자라며. 난 그래도 네가 좀 더 감정적으로 결정할 줄 알았는데?

형찬이 쉬이 답하지 못하고 머뭇댔다. 사실 그러했다. 다른 피해자들이야 형찬이 알 바 아니라지만, 그 피해자 중에 한 사람이 제가 생에 유일하게 마음을 뺏겨 봤던 박제영이었다.

심지어 자신의 손으로 그녀의 곡인 줄 모르고 김무진이 훔친 제영의 곡을 김무진의 이름으로 발표하게 하기까지 했다. 그게 잠깐이나마 형찬의 냉정함을 흐리게 했었다.

사실, 의찬에게 상황을 보고 결정해야 하지 않겠냐고 말을 하면서도 내심은 제영의 억울함을 위해서라도 나서고 싶었다. 그러나 객관적으로 김무진이 제자들의 곡을 훔쳤다는 걸 밝히는 과정이 순탄치 않을 것임이 확실히 보였다.

냉정하게 생각해서 윤이성이 미쳐서 헛소리를 지껄였다고 발표해 버리고, 벌어진 일을 수습하고 이성을 자숙시키거나 계약 파기를 해 버리는 편이 훨씬 쉬웠다. 아마도 의찬이나 아버지, 다른 가족들도 그렇게 하는 편을 바라고 있을 것이었다.

"형, 나는……."

-그래. 우리가 밑에 딸린 식구가 몇이냐. 그렇지?

형찬이 말을 다 뱉기도 전에 의찬이 말을 받았다. 좀 더 포장해서 둘러대기야 했겠지만, 형찬이 하고자 했던 말과 그리 다르지 않았다.

형제가 전화기를 사이에 두고 어설피 웃었다. 그러곤 형찬이 의찬에게 아쉬운 소리를 뱉으면서 제가 부탁할 것들을 늘어놓으며 대화가 맺어질 즈음, 형찬의 사무실 문에 다급한 노크 소리가 들렸다.

"무슨 일입니까? 들어와요."

형찬의 말이 다 끝나기도 전에 문이 열렸다. 그리고 그의 비서가 굳은 표정으로 말했다.

"지금 좀 급히 보셔야 할 게 있는데요."

"또 무슨 일이 터졌습니까? 내가 뭘 봐야 하죠?"

"그게……!"

답변은 비서가 아니라, 의찬에게서 더 빠르게 나왔다.

-야, 야. 이 또라이가 제 SNS 계정으로 지금 제대로 깽판 치고 있단다! 나도 체크해야겠네. 끊고 이따 다시 통화하자!

* * *

이종훈은 곡이 잘 풀리지 않아 머리를 벅벅 긁다가 라면을 먹던 참이었다. 얼마 전 제윤이 저를 찾아왔다 돌아간 뒤로 그는 종종 이렇게 멍하니 허공을 보며 생각에 잠기곤 했다.

그 형은 박제윤이랑 잘 만났을까. 그래서 진짜 인터뷰는 했을까. 그 형 하나만 가지고 뭐가 되긴 될까. 진짜 김무진 그 뭣 같은 놈이 타격을 입긴 입을까.

"에이씨, 라면 불었네."

너무 오래 생각했던 모양이다. 불어 터진 라면이 허기까지 가시게 하는지라, 이종훈이 냄비를 손등으로 툭 밀었다. 식어서 미지근한 냄비는 뜨겁지도 않았다.

그는 다시 작업하던 화면을 바라봤다. 아무리 봐도 기타 음이 너무 튀었다. 분명히 처음에 기타로 잡아 놓았던 메인 멜로디가 좋아서 이건 된다, 싶었는데 개뿔이었다.

운영 중인 동영상 플랫폼 채널에 오늘은 정말 신곡을 올려야 했다. 학교에서는 뭘 가르쳐 주고 길을 뚫어 주긴커녕 이미 가진 놈들이 뭘 뺏어 가기 바빴다. 인생 개척의 활로는 직접 뚫어야 했다.

다시 생각해도 김무진 그 자식만 생각하면 속에서 천불이 일었다. 이종훈이 한숨을 푹 내쉬었다. 제 채널에 올려 둔 음원 딱 하나만 프로 BJ 눈에 들어서 쓰이면 얼마나 좋을까. 그렇게 사람들 귀에 익어서 여차저차 잘 되는 미래가 펼쳐지면 참 좋으련만.

다시금 망상에 빠진 이종훈을 현실로 끌어낸 건 내내 조용했던 휴대 전화였다. 이종훈은 김무진이 베껴 간 자신의 곡을 벨 소리로 지정해 두었다. 김무진 생각에서 자신의 미래 저작권료 생각으로까지 이어졌던 이종훈을 깜짝 놀라게 하기에 부족함이 없었다.

"아씨 깜짝이야!"

그가 엎어 놓았던 휴대 전화를 확인했다. 같은 과 동기의 전화였다. 전화를 건 녀석도 김무진의 피해자였다. 얼마 전 제윤이 찾아오기 전에 그녀의 방문을 알려 주기도 했던 녀석이었다.

"응, 왜."

-야, 야! 대박, 씨발 봤나?

"보긴 뭘 봐, 이 미친 새끼야."

-너 진짜 안 보고 있었어? 이거 완전 미친놈이네. 야, 이종훈아 이 답답한 새끼야! 지금 윤이성 SNS 확인해야 한다니까?

"아니 그걸 내가 왜 보냐고. 낮술 처먹었나?"

전화를 받자마자 들리는 흥분한 동기의 목소리에 이종훈은 내내 심드렁하게 대답했다. 이 새끼가 대낮부터 대체 왜 이러나 싶을 따름이었다.

그러나 그의 동기는 여전히 답답한 소리를 냈다. 한숨을 푹 쉬더니 수화기 너머로 가슴 치는 소리까지 들려왔다. 그 사이사이로 귀를 기울이니 웬 피아노 건반 두드리는 소리도 들렸다.

"키보드 치나? 작곡이 안 돼? 그럼 진짜 낮술이라도 처먹……."

-그게 아니라, 지금 윤이성 그 또라이 피아노 새끼가 김무진 씹새끼 저격하고 있으니까 좀 들어 보라고!

"엥? 뭐?"

이종훈이 얼빠진 소리를 냈다. 잠시 충격이라도 먹은 것처럼 멈췄던 그가 넋 빠진 얼굴 그대로 화면을 가득 채우고 있던 작곡 프로그램 창을 내렸다.

휴대 전화는 통화를 끊지 않으니 컴퓨터로 직접 동기가 말한 SNS를 확인할 심산이었다.

-내가 그 새끼를 왜 팼냐고? 지금 설명하려고 방송 켰잖아요. 고객님? 좀 기다릴 줄도 알고 그러세요? 보는 놈 5천 명 넘으면 시작할 테니까.

이성의 SNS에 접속하자마자 라이브 중이라는 알람과 함께 화면이 넘어갔다. 붉고 동그란 점이 구석에서 점멸하는 화면으로, 피아노 보디에 걸터앉은 이성의 모습이 보였다.

"야, 야. 이거 뭐냐?"

-그냥 봐. 너 들어오고 딱 5천 3명 됐다. 새끼 좀 빨리 좀 들어오지.

"아니, 피아노나 치는 새끼가 김무진을 왜 팼냐고. 어?"

-너 진짜 세상이랑 단절하고 사냐? TV는 안 본다 쳐도 인터넷 뉴스라도 좀 처보고 살아라!

"뭔 일 있었냐?"

-있었으니까 저 지랄이지, 새꺄. 야. 나는 윤이성이 그 새끼 까는 데 집중해야겠으니까 끊어라. 어?

그러곤 전화가 툭 끊겼다. 아니 이 새끼가······. 작게 욕을 중얼거린 이종훈의 고개도 결국은 이성이 켠 SNS 라이브 화면으로 고정되었다.

-피아노 쳐 보라고? 응. 칠 겁니다.

윤이성이 주머니에서 휴대 전화를 찾아 화면을 보며 무언가를 찾듯 연신 손가락을 놀렸다. 그러면서 종종 화면 쪽을 쳐다보며 빽빽하게 화면 절반을 채우면서 올라가는 채팅을 살피곤 대답을 던졌다.

-계정 잠금 왜 풀었어요? 응. 이거 하려고. 라이브. 오늘 생방송 본 새끼들은 내가 왜 지랄했는지 궁금했을 거, ······아니에요.

드디어 원하던 것을 찾았는지, 이성이 답을 하다 말을 늘어뜨리곤 슬쩍 미소를 지었다. 그대로 화면을 보는 얼굴에 윤이성 특유의 여유가 그득했다. 한편으로는 도리어 여유가 가득한 얼굴이 긴장을 덮어씌운 것처럼 보이기도 했다.

-원래 오늘 댁들이 들었어야 할 멀쩡한 연주부터 좀 합시다.

이성이 피아노 위에 제 휴대 전화를 올려놓고 피아노 의자에 똑바로 자세를 잡고 앉았다. 그의 손이 건반 위로 올라갔다. 싸늘한 얼굴로 건반을 쏘아보던 윤이성의 손가락이 움직이기 시작했다.

"졸라 잘 치네⋯⋯."

연주를 듣던 이종훈이 저도 모르게 중얼거렸다. 그는 연주가 전공은 아니지만, 어쨌든 이름 있는 예술 학교의 작곡과씩이나 들어올 만큼 귀가 트인 사람이었다. 썩 좋지 않은 SNS 라이브 방송의 음질을 뚫고도, 이성의 연주가 얼마나 환상적인지 알 정도는 되고도 남았다.

곡도 괜찮았다. 클래식하고 섬세한 느낌이 시대를 막론하고 여성스러운 감성을 가진 작곡가의 곡인가 싶었다. 그러나 들어 본 적이 없는 것도 있고, 또 현대적인 해석이나 터치가 느껴지는 걸 보면 분명 기존의 클래식 곡은 아닌 듯했다.

연주는 3분 남짓 이어지더니 유난히 감성이 돋보이는 부분으로 향했다. 그즈음 이성의 표정이 조금 더 차갑게 굳었다. 입꼬리가 비스듬히 올라간 표정이 지나치게 살벌해, 이종훈이 저도 모르게 제 팔을 쓰다듬었다. 곡은 한없이 아름답게 흐르고 있음에도 말이다.

그러다 뚝, 대충 16마디에서 18마디쯤 연주했을까 싶은 지점에서 부자연스럽게 연주가 끊겼다.

-잘 들으셨고?

이성이 화면을 향해 다가오며 웃었다. 채팅 창 반응이 연주 도중보다 화끈해졌다. 종종 욕설도 섞여 올라갔다. 이렇게 잘할 거면서 왜 방송을 그따위로 망쳤냐며 윤이성을 욕하는 사람도 제법 보였다.

시청자 수는 그사이에 1만 명을 넘어섰다. 그중 과반수는 떠들어 대겠다 싶을 정도로 복잡한 채팅 창에서 누군가가 윤이성이 물기에 적합한 떡밥을 던졌다.

'another_JY: 심포니 최종곡?? 이걸 엠제이킴이 베꼈다고요?'

물론 이성은 놓치지 않고 그 떡밥을 물었다.

−이게 방송 최종 경연곡 맞고, 김무진 그 씨발 새끼가 베낀⋯⋯. 아니 훔친 곡도 맞고.

채팅 창이 온통 'ㅋㅋㅋ'와 물음표로 도배되었다. 다들 쉽사리 믿는 반응은 아니었다. 화면을 보는 이종훈의 얼굴이 점점 더 멍청해졌다. 심장이 미친 듯이 뛰었다.

−어떻게 확신하냐고? 내가 잘못 안 거거나 그냥 미친 짓 하는 거면 후폭풍을 어쩔 거냐고?

채팅 창은 개판이 되었지만, 이성은 침착했다. 여전히 여유롭게 웃는 얼굴이 무슨 친한 지인과 영상 통화라도 하는 중인 듯 편안한 낯짝이었다.

되레 그저 화면을 보고 있을 따름인 이종훈의 얼굴이 삽시간에 흙빛이 되었다. 경솔하기 짝이 없다고, 누가 그런 소리를 믿냐고 사람들이 윤이성을 때려 대는 말이 마치 자신을 향하는 것만 같았다.

만약에 제윤의 간청에 홀려서 인터뷰를 해 줬다면. 그 전에, 김무진에게 막 곡을 빼앗겼던 상황에서 억울하다고 읍소를 했더라면.

'저' 윤이성도 날카로운 말로 때려 맞고 있는데 자신은 분명 넝마가 되었을 것이다. 그런 생각을 하지 않을 수가 없었다. 등골이 서늘했다.

그러면서도 저를, 다른 피해자를 대신해서 말이라도 뱉어 주는 이성이 시원했다. 한편으로는 의문도 생겼다. 도대체 김무진과 접점도 없는 윤이성이 왜?

자신을 찾아온 건 분명히 박제윤이었다. 학교를 자퇴한 박제영의 친척 동생이 자신이라고 밝혔던.

-증거부터 보고 얘기하자. '두근두근 심포니'에서 최종 경연곡 기존 클래식으로 안 하고, 현역 작곡가들 섭외해서 작곡한다고 지라시 돌기 시작한 게 언제인지 아는 사람?

이성이 원하는 답이 나올 때까지 기다렸다. 사람들이 우르르 답을 내뱉었다. 그중 하나를 짚듯 이성의 길쭉한 손가락이 화면으로 다가왔다.

-그래. 11월 하순. 이게 맞는 거라고 치자. 11월 27일이었지? 그러면서 너희끼리 최종 경연까지 한 달밖에 안 남았는데 짧은 사이에 협주곡 작곡이 되냐 마냐 존나게 싸웠잖아. 그때 어디를 가든 전문가들 수두룩하게 등판해서 아주 재미졌고.

이성의 손가락이 다시 한 번 화면을 짚었다.

-실제로 기사가 뜬 게……. 맞아. 12월 16일, 기사에서도 11월 20일경부터 작곡가들한테 문의하기 시작했다나 어쨌다나.

이성이 피아노 위에 올려 두었던 휴대 전화를 들었다. 그가 휴대 전화를 켜고 미리 찾아 두었던 것을 방송 화면에 보이게 띄웠다.

  -근데 여기, 잘 보이나 모르겠네. 날짜.

커다란 손이 휴대 전화 뒤를 덮었다. 흔히 개인 방송 BJ들이 카메라에 작은 물건의 디테일을 보여 주기 위해 하는 모양새를 그대로 따라 하는 것이었다.

채팅 창에 다시금 'ㅋㅋㅋ'가 연이어졌다. 흐릿하던 화면에 초점이 잡혔다. 휴대 전화의 영상 목록이었다. 새카만 섬네일 아래로 촬영 날짜로 지정된 영상의 제목이 보였다.

  -9월 23일. 이날 비 왔는데 아는 사람?

전혀 쓸데없는 얘기를 하는 이성의 말에 사람들은 대꾸조차 하지 않았다. 이성이 처음으로 멋쩍다는 듯이 입술을 뚜하게 내밀고 씁, 숨 삼키는 소리를 냈다.

  -직접 들어 봐라. 귀 잘 닦고.

이성이 영상 파일의 재생 버튼을 눌렀다. 부스럭, 옷감 안쪽에 있는 듯 커다랗게 부스럭거리는 소리가 들리더니 이성의 콧소리가 이어졌다.

아까 이성이 연주했던 경연곡의 독주 부분과 비슷한 듯, 달랐다.

"이게 뭐야."

이미 상황을 파악한 이종훈이 저도 모르게 말을 뱉었다. 곧 이성의 콧노래가 피아노로 연주되었다. 경연곡보다 느리고 슬프게 여겨지는 곡조였다. 그러고는 여린 음으로 끝난 곡이, 다시금 연주되었다. 이번에는 썩 리드미컬한 16마디였다.

역시, 같은 곡조였다.

다시금 채팅 창이 물음표로 도배되었다.

-'작곡에도 소질이 있었네.'

영상 속의 영상에서 이성이 개구쟁이 같은 목소리로 말했다. 그와 비슷한 시기에 화면이 밝아졌다. 이성의 손이 휴대 전화를 쥔 그림자가 화면 가득 어렸다. 그러다가 뚝.

방송을 하는 중인 지금의 윤이성이 재생을 급히 종료시켰다. 이종훈은 저 다음에 대답한 사람이 박제영이라고 확신했다.

"뭐야. 저 피아니스트랑 스캔들 났던 거, 박제윤 아니야? 근데 왜 박제영한테 저런 목소리로 말해?"

다른 의문이 이종훈을 채웠다.

"박제영 일에 제가 왜 나서?"

그가 그 다른 의문을 품고 화면을 바라봤다. 이종훈의 눈에 채팅 창이 들어왔다. 물음표로 도배된 사이사이로 '똑같은데?', '저거 앞에 김무진 아님?', '김무진한테 작곡에도 소질이 있다는 소리를 윤이성이 왜 함?' 따위의 말이 지나갔다.

-이야, 똑같은 것도 잘 알아듣고. 다들 귀는 제대로 달렸네.

이성이 제가 틀었던 영상과는 또 다른 느낌으로 장난스럽게 말했다. 표정에는 만족스러움이 그득했다. 누가 들어도, 한 사람의 곡 내지는 어느 한쪽이 다른 쪽을 따라 한 곡이었다. 방송을 보는 대부분이 느꼈다.

그리고 날짜는, 이성이 틀어 준 영상이 압도적으로 빠른 시기였다.

-방금 보신 영상이 당연히 원곡이겠죠? 내가 연주해 봤다는 건, 내가 이 원곡 작곡가를 알고 있다는 소리겠고?

일순 채팅 창의 흐름이 조금 느려졌다. 현재 시청자 수는 그사이 5만을 넘어섰다. 이성이 제대로 방송을 시작한 시점에서부터 열 배가 넘는 사람 수였다. 씹고 뜯기 재밌는 이슈에 사람들이 꼬리에 꼬리를 물고 늘어났다.

'fxxx3472: 우연으로 겹친 거 아님? 아니면 윤이성이 또 또라이 짓 하는 거거나ㅋㅋㅋ 김무진이 왜 윤이성 지인 거를 베낌? 저 새끼 말대로면 그 대단한 작곡가가 학생 거를 베꼈다는 건데.'

'n0_dappp: ㄹㅇㅋㅋㅋㅋㅋㅋ 구라면 어쩌려고 저럴깍ㅋㅋㅋ 엠제이한테 고소당하는 거 아님? 후기 봤는대 엠제이가 지가 왜 학생 걸 베끼냐고 존나 억울해했다던뎈ㅋㅋㅋ???'

와중에 이성이 아닌, 김무진의 편을 드는 사람들이 나타났다. 이성의 표정이 다시금 싸늘하게 굳었다. 이종훈도, 저도 모르게 주먹을 꽉 쥐었다.

씨발. 여기에 피해자가 버젓이 있는데.

돌연 이성이 픽, 웃음을 터뜨리며 표정을 풀었다. 아니, 풀었다기엔 모호했다. 입가에 웃음을 머금고 있긴 하지만 명백한 비웃음이었다.

–아니면 내 피아니스트 인생 걸고. 그걸로 마음에 안 차면 뭐, 나도 미친 아티스트 해 보게 등신처럼 들은 내 귀라도 자를까?

이성이 거리낌 없이 자신의 커리어를 내걸었다. 세계 나오는 이성의 행동에 다시금 채팅 창이 폭주하기 시작했다. 이종훈이 저도 모르게 소름이 오소소 돋아 몸을 부르르 떨었다. 제 일도 아닌데 이성의 무모함에 우려가 일었다.

이종훈은 이성의 말이 전부 진실일 것임을 알았다. 그러나 사람들도 이걸 다 알아줄까. 이성이 말없이 화면을 바라보았다. 아마도 채팅 창을 살피는 것일 테다. 이종훈도 마찬가지로, 자신의 모니터를 통해 이성이 보고 있을 화면을 똑같이 살폈다.

굳이 이성의 SNS까지 찾아와서 이 영상을 보는 사람 중, 잠겨 있던 이성의 SNS 팔로잉을 유지하던 팬들이 많을까. 아니면 그저 흥미롭고 커다란 가십에 끌려 들어온 사람들이 많을까. 후자일 것이다. 냉정하게 말해서, 사람들은 이성의 말을 진지하게 받아들이지도 않을 거였다.

채팅 창에는 어설픈 갑론을박이 벌어졌다. 단연 우세한 건 '김무진이 뭐가 아쉬워서 남의 곡을, 그것도 학생 곡을 훔치겠냐' 하는 쪽이었다.

-그럼 나는 뭐가 아쉬워서 먹히지도 않을 거 알면서 이딴 짓을 하겠냐? 인생이 재미가 없어서요?

가만히 지켜보던 이성이 입을 뗐다. 그러곤 다시 미친 듯이 올라오는 채팅 창을 보며 한숨을 푹 쉬었다. 느리게 눈을 깜박이던 이성이 말을 더 보탰다.

-내가 그랬거든. 김무진한테. 내 개짓거리 아직 안 끝났다고.

그래서 이게 김무진에게 날리는 개짓거리였냐는 물음이 우후죽순 올라왔다. 개짓거리라는 말에 웃는 이들도 있었다.

-이것도 끝이 아니야. 더 있어. 그러니까 너희도 뭐라고 생각하

고 여기저기 쏘다니면서 말 보태든……

심드렁하게, 그러나 제 주장에 확신을 지니고 말하던 이성이 돌연 말을 멈췄다. 방송을 통해서 이성의 집 벨이 울리는 소리가 들렸다. 이성의 고개가 현관 쪽일 곳을 향해 돌아갔다.

"뭐야……. 기자인가?"

벨 소리가 긴장을 확 깼다. 이종훈이 심각하던 표정을 풀고 머리를 긁적였다. 새롭게 흥미진진한 국면이 펼쳐질 것도 같았다. 라이브 방송에 기자까지 등장이라. 윤이성이 계속 방송을 켜 둘까?

이내 쾅쾅, 문을 거칠게 두드리는 소리까지 났다. '기자면 그런데 저렇게까지 하려나? 아니, 윤이성 집이 근데 어디야. 기자들은 저기를 아나?' 하고 이종훈이 생각할 때였다.

-불청객 왔나 보다.

'불청객'이라는 말에 어울리지 않게 웃어 보인 이성의 손이 다급히 화면에 가까워졌다. 저 먼 밖에서 고함 소리가 들렸다. '야 이'까지 방송을 타고 나갔을 무렵.

"진짜 뭐야?"

방송이 급작스레 종료되었다.

14. 그리고 인터뷰

"야 이 미친 자식아!"

문밖에서 들려오는 제영의 고함에 이성이 미간을 찌푸렸다. 그녀의 목소리가 전부 담기기 전에 다행히 방송을 끌 수 있었다.

뜨끈뜨끈해진 태블릿을 쓰다듬으며 이성이 얕은 한숨을 내쉬었다. 어떻게 보면 생각보다는 제영이 꽤 늦게 찾아왔다. 방송 사고를 낸 바로 그 시점에서 쫓아와 멱살을 잡지는 않을까 생각했는데 말이다.

이성이 현관문을 열었다. 적어도 그가 예상했던 한 가지는 맞아떨어졌다. 제영이 기어이 발뒤꿈치를 들어 까치발을 하면서까지 그의 멱살을 붙들었다.

"너 제정신이야? 너 미쳤어?"

"뭐 타고 왔어? 지금 자정이 다 되어 가는데."

"뭘 타고 왔냐고? 지금 그걸 물을 정신이 있어, 네가?"

"다 큰 여자애가 이 늦은 시각에, 어? 혼자 막 싸돌아다니는데 그럼 걱정 안 해?"

멱살을 잡히고도, 잔뜩 일그러진 제영을 마주하고도 이성은 차분했다. 시종일관 웃는 낯으로 그녀를 내려다보며 담담하게 말했다. 걱정은 진심이었다.

바깥엔 부슬거리는 눈발이 날리고 있었다. 2월의 눈은 함빡 내리지는 않았지만, 그래도 칼바람과 더해져 도로를 위험하게 만들기에 충분했다.

비는 안 되면서 눈은 괜찮은 건가. 여기 외져서 지하철도 안 다니는 곳인데. 이성이 그런 생각을 하면서 제영의 뒤를 흘긋 봤다. 얕게 쌓인 눈에 종종 찍힌 제영의 발자국이 시작한 자리에 자동차 타이어의 흔적이 어렴풋이 보였다.

"택시?"

"야!"

"기자들이 둘러싸고 있으면 어쩌려고 여기를 직접 찾아왔어? 뭐 믿는 구석이라도 있었어? 나한테는 그렇게 조심하라고 난리를 피우더니, 겁은 박제영이 더 없네."

제영의 얼굴이 삭막하게 굳었다. 그녀가 그제야 한숨을 내쉬며 우선 쥐고 있던 이성의 멱살을 놓았다. 뒤늦게 주변을 살피는 제영을 보고 이성이 실소했다.

"네가 나 꽂아 넣은 그 매니지먼트 대표가 기자들 막고 있어. 일단은."

"하아……."

"그래도 혹시 모르니까 들어와. 춥다. 안에서 얘기하자."

제영은 택시를 타고 이곳까지 오는 내내, 그가 하는 방송을 봤다. 그래서 숫제 윤이성이 미친 줄 알았다. 그런 놈이 썩 타당한 말을 했다. 제영이 입술을 깨물며 이성의 집 안으로 들어섰다.

"뭐 따뜻한 거 좀 마셔라. 뭐 줄까? 내 집에는 코코아 같은 그런 사랑스러운 음료는 없어서. 우유라도 데워 줘야 하나?"

"왜 그랬어."

"뭐가."

"아까 그거, 뭐야. 네가 뭔데 내 일에 피아니스트 인생을 걸어?"

"내가 뭔지 진짜 몰라서 묻냐?"

이성이 제영에게 날을 세우며 반문했다. 제영이 답하지 않고 입술을 꽉 다문 채 그를 노려봤다.

"너 존나게 좋아하는 새끼잖아. 나. 박제영이 좋아서 눈깔 돌아가다 못해 눈 뒤집힌 새끼."

"그래서 너랑 내가 뭐라도 돼?"

제영의 말은 하나 틀린 게 없었다. 지금의 윤이성은 제영의 무엇도 아니었다. 한때는 후원을 받아 성장한 피아니스트와 실질적 후원가의 관계이기는 했다. 그러나 사실 지금은, 이성의 고집으로 제영을 '스폰서'라고 부를 따름인 실질적으로는 무엇도 아닌 관계였다.

그저 과거에 알던 사이. 윤이성이 박제영을 그저 좋아할 뿐인 사이.

내리깐 이성의 눈에 제영의 왼손 약지가 들어왔다. 애원하듯 끼워 주었던 반지는 여전히 그 자리에 있었다. 그 사실에 안도하면서도 제영의 입이 뱉는 말에는 상처 입었다.

윤이성은 자신이 받은 상처를, 고슴도치처럼 고스란히 돌려주는 삶을 살았다. 지금의 제영에게는 보여 주고 싶지 않은 모습이었다. 그러나 삶에는 제어되지 않는 순간이 있게 마련이었다.

"그래, 씨발. 내가 너 좋아하는 거 말고는 우리가 아무 사이도 아니지. 우리라고 부를 수는 있냐? 내가 너를, 그냥 좋아서 쫓아다니는 사이야. 나도 알아."

그게 지금이었다.

"근데, 너랑 내가 어떤 사이든 나는 원래 이런 새끼야. 내 멋대로 날뛰는 새끼라고. 알아들어? 내가 미친개처럼 날뛰는 게 이번이 처음이야? 내가 좋아하는 여자가 제 것도 못 챙기고 다 뺏기고 있는데, 그걸 씨발 내가 희희낙락 좋다고 연주하고 사람들 박수나 받고 짜져 있어야 하냐?"

"네가 좋아하는 내가 싫어."

"그게 내 알 바야?"

"이런 식으로 굴면서 날 좋아한다고 말해? 내가 가장 싫어할 짓거리를 하면서?"

엇나가는 이성의 말에 제영도 이지를 잃었다. 제영이 맞받아친 말에 이성의 얼굴이 딱딱하게 굳었다.

"진짜 날 좋아하기는 해? 이게 나를 존중하는 태도야?"

실망할 거리조차 되지 않는다는 듯, 제영이 무표정한 얼굴로 말했다. 서로 한 마디도 주고받지 않는 채로, 둘은 한동안 상대를 바라보기만 했다.

침묵을 먼저 깬 건 이성이었다. 그가 실소하면서 손으로 얼굴을 쓸어 올렸다.

"내가 널 좋아한다고 너 하자는 대로 다 맞추고 호구라도 돼 줘야 하냐? 그게 뭐, 네가 아는 사랑하는 법이야?"

"호구가 아니라, 내 의사 존중을 해 달라고. 말귀 못 알아들어?"

"박제영 하자는 대로 다 맞춰서 의사 존중해 주면. 그러면 이번에도 묻자고? 또 멍청하게 뺏긴 꼴을 보고 나보고 이번에도 가만히 있으라고? 그 좆같은 상황을 내 손가락으로 쳐 가면서! 네가 만들어 준 내 손가락으로!"

이성이 제 손을 펼쳐 제영에게 내보였다. 그녀와는 다른 이유로 잔흉터가 많은, 그러나 하얗고 크고 곧은 손이 펼쳐졌다.

저 손이 해내는 연주를, 그 시작을 제가 만들기는 했다. 이성이 화가 난 이유를 제영도 모르지는 않았다. 하지만 그래도. 아니 그래서 더욱.

이성이 방송에서 화를 내고 사고를 친 것까지는 이해했다. 윤이성이 그런 식으로 제멋대로 구는 게 처음도 아니거니와, 그런 사람인 것을 모르는 것도 아니었으니까. 자신과 관련한 일이니 더욱이나 이성이 참지 못하고 폭발한 것이라는 것도 알았다.

도리어, 그래도 저만큼이나 참았다는 게 이성치고는 기특하다는 생각까지 하며 실소했다. 여태 윤이성의 행동에서 이상함을 느꼈던 것이 몇 번이나 되었던지라. 그랬는데 꾸역꾸역 참아 마지막에야 터뜨린 거면, 그래도 윤이성답지 않게 정말 많이 참았다고. 그렇게 생각했다. 그런 자신이 우스우면서도 그랬다.

하지만 그래도 끝까지 참아 내지 못하고 사고를 친 건 잘못한 거였다. 그러지 말라고, 더한 일을 벌이지는 말라고 얘기할 참이었다. 언제부터 알았느냐고 딴에는 좋게 물어볼 생각이었다.

-아니면 내 피아니스트 인생 걸고. 그걸로 마음에 안 차면 뭐, 나도 미친 아티스트 해 보게 등신처럼 들은 내 귀라도 자를까?

행여나 언제 또 SNS를 열고 사고를 벌일까 싶어 팔로잉해 둔 이성의 계정이 라이브를 시작했다는 알람을 받기 전까지는 그랬다. 그가 제 피아니스트 인생을 걸겠다는 말을 한 뒤로부터는, 참을 수가 없었다.

제멋대로, 이제 아무것도 아닌 '박제영'의 일 따위에 걸라고 그를 지금의 윤이성으로 만든 게 아닌데.

"그랬어야지."

"그 꼴을 보라고? 너 처음에 얼마나 속상해했는지, 정신 못 차리고 얼빠져서 멍청하게 굴었는지 알면서?"

"이번에도 같으리라고 왜 멋대로 억측하는데?"

"너 덮을 거였잖아! 틀려?"

3년을 떨어져 있었다고 해도 이성이 제영을 지켜본 시간은 짧지 않았다. 더군다나 이미 그는 일전에 제영이 자신의 곡을 빼앗겼을 때를 눈앞에서 보았다.

당시의 제영은 그냥 넘어갔다. 어차피, 학교를 그만둔 마당에 더 빼앗길 것도 없다는 말로 일축하고 그때의 일을 묻었다. 그러나 이성은 제영이 본인의 말처럼 단호하게, 그리고 아무렇지 않게 그 일을 넘기진 못했다고 확신했다. 윤이성은 알 수밖에 없었다.

그가 제영을 사랑하므로. 온 마음을 다해서 지켜보는데 모를 수가 없었다. 제영의 어떤 사소한 것이라도 말이다.

제영은 답이 없었다. 그녀의 침묵은 이성에게 긍정으로 읽혔다. 이성이 한숨을 내쉬며 머리칼을 쓸어 올렸다.

"그때는 정말로 그게 처음이자 마지막일 거라 생각했으니까, 그렇게 판단해서 그런 거였어."

"그럼 지금은 아니라고? 그 말을 믿으라고, 나보고 지금?"

"믿든 안 믿든 무슨 상관이야? 어차피 네 멋대로 일 다 벌여 놓고."

이번에는 이성이 입을 다물었다. 제영이 이렇게 날을 세울 걸 분명히 일을 꾸미던 시작점부터 알고 있었다. 그랬는데도 정말 실망했다는 듯이, 피곤하다는 듯이 저를 외면하는 제영을 마주하는 건 예상했던 것보다 타격이 컸다.

"그래. 이미 할 만큼 다 벌여 놓은 일에 내가 입 더 얹어 봐야 뭐 하겠어. 이제 이게 내 일이기는 하니?"

"……박제영."

"내 이름 부르지 마. 무슨 낯짝으로 지금 그쪽이 내 이름을 불러?"

"박제영!"

"대체 안 될 일에 왜 그딴 짓을 했냐고! 네가 뭔데 네 피아니스트 생명을 걸어!"

"너 진짜 몰라서 물어? 어?"

다시 두 사람의 감정이 격앙되었다. 곤두선 감정만큼이나 목소리 또한 커졌다. 이성이 숨을 씩씩 몰아쉬었다. 아무리 심호흡을 해 보려 해도 분이 자꾸만 쌓였다.

그러나 눈앞에 있는 사람은 당장엔 미워도 사랑할 수밖에 없는, 너무나 사랑하고 있는. 저도 언제 이렇게나 마음에 품었는지도 몰라 어이가 없을 정도인 박제영이었다.

"안 될 일이라고? 제대로 해 보지도 않고 왜 그따위로 생각하는데? 내가 진짜 거짓말을 한 것도 아니고 네가 네 거 뺏긴 거 맞잖아! 그리고 그 새끼가 이번 한 번만 그런 줄 알아? 너 말고도 피해자 있어. 많아. 그러니까 그 사람들 모아서⋯⋯!"

"모아서 터뜨릴 생각이었어?"

"그래!"

"그럼 왜 그렇게 안 하고 이런 짓을 했는데?"

"그야⋯⋯."

제영이 입꼬리를 비틀어 올리며 실소했다. 뻔했다. 다른 피해자들 역시 자신과 비슷한 생각을 했을 테니까.

"누가 믿겠어. 예술 학교 교수 맡기도 전부터 이미 이름 있던 작곡가가, 다른 것도 아니고 학생들 곡을 빼먹었다고. 오히려 노이즈 마케팅이냐, 아니면 미친 거냐. 욕이나 먹지 않으면 다행이지."

"너는 씨발, 말을 해도 그따위로 하냐?"

"피아니스트 윤이성이 말해도 사람들이 그렇게 반응했잖아. 내 말 틀려? 그런데 일개 학생이 그렇게 떠들고 다니고, 뭐 소송까지 제기했다 쳐. 사람들이 관심이나 줬을 것 같아?"

"야!"

"이게 그렇게 쉽게 풀릴 일인 줄 알아?"

이성에게 소탈하게 그냥 묻자, 하면서도 마음을 다 숨기지는 못했었다. 제영도 그러했었다. 속상한 마음에 우습기 짝이 없게도 가볍게나마 소송까지 알아봤었다.

만일 길이 있다면 찾고 싶었다. 그러나 제영은 쉽게 포기했다. 위계가 명확한 사이에서 일어난 일이었다. 더군다나 제영이 김무진의 유죄 증거를 찾기 위해서는 학교의 도움이 필요했다. 아무렴 학문을 숭상하고 예술을 섬기네 하는 학교라도 기본은 교육 기관이기에 앞서 기업체였다.

보통 이러한 일에서 거대한 기업체는 자신의 명예가 실추될 것을 알면서도 약자를 돕는 선택은 하지 않았다. 심지어 학교에는 과거 이미 제영이 당한 것과 비슷한 일이 있었다.

미대 교수가 학생이 공모전에 쓰려 준비하던 아이디어를 훔쳤다. 자본력과 경험자의 솜씨를 더해 학생보다 먼저 작품을 완성하고 발표했었다고 했다. 유명 갤러리에서 소개된 교수의 작품은 비싼 값에 팔려 지금은 외국 어디에 있다고 하던가.

분명 아이디어를 떠올린 것도, 작업에 먼저 착수한 것도 학생이었지만 아무도 그를 믿지 않았다. 학생이 공모전에 낸 작품은 표절작이 되어 1차 심사조차 받지 못하고 떨어졌다.

학생은 소송을 제기했지만 결국 졌다. 학교는 교수의 편을 들었다. 기사조차 수가 적었다. 그나마 아직 망하지 않은 마이너 신문

사의 기사가 남아 있어, 제영이나마 과거의 그 학생에게 깊은 공감을 표할 수 있을 따름이었다.

질 거였다. 만에 하나 이기는 방법이 있다면, 돌아가신 할아버지의 재단 쪽 인맥을 이용해 도움을 청하는 정도였다. 그런데 그렇게 하면 분명히.

분명히 '박희은'의 이름이 끌려 나올 거였다.

그게 제영에게는 가장 끔찍한 일이었다. 이제는 찾을 수도 없는 과거의 영광에게 빚져서 현재에 빼앗긴 것을 찾아오는 것. 그로 인해 어쩌면 다시금 사람들의 입에 오르내리게 되는 것까지.

제영은 자신이 직접 '박희은'의 이름을 떠올리는 것만으로도 빛나던 그때가 떠올라 괴로웠다. 엄마, 아빠가 전부 살아서 저를 응원하고 북돋아 주며 건반 위에서 가볍게 손가락이 춤추던 때.

하고 싶은 말을 굳이 입을 열어 뱉지 않아도 손끝으로 전달할 수 있었던 때.

그때 아무렇지 않게 행복을 받아들이던 만큼, 지금은 그를 떠올리는 것만으로도 사무치게 괴로웠다. 차라리 철저히 그때의 박희은과 지금의 박제영을 분리하고 싶었다.

그래서 그렇게 했다. 대신에 못다 이룬 꿈은, 연주는 윤이성에게 맡겼다. 그를 피아니스트로 만들어 내며 전부 묻었다. 이제는 누구의 입에서도 박희은의 이름이 언급될 일이 없기를. 적어도 제 귀에 들어오는 일이 없기를 바랐다.

제영에게는 그게 가장 중요했고.

"너 나한테 왜 이딴 짓을 했냐고 그랬지."

"말 돌리지 마. 아니, 그쪽이랑 더 말 안 해."

"왜겠어? 내가 왜 그랬을 것 같은데?"

"간다."

이성은 박제영을 너무 잘 알았다.

"너 때문이잖아."

등을 돌려 나가려던 제영의 걸음이 멈췄다. 네 헛짓에 내 탓을 하지 말라는 말을 하기에는 이성의 목소리에 너무나 짙은 진심이 묻어 있었다.

"너 주목받는 거 싫잖아. 예전 일 때문에."

윤이성은 알고 있었다. 제가 무엇을 가장 겁내서, 혹은 뭐가 가장 싫어서 차라리 타인에게 빼앗기는 것을 감내하고라도 조용히 지나가려 했는지.

"근데 지금 내 이름 정도면, 그 개 같은 새끼가 곡 훔친 사람이 누구인가 사람들이 궁금해하는 것보다는 그냥 나나 씹고 말 거 아냐. 그래서 그랬어."

제영이 멀어진 만큼을 이성이 성큼 다가갔다. 그보다 몇 걸음을 더 걸어 제영의 어깨를 커다란 손으로 짚었다.

"박제영이 무서워하는 거, 그거 방패 정도는 내가 되어 줄 수 있을 것 같아서 그랬어. 겸사겸사, 일도 좀 해결하고."

제영의 어깨가 잘게 떨리고 있었다. 손으로 짚어 보고 나서야 알 수 있었다. 이성이 누그러진, 그리고 조금은 일부러 장난기를 섞은 목소리로 말한 이유가 그것이었다. 박제영이 떨고 있어서.

"……싫어."

목소리도 형편없이 떨렸다. 이성의 눈이 커졌다. 그가 제영을 조심스레 돌려세웠다. 소리 없이 제영이 울고 있었다. 새빨간 눈가를 타고 눈물이 방울져 툭툭 떨어져 내렸다.

"너…… 울어?"

"싫, 다고."

"야, 바, 박, 박제영. 너 우냐고! 아니, 왜, 왜 울어? 야, 내가 잘못했다. 어? 울지 말고, 일단……."

"싫어."

"뭐가 그렇게 싫은데 울어. 야. 내가 다 잘못했어. 그러니까 어? 울지 말고, 울지 말고 말을 해 봐. 응?"

이성이 제영의 눈물에 본 적 없이 당황하며 횡설수설했다. 제영이 눈을 꾹 감았다. 맺혀 있던 눈물이 한 번에 여러 방울의 눈물이 되어 와르르 쏟아졌다.

"야……."

"윤이성이, 내, 피아니스트가, 망가, 지, 는, 것도, 나는 싫다고."

저를 올려다보며 하는 제영의 말에 이성이 덜컥 굳었다. 이제 그는 뭐라 할 말조차 잊고 그저 입을 다물었다. 미간에 진 옅은 주름이 제영을 향한 이성의 걱정과 안타까움, 또 다른 어떤 마음을 알릴 따름이었다.

"좀, 좀 빼앗기면 어때서? 전처럼 내 어디가 망가져서 다음부턴 아무것도 못 하는 것도 아니잖아. 말했잖아. 아예 음악 놓을 거 아니라고 했었잖아!"

잠시 멈추나 했던 제영의 눈물이 다시 차올랐다. 눈가에 그렁그렁한 눈물은 그녀가 고개를 숙임과 동시에 바닥으로 툭툭, 낙하해 흔적을 남겼다.

"당장 그 인간한테 엿 좀 먹이고, 패 주고, 그게 뭐가 그렇게 중요해?"

"박, 제영……."

"내 이름! 박희은 그 석 자 끌려 나와서 속상한 것보다, 윤이성 네 피아니스트 인생에 먹칠하는 것보다 하나도 안 중요해!"

이제 제영은 숨죽여 울지도 않았다. 소리조차 내지 않고 울던 것보다는 차라리 이게 나은가. 아니, 모르겠다. 이성은 복잡한 마음으로 제영을 끌어안았다.

얇은 홈 웨어의 가슴팍이 제영의 눈물로 젖어 뜨거워졌다가, 금세 열기를 빼앗겨 또 차갑고 축축해졌다. 엉엉 소리를 내며 우는 제영의 숨이 또 가슴께를 뜨겁게 달궜다가, 날카롭게 할퀴며 지나갔다.

한참을 우는 제영의 등을, 또 한참 만에야 이성이 겨우 손을 뻗어 아주 조심스럽게 도닥였다.

"……잘못했어."

그리고 또 한참 뒤에. 이성이 온 마음을 다해 제영에게 겨우 사죄의 말을 뱉었다. 차라리 화를 내는 게 나았다.

사랑하는 이가 당한 일을 해결하고 싶어서, 화낼 걸 알면서도 저지른 일이었다. 화를 내는 것까지는 되레 답답하게 구는 제영에게 울컥할 정도긴 했지만 괜찮았다. 박제영이 왜 그러는지 이해 못 할 것도 아니었기에. 하지만 눈물은 달랐다.

박제영의 울음이 마음을 찢는 것 같았다.

＊ ＊ ＊

"사람들 반응은 어떻습니까?"

"어떤 쪽으로 말씀드릴까요? 우선 윤이성 피아니스트에 대한 여론은 그리 나쁘지만은 않습니다."

언론 지원 팀 팀장의 말에 형찬이 실소했다.

"잘생겼다, 원래 저런 놈인 줄 알았다. 뭐 이런 거 말입니까?"

"하하……."

형찬의 되물음에 팀장이 멋쩍게 웃었다. 형찬도 자신에게 정리되어 들어온 여론을 살피다 못해 직접 웹 페이지를 돌아다니고 있으니, 모를 리가 없었다.

'두근두근 심포니'의 마지막 화 생방송에서 이성이 역대급 방송 사고를 터뜨린 이후부터 온갖 커뮤니티가 터져 나갔다. 클래식 음악인으로서 최근 가장 큰 유명세를 치르고 있는 윤이성이, 대중음악계의 거물 작곡가에게 표절, 도둑질을 운운하며 주먹을 휘둘렀으니 당연한 일이었다.

윤이성이 거기에 보태 잠갔던 계정을 열어서 라이브 방송으로 김무진 교수를 다시 한 번 저격했다. 이번에는 그럴듯한 증거가 될 영상까지 가지고 말이다.

이성의 라이브 이후로 온라인은 온통 그와 김무진 교수의 이야기로 뒤덮였다. 심지어 이 이슈로 이야기를 나누던 몇몇 커뮤니티는 서버까지 과부하로 터졌다.

평소에는 조용하게 흘러가던 클래식 관련 커뮤니티도 그리 다르지 않았다. 이러나저러나 사람들의 생각은 거의 비슷했다.

'윤이성 피아니스트가 괜히 저러는 것은 아니겠지만, 잘못 알고 그러는 것이겠지.'

'김무진 작곡가가 뭐가 아쉬워서 학생 곡을 훔치겠어?'

'윤이성 또 저러네. 쟤는 한 번씩 진짜 이해도 못 할 이유로 발작하더라.'

'근데 윤이성 저러는 게 하루, 이틀 일이 아니라서 그냥 우습다.'

'저러다 말겠지. 윤이성이니까.'

'근데 진짜 틀리면 피아니스트 접나?'

쓸 만한 반응만 골라내자면 결국, 이거였다. 김무진 작곡가는 그럴 이유가 없는 사람이고, 윤이성 피아니스트가 잘못 알고 그러는 것이라는. 결국 사람들의 관심은 '김무진이 진짜 학생의 곡을 베꼈냐'가 아니라 '윤이성이 정말 피아니스트를 그만두느냐'에 쏠렸다.

물론 이성이 꺼내 든 영상을 증거로 '그럼 그 영상은 뭐냐?'고 반론을 펼치는 사람도 소수지만 있기는 했다.

거기에 대한 반박은 한결같았다.

'우연히 비슷하게 들리는 거거나, 학생 쪽이 교수의 곡을 베껴 놓고 윤이성에게 제 것처럼 들려준 거거나.'

형찬의 입에서 흘러나오는 한숨이 깊었다. 그의 한숨만큼이나 회의실에 모인 직원들의 얼굴도 한결같이 어두웠다.

"저……."

형찬에게 언론 지원 팀장이 조심스럽게 말을 붙였다.

"말씀하세요."

"윤이성 피아니스트의 발언이 진실인 건⋯⋯ 확실한 거죠, 대표님?"

"⋯⋯그렇습니다."

"대표님도 알고 계셨습니까?"

형찬이 가볍게 고개를 저었다.

"저도 일 터지고 확인해 본 겁니다."

형찬의 말에 팀장이 예, 하고 말꼬리를 흐리듯 답하며 고개를 끄덕였다. 그러나 선뜻 믿는 표정은 아니었다. 일을 이쪽 편에서 수습해야 할 사람들도 윤이성보다는 김무진을 믿었다.

여태껏 김무진과 윤이성이 보여 온 행보가 있으니, 어쩌면 당연한 결괏값이었다. 김무진은 여태 큰 논란도 없이 조용히 제 몫을 하던 작곡가였다. 꾸준히 사람들의 입에 오르내리는 곡을 내놓았고, 교수로 있는 학교에서의 평가도 좋았다. 적어도 겉으로 보이는 모습만큼은 그러했다.

그러나 윤이성은 어떻던가. 그는 국제 콩쿠르에서 1위가 없는 2위로 입상 후 제대로 클래식 피아니스트가 된 순간부터 자잘한 태도 논란을 일으켰다. 이미 잠적 전 활동 당시에도 시향 악단 콘서트마스터의 차를 고의를 가지고 갖다 박은 일도 있었다.

그때도 기사가 났었다. 그때의 일까지 끌려 나왔다. 거기다 잘 활동하다가 별안간 시작한 3년간의 잠적. 이후 다시 급작스러운 활동 재개.

어느 것 하나 이성은 제멋대로가 아닌 게 없었다. 사람들은 윤이성을 그저 얼굴 반반하고 실력 좋아서 생각 없이 사는 사고뭉치로 인식했다.

이성의 발언은 신뢰가 없었다. 아마도 이성이 제 피아니스트 인생을 걸겠네 했던 말도, 본인조차 본인에게 신뢰가 없음을 알고 한 소리일 것이었다.

"윤이성 피아니스트의 발언이 정말 틀린 데가 없다면, 사실 그걸 여론으로 끌고 가는 것보다는 어떤 능동적인, 예컨대 법적인 어필도 필요할 것 같습니다."

"법적인 어필이라. 소송 말입니까?"

"예. 아마도 윤이성 피아니스트의 말이 옳다는 걸 증명하는 소송이겠죠? 그러려면 피해자랑 접선해야 하는데, 아무래도……. 윤이성 피아니스트에게 피해자랑 연결해 달라고 해야 하지 않을까요? 아니면 혹시, 대표님께서도 알아보셨으면 피해자가 누군지도 파악되셨습니까?"

"피해자들이라면 알고 있습니다."

"피해자'들'이요?"

형찬이 고개를 끄덕였다. 일이 터진 후 제대로 알아봤다는 말은 허언이 아니었다. 그 과정에서 형찬은 이성이 몇몇 깨끗하지 못한 방법으로 증거를 찾아낸 정황도 잡았다. 물론 거기까지 알아보는 데는 형찬도 썩 깨끗한 방식을 사용하지는 않았다.

정확히는 형찬의 형인 의찬이 알아본 바였다. 아무래도 유성 그룹의 중심에 붙어 있는 그가 빠르게 손을 쓰는 게 더 쉽다 보니, 형찬이 도움을 청한 것이었다. 의찬이 제 동생에게 알아본 바를 전하며 붙인 말은 이러했다.

-김무진 이 새끼 어지간히 쓰레기네. 피해자가 열 손가락을 넘

어요. 야, 우리 회사 제품 광고했던 아이돌 대표곡도 이 새끼 표절 곡이더라.

말투는 장난스러웠지만 심기는 불편하게 들렸다. 일이 터지면 원치 않는 이슈에 휘말릴 수도 있겠다는 게 그의 짜증을 불러일으 킨 듯했다.

"윤이성 피아니스트가 터뜨린 거 말고도 피해자가 더 있어요?"

"알아본 바로는 그렇더군요."

"와……. 근데 이게 여태껏 안 터졌었다고요? 이것도 대단하네 요. 그럼 그중에 한 사람만 어떻게 소송해 보자고 접선해 봐도 되 겠네요. 기왕이면 윤이성 피아니스트가 나선 이유인 그 피해자면 더 좋고요. 법무 팀 팀장님, 듣고 계시죠?"

"그 소송 진행하실 거면 외부 오퍼 부탁드립니다. 지금 이쪽은 윤이성 피아니스트 쪽으로 들어올 명훼나 폭행 건 고려해서 방어 준비하는 걸로도 빡셉니다."

"그래도 내부에서 하는 게 낫지 않아요?"

팀장들의 이야기를 듣고 있던 형찬이 조용히 한마디를 보탰다.

"아뇨. 아예 우리랑 관련 없게 일이 진행되는 편이 차라리 낫지 않을까 하는 생각이 드네요."

"예? 아니, 왜요? 우리가 아예 전면에 나서서 돕는 게 나을 텐데 요……. 지금 여론이 이래 놔서 피해자들도 든든하게 뒤 받쳐 주 겠다고 하는 편이 설득하기도 쉬울 거고요. 여태 안 터지고 조용 히 있었던 데는 이유가 있을 거 아닙니까, 대표님."

"피해자들 쪽에서 보면 그렇지만, 우리는 윤이성 피아니스트의 이미지만 보고 움직여서는 안 되지 않겠습니까?"

형찬의 말에 언론 지원 팀 팀장이 맹한 얼굴을 했다가, 이내 '아…….' 하고 탄식을 뱉었다.

"회사 이미지가 있었죠……."

그녀가 뒤늦게 깨닫고는 제 멍청함을 탓하듯 괜히 머리를 툭툭 두들겼다. 그걸 보고 법무 팀 팀장이 피식 웃음을 터뜨렸다.

유성 매니지먼트는 사실 형찬이 대표로 입사하며 실질적으로는 유성 그룹 본가와는 분리된 형태를 띠었다. 유성 본사에서 받던 후원금도 차츰 줄었고, 유성의 이미지 메이킹을 위해 쓰이던 예술인 지원 사업이나 재단의 행보도 바뀌었다.

형찬이 재단과 함께 유성 매니지먼트를 물려받으면서 아예 오너 일가의 중심 싸움에서는 물러나기로 하며, 분리된 체제를 청한 것이었다. 물론 그곳에서 여전히 신나게 물밑 발길질을 하는 이들은 형찬의 청을 기꺼워했다. 아예 기업 간에 물려 있던 주식도 싹 정리해 분리했다.

다만 사람들의 인식까지 그리 쉽게 사이를 분리할 수는 없었다. 사람들에게 여전히 '유성 매니지먼트'는 유성 그룹에 속한 기업체 중 하나였다.

실질적으로도 따지고 보면 형찬이 대표이사로 있는 한 유성 매니지먼트가 유성 그룹과 아예 엮이지 않기는 힘들었다. 지금만 해도 형찬은 이성이 벌인 일의 진위를 파악하는 데 친형인 의찬의 도움을 받지 않았던가.

기실 사람들의 인식과 별반 다르지도 않았다. 그런 만큼, '소송'을 잘못 건드리면 회사의 이미지가, 나아가서 유성의 이미지까지 벌집을 쑤셔 놓은 양 엉망진창이 되어 사람들의 입에 오르내릴 수도 있었다.

대기업이 일개 개인에 불과한 '작곡가'를 두고, 회사 소속 아티스트를 보호하기 위해 갑질을 한다고.

사실 이미 소송이나, 피해자를 돕는 이야기는 의찬도 형찬에게 언급한 바가 있었다. 그런 의찬을 말린 것도 형찬이었다.

"피해자들 접선은 하고 조용히 돕기야 하겠습니다만, 정말로 조용히 해야 할 것 같습니다. 이쪽은 내가 알아서 하죠."

형찬의 말에 법무 팀 팀장이 안도한 듯 가슴을 쥐며 한숨을 내쉬었다. 그사이 언론 지원 팀 팀장이 시간을 확인하곤 화급히 회의실 책상에 엎어 놓은 제 전화를 확인했다.

"아이, 배터리 또 나갔어……."

행여나 이성이 또 무슨 미친 소리를 지껄일까, 기자들과 이성의 접촉을 막아 놓은 참이었다. 그 리미트가 13분 전인 4시 30분까지였다. 슬슬 시간이 됐는데 알람이 울리지 않아서 웬일인가 하던 참이었다.

"암만 무음으로 해 놔도 그렇게 전화가 울려 대니 화면에 불 꺼질 날이 있어야 말이죠. 배터리가 버틸 수 있나."

"지금 우리 회사에 안 그런 사람이 어디 있겠어요. 회사 전화선이나 빼 둬서 다행이지."

"그것도 지금은 꽂아야 하는데?"

"아……."

"윤 팀장님 폰도 켜야 하잖아요. 보조 빌려드려요?"

"예. 좀 부탁드릴게요."

형찬이 회의실에 모인 사람들의 이야기를 가만히 들었다. 그가 의미 없이 다시 커뮤니티들을 확인하다 자리에서 일어났다. 어차피 사람들 생각은 쉽게 뒤집히지 않을 거였다.

"어, 대표님 어디 가시게요?"

"아까 얘기했던 소송이요. 관련해서 통화를 잠시 하려고 합니다."

"아, 넵."

언론 지원 팀 팀장이 형찬의 말에서 행간을 읽고 고개를 끄덕였다. 회사와 관련이 없어 보이게 진행할 거라면, 일이 어떻게 돌아가는지 아는 사람이 적은 편이 나았다.

하지만 실제로 형찬이 통화 내용을 회사에 알리지 않으려는 건 다른 이유 때문이었다. 형찬이 언론 지원 팀 팀장에게 가볍게 빈 웃음을 지어 보이곤 회의실에서 나와 개인 집무실로 향했다.

자리에 앉은 그가 개인 휴대 전화를 꺼내 손에 쥐었다. 연락처 목록에 지우지 못한 제영의 번호가 있었다. 형찬이 그 번호 위로 닿을 듯 말 듯 손가락을 스쳤다.

"안 받겠지……."

형찬의 얼굴에 씁쓸한 미소가 담겼다. 그의 손이 연락처 목록에서 최근 통화 목록으로 화면을 넘겼다.

의찬은 금세 전화를 받았다.

-응. 뭐 또 다른 거 있냐. 혹시 또 그 미친 피아니스트가 왈왈 짖냐?

"그게 아니고. 부탁할 게 또 생겼네."

-이런 기회 흔치 않으니까 꽉꽉 부탁하라니까. 뭔데?

형찬이 멋쩍게 웃었다. 그러곤 잠시 뜸을 들이다가 기억에서 흐릿했던 이름을 되뇌어 꺼냈다.

"유성 모직 홍보이사였나……. 박태욱 이사. 그 사람이랑 나, 자리 좀 만들어 줘."

-박태욱 이사? 그, 그 박제영 친척? 그 양반이랑은 직접 연락해도 되잖냐? 아니다. 지금 네가 유성 쪽 누구한테 연락을 직접 넣고 움직여도 말이 좀 그렇게 퍼질 수도 있겠구나……. 아니, 근데 그쪽에서 먼저 너한테 연락을 해야 맞는 거 아냐? 이거 드러나지만 않았다 뿐이지 박제영 일이라며.

"그쪽은 모를 거야. 제영 씨가 그런 얘기 집에 미주알고주알 하는 타입이 아니야."

-그래?

"응. 그러니까 부탁 좀 할게. 조용한 장소도 같이."

* * *

오는 전화를 받은 제윤의 얼굴이 대화를 시작하기도 전부터 불퉁했다. 그녀가 상대에게는 보이지도 않을 얼굴을 부풀리고 들려올 말을 기다렸다.

-너 왜 안 올리냐?

"뭘요?"

-피해자 인터뷰 딴 거.

"지금 그 말이 나와요? 와 씨, 나…… 진짜 미치겠네?"

-내가 물꼬를 텄으면 네가 거기서 따닥, 해 줬어야지! 뭘 그 말이 나오긴 나와!

"그리고 전화는 또 왜 지금 하는데?"

전화 너머의 이성이 침묵했다. 불쑥 찾아왔던 제영이 돌아간 게 바로 전이었다. 제윤도 그를 대충은 예상했던지라, 한숨을 푹 내쉬었다.

"박제영 이제 집 갔어요?"

……응. 어떻게 알았나?

"방송에 목소리 나왔는데, 어쨌든 혈육 목소린데 못 알아듣겠어요? 아무튼. 나한테 영상 올리지 말고 대기 타 보라고 하더니 벌인 일이 그거예요? 아니, 대체 본인 직업 명줄은 왜 걸어요? 미쳤어요?"

-너까지 그거 가지고 지랄이냐?

"하긴, 뭐. 오빠가 내 명줄 건 것도 아닌데 내 소관은 아니긴 하다. 그래서 왜 또 올리지 말던 영상을 올리래? 윤이성 피아니스트님이 물꼬 텄으니까 다른 피해자도 있다, 이렇게 가려고요?"

-그거지.

제윤이 봐도 고작 하나뿐인, 그러나 이성을 날뛰게 한 피해자가 아닌 다른 피해자가 있다는 사실을 알릴 타이밍이 있다면 바로 지금이었다. 하지만 한 명으로는 약했다.

제윤도 이성이 했던 라이브 방송을 전부 봤다. 그리고 지금껏 실시간 반응까지 살폈다. 덕분에 정신을 어디다 빼놓고 있느라 촬영에 집중을 못 하냐고 현장에서 얼마나 혼났던가.

여론은 완벽히 그들이 의도한 방향대로만 흐르지는 않았다. 이성의 기행 자체야 원래 그가 벌여 왔던 일이 있으니, 피아니스트 인생을 건 거야 논란이 됐다 쳐도 다들 웃으며 넘어갔다. 폭행으로 은팔찌 차는 거 아니냐는 얘기는 있을지언정, 이성을 진심으로 욕하고 그의 태도를 나무라는 사람은 없었다.

그게 문제였다. 이성이 대놓고 욕을 먹고 있지는 않지만, 원래 가벼운 놈의 머리 빈 행동으로 치부되고 있다는 것.

제윤은 문득 자신이 괜히 잘못 끼어든 게 아닌가 하는 생각까지 했다. 그녀가 한숨을 푹 내쉬었다.

"근데, 한 명으로는 약할 것 같다면서요."

-그래서 내가 나섰잖아.

"사람들한테 이슈는 됐는데 별 도움은 안 된 거 알죠?"

-야!

"그러게, 예전에 행실 좀 똑바로 하지 그러셨어요? 왜 이렇게 이미지가 나풀나풀 가볍고 난리람."

눈앞에 있었더라면 살벌한 눈초리가 무서워 말을 좀 가렸을지도 몰랐다. 물론 제윤이 쉽게 누구 눈치를 봐서 말을 가리는 사람은 아니지만, 이성은 좀 달랐다. 이성은 뒤가 없는 사람이니까. 제윤은 제 몸은 몹시 아꼈다.

어쨌든 한동안 이성과 제윤이 직접 마주칠 일은 없을 터였다. 그거 하나 믿고 제윤은 평소보다 좀 더 이성의 눈치를 보지 않고 제 할 말을 했다.

솔직히 이성의 이미지가 가벼운 만큼, 사람들의 입에 이번 김무진 건이 가볍게 오르내리는 건 사실이었다. 가볍게 오르내리는 건 문제가 안 되는데, 사람들이 김무진을 더 신뢰한다는 게 문제였다.

-그래서 어쩌자고. 그렇다고 기껏 개고생해서 구한 피해자 영상을 썩혀?

"아니, 그 고생을 누가 했는데 본인이 한 것처럼 얘기해요? 당연히 그럴 생각은 없죠."

-너 그거 어떻게 올릴 거냐? 그냥 조용히?

"그건 좀 생각 중이에요."

-원래 어쩌려고 했는데?

원래라면 제윤은 자신의 얼굴과 이름을 내걸고 피해자 영상을 올릴 생각이었다. 약간 오지랖이라는 말이야 듣겠지만, 제윤도 이 일과 연관이 없지 않으니까.

우선 제윤은 '두근두근 심포니'의 출연진이었고, 곁다리로나마 촬영을 끝까지 함께했으며 무엇보다 김무진이 교수로 있는 대한 종합 예술 학교의 학생이기도 했다.

가장 밀접한 연관은 피해자 '박제영'과 친척이라는 점이었지만, 그걸 앞세우는 건 분명 윤이성의 성질머리를 건드릴 것이었다.

그래서 제윤이 생각한 건 이랬다.

촬영장 내에서 놀라운 소문을 접했고, 자신의 학교와 관련된 일이라 알아보았다. 그러다 그 놀랍고 불유쾌한 소문이 사실이라는 것을 알게 되고 참을 수 없어 피해자들을 설득해 나섰다.

이런 식으로 오지랖은 좀 있되 약자의 편에 서는 어린 여배우 이미지를 만들어 볼 심산이었다.

"내 이름, 얼굴 까고 피해자 소개하는 식으로 만들려고 했죠."

-그럼 그렇게 해.

"한 명 갖고 뭘 해!"

-나 가지고 안 되면 네 이름까지 좀 파는 거지.

"미쳤어요?"

-응. 박제영한테.

제윤이 목구멍까지 치민 욕설을 가까스로 삼켰다. 이성이 솔직
하다 못해 제 할 말은 다 하고 살아야 하는 사람임은 진작부터 알
고 있었다. 실제로 부딪쳐서 파악까지 했다.

거기다 제영을 좋아하는 마음을 적어도 자신이나 이형찬 대표이
사 앞에서만큼은 한 톨 숨길 마음이 없는 것도 아주 잘 알았다. 하
지만 아무렴, 그렇다고 하더라도 좀 작작 해야지. 지금 상황이 그
럴 상황이 아닌데. 뭐? 박제영한테 미쳤다고?

-왜 말이 없냐?

"……말문이 막혀서요."

지금 자신은 카메라 앞이라는 마인드 컨트롤에 성공한 제윤이
가까스로 답했다. 이성이 제윤의 답에 웃음을 터뜨렸다. 크게 웃은
이성이 웃음을 멈추며 숫제 눈물까지 닦는 양 신음을 흘렸다.

-내가 박제영한테 미친 게 말문이 막힐 일이냐?

"됐고요. 하던 얘기로 돌아가서, 본인의 신뢰도가 바닥이니까
내 이름을 팔자?"

-뭐 너도 이름값 얼마나 된다고, 그냥 사람들 관심 가지게 더
얹어 가는 거고. 중요한 건 그 피해자 인터뷰지.

"말 진짜 예쁘게 하네요. 확 인터뷰도 지워 버릴까 보다."

-너한테 메신저로 받은 영상 나도 저장해 뒀다?

"그럼 올리시든지."

-야.

이성이 곧장 정색하고 나왔다. 이번엔 제윤이 살짝 선을 넘어 건방지기는 했다. 이성에게 다른 것도 아닌 제영의 일을 두고, 발 벗고 나서겠다고 해 놓곤 말을 바꾼 셈이 되었으니까.

제윤이 얕은 한숨을 내쉬었다. 일단 '두근두근 심포니'와 관련하지 않은 김무진의 다른 피해자가 나타나는 건 조금이라도 도움이 될 거였다. 여론이 이성의 의견, 즉 진실에 가까운 쪽으로 조금이라도 기울든지. 아니면 적어도 이 이슈가 쉽게 사그라지지 않는 쪽으로든지.

"올릴 거예요. 이미 포털 계정이랑 다 준비도 해 뒀고."

-그럼 왜 안 올렸는데?

"아니 기다려 보라면서요!"

-내가 라이브 켜서 불씨를 댕겼으면 네가 알아서 화력을 키워 줘야지. 눈치 없다는 소리 많이 듣지 않냐, 너?

"와……. 박제영 앞에서도 그런 복장 뒤집는 소리는 안 하시죠?"

-당연하지. 아무튼…….

"어, 잠깐만요."

통화 중인 휴대 전화에 다른 전화가 걸려 왔음을 알리는 진동이 울렸다. 제윤이 이성의 말을 끊고 휴대 전화 화면을 확인했다.

화면엔 '이종훈-△'라고 저장해 둔 이름이 떴다. 이름은 잘 기억나지 않지만, 제윤이 이렇게 뒤에 기호를 붙여 표시해 두는 경우는 흔치 않았다. 그런데 x도 o도 아닌 △가 뭐였더라.

"기억났다!"

제윤이 그제야 기억해 냈다. 이종훈은 유일하게 인터뷰해 준 피해자를 자신에게 소개해 준 사람이었다.

-너 전화에 집중 안 하고 혼자서 뭐라고 구시렁거리냐?

"피해자!"

-피해자 뭐. 왜. 아 영상. 지금 올린다고?

"나 지금 피해자한테 연락 왔어요! 끊어 봐요!"

-아니 이미 인터뷰 딴 놈이면 괜히 올리지 말란 전화일 수도 있는데 그냥 안 받는 게?

"다른 놈!"

-끊는다.

이성이 제윤의 '다른 놈'이라는 말에 곧바로 전화를 끊었다. 제윤이 입술을 비죽였다. 시간이 많이 지체됐다. 혹시 이종훈의 전화가 끊길까 싶어 제윤이 다급히 통화 연결 버튼을 눌렀다.

"여보세요? 어머, 전화 주실 줄은 몰랐는데."

-저 할게요.

"⋯⋯네?"

-인터뷰, 하겠다고요. 저 말고도 몇 명 더 하겠대요. 좀 늦었는데, 그렇다고 안 되고 그런 건 아니죠?

이게 웬일이야. 제윤의 입꼬리가 소리 없이 위로 치솟았다. 한 명의 호소면 몰라도, 피해자 여럿의 호소라면 확실히 이번 일에 큰 영향력을 끼칠 거였다.

더군다나 재학생에 졸업생까지 고루고루 엮인 일이라고 한다면. 최소한 사람들이 여전히 학생 곡을 왜 베끼냐는 소리를 한다 쳐도 김무진의 '이미지'에는 생채기를 낼 수 있을지도 몰랐다.

"어유! 당연하죠! 왜 안 되겠어요? 너무 감사하죠!"

-그럼 언제로 할까요? 오늘? 아니다 오늘은 너무 늦었고, 내일?

"저도 빨리 해치우고 싶긴 한데, 스케줄도 있고 해서……. 내일 중으로 날 잡고 연락드릴게요. 그날 인터뷰하시겠단 분들 다 같이 오셔서 한 분씩 딸 수 있을까요?"

-최대한 맞춰야죠.

인터뷰에 응해 주겠다는 것만으로도 이쪽에서 감사할 일인데, 이종훈은 그 이상으로 호의적이었다. 제윤은 돌변한 이종훈의 태도가 문득 의아해졌다.

갑자기 왜 생각이 바뀌었을까. 윤이성의 방송 이후로 여론이 그의 편인 것도 아닌데. 도리어 예상 이상으로 김무진의 편을 드는 사람들이 수두룩한데.

"저 근데, 뭐 하나만 물어봐도 돼요?"

-예. 그러세요.

"갑자기 왜 생각이 바뀌셨어요? 원래 안 한다고 하셨잖아요. 절 대로. 다른 분들도. 심지어 내가 매달려도!"

제윤의 마지막 말에 원망이 약간 섞여 있어서, 이종훈이 멋쩍은 웃음을 터뜨렸다. 그러고는 감정을 다스리는 듯이 길게 숨을 뱉고 는 답했다.

-이 일이랑 하등 상관없는 피아니스트도 자기 인생을 거는데, 당사자들이 가만히 있는다고 생각하니까 쪽팔려서요.

하나 마나인가 싶었던 이성의 라이브가 이렇게 도움이 될 줄은 몰랐다. 제윤이 눈을 크게 뜨고 둥글둥글 굴리다가 혼자 고개를 까닥였다.

"그러셨구나……."

-근데 저도 뭐 하나 물어봐도 되죠?

"어유, 그럼요!"

-그, 박제영이요.

"네에, 제 언니요."

-진짜 윤이성 스폰서예요?

제윤이 이마를 딱 짚으며 인상을 와락 구겼다. 도움이 되는가 하면 초를 치는 게, 역시 윤이성은 딱 이 정도인가 싶었다. 과거에 제영을 찾으러 학교를 찾았던 윤이성을 지금 당장 이 앞으로 끌고 와서, 너 그딴 짓 하지 말라고 딱밤 한 대만 딱 때리면 좋겠다는 생각이 절로 들었다.

제윤이 어색하게 하하하, 웃었다.

"오프 더 레코드예요. 아셨죠?"

* * *

제목: 님들 이거 봄? ㄱㅁㅈ ㅇㅇㅅ 이슈 아는데 안 봤으면 꼭 클릭

두근두근 출연했던 신인 여배 박제윤이 갑자기 파워튜브 채널 만들었다고 홍보하더니 올린 첫 영상이 ㄱㅁㅈ ㅇㅇㅅ 이슈 관련 영상임ㅋㅋㅋㅋㅋㅋ

박제윤이 ㄱㅁㅈ 교수로 있는 대종예 학생이라고 함

근데 내가 말하는 것보다 님들이 직접 영상 보는 게 빠를 듯

파워튜브에서 박제윤으로 검색 ㄱㄱ 지금 조회 수 터져서 제일 상위에 뜸ㅋㅋㅋ

귀찮다고?

숨은 어떻게 쉬고 밥은 어떻게 먹나?

에휴 링크 가져왔다ㅋㅋ

http://ptube.com/over_the_jy/t1zpcs23cb

* * *

까만 암막을 내린 앞에 앉은 이도 없이 의자만 덩그러니 두 개, 놓여 있다. 카메라는 주인 없는 듯이 놓인 의자를 비추었다. 곧장 화면 밖에서 무언가 분주하게 바스락거리는 소리가 들려왔다.

그러더니 빼꼼, 왼쪽에서 제윤이 고개만 내밀어 등장했다. 카메라를 세팅하는 듯 가까이 다가온 제윤이 끙끙거리는 표정을 지으면서 무언가를 연신 만져 댔다.

제윤의 등장부터 초점이 제멋대로 움직이던 카메라가, 고정된 초점으로 화면을 비추었다. 휴, 숨을 내쉰 제윤이 물러나 화면상의

왼쪽 의자에 앉았다.

-안녕하세요. 신인 배우 박제윤입니다.

박제윤이 인사하고는 긴장한 듯이 숨을 골랐다.

-이미 많은 분들이 관심 가지고 계신 일인 만큼, 제가 더 말을 보태 설명할 필요는 없을 것 같아요.

최대한 담담하게 말해 보려던 제윤의 말이, 끝에 가서 기어이 떨렸다. '아 어떡해⋯⋯.' 제윤이 입술 안쪽의 살을 조금 깨물며 얼굴에 손부채질했다.

-배우이기 전에, 저 또한 김 교수님이 부임하고 계신 '대종예'의 학생입니다.

문득 제윤의 얼굴이 어두워졌다.

-전 제가 '대종예'의 학생임이 자랑스럽습니다. 오히려 그렇기 때문에⋯⋯. 이 영상을 올리게 되었음을 다들 알아주셨으면 합니다.

화면이 전환되었다. 편집으로 이어 붙인 듯한 화면은 같은 장소를 비추고 있었지만 전환된 것만큼은 명백했다.

-안녕하세요. 대종예 작곡과 중퇴생 김민구입니다.

-이름 밝히셔도 괜찮으시겠어요?

-안 밝히면 사람들이 저 새끼 거짓말하네? 이럴 수도 있잖아요.

-그래도⋯⋯.

-전 당당합니다.

제윤과 인터뷰 상대가 인사를 주고받았다. 그리고 자신을 김민구라고 소개한 남자가 곧바로 자신의 피해 사실을 이야기했다.

그는 5년 전 재학생 시절 한 오디오 콘텐츠 제작사의 BGM 공모전에 자유 주제의 작품을 내기 위해 작업을 시작했다. 당선 시 추후 입사 가산점을 부여하는 혜택이 주어지는 공모전인지라, 졸업을 앞두거나 조금 안정적인 생활을 꿈꾸는 학생들이 당시에 많이 응모한 큰 규모의 공모전이었다고 둘러 밝혔다.

보통 이러한 공모전에 참가할 때는, 의욕 넘치는 전공 교수님들의 조언을 얻는 학생들이 많았다. 큰 도움을 받겠다는 게 아니라, 자신을 가르친 교수님이 '괜찮다'고 해 주는 한마디면 좀 더 자신의 공모작에 자신감을 얻게 되지 않겠는가.

그래서 김민구 또한 그렇게 했다. 당시 김무진 교수는 한창 잘나가는 작곡가였음에도 불구하고 후학 양성에도 힘을 쏟는 젠틀한 교수로 교내에서 인기가 높았다.

-물론 졸업한 선배들이나, 뭐 졸업 앞둔 선배 중에 진짜 말 한마디 안 없는 사람도 있었죠.

-헉, 왜였을까요?

-왜겠습니까?

김민구의 비아냥에는 정말 몰라서 묻냐는 속내가 담겨 있었다. 박제윤이 안타까움 그득한 얼굴로 김민구를 바라보다가 고개를 숙였다.

-근데 김 씨 그 양반이 그러더라고요. 내 공모전 곡을 들어 보고. 이건 좀 아쉽다. 민구 군 평소 실력이 다 안 나온 것 같다.

그가 말을 하다 말고 어이가 없는지 기어이 실소하며 혀를 찼다. 김민구가 생각하기에 그 곡은 자신이 여태 썼던 어떤 곡보다 심혈을 기울였고, 어떤 곡보다 편곡에도 공을 쏟은 곡이었다.

그러나 다른 것도 아닌 교수가 별로라는데 어쩌겠는가. 그렇게 혹시 몰라 준비한 두 개의 곡까지 퇴짜를 맞았다.

-근데, 그 세 곡을 짬뽕시킨 곡이 한 석 달 지나서였나? TV에 겁나게 뜨는 겁니다.

김민구가 콧노래를 흥얼거렸다. 산적같이 생긴 외양과는 달리 노래를 흥얼거리는 그의 허밍음은 상당히 발랄하고 부드러웠다. 제윤이 심각한 상황에 어울리지 않게 터지려는 웃음을 무마하기 위해 카메라 반대편으로 고개를 돌렸다.

-다 아시죠? 하이슈가 퍼펙트 필링.

-어머, 그 노래면 저도 알아요. 저 고1 때 친구들이랑 축제에서 춤도 췄었는데!

-그때 그랬던 애들이 한둘이었겠습니까? 1위만 몇 번을 했던 곡인데.

김민구가 이번에는 자신의 휴대 전화에서 음악 어플을 켜고 노래를 틀었다. 그가 했던 허밍과 비슷하게 닮았지만 조금은 다른 느낌의 멜로디가 흘러나왔다.

그러다 툭 끊기더니 이번에는 후렴구가 아닌 곡의 시작 부분과 닮은 멜로디가.

마지막으로 툭, 끊긴 멜로디는 퍼펙트 필링에서 사람들이 킬링 파트라고 입을 모아 말하는 부분의 멜로디와 닮아 있었다.

-얼굴, 직장 다 까고도 조작질을 한다고 믿는 사람도 있겠죠. 김 교수 그 인간이 실력 좋고, 인성 좋고, 평판 좋고. 뭐 이미지는 그러니까요.

김무진의 평판에 관한 이야기를 하며 그는 연신 헛웃음을 터뜨렸다. 제 입에 그의 좋은 이야기를 단 한 순간이라도 담는 게 짜증난다는 기색이 완연했다.

　-근데, 까 봐야 아는 거 아닙니까? 나는 뭐 이렇게 생겨서 남한테 내 거 뺏기고 내 꿈까지 접고 양말 팔게 생겼습니까?

　-김민구 씨…….

　-연예인들도 얼굴이 인성을 말해 준다, 뭐 이런 놈들 겁나게 많았죠? 근데 갑자기 약이며 폭력, 불륜 터져서 훅 가는 놈들 많잖아요. 주변에 평판 좋고 사고 한 번 안 치는 놈이다 하고 믿던 놈이 갑자기 사기나 횡령으로 잡혀가는 경험 안 해 보셨어요?

　박제윤이 안타까운 얼굴로 김민구를 바라보았다. 그러나 그녀의 손은 김민구의 언사가 더 과격해지지 않게 만류하듯, 그의 어깨를 조심스럽게 붙잡았다.

　-보이는 것만 믿지 맙시다.

　김민구는 윤이성의 말을 가벼운 헛소리 내지는 그저 그가 치던 사고의 하나로만 인식하고, 김무진을 신뢰하는 사람들을 저격하고 있었다.

　-그 보이는 놈한테 당한 피해자들이, 어디 가서 시원하게 말도 못 하고 밑에서 피눈물을 흘리고 있으니까.

　잠시의 정적 후에 다시 화면이 전환되었다. 도로 제윤이 혼자 앉은 화면이었다. 제윤이 후, 하고 숨을 길게 뱉었다.

　-지금 영상을 보고 계신 분들께서는 첫 번째 이야기를 들으셨습니다.

쓸쓸함이 가득 고인 얼굴로 제윤이 애써 웃는 표정을 만들었다.

-앞으로 보름 정도, 제가 만든 채널에서 영상으로 여러분들을 뵙게 될 것 같아요.

제윤이 담담하게 하는 이야기를 정리하자면 아직 자신의 피해를 호소할 사람이 더 남았다는 뜻이었다.

-이틀 뒤에, 두 번째 이야기를 들고 오겠습니다.

제윤은 최대한 가해자니, 피해자니 하는 단어를 피했다. 그러나 인터뷰에서 화를 터뜨리는 김민구를 보여 주는 것만으로도 굳이 제윤의 입으로 수식하지 않은 관계는 사람들에게 충분히 각인될 것이었다.

-끝까지 봐 주신 분들에게 감사드립니다. 부디…….

어쩌면 제윤의 태도가 사람들에게 진짜 가해자와 피해자가 누군 지를 더 확실히 알려 줄지도 몰랐다.

-이 일이 제대로 끝맺어지는 날까지, 관심 가져 주세요. 부탁드 립니다.

제윤이 일어나 허리를 깊이 숙여 인사했다. 그리고 영상은 끝이 났다.

"뭐야, 애 연기 진짜 잘하네……."

제윤의 본래 성정을 잘 알고 있다면 잘 알고 있을 제영이 기어 이 영상의 끝에서는 픽 웃음을 터뜨리고야 말았다.

15. 소송

박태욱이 진땀을 닦으며 상이 차려진 방 안으로 들어섰다. 먼저 와서 자리를 지키고 있던 형찬이 일어나 그에게 인사를 건넸다.

형찬이 의찬에게 청해 성사된 자리였다. 그런데 의찬이 박태욱에게 자리를 만들어도 좋겠느냐고 말을 전한 타이밍이 퍽 공교로웠다.

제윤이 올린 피해자의 인터뷰 영상이 막 사람들의 입소문을 타고 커뮤니티에 퍼지기 시작할 무렵이었기 때문이다.

"아이고 이 대표님! 이리 또 불러 주시고, 제가 몸 둘 바를 모르게, 이렇게……."

"하하, 아닙니다. 우선 자리에 앉으시죠. 찬만 준비해 놓고 요리는 박 이사님 오시면 나오도록 해 두었습니다."

"제가 또 이렇게 송구스럽게 기다리게 해 드렸습니다. 참, 이
거……."

"아닙니다. 시간에 맞게 오셨는데요. 제가 요즘 사람들 눈이 무
서울 상황이라서 조심하느라, 아예 오전부터 일찍 와 있었습니다.
다행히 이곳 사장님과 제 형님이 안면이 있는 사이라서 곁방을 내
주셨거든요. 거기서 업무 보다가 저도 방금 건너온 참입니다."

"아……."

"음식 들어오네요. 시장하실 텐데 좀 들면서 말씀 나눌까요?"

형찬의 말대로 닫혔던 문이 열리고 음식을 담은 트레이가 들어
왔다. 생활한복을 입은 직원들이 조심스러운 손길로 식전 죽과 물
김치 따위를 두 사람의 앞에 각각 내려놓았다.

형찬은 저보다 연배가 높은 박태욱이 숟가락 들기를 기다렸다.
문제는 박태욱 또한 저보다 윗사람으로 여기는 형찬이 식사를 시
작하기를 기다렸다는 점이었다.

이전에, 제영과 자리를 만들기 위해 봤을 때보다 지금 박태욱의
태도가 훨씬 조심스러웠다. 형찬은 아무래도 자신이 자리를 만들어
달라고 한 이유를 그가 착각하는 게 아닌가 하는 생각이 들었다.
그도 제윤이 올린 영상을 보았기에, 그 생각은 확신에 가까웠다.

"저……."

"죽이 식겠네요. 저도, 이사님도 같이 숟가락 들까요?"

"아, 예. 네. 근데 저……."

"일단 들고 얘기하시죠."

형찬이 박태욱의 말을 끊었다. 박태욱이 객쩍게 웃으며 죽을 비웠다. 한번 말이 끊기니 박태욱은 도무지 입을 열지 못했다. 제윤의 영상 때문이라고 쳐도 박태욱의 자세가 너무 조심스러웠다.

빈 죽그릇을 내놓고 다음 요리가 들어와 놓였다. 다시 두 사람만 남게 되고, 결국 형찬이 먼저 입을 열었다.

"박제윤 씨가 올린 영상은 저도 봤습니다. 혹시 그것 때문에 제가 이사님을 뵙자고 말씀드렸나 생각하시나요?"

"예? 그, 저……. 저희 딸이 좀 경솔한 데가 원래 좀 있습니다. 그래도 그렇지 좀 그런 일을 벌일 거면 이렇게 아버지한테도 말 좀 해 주고 그래야 하는데 이 계집애가……."

"그 일이라면 오히려 제가 제윤 씨에게 감사를 드려야 할 상황 아니겠습니까? 어쨌든 윤이성 피아니스트의 주장에 힘을 실어 준 거니까요."

"일이 계속 이렇게 커지는 게 좋지는 않으실 텐데요……."

박태욱의 답을 듣고 형찬이 조용히 웃었다. 사실 제윤의 이야기를 하자고 만든 자리가 아니었으니, 이 얘기를 계속 끌고 갈 생각은 없었다.

"오늘 자리를 청한 게 제윤 씨가 올린 피해자 인터뷰 때문은 아닙니다. 이사님."

"예? 그럼 저를 왜……."

"윤이성 피아니스트가 일을 벌인 이유는 혹시 알고 계십니까?"

"뭐, 김무진이라는 작곡가가 곡을 훔쳐서라고 하지 않던가요? 그 방송이랑 관련해서."

형찬이 박태욱의 답을 듣고는 흐릿하게 웃었다. 과거 호텔 레스토랑에서 우연히 마주쳤을 때 제영과 가족의 태도, 그리고 이후에도 연락이 오지 않는 데서 예상은 하고 있었다. 이들이 지금 윤이성과 김무진 사이의 일이 제영과 관련된 것을 모르리라는 건.

하지만 자신의 예상이 진짜였음을 확인받는 상황은 퍽 다른 감상을 남겼다. 제영과 그녀의 가족 사이의 관계가 순탄치는 못함이 못내 씁쓸했다. 이제 제가 신경 쓸 일이 아닌데도.

하긴, 제영이 가족들과도 연락을 전부 끊었다고 대놓고 말하기도 했었다. 백화점에서 마주쳤을 때.

"그 피해자가 박제영 씨입니다."

"제영이요?"

정말로 금시초문이라는 듯 박태욱이 눈을 휘둥그레 떴다.

"아니, 제영이가……. 걔가 작곡과를 다니긴 했어도, 그렇게 뭐 의욕적으로 다니던 애가 아닌데, 학교를……."

"믿기지 않는 모양이신가 보죠?"

"허허허……. 제영이 팬이라고 했던 이 대표님 앞에서 이런 말씀 드리기 좀 뭣하지만, 그 애. 사고 이후에 뭘 열심히 하던 애가 아니라서……."

"그래도 음악적 재능이 어디 가지는 않았을 테니까요. 저도 사실 알고 많이 놀랐습니다."

얼떨떨한 얼굴로 박태욱이 고개를 끄덕였다. 그러고는 돌연 고개를 이리저리 내젓더니 형찬에게 물었다.

"제영이가 피해자라……. 그러면 그 일로 저를 부르셨습니까?"

"그렇습니다. 그 건으로 자리를 청했죠."

"그, 제영이랑 직접 연락해 보시지 않고요?"

"법적인 처리와 관련한 일이라, 지금 힘들어서 여력이 없을 당사자보다는 집안과 얘기를 하는 게 나을 듯해서요. 혹시, 불편하십니까?"

"아뇨, 아닙니다."

이제야 돌아 본론으로 들어왔다. 형찬이 식사하는 도중 자신이 알고 있는 것, 그리고 앞으로 해결했으면 하는 방향 등을 박태욱에게 차분하게 설명했다.

박태욱은 시종일관 형찬의 말에 '예, 예.' 하는 추임새에 가까운 답변만 내놓으며 그의 말을 경청했다.

"그래서 저나 다른 유성 그룹은 아무런 힘도 쓰지 않는 듯이 보이게, 다른 피해자들의 소송을 적당히 뒤에서 도울 생각입니다."

"예…….."

"다만 이렇게 되면 걱정되는 게 두 가지가 있어서 그 점을 미리 말씀드리고, 도움을 얻을 수 있으면 얻고자 이사님과의 자리를 청한 거고요."

"걱정이시라면……?"

"우선은 김무진 교수를 보호하려 할 학교죠."

정확히는 김무진이 아니라, 그를 교수로 오래 써 왔던 만큼 같이 타격을 입을 학교의 위신을 보호하려 할 것이다.

형찬은 피해자들을 도와 도용당한 곡을 되찾는 소송을 낼 생각인데, 이 소송에서의 증거를 적법하게 얻기 위해서는 학교의 도움이 꼭 필요했다. 김무진이 학생들의 곡을 훔쳤다는 정황 증거는 학교의 서버에 남아 있었다. 한데 만일 학교가 수색에 응하지 않으려 하거나 묻어 버리면, 일이 상당히 곤란해질 터였다.

"학교라……."

"고혜옥 여사님이 지금 맡아서 관리 중이신 재단의 힘이 적지 않잖습니까?"

"헤븐 하모니요? 어유, 아주 작은 곳입니다. 자랑할 거리라고 해 봐야 그냥 좀 오래된 거죠."

"작은 예술 재단을 내실 있게 오래 유지한 것이 얼마나 대단한 일입니까? 재정 탄탄한 것은 물론이거니와 거기서 뻗어 나간 인맥이 보통도 아닐 테고요."

박태욱이 침중한 얼굴로 숨을 천천히 내쉬었다.

"재단 쪽 인맥을 통해서 학교를 압박해 주십사 하시는 겁니까?"

"그렇게까지 할 일이 안 생겼으면 하는 마음이 가장 우선이고, 만약 그렇게까지 되어야 한다면……. 네. 좀 부탁드리겠습니다."

"송구하게도, 거기는 제 힘이 미치는 곳이 아니라서 확답은 못 드립니다."

"그저 알고라도 계시면 조금이라도 신경 써 주시지 않을까 하는 마음에 드리는 말씀이죠."

"남은 하나는요?"

"박제영 씨의 옛 이름이 끌려 나오지 않았으면 합니다. 가능하면 아예 박제영 씨가 이 일에 언급 자체가 되지 않고 넘어가기를 원하고요."

박태욱이 형찬의 이야기를 듣고는 묘한 얼굴로 인상을 구겼다. 일전에 제윤의 스캔들을 정리하는 과정에서 제영의 옛 이름을 가져다 썼던 기억을 떠올린 탓이었다. 이후로 제영이 제 발로 먼저 찾아와 난리를 부리고 연락을 쏙 끊어 버렸다.

그 일로 고혜옥 여사는 몸져누웠고, 요즘은 생각이 많은지 말수가 줄었다. 제윤과는 종종 이야기를 나누는 듯하긴 한데, 막상 제윤은 또 자신에게 혜옥의 이야기를 전하지 않았다. 캐물어도 조용하고.

그것뿐이랴. 딸년 키워 놔 봐야 소용 하나 없다더니, 고 앙큼한 게 일이란 일은 다 치고 다니고. 곱게 살다가 좋은 집안으로 시집이나 잘 가면 좋겠는데 웬 연예인이 되겠답시고 연기가 어쩌고…….

"이사님?"

"아, 예. 예."

"어려운 부탁을 드렸습니까?"

"아뇨, 그런 건 아니고……. 전에 기사로 제영이, 그러니까 희은이 이름이 나간 게 마음이 쓰이셨나 봅니다."

"덕분에 제영 씨와는 잘 안 되기는 했죠."

형찬이 부러 사적인 영역을 드러내며 박태욱을 압박했다. 박태욱이 적잖이 곤혹스러운 얼굴을 했다. 그가 이마에 맺힌 진땀을 닦았다.

"아아……."

"그거야 어쩔 수 없는 일이라고 생각하고, 마음에 담아 두진 않았습니다. 그런 사적인 감정으로 이사님께 누를 끼칠 생각도 없고요."

"예. 물론 그러실 분으로 생각하지는 않았습니다! 그럼요!"

"다만 그때 제가, 뭐 저의 결정은 아니었지만 컨트롤 미스라고
는 생각하니까요. 그때의 빚을 좀 갚고 싶어서요. 박제영 씨에게.
지금 많이 힘들 테니까."

"예……."

"집안일은 고혜옥 여사님의 입김이 많이 미치는 거로 보이더군
요. 여사님께 재단 일도 그렇고, 제영 씨의 일도 그렇고……. 이사
님께서 잘 전달해 주시기를 부탁드려도 되겠습니까?"

앞에 놓인 음료 잔에는 관심도 안 주던 박태욱이, 돌연 호쾌하
게 차를 한 번에 들이켰다. 그러고는 의식적으로 소리가 나게 내
려놓으며 답했다.

"어휴, 그럼요! 제가 큰어머니, 아니 여사님께 아주 잘 말씀드리
겠습니다!"

"하하, 예. 그럼, 부탁 좀 드리겠습니다."

형찬이 저도 모르게 웃음을 터뜨렸다. 어제 본 제윤의 영상이
떠올랐다. 아무래도 그녀의 재능은 제 아버지에게서 온 듯했다. 박
태욱도 쇼맨십이 제법이었다.

* * *

제윤은 이게 무슨 일인가 싶어졌다. 박제영이 먼저 제게 연락을
해서, 심지어 만나자고 약속을 잡다니.

"왔네."

"와, 박제영이 무슨 일이야? 나를 만나자고 다 하고?"

"그냥 얼굴 좀 보자는 건데 그게 그렇게 놀랄 일이야?"

"박제영이 그런 말을 하는 건 놀랄 일이지?"

제윤의 말에 제영이 피식 웃었다. 그녀가 '커피?' 하고 물었다. 아주 오랜만에 와 보는 제영의 집에 제윤이 괜스레 거실을 둘러보면서 '아니, 나 오렌지 주스.' 하고 답했다.

제영이 제윤의 앞에 음료를 내려놓았다. 제윤이 빈손으로 오기 뭐해 사 온 디저트가 놓인 접시도 두 사람의 가운데에 놓였다.

제윤이 테이블 위를 바라보며 피식 웃었다. 이러고 있으니까 되게 낯설었다. 꼭 친구 집에 놀러 온 기분인데, 박제영이랑 제가 이러고 있으니 말이다.

"왜 불렀어?"

"고맙다고."

"박제영이 나한테 고맙다고?"

"영상 봤어."

"아아, 그거……."

"언제부터 준비한 거야?"

제영이 커피와 함께 슈크림을 입에 물며 대수롭지 않게 질문을 던졌다. 하지만 제윤의 촉은 대수롭지 않은 물음이 절대 아니라고 말하고 있었다. 제윤의 포크가 슈크림을 향하다가 뚝 멈췄다.

"너 지금 알고 묻는 거지?"

"계획은 누구 머리에서 나왔어?"

"다 알고 묻는 거 맞네."

제윤이 김샜다는 표정으로 슈크림을 입 안에 욱여넣었다. 제영은 제윤이 다 먹고 답을 줄 때까지 그녀를 빤히 보며 기다렸다.

"너 처음 나한테 전화했을 때가, 윤이성이랑 나랑 짝짜꿍 한 지한 열흘쯤 됐을 때이려나?"

제영이 제윤의 답을 듣고는 별안간 정색했다.

"말 좀 가려. 한참 나이 많은 사람 이름을 함부로 부르니?"

제영이 하기엔 좀 겸연쩍은 데가 있는 발언이었지만, 저도 모르게 나간 말이었다. 제영이 말을 해 놓고 뒤늦게 낯을 붉혔다.

쇼트케이크 위에 장식된 딸기를 포크로 찍고 있던 제윤이 기함한 얼굴로 제영을 올려다봤다.

"와……. 너희 둘이 짜고 나 괴롭혀?"

"그건 또 무슨 소리야?"

제윤이 '언니' 소리를 반드시 붙이라며 저를 윽박지르던 이성을 떠올렸다. 그 똑같은 짓을 설마하니 박제영도 할 줄은 몰랐다. 순간 정말로 제영이 저를 놀리나 싶었다.

연애한다고 티를 낼 성격은 아니라고 생각했는데. 아니, 연애란걸 할 종자가 아니라고 생각했다고 해야 하나.

물론, 그냥 별 사감 없이 자신에게 나이 많은 사람 이름 함부로 부르지 말라고 나무라는 걸 수도 있기는 했다. 있기는 한데, 했는데…….

제윤이 고개를 절레절레 내저었다. 제영은 다른 의미로 윤이성이랑 똑같았다. 타인에게 그리 큰 관심을 두지 않는다는 뜻이었다.

그런 애가 저도 마음 있는 남자 이름 함부로 불렀다고 저렇게 정색하는 꼴을 보니 우스웠다.

그래 놓고는 무슨 소리냐고 눈을 동그랗게 뜨고 있는 얼굴도.

"아니다. 내가 말을 잘못 꺼냈네. 그래. 윤이성 '피아니스트님'하고 짝짜꿍 한 지는 대충 열흘쯤 됐을 때였고요. 피해자 인터뷰 따서 돌리자고 한 건 제 아이디어입니다. 됐니?"

"라이브는?"

"설마하니 그런 미친 짓을 내가 시켰을까! 나 의외로 안전 지향주의거든?"

"그래. 그럴 것 같았어."

제윤이 신경질적으로 입술을 비죽였다. 그럴 것 같긴 뭘 그럴 것 같아. 제윤이 구시렁거리며 신나게 디저트를 퍼먹었다. 요즈음 바삐 싸돌아다니느라 살이 빠져 죽겠는데, 집에서는 도통 이렇게 먹을 수가 없었다.

제영이 그런 제윤을 빤히 살폈다.

"뭐. 왜. 더 궁금한 거 있으면 물어보든가."

"아니. 진짜 잘 먹는다 싶어서."

"시비 거니?"

"딸기 있는데. 딸기 더 줄까?"

"됐어. 이거까지만 먹을 거야. 집에서는 기왕 카메라 앞에 서기 시작했으면 잘해야 한다고……. 엄마가 얼마나 쪼아 대는지 우리 매니저랑 소속사보다 더하다니까? 아 짜증 나 죽겠어."

제윤이 투덜거리며 마지노선으로 정해 놓은 마지막 슈크림을 입에 욱여넣고 씹었다. 제영이 그런 제윤을 보고 웃음을 터뜨렸다. 눈을 희번덕거리며 그런 제영을 노려보던 제윤도 결국 웃음을 터뜨리고 말았다.

"기왕 카메라 앞에 서기 시작했으면 예쁘게 나와야지!"

"아 엄마! 알겠는데, 엄마 딸 요즘 살 빠졌다니까?"

"빠졌을 때 관리 잘 못 하면 너 얼마나 못생기게 찌는지 알아? 더 조심해야지."

"그래요. 그러세요. 근데 밥은 좀 먹자."

"어휴, 이제 우리 제윤이가 훨씬 유명해지겠네. 이제야 내 딸이기 좀 펴겠다."

제윤이 엄마가 했던 말을 떠올리고 있는데 제영이 말했다.

"종숙모님이 그러셨어?"

"어어. 이러다 딸 완전 쪼그라들어서 사라질까 봐 걱정도 안 되나 봐. 울 엄마는."

"너 전보다 많이 말랐는데."

"……어?"

"마지막으로 봤을 때보다 너무 말라서 안되어 보인다고. 영상에서도 좀, 빠졌다 싶긴 했는데 실제로 보니 좀 안쓰러울 정도야 너."

"뭐래……."

제영의 입에서 나온 의외의 말에 제윤이 할 말을 잃고는 괜히 퉁명스레 답했다. 뭘 말해도 덤덤한 말투는 그대로였다. 예전엔 그런 박제영이 밉고 싫었다.

예쁘고 잘난 언니라서 좋으면서도, 그 예쁘고 잘난 두 살 차이 언니와 매일 비교당하는 게 속상했었다. 그러다가 나중엔 미워졌다.

박희은이던 박제영은 너무 바빴고, 지금만큼은 아니지만, 박희은이었던 때도 그녀는 무디고 무신경한 데가 있었다. 아니, 그렇다고 생각했던 것 같다. 말투가 덤덤하니까 하는 말에 담긴 걱정이 읽히지 않았던 게 아닐까.

"손이 이렇게 될 때까지 연습했다고?"

"응! 언니, 이제 나 잘하지?"

"아니. 너 손끝 아파서 현을 제대로 누르지도 못했지? 힘이 빠져서 전보다 더 소리가 어리숙해졌어. 바보야? 이렇게 될 때까지 하게."

제영처럼 되고 싶다고. 혹은 제영과 같이 무대에 서 보고 싶다고. 어린 꿈을 너무 쉽게 짓뭉갰다고 생각했다. 왈칵 터진 눈물을 쏟아 내며 제윤이 엉엉 울 때, 박제영은 어떻게 했더라.

"종숙모, 제윤이 연습량 누가 관리해요?"

"우리 엄마한테 뭐라고 하지 마!"

아이의 연습량은 보통 부모나 강사가 관리하게 마련이었다. 당시 자신의 연습량은 엄마가 주로 관리했고, 강사에게 실력이 늘지 않는다는 말을 들은 아빠는 혼내고 윽박지르는 역할을 했던 것 같다.

제영은 알고 있었던 모양이었다. 아니, 그게 아니라도 애 손이 저렇게 망가질 정도면 부모가 나서서 말려야 한다고 생각했을지도 모르겠다.

정말 그랬나. 그때부터 박제영을 더 미워했던 것 같은데. 그렇게 어린 조카에게 혼나고 저를 더 나무라던 엄마한테 향해야 할 서운함까지 박제영한테 쏟아 냈던 것 같은데.

"더 궁금한 거 있으면 물어보기나 해."

"너 밥도 먹고 가. 온 김에."

"아 알았다고. 아니, 왜?"

"집에서 종숙모가 못 먹게 한다며. 성격 변하지 않으셨으면 너 관리한다고 식사에도 손대실 거 아냐."

제윤이 허탈하게 웃었다. 이게 뭐지. 여태 내가 가지고 있던 미움은 다 뭐였을까. 나는 지금까지 박제영의 뭘 봤던 거지.

제영이 변하지는 않았을 거다. 사고 이후로 마음을 더 닫아 잠갔다고는 해도 사람의 본성이 돌변한 정도는 아니었다. 감정을 더 표현하지 않게 되고, 덤덤한 인형처럼 변했을 뿐이지.

그러니까, 박제윤이라는 사람이 미워하고 시기했을 때의 제영보다 지금의 그녀가 더 사람에게는 무심하고 관심 없는 태도를 보였을 거다. 그런데, 그래서 저만 홀로 고고하게 군다고 재수 없게 봐왔던 박제영이 박제윤을 알고 있었다.

저는 박제영을 한참이나 미워했는데, 박제영은 박제윤이라는 사람을 사심 없이 지켜보고 있었다. 그런 사람이었던 거다. 제영은.

"와, 나 여태 뭐 했지……."

"응?"

"아냐. 그래서 저녁은 박제영이 사?"

"그럼 초대해 놓고 얻어먹겠니."

답하는 제영의 목소리는 여전히 덤덤했다. 제윤이 포크를 내려

놓고 오렌지 주스를 전부 비웠다. 말하는 투가 얄밉기는 했다. 제윤이 아무래도 박제영을 향한 미움에는 이유가 없지는 않았던 것 같다고 자기방어 기제를 빵빵하게 돌렸다.

"저녁까지 시간도 많은데 진짜 궁금한 거나 많이 물어봐라. 그거 말고 너랑 내가 할 이야기가 있는 것도 아닌데."

"피해자 인터뷰 몇 개나 남았어?"

"일단 두 명 공개했으니까, 앞으로 다섯 명?"

제영이 인상을 확 찡그렸다. 저 말고도 피해자가 그렇게나 많다는 사실에 속이 뒤집혔다. 그렇게나 많은 사람의 노력을 훔쳐 놓고도, 자신이 당하기 전까지는 몰랐다는 점까지 환멸을 불러일으켰다.

"표정 봐라. 인터뷰해 준 사람들이랑 너 말고도 피해자 더 있다는 말 들으면 놀라 자빠지겠다?"

"……더 있어?"

상상 이상으로 기함하는 표정을 보이는 제영을 보고, 제윤이 픽 웃음을 터뜨렸다. 그러곤 제윤이 양손을 들어 올려 손가락을 하나씩 접어 보다가 기어이 두 손 전부를 접었다.

"열 손가락이 부족할 정도?"

제영이 이마를 짚었다. 그걸 보고 박제윤이 신나게 깔깔거리면서 웃었다. 기어이 제영도 제윤을 보고 웃음을 터뜨렸다.

* * *

「뮤직 피커」의 편집장 강윤희는 요즘 인터뷰를 직접 나서거나 아래 데스크의 직원들을 볶아 대는 일이 확 줄었다. 그 대신에 그녀가 요즘 집중하고 있는 일은, 다름 아닌 '윤이성'과 '김무진'과 관련한 이슈를 탐독하는 것이었다.

어느 잡지사든, 언론사든 이번 이슈에 그러지 않겠느냐마는 그녀의 경우 유독 심했다. 오늘도 그리 다르지 않았다. 새로 뜬 내용도 없건만 박제윤이 올린 인터뷰 영상이며, 윤이성이 했던 라이브 영상을 연신 돌려 보고 있었다.

"윤이성, 박제윤……. 박제윤, 박……."

"편집장님. 편집장님!"

"아 왜! 소리를 지르고 그래?"

"저희 윤이성 피아니스트 인터뷰 이대로 나가냐고요."

저를 애타게 부르던, 바로 아래 직원의 질문에 강윤희가 인상을 팍 구겼다. 뭐 그런 당연한 걸 묻나 하는 얼굴이었다.

"그럼, 지금 안 그래도 윤이성 이름이 이렇게 핫한데, 그걸 빼고 가겠니? 생각이 있어, 없어?"

"오히려 그러니까 그렇죠! 지금 온 대한민국이 윤이성이랑 김무진 때문에 난린데, 이렇게 평화로운 인터뷰 내도 되는 겁니까?"

"평화로운……. 그럼 안 평화롭게 만들면 그만이지."

강윤희가 대수롭지 않게 답했다. 그녀의 말에 직원이 신뢰 가득한 낯으로 눈동자를 빛냈다. 강윤희가 실없이 빈말하는 타입은 아니었던 터다.

"……뭐 넣을 소스 있으십니까?"

"아니 소스야 나만 있나? 지금 이렇게 일이 빵빵 터지는데 문장

한두 줄만 넣어 줘도 될 걸 가지고."

"그게 뭡니까? 장난질도 아니고!"

"아니면……."

강윤희가 의자를 빙글 돌려서 직원과 눈을 똑바로 마주했다. 그러고는 히죽거리며 웃었다.

"……아니면?"

"스캔들이라도 버무려 볼까?"

"스캔들이요? 아깐 소스 없다 그러시더니, 있으세요?"

"윤 씨 그때 나 따라서 안 갔나? 우리 저쪽에……."

강윤희가 제 팀의 직원들을 휘 둘러보았다. 저만치 구석에서 본인 기사의 가안을 인쇄해 확인해 보고 있던 직원이 손을 번쩍 들었다.

"거기는 제가 같이 갔습니다!"

"아아, 문 씨가 같이 갔구나?"

"뮤즈 넣으시게요? 그거 사장님이랑 얘기해서 괜히 유성 건드리는 꼴 될까 무섭다고 빼라고 그랬잖아요."

"에이, 그때랑 지금이랑 같나. 지금 유성은 저들이 괜히 뭇매 맞을까 봐 나서지도 못하는데."

강윤희의 앞에 서 있던 직원이 어수룩하게 머리를 긁적였다. 뭐가 있긴 있었던 모양인데, 워낙에들 본인 기사를 터뜨릴 생각에 입을 다물고 사는 팀인지라 돌아가는 상황을 도통 모르는 탓이었다.

"뮤즈……. 뮤즈가 뭡니까?"

"그런 게 있어. 근데 윤 씨는 자기 기사도 아니면서 그걸 신경 써?"

"그게 지금 저희 팀 메인으로 하라고 방금 사장님이······!"

"아아, 나 자리 비웠을 때 그랬어? 그럼 메인으로 밀어줘야지."

"그래서 뮤즈가 뭐냐고요. 저보고 마지막 감수 하라고 하셨으니까 저도 좀 알아야죠. 편집장님. 예?"

강윤희가 저와 함께 윤이성의 인터뷰를 나갔던 직원과 눈을 마주치고는 키득거렸다. 앞에 선 직원의 고개가 삐딱하게 기울었다.

"아 알려 줄 거야. 뭘 그런 눈으로 사람을 보고 그래?"

"뜸 들이지 마시고요."

"오프 더 레코드로 하기로 했던 내용이긴 하거든. 내가 윤이성한테 그걸 물어봤어. 왜 갑자기 잠적했느냐, 그리고 다시 활동 시작한 이유가 뭐냐."

"그 내용이야 인터뷰 그대로 실렸잖아요? 아니, 아니지. 거기서 뮤즈 발언이 빠진 겁니까? 설마 뭐 뮤즈를 만나서 음악을 다시 시작하고 싶었다, 그 윤이성이 그딴 말이라도 했어요?"

"그거지. 요거 요거, 윤 씨가 괜히 내 직속이 아니야. 눈치는 빨라?"

직원이 눈을 휘둥그레 떴다.

"진짜 윤이성이 그런 얘기를 했다고?"

"아 했다니까."

"그런데······. 그것만으로는 약하지 않습니까? 뭐, 윤이성 스캔들이야 얼마 전에 났다가 흐지부지됐고."

강윤희가 김샜다는 얼굴로 직원을 흘겨보았다. 방금 눈치가 빠르다고 말했는데, 그 말도 도로 거둘 기세였다. 직원이 슬그머니 강윤희의 안색을 살피면서 말을 보탰다.

"뭐 짚이는 게 있으신 거죠? 그렇죠?"

"그 '흐지부지'된 박제윤 스캔들 건, 그때 기사 났던 거 다 기억하니?"

"뭐⋯⋯."

직원이 머리를 긁적였다. 기억을 떠올려 보려 애쓰더니 떠듬거리나마 강윤희의 말에 답했다.

"뭐랬더라, 혜븐 하모니 음악 재단이 어떻고 해서 뭐 그걸로 서로 친해진 사이라고⋯⋯. 그리고 박희은 이름 나왔었죠?"

"그리고 그 기사 금방 내려갔지. 박희은 이름만."

"그랬⋯⋯ 죠? 근데 그게 왜요?"

"이 밥통아! 박신환 전 재단장 친손녀가 박희은이잖아."

"예! 그러니까 그게 왜냐고요!"

강윤희가 한숨을 푹 내쉬었다가, 이내 고개를 내저었다. 흔치 않게 자신의 촉이 틀렸나 싶어졌다. 하지만 그건 역시 아닐 거였다. 어제 자신의 촉을 증명하는 글을 하나 보기도 했고.

"나만 느껴?"

"뭘요?"

"박씨 집안에 윤이성의 그 '뮤즈'가 있을 것 같다는 촉, 나만 느끼냐고."

"에이, 편집장님은 또 뭘 그렇게까지 엮어요? 선배도 촉 다 죽었네."

"아니, 봐 봐. 이거 보면 또 좀 생각이 바뀔걸?"

강윤희가 제 휴대 전화를 꺼내 화면 구석에 처박아 둔 어플에 접속했다.

"대종예 커뮤니티? 이게 왜 편집장님 폰에 깔려 있어요?"

"아니, 이 글이나 봐 보라고."

강윤희가 화면을 들이밀다 못해 아예 직원의 손에 쥐여 주었다.

제목: 내가 그날 휴강 떴던 게 천추의 한이다

작성자: 익명

우리 학교에 뭐 누구 유명인 스폰서 있다며????

근데 ㅅㅂ 읽으려고 하면 글 펑이고 펑이곸ㅋㅋㅋ

대체 뭔 일임? 나만 몰라??

아니 방송으로 어쨌다는 말도 있고 그런데 왜 남아 있는 게 없냐곸ㅋㅋㅋ

익명1: 그 유명인 매니저가 3년 만에 활동 시작하는데 이런 거로 시작하면 자기 잘린다고 울면서 빌고 갔잖아ㅋㅋㅋ 글 다 지워졌을걸? 모르면 모르고 사세요~

ㄴ글쓴이(익명): 아니 그래서 그 유명인이 누군데 ㅅㅂ 돈 받아 처먹었나 왜 물어봐도 대답을 안 해 주냐고

ㄴㄴ익명1: 똥멍청아 답을 알려 줘도 모르냐... 3년 만에 활동 다시 시작하는데 연예인 아니고 예술 학교에서 다 알아볼 만한 사람이 누군지 생각을 좀 하고 살아라;;;

ㄴㄴㄴ글쓴이(익명): 헐 씨발ㅋㅋㅋㅋ 그 유명인이 그 사람임? 와... 그래서 엮였다는 스폰서는 누구임?

　　ㄴㄴㄴ익명1: 이거까지만 대답해 주고 간다 ㅋㅋㅋ 작곡과 3학년 ㅂㅈㅇ임.

　글을 쓱 읽은 직원의 얼굴이 심각하게 구겨졌다.

　"이거, 이거! 윤이성 얘기 맞죠? 이런 일이 있었는데 왜 몰랐지?"

　"매니저가 묻었다잖니."

　"아니 그래도 이런 일이 있으면 말이 터져 나와야지!"

　"그때는 유성이 돈이든 힘이든 좀 보태 줬나 보지."

　"그래도 어떻게 이런 게 묻히냐고. 스폰서? 아니, 스폰서라고? 그럼 이게 박제윤 얘긴가?"

　강윤희가 이를 꽉 물었다. 답답해 터진 인간을 앞에 둔 자의 갑갑해 죽어 가는 얼굴이었다. 기사 레이아웃을 전부 확인한, 강윤희와 함께 윤이성을 인터뷰했던 직원이 다가왔다.

　"뭐야, 나도 좀 보자."

　"어? 어어, 어……."

　"헐. 그러게? 이게 묻혔네요? 아니 근데 윤 기자님은 편집장님 얘기를 한 귀로 듣고 한 귀로 흘렸어요? 아까 기사 이야기부터 해 주시더구먼."

　"기사? 아! 박희은? 그럼 박희은이 그 윤이성 뮤즈라고?"

　그가 도저히 이해 못 하겠다는 듯 얼빠진 얼굴을 했다. 그 꼴을 보고 문 씨라고 불린 직원과 강윤희가 동시에 웃음이 터졌다.

강윤희가 입을 열어 제 생각을 정리해 말했다.

"뜬금없는 연기자 박제윤하고의 스캔들보다야, 한때 한국 최고의 피아니스트가 될 거였다고 말이 많았던 비련의 여주인공 박희은이 윤이성의 뮤즈일 가능성이 더 크지 않겠어?"

"저는 우리 편집장님 측에 한 표 보탭니다."

"아니, 그래도……."

"그래도는 뭘 그래도야?"

"이 스폰서가 박희은이라는 보장이 없잖아요. 이름 이니셜도 다른데. 이거 박제윤 아냐? 박제윤이 작곡과였어요? 배우인데 뭐, 연영과를 안 가고 작곡과를 들어갔대?"

강윤희가 한숨을 푹 내쉬었다.

"생각이라는 걸 좀 하고 사세요. 박제윤 프로필에도 멀쩡하게 연영과라고 써 있는데, 검색하는 성의를 보이든가."

"엥? 그래요? 박제윤은 또 연영과가 맞아요?"

"이렇게 말해 줬는데도 모르겠어? 박제윤이 자기 언니 일이라고 나섰다고 했잖아. 그런데 박제윤, 본인 아버지가 유성 모직 임원이라 거기서 사람들이 딱 그쳐서 그렇지. 그 집안 더 자세히 파 보면 '헤븐 하모니 음악 재단'이 나온다고."

직원은 부가 설명을 들어도 여전히 모르겠다는 눈치였다. 머리까지 벅벅 긁는 꼴이 영 멍청해 보였다. 저 눈치에 머리로 아무렴 음악 잡지사라지만 어떻게 기자 비슷한 걸 해 먹고 사나 싶을 정도였다.

"박제윤이 박신환 전 재단장이랑 친척이라니까? 가족 일이라는 게 뭐겠어! 넓게 보면 친척도 가까이 지내면 가족이라고 할 수 있잖아? 그리고 박희은, 여태 소식 없었지? 개명이라도 하고 숨어 살고 있어서 우리가 몰랐을 수도 있다, 이 말이지."

"개명이요?"

"그래! 개명! 기억 안 나? 본래 박희은 부모가 박신환 와이프랑 사이가 안 좋아서 왕래가 적었던 거. 그래서 그 집에 쓰는 돌림자도 안 쓰고 제 딸 이름 '박희은'으로 지은 거란 썰도 있었잖아."

"그, 그래서요?"

"근데 나무를 숨기면 숲에 숨기랬다고, 눈에 안 띄는 이름으로 개명을 하고 숨었다면은 박씨 집안 돌림자를 썼겠지. 그러다 보면, 뭐. 박제윤이랑 이름이 얼추 비슷하게 나왔을 수도 있고."

"오……."

직원이 다시금 멍청한 얼굴로, 이번에는 나름대로 감탄까지 담아 강윤희를 바라봤다. 숫제 박수라도 칠 듯한 얼굴이었다. 강윤희가 한숨을 푹 내쉬었다.

"멍청한 오, 소리는 그만 내시고, 작곡과 학생 명부나 구해서 기사 완성이나 하세요. 사장님이 너 콕 집어서 이 기사 메인 만들라고 했다며."

윤 씨라고 불린 직원은 여전히 멍청하게 서서 머리나 긁적이고 있었다. 도통 상황이 어떻게 돌아가는지 모르는 꼴이었다. 문 씨가 그 꼴을 보고 키들거렸다. 강윤희에게 휴대 전화를 공손히 돌려준 그가 앞으로 터져 나올 고성을 피하려고 자리로 잽싸게 돌아갔다.

"빨리 안 움직여?"

예상대로 강윤희가 소리를 내질렀다.

그리고 사흘 뒤, 오프 더 레코드였던 윤이성의 '뮤즈' 발언이 포함된 인터뷰가 실린 「뮤직 피커」의 3월호 잡지가 발간되었다.

'윤이성의 뮤즈, 그를 본 편집자는 감히 박신환 전 재단장님의 친손녀이자 비운의 피아니스트 신동이었던 박희은 양으로 추측해 본다. 박희은 양은 현재 윤이성 피아니스트와 스캔들이 있었던 신인 배우 박제윤 양과 같은 학교의 작곡과에 재학 중 돌연 자퇴했다고 한다.'

잡지에 실린 인터뷰에서 가장 사람들의 이목을 끈 문장은 바로 마지막의 추측성 문구였다.

윤이성의 뮤즈, 피아니스트 신동 박희은. 그리고 돌연 잘 다니던 학교를 그만둔 작곡과 학생.

강윤희의 떡밥은 새로운 추측을 낳았다.

* * *

"뮤직 피커가 뭘 어쨌다고요?"

박태욱 홍보이사를 통해서 기어이 고혜옥 여사와의 약속까지 잡게 된 참이었다. 형찬은 약속 장소로 향하던 도중 받은 전화에서 상황을 전달받고는 날 선 목소리로 되물었다.

-윤이성 피아니스트와 박신환 전 재단장님의 친손녀 박희은 양

사이가 심상치 않다는 추측을 실었는데, 아무래도 윤이성 피아니스트가 지금 논란의 중심이다 보니…….

"하아……. 윤이성 피아니스트와는 연락해 봤습니까?"

-잡지사로 쫓아가겠다는 걸 말렸습니다……. 지금은 김성길 매니저님이 윤이성 피아니스트 자택으로 가고 있고요.

"자택에 있긴 하고요?"

-지금 기자들이 집을 죄 싸돌고 있어서 어디로 이동도 못 하는 상황이니까요. 별다른 스케줄도 없는 실정이고요.

"……일단 알겠습니다. 우선은 기자들 문의 들어오면 사실 확인된 바 없다. 이쪽에서는 그와 관련한 얘기 없다, 뭐 굳이 내가 말하지 않아도 잘 대응하리라 믿겠습니다."

형찬의 말에 그러겠다는 답이 돌아왔다. 전화를 끊은 형찬이 다시금 깊이 숨을 들이켰다가 내쉬었다. 언론 지원 팀장의 입에서 박희은, 박제영의 옛 이름만이 나왔다. 그녀의 입에서 박제영의 이름이 나오지 않았음은, 「뮤직 피커」 쪽에서도 거기까지는 파악하지 못했거나 밝히지 않았음을 뜻했다.

혹시 하는 마음으로 형찬이 휴대 전화를 쥐고 인터넷 창을 열어서 각종 포털 메인을 확인했다. 역시, 아직 제영의 바꾼 이름까지는 등장한 기사가 없었다.

다만 이전에 박희은의 이름이 언급되었다가 삭제되었던 기사가 몇몇 기사의 베스트 댓글로 지정되어 있었다. 뭐가 있기는 있는 거 아니냐는 반응도 수두룩했다.

"대체 왜 일이 이렇게……."

형찬이 인상을 구겼다. 그를 보좌하던 비서가 형찬에게 조심스럽게 약속 시간이 얼마 남지 않았음을 알렸다. 가던 걸음을 멈췄던 형찬이 한숨을 내쉬고 앞을 바라봤다.

산 중턱에 고즈넉하게 자리한 별장이 보였다. 속 시끄러운 곳보다는 조용한 곳에서 느긋하게 보는 게 좋지 않겠냐며 고혜옥 여사가 정한 약속 장소였다.

형찬이 발을 움직였다. 별장 앞에 당도하자, 혜옥이 준비한 사람이 그를 맞이했다. 그의 안내를 따라 형찬이 별장 안, 혜옥이 자리한 방으로 향했다.

"오랜만에 뵙습니다. 여사님."

"호칭이 바뀌었네요. 일전에는 할머님이라 부르지 않았던가."

형찬이 혜옥의 말을 웃음으로 받아넘겼다. 혜옥도 큰 뜻이 없는 농이었던 듯 그저 웃고 말았다.

"가볍지 않은 사안으로 만나게 되었는데, 무겁지 않게 해 주시니 감사할 따름입니다."

"아쉬운 마음도 없지는 않아서 나온 소리이기는 해요. 우리 대표님이 손주 사윗감으로 더할 나위 없는 사람이기는 하잖아요?"

"하하하……."

"그래. 일단 앉아요. 제영이 문제가 조금 복잡해졌던데, 우리 대표님께서도 들으셨는가?"

혜옥도 방금 터진 「뮤직 피커」 건을 알고 있었다. 형찬의 얼굴이 일순 딱딱하게 경직되었다. 그가 설핏 웃다가, 얕은 한숨을 내쉬었다.

"예. 오는 길에 전해 들었습니다."

"늙은이 주책이라고 생각하고 조금만 들어 줘요. 제영이가 정말로 그 피아니스트 윤이성 군하고 무슨 관계가 있긴 있는가요? 대표님이라면 모르지는 않을 것 같은데."

"하하……."

형찬이 다시금 멋쩍게 웃었다. 곧 웃음에 씁쓸함이 섞였다. 그것만으로도 혜옥은 이미 답을 들은 것처럼 고개를 끄덕였다.

"윤이성 피아니스트는 확실히 제영 씨에게 마음이 있습니다."

"그야……. 상황만 봐도 알 수 있지요."

"그런데 아마도, 윤이성 피아니스트의 단방향 감정만은 아닌 것도 같습니다."

형찬은 솔직하게 답했다. 혜옥이 다시금 고개를 느리게 끄덕였다. 그녀의 눈이 잠시 먼 곳을 향하듯 초점이 흐려졌다. 저보다 일찍 가 버린 아들을 떠올리는 것이었다.

"참, 제 아비 그런 점을 닮아서는……."

혜옥이 허심탄회하게 뱉은 혼잣말은 형찬이 알아들을 수 있을 내용을 담고 있지는 않았다. 그러나 형찬은 적당히 맥락을 파악하고는, 앞에 놓인 물 잔을 들어 입을 축였다.

내내 입맛이 썼다. 다 정리되기에는 오래 자라 온 마음이 큰 까닭일 터였다.

"바쁜 분을 불러 놓고 늙은이가 철없이 궁금한 것만 물었네요. 할 이야기가 많을 텐데요."

"괜찮습니다."

"소송은 진행되고 있습니까?"

혜옥이 대뜸 본론으로 치고 들어왔다. 차라리 형찬은 이쪽 방면의 대화가 편했다.

"피해자들과 접선하고 있습니다. 아무래도 이쪽을 숨기고 접근하는 만큼 조심스럽게 행동하고 있어서, 진행은 더딘 편입니다."

"나를 통해서 재단 인맥으로 도움을 청했다지요?"

"예. 그렇습니다. 가능하시겠습니까?"

"어려울 건 없지요. 그런데 그렇게 돌아가야 할까?"

"예?"

돌아간다는 생각은 해 본 적이 없기에, 형찬의 입에서 반문이 튀어나왔다. 이번에는 혜옥이 얇고 주름진 입술을 축이면서 나긋하게 웃었다.

"굳이 유성이 이름을 숨겨 가면서 어렵게 피해자를 도울 게 아니라, 혜븐 하모니가 직접 나서서 피해자들의 소송을 도우면 어떻냐고 묻는 겁니다."

"괜찮으시겠습니까?"

"괜찮지 않을 건 또 뭐겠어요. 일찍 간 우리 그이가 곤궁한 젊은 예술가들 돕자고 시작한 재단인 것을요. 그러니 그 정신에 어긋나는 일도 아니지 않겠어요?"

"물론 그렇습니다만……. 지금 여론을 여사님께서도 알고 계실 텐데요."

"경솔하게 보일까, 혹여 늙은이 아집으로 보일까. 그런 것들을 걱정하는 게지요?"

"솔직히 그렇습니다. 다른 걸리는 점도 있고요."

형찬의 단호하고 재빠른 답에 혜옥이 사람 좋게 웃었다. 헌앙하고 훤칠한 사내가 갖춘 사업가적인 기질, 젊음에서 오는 것인지도 모를 당돌함이나 솔직함 같은 점들이 괜스레 먼저 떠난 제 남편 박신환을 떠올리게 했다.

나이를 먹을수록 추억에 잠기는 시간이 많아지는 것은 어쩔 수 없는 모양이었다. 더군다나 요즘 몸이 편치만은 않으니 더욱. 어쩌면 그래서 먼저 간 이들을 향한 그리움 또한 깊어졌는지도 모를 일이다.

"다른 걸리는 점이라면 제영이의 옛 이름이 떠도는 문제일 테지요?"

"그렇습니다. 여사님께서는 일전의 일에서 제가 겪은 바…… 감히 추측하자면 사실 그 문제에 관해서는 크게 신경 쓰지 않으시리라 보지만요."

"나이를 먹었다고 지난 일에서 배우는 점이 없으려고요."

"어떤 뜻으로 하시는 말씀인지 여쭤도 되겠습니까?"

혜옥이 낮게 침음성을 흘렸다. 아들의 얼굴을 닮고 며느리의 손과 성격을 닮은 친손녀 제영의 얼굴이 그녀의 머릿속에 어렴풋이 맺혔다가 사라졌다. 본래도, 아들이 살아 있던 시절에도 그리 얼굴을 자주 보는 살가운 사이는 아니었다.

도리어 정이 없는 사이였다. 혜옥의 남편인 박신환 전 재단장이 혜븐 하모니 음악 재단을 설립하기 전부터도 박씨 집안은 예술과 뗄 수 없는 집안이었다. 때로는 평론가로, 예술을 즐기는 풍류인으로, 드물게는 제영처럼 재능을 타고나 직접 예술에 뛰어드는 이들도 있었다.

그중에서도 제영은, 과거의 박희은은 특출났다. 아마도 혜옥의 아들이자 그녀의 아버지에게서 물려받은 재능은 아닐 터였다. 혜옥의 아들은 박신환에게 예술인을 알아보는 눈을 물려받았고, 그 눈으로 제 딸에게 재능을 물려주고도 남을 여인을 찾아 사랑에 빠진 것이었다.

혜옥의 눈에는 며느리가 제 아들의 곁에 서기에는 부족함이 많은 여인으로 비치었다. 그녀 또한, 박신환을 사랑해 마지않아 제 집안의 격보다 한참 낮추어 시집을 온 까닭이었다. 더해 그녀의 몸이 건강치는 않아 자식을 많이 둘 수도 없으니, 독자인 아들은 금쪽같기만 하였다.

그래서였을까. 제 아들에게만큼은 친정의 힘을 빌려서라도 좋은 집안과 엮이게 해주고픈 욕심이 있었다. 그 욕심이 꺾여 아쉽기는 하였으나, 그래도 제 아들이니 마냥 미워할 수는 없었다. 고상하게 자랐으니 며느리에게 모진 시집살이를 시키지도 않았다. 시킬 줄도 몰랐다.

그저, 눈에 넣어도 아프지 않을 아들과 함께 며느리도 손녀도 자주 보지 않았을 따름이었다. 그러면서도 내심 제영이 타고 태어난 재주는 마음에 들었다. 그것으로 제가 자리한 박씨 집안을 빛내 주는 것은 기꺼웠다. 커 갈수록 아들의 얼굴을 더욱 닮아 가는 제영의 모습도 그러했고.

조금씩이나마 며느리와 아들에게도 다시금 마음을 열고 있던 차였다. 그쯤 제영의 스케줄에 동반했던 아들 내외가 죽었다.

유일한 자식이 죽어 버렸다. 아들을 닮고, 못마땅한 점이 많았던 며느리에게서는 그나마 마음에 차는 점만 쏙 빼 와 닮은 제영이 처음으로 미웠다. 이전까지는 마음을 표현하지는 않았을지언정 곱게 보았는데. 태어난 아이에게는 죄가 없다고 생각했는데.

생때같은 독자를 먼저 보내게 한 제영이 미웠다. 사고가 손녀의 탓이 아닌 걸 알면서도 미웠다. 부모를 잃어 저도 힘들다며, 하얗게 말라 버린 제영에게 한순간은 제 남편조차 빼앗긴 듯했다.

어쩌면 그 모든 것들을, 그저 어리고 재능이 넘쳐 빛났던 제영에게 보상받고자 했는지도 모르겠다. 그 생각을, 혜옥은 제영이 더는 연락하지 않겠다고 절연을 선언한 뒤에야 했다.

무심하고 무던하게 굴어도, 실은 배 아파 낳은 친아들보다 자신의 말을 잘 따라 주던 게 제영이 아니었을까 하는 생각을 했다.

한참 어른이면서 부모를 떠나보낸 어린 손녀보다 못했다. 연을 끊고 나가겠다던 제영의 모습이 괘씸했는데, 지나고 보니 제영은 저의 역린을 건드리지만 않으면 정말로 얌전한 손녀였다. 정이 없는 것이야 제영을 탓할 일이 아니었다. 본디 타고나길 착한 아이라 그런 것이냐면 그것도 아닐 터였다.

제영은 가만 보면 제 아들의 고집을 전부 물려받았다. 그런 아이가 고분고분 제 말을 따른 것은, 제영이 본래부터 가지고 있었고 혜옥이 키워 놓은 죄책감 때문이었을 터다.

그걸, 참으로 늙어 주책맞게 이리 한참이 지나서야 알았다.

"속 시끄러운 일이라 참 밝히기 낯부끄럽지만, 제영이가 우리 대표님도 알고 있는 바로 그 일전의 일로 집안과 연락을 끊었어요."

"예……."

"이미 알고 있었다는 얼굴이네. 그러고 나서는 나도 생각이 많았지요. 본디 어른 말에 대꾸는 하더라도 또 시키는 일은 싫어도 하던 아이였던지라."

혜옥의 곱게 주름진 얼굴에 회한 깊은 웃음이 어렸다.

"제게도, 집안에도 실이 되라고 한 일이 아닌데 고작 이름 하나를 가지고 저 난리를 피운다고 생각을 했어요."

느리게 말을 잇는 혜옥을 가만히 바라보고 있던 형찬이 어렵게 입을 열었다. 이미 혜옥이 느껴 알고 있을지도 모르겠지만, 그저 제영의 편을 들어 주고 싶었다.

"저도 당사자가 아니니 정확하지는 않겠지만 제영 씨에게는 과거의 이름이 그때 일을 떠올리게 하는 열쇠가 아닐까 합니다. 그러니 타인의 입에 찾지도 못할 과거의 영광이나, 부모님을 연상시킬 자기 이름이 오르내리는 게 힘든 일일 수도 있고요."

"그게 맞겠지요. 나만 해도 아직껏 내 아들의 이름을 입 밖에 내기도 괴로운데."

형찬이 순간 목 끝까지 차오른 말을 웃음으로 메우며 애써 삼켰다. 혜옥이 그런 형찬을 보고 저도 입꼬리를 살짝 들어 올렸다. 그녀도 공으로 나이를 먹은 게 아니었다.

"나이가 있는 사람도 그리 슬플 일일진대, 제영이 슬픔도 좀 알아주지 그랬느냐고 말을 하고 싶던가요?"

"……송구합니다."

"솔직한 것도 참 마음에 들어. 글쎄……."

혜옥의 눈이 갸름하게 좁아 들었다. 나이를 먹어 홍채와 백안의 경계가 흐릿해진 눈동자가 촉촉하게 젖었다.

"내가 이 나이 먹도록도 철이 없었던 게죠. 내 아들 잃은 슬픔만 보였어. 내 생에 다시 찾아오지 않을 내 배 아파 낳은 아이. …… 제영이가 부모와 제 빛나는 능력을 다 잃었다는 건 보이지도 않고 그저 미웠답니다. 그러니 철이 없었지."

"이제는 다 알게 되셨잖습니까. 그렇다면, 이번에야말로 제영 씨를 힘들어질 일에 끌어들이지는 않는 게 옳지 않을까요?"

"그게 우리 마음대로 되기에는 이미 밝혀진 게 너무 많지 않을 까요? 우리 대표님?"

혜옥의 말이 끝나기 무섭게, 퍽 공교로운 타이밍으로 그녀의 휴 대 전화가 울렸다. 혜옥이 전화를 받아 들었다. 그녀의 얼굴에 심 각한 낯으로 주름이 잔뜩 졌다.

"기자들이 찾아와서 묻고 있다고. 으응. 이미 알고 찾아온 것 같 아? ……그래?"

몇 마디를 더 내뱉은 혜옥이 전화를 끊었다. 그녀가 이마를 짚 으며 한숨을 내쉬었다.

"정말로 우리 손을 떠난 것 같네요. 통화 내용은 좀 들렸나요?"

"아뇨. 다만 여사님 답하시는 목소리만으로도 대충 상황은…… 예상 갑니다."

혜옥이 다시금 깊이 숨을 들이마시고 내쉬었다. 그녀의 손이 습 관인 듯 상 위에 놓인 찻잔의 입구를 둥글렸다.

"기자들. 이미 제영이가 예전의 그 박희은인 것도, 제영이가 그 피아니스트가 난리 친 원인인 피해자인 것도 이미 확신하고 있는 눈치였다더군요."

"뮤직 피커 발간이 오늘이었는데⋯⋯. 이미 물밑으로 정보가 돌았던 모양입니다."

"기사에 박제영이 박희은 신동이 맞더란 확인을 가족들에게도 받았다, 이 한 줄을 싣기 위해서 찾아온 것 같다는 느낌이었다고 해요. 정말로, 손쓸 도리가 없는 거지."

형찬도 피곤한 낯이 되어선 미간을 문질렀다. 일순 정적이 감돌았다. 하나 이미 터진 일까지 해서, 그들은 문제 해결을 위해 모인 것이었다. 마냥 피곤한 얼굴로 침묵하고 있을 수만은 없었다.

"어차피 이렇게 된 것, 더는 거리낄 것 없이 소송은 우리 재단에서 드러내 놓고 돕는 것으로 하겠습니다."

형찬이 고민의 여지 없이 즉답했다.

"예. 이렇게 된 이상 차라리 그 편이 나을 듯합니다. 오히려 제가 감사를 드려야 할 입장이네요."

"내 손녀의 일이니 내가 감사를 받을 입장은 또 아니지요."

"하하하⋯⋯."

"다만, 사실 모양새적으로 가장 좋은 것은 제영이가 도용 소송의 주가 되는 것인데, 아까도 말을 했지만 우리는 지금 제영이랑 연락이 되지를 않아요. 혹 대표님이랑은 제영이가 아직 연이 닿아 있는가요?"

형찬이 씁쓸한 얼굴로 고개를 저었다.

"송구하게도 저 또한 연락이 닿지 않기는 매한가지입니다."

"그렇다면…… 그 피아니스트를 통해서 연락을 시도해 보는 것은요? 괜찮을까요?"

"윤이성 피아니스트는 이런 안건을 전달하게 하기에는 상당히 불안한……."

형찬의 말을 끊고 다시금 혜옥의 휴대 전화가 울렸다. 혜옥이 겸연쩍은 얼굴로 형찬을 보고는 울리는 전화를 확인했다. 비슷한 시기에 형찬의 전화도 울렸다.

형찬에게 연락해 온 것은 윤이성이었다. 대충 상황이 이해가 가는지라, 형찬은 한숨을 내쉬며 우선 전화를 거절하는 쪽을 택했다. 이 자리에서 그의 연락을 받는 건 그다지 옳지 않은 선택이라 여겼다.

"제윤이? 이 아이가 왜……."

반면에 혜옥은 단호하게 걸려 온 연락을 끊어 버리지는 않았다. 형찬이 제윤의 이름을 듣고는 문득 어떠한 감을 받았다. 이성과 함께 움직이기 시작한 제윤이었다.

제영도 지금 상황을 통 모르고 있지는 않을 테고, 어쩌면…….

"끊기기 전에 받아 보시죠."

"이거 번번이 미안하게, 제윤이도 일에 나서 주고는 있다지만 지금 여기서 내가 연락을 받을 만큼 중요도가 있지는 않을 것 같은데요. 대표님께 무례가 되지 않을까?"

형찬이 다급히 고개를 저었다.

"어쩌면 박제윤 씨는 제영 씨와 연락 중일지도 모릅니다."

형찬의 태도가 하도 단호한지라, 혜옥이 의아한 얼굴로 얼결에 통화를 연결했다.

-할머니!

연결되기 무섭게 제윤이 커다랗게 소리쳐, 그녀의 목소리가 형찬에게까지 닿았다.

"늙은이 귀청 떨어지겠다. 무슨 일이야?"

-할머니 엄마랑 통화했어요? 나 지금 엄마랑 통화하고 할머니한 테 바로 전화하는 건데요, 잡지 할머니도 봤죠?

"좀 천천히……."

-어우, 할머니이! 지금 천천히 말할 때가 아니라, ……아.

기차 화통이라도 삶아 먹은 것처럼 연신 큰 소리를 내지르는 제 윤의 목소리가 형찬에게까지 들렸다. 휴대 전화를 귀에서 한참 떨 어뜨려 놓고 전화를 받던 혜옥이 정말로 낯부끄럽다는 얼굴로 형 찬을 흘긋 봤다.

"그래, 일 급하게 돌아가는 건 내 알지. 이 일에 불 지핀 데에 네 몫도 없지 않다는 건 알지? 박제윤."

혜옥이 자중하라는 의미로 목소리를 깔아 엄하게 제윤의 이름을 불렀다. 제윤은 그걸 듣고도 기가 죽지 않은 채로 답했다.

-제영 언니랑 연락해 보셔야 하죠? 저 언니랑 연락돼요.

"뭐? 너 언제부터……!"

-지금 그게 중요한가요? 저 언니랑 연락된다고요. 할머니. 그러 니까 전할 거 있으면, 지금 저한테 말해 주세요. 저 아니면 언니 또 연락 안 받을 것 같으니까.

* * *

상황은 시시각각 변하고 일상은 조용한 듯 요란하게 흘렀다. 제윤이 인터뷰한 피해자의 영상도 벌써 네 번째 사람의 것이 올라왔다. 그러나 사람들은 여전히 김무진이 학생들의 곡을 훔쳤다는 사실을 믿지 않는 듯했다.

반신반의하는 데까지는 왔다. 그러나 그뿐이었다. 확실하게 여론이 뒤집히는 일은 없었고, 제영은 묘한 불안감과 피로감을 느꼈다.

시도 때도 없이 이성이 연락해 왔다. 제영은 반쯤 받아 주고, 반은 흘렸다. 그의 집 주변을 기자들이 싸돌고 있다고 했다.

-박제영 못 봐서 말라 죽을 것 같아.

"헛소리 말고 집에 처박힌 김에 연주나 좀 해. 손 굳는다, 너."

-내가 지금 그럴 기분이 나겠나? 왜 사람들이 내 말을 안 믿지?

"여태 본인이 쌓아 온 행적을 돌이켜 보세요. 왜 그런지 난 알겠으니까."

제영의 단호한 답변에 이성은 툴툴거리면서도, 기어이 그녀의 말을 따라 피아노 앞에 앉곤 했다. 연주자인 이성의 기분을 잔뜩 담아서 모난 연주는, 그러나 끊기지 않은 전화 너머로 제영에게 전해진다는 걸 인식하고 나면 또 묘하게 달콤해지곤 했다.

이성의 연주는 지금 상황이 당연히 편하지만은 않은 제영에게도 제법 위로가 되었다. 그런 식의 전화 데이트와 비슷한 것이 요 며칠 새 종종 이어졌다.

"피아노……."

제영의 눈이 문득 거실에 놓인 피아노를 향했다. 날이 조금 풀린 덕에 이르게 바꿔 달아 놓은 봄 커튼을 통과한 빛이 은은하게 쏟아졌다. 공기 중에 부유하는 작은 입자 같은 것들은, 사실 빛을 받아 반짝일 따름이지 먼지에 불과했다.

그런데 그 모양이 예쁘고 퍽 평화로웠다. 제영이 멍하니 그 빛을 즐기며 바라보다가, 저 먼지가 앉을 피아노를 다시금 응시했다.

"닦자. 오랜만에."

마음을 먹은 제영이 움직였다. 정말로 오랜만이었다. 손이 망가진 이후로 직접 제 손으로 피아노를 관리한 적이 없었다. 지금보다 훨씬 작고, 흉 하나 없었던 고운 고사리손으로나 몇 번 닦아 봤을 따름이었다.

그때는 밤중에 잠이 오지 않아서 몰래 나와 피아노를 닦거나 쓰다듬고 있노라면 귀신같이 알고 부모님이 나와 보셨다.

"악기를 귀하게 다루는 건 좋지만, 네 손도 소중히 아껴야지."

"아빠가 할까? 아니면 내일 짬을 내서 가족끼리 같이 할까?"

제영이 손에 쥔 마른걸레를 움직이며 고개를 갸우뚱 기울였다.

"그때 뭐라고 그랬더라……."

잘 기억이 나지 않았다. 이상하게 엄마가 엄하게 혼내던 목소리만 기억이 나서 설핏 웃음이 터졌다. 제영이 제 오른손을 내려다봤다. 쥐어지지도, 펴지지도 않는 어설픈 모양으로 바르르 떨리고 있는 흉 많은 손가락이 보였다.

엄마와 아빠가 함께 소중히 아껴 준 손이었는데. 그러곤 이성의 손이 떠올랐다. 그의 손도 다른 의미로 흉이 많은 손이었다. 그의 생에 손을 아껴야만 한다는 생각이 들었던 적이 있을까. 적어도 피아노를 본격적으로 치기 전까지는.

그 험한 손으로도 윤이성은 '박희은'이 표현하고자 했던 이상의 섬세하고 아름다운 멜로디를 뽑아냈다. 소중히 다루었던 손은 아니더라도. 그 손이 뽑아내는 선율은 아름다웠다.

제영이 콧노래를 흥얼거렸다. 어제 이성이 연주했던 곡이었다. 처음에는 분명히 익숙한 발라드로 시작했던 듯한데 어느 순간부터는 제멋대로 되어서, 그것도 썩 들을 법한 멋대로라서 금세 귀에 익었다.

그러다 보니 생각났다. 그날, 결국 잠이 오지 않는다는 제영에게 부모님들이 그럼 한 곡 연주해 달라고 청했다.

그게 드뷔시의 〈달빛〉이었다. 이성이 저를 다시 찾아왔을 때도, 교정에는 그가 연주한 〈달빛〉이 흘렀다. 아마 평생 잊을 수 없을, 충격적인 걸 넘어 파괴력 높은 재회였는데 배경 음악만큼은 서정적이기 짝이 없었다.

제영이 설핏 웃음을 터뜨렸다. 웅크리고 앉아 있던 그녀가 피아노 의자를 짚고 몸을 일으켰다. 한참을 무언가 주저하듯 덮개가 덮인 피아노를 바라보았다. 그러다 머뭇거리던 손이 덮개를 열었다.

더디게 다가간 왼손이 피아노 건반을 눌렀다. 중간쯤에서 눌린 건반이 빚어낸 소리가 너른 거실에 긴 울림을 끌고 떠돌다 잦아들었다.

의미 없이 눌렀던 하얀 건반 주변에서 서성이던 손끝이, 이제는 의지를 품고 건반을 짚었다. 한 번에 두 음씩, 조각난 듯 이어지며 그녀의 왼손이 짚어 내는 멜로디는 그 재회의 날 교정에서 들었던 〈달빛〉이었다.

그러나 왼손으로, 본래보다 낮은 옥타브로, 느리고 더디게 퍼지는 음은 어딘가 서글펐다. 박제영의 얼굴에 깃든 표정보다 더.

제영이 건반에서 손을 떼고 다시 덮개를 덮어 건반을 감추었다. 새카만 피아노가 커튼에 덮인 커다란 창에서 쏟아지는 은은한 빛을 받아 매끈하게 빛났다.

"오늘도 전화 올까."

윤이성이 전화를 할까. 했으면 좋겠다. 그렇다면 그의 손가락을 빌려 듣고 싶은 곡이, 오늘은 아주 확실하게 있는데. 감정의 전환은 의외로 빠르게 일어났다. 제영의 얼굴에서 서글픔이 다소 걷혔다.

그때 제영의 마음을 알기라도 하듯 그녀의 휴대 전화 벨 소리가 울렸다. 제영이 눈을 동그랗게 뜨고 테이블에 놓아둔 휴대 전화로 다가갔다.

그러나 전화는 기다리던 이의 이름이 아닌 다른 사람의 이름을 띄우고 있었다. 박제윤이었다.

"무슨 일이야?"

-너 괜찮아?

"……뭐? 그게 갑자기 무슨 소리야?"

-아니, 너 아직 몰라? 안 봤어?

제영의 얼굴이 의아한 낯으로 일그러졌다. 제윤이 묻는 말의 의

도를 파악할 수가 없었다.

"보긴 뭘 봐? 네가 올린 영상은 봤어. 재작년 차트 역주행했던 무슨 노래가……."

-아니! 이 답답아! 그거 말고!

"그거 말고 뭘 봐야 하는데, 내가? 윤이성이 또 뭐 사고 쳤어?"

제윤이 전화 너머로까지 들리도록 크게 한숨을 내쉬었다. 정말 답답해 죽겠다는 투였다. 전화를 건 제윤은 차 안인 듯했다. 특유의 차량 엔진음이 종종 전화를 타고 같이 들렸다. 거기에 더러 다른 소음들이 섞이기 시작했다.

"뭔데 그래?"

-박제영, 너는 지금……! 이 멍청이가 자기 집 주변을 기자들이 온통 둘러싸고 있는데도 모르고 있어?

"……뭐?"

-나 지금 네 집 앞이야. 경비원이 막고 있네. 이렇게 난린데 네가 몰랐다는 것도 대단하다. 박제영. 너 뭐 하고 있었어?

전화로 들리던 먹먹하던 소음이 갑작스레 확 커졌다. 제윤이 차 문을 연 듯했다. 누군지도 모를 사람들의 목소리가 뒤엉켜 수화기를 통해 제영에게 전해졌다. 들리는 모든 말이 질문이었다. 제윤은 어떠한 것에도 답하지 않았다.

-박제윤 배우! 친척 언니인 박희은 양을 만나러 방문한 겁니까?

제윤을 붙잡은 듯 뒤엉킨 웅성거림이었던 목소리 중의 하나가 커다랗게, 제영의 귀에까지 닿았다. 제영의 얼굴이 백지장처럼 하얗게 변했다.

"저게 무슨 소리야? 박제윤. 뭐냐고."

–설명해 줄 테니까! 아, 저한테 묻지 말아 주세요! 지금 팔 잡으신 거예요? 매니저 오빠! 좀 도와줘!

"박제윤!"

–설명할 테니까 언니 지금 한마디도 더 하지 말고, 경비원분한테 나 좀 들여 달라고 해. ……아 저는 할 말 없어요. 제 일도 아니잖…….

제윤이 전화를 끊어 버렸다. 제영이 여전히 굳어진 얼굴로 창을 가린 커튼의 틈을 살짝 벌렸다. 정원을 둘러싼 담 밖으로 낯선 기자들이 집을 둘러싸고 있었다. 이 소란을 어떻게 몰랐을까.

제영이 얼빠진 낯으로 하염없이 창밖을 보다가, 카메라 하나가 높이 들어 올려져 자신을 향하는 걸 보고는 쥐고 있던 커튼을 손에서 놓았다.

손끝이 떨리고 있었다.

현관문을 넘어서 들어온 제윤이 문을 거칠게 닫았다. 곧장 소파에 앉았던 그녀가 자리에서 일어서 커튼으로 가려진 전면 창을 노려보았다. 한숨을 내쉰 제윤이 제영의 팔을 붙잡고 대뜸 2층으로 끌고 올라갔다.

2층에도 작은 거실이 존재했다. 2층 거실은 바깥으로 난 창이 없었다. 제윤이 좌식으로 조성된 거실에 널브러지듯 몸을 기대어 앉았다. 모자와 마스크를 벗어 내던지는 손길이 몹시 거칠었다.

"아 진짜 기자들 미쳤어. 나 물 좀."

"기다려."

"1층 내려가야 해? 그럼 됐어."

"됐다고?"

"박제영이 기자 저것들 독기를 몰라서 그런다. 너 커튼은 왜 벌써 바꿨니? 저거 안에 다 비치잖아. 실루엣이라도 잡아서 사진 찍어 대고 난리 칠 인간들이 저기 밖에 한 무더기다."

제윤의 입에서 나온 한 마디 한 마디가 신랄하기 짝이 없었다. 제영이 문을 열어 주기까지 적잖이 시달린 모양이었다.

"대체 무슨 일인데? 내 예전 이름은 왜 나오고."

"……우선 직접 봐."

제윤이 설명하기도 지친다는 듯 한숨을 내쉬고, 가방에 담아 온 잡지를 꺼내 제영에게 건넸다. 제영이 이게 뭐냐는 눈으로 제윤을 바라봤다. 이성이 피아노 앞에 앉아 눈을 내리깔고 있는 사진이 표지 전면에 깔려 있었다.

"윤이성 인터뷰가 문제야?"

"아 직접 보라고."

제영이 잡지를 펼쳤다. 「뮤직 피커」라면 이성이 잠적 전 활동할 때 트러블이 한 번 크게 있었던 곳이었다. 왜 이곳과 새삼 다시 인터뷰를 진행했는지 의아한 마음이 들었다. 제영이 이성의 인터뷰가 실린 페이지를 열었다.

늘어져 있던 제윤은 제영이 페이지를 읽어 내려가는 것을 확인하고는 거의 기어가는 자세로 아래층으로 내려갔다.

잡지에 실린 인터뷰 초반에는 별반 특별한 내용은 없었다. 무난하기 짝이 없어 도리어 이게 윤이성이 한 인터뷰가 맞나 싶을 정도였다.

그러나 마지막 페이지의 끝머리에서, 제영은 '박희은'이라는 이름이 어째서 끌려 나왔는지 알아 버렸다. 그리고 그 이름이 왜, 어째서 자신의 집 주변에 기자들을 불러들였는지까지도.

"다, 봤어?"

기어 내려갔던 자세 그대로 기어 올라온 제윤이 물었다. 그녀의 손에는 음료수와 물병이 들려 있었다. 제영이 제윤의 모습을 보고 헛웃음 지었다.

"발간일이 언제야?"

"오늘 아침."

"사람들이 박희은 이름만으로 내 집까지 찾아냈다고?"

"사람들 아니고 기자들이지. 저것들은 종족부터 달라요."

"그게 중요해?"

"꼭 그런 건 아니고……."

제영의 날 선 반응을 익히 예상했던 제윤이 쪼그라들었다. 본능적으로 머리를 감쌌던 제윤이 그런 저를 보고 고개를 돌리는 제영의 행동에 멋쩍게 머리를 쓸어내렸다.

"상황은 대충 파악됐지?"

"아마도."

"어떻게 할 거야?"

제영이 쉽게 답하지 못했다. 어떻게 할 거냐니. 뭘 어떻게 할 수는 있나. 그런 생각만 자꾸 들었다. 이건 이전에 잠깐, 제윤과 이성의 스캔들에 끼워 팔리듯 이름이 등장했던 것과는 달랐다.

이건 이성과 박희은, 지금의 박제영을 중심으로 벌어진 사달이었다. 단순히 잡지사의 추측성 문구를 정정해 달라고 해서 끝날 일이 아니었다.

단순 스캔들이기만 했더라도 이 정도로 파급력이 크지는 않았으리라. 그런데 이 일에는 김무진의 학생 곡 도용 논란까지 끼어 있었다. 정확히는 김무진의 도용 논란이 주였다.

「뮤직 피커」가 이성의 '오프 더 레코드' 발언을 밝히며 굳이 붙인 사견은 과거의 피아니스트 신동 박희은이 이번 '김무진 도용' 논란과 연관이 있음을 너무나 쉽게 추측하도록 했다.

"내가 뭘 어떻게 할 수는 있는 상황이야?"

"어떻게 할지 결정해야 할 상황이긴 하잖아?"

"뭘 결정해?"

제윤이 바로 답하지 않고 뜸을 들였다. 늘어져 있던 몸을 똑바로 하고 앉아 제영을 빤히 직시했다.

요즘은 드론에 녹음기 달고 카메라 달아서 띄우는 것도 단순히 할리우드 파파라치들만 그러는 게 아니었다. 아직 확실하게 결정난 것도 없는데 괜히 말이 새서 좋을 게 없었다. 제윤의 목소리가, 행여 누가 들을까 싶다는 듯이 낮아졌다.

"피해자들, 소송 진행할 거야."

"그래서?"

"지금 할머니가 맡아서 가지고 있는, 할아버지가 물려주신 네 재단 이름 걸고 그 사람들 도울 거고."

제윤은 딱 거기까지만 말했다. 제영이 눈을 질끈 감았다. 더 듣지 않아도 제윤이 하지 않은 말이 무엇인지 너무나 명확하게 읽혔다.

"나도 소송하라고?"

"안 할 거야?"

제영은 딱 잘라서 하지 않겠다고 말하지 못했다. 그녀가 얼굴을 감싸 쥐었다. 세상 모든 피로가 제게 몰려오는 듯했다.

문득 윤이성이 미웠다. 이렇게까지 일을 크게 만들어서 기어이 사람들 입에서 저의 이름을 오르내리게 한 그가 미웠다. 화가 났다. 그도 이렇게까지 될 줄은 몰랐겠지만, 쉽게 저의 뮤즈가 나타났니 어쩌니 입을 놀린 경솔함에 진절머리가 났다.

"네가 박희은이라는 이름에 경기 일으키는 거 나도 모르지는 않는데, 지금 대한민국에 이미 박제영 옛날 이름 안 떠들고 다니는 사람이 없잖아?"

"그래서, 뭐."

"너 일 안 키우려고 한 거, 소송 안 한 거 전부 이렇게 될까 봐 그런 거 아냐? 근데 이미 다 터질 거 터졌잖아. 그러니까……."

"그러니까, 이겨 먹을 수 있으니까 하라고? 소송?"

"……뭐, 결국 그거지."

제영의 입에서 깊은 한숨이 터졌다. 길게 빠진 숨은 짙은 감정을 품고 있어 형태감을 갖추고 손에 잡힐 것만 같았다.

"아직은 정황만 있는 거잖아. 추측이잖아. 그런데 소송에 내 이름 실어서 그거 전부 사실로 만들라고?"

"그럼 안 돼? 어차피 다 까발려진 거나 마찬가지야. 기자들 만만하게 보지 말라니까? 정말 아무것도 없이 정황만 가지고 이 난리를 피우고 있는 것 같아? 쟤들이?"

"박제윤."

"야, 박제영 언니야. 여기 집 명의가 누구로 돼 있는지 생각을 해 보세요. 그리고 너 학교 학적에 적힌 이름이 뭐였는지를 생각해 보라고! 박제영이잖아! 기자들 이미 뭐가 어쨌든 박희은이 박제영인 거 다 안다니까?"

"그걸 내가 몰라서 그래?"

"아니 그러면 뭔데! 왜 안 하는데!"

제윤의 말대로 적어도 집 주변에 몰려든 기자들은 과거의 박희은과 지금의 박제영이 같은 사람임을 확실히 알고 왔을 것이다. 그러나 그것과 지금의 모든 논란을 전부 시인하듯 소송에 참여하는 건 적어도 제영에게는 아주 다른 문제였다.

무어라 콕 짚어 확실하게 제윤에게 말할 수 있는 부분은 아니었다. 그러나 원하지 않는 방향으로 일이 더 번지리라는 막연한 감이 제영을 사로잡았다. 불안했다. 그 불안이 어디서 시작하는지조차 실은, 제영도 아직 전부 알지 못했다.

다만 이 불안한 심리가 단순히 사람들의 입에 '박희은'이라는 이름이 오르내리는 데서 오는 것만이 아님은 확실했다. 그것과는 다른, 어떠한 불편한 지점이 있었다.

"……혹시 또 할머니나 우리 집 의견에 휘둘리는 걸까 봐 그래?"

"뭐가?"

"소송. 할머니나 우리 집이 네 이름값 뭐 어떻게 팔아먹으려고 하는 것처럼 보이냐고. 내가 할머니가 시켜서 여기 온 것 같고."

제윤이 답답해 죽겠다는 듯, 썩 진지하고 걱정 그득한 얼굴을 했다. 제영은 생각지도 못했던 부분이었다. 다만 여태껏 있었던 일들을 돌이켜 보면 제윤이 이렇게 생각하는 것도 충분히 있을 수 있는 일이었다. 제영이 실소했다.

"할머니가 시키셨어?"

"야, 아니거든?"

"그럼 왜 지레 찔리는 것처럼 그렇게 말을 해?"

"와……. 얘 좀 봐. 내가 이래서 네가 진짜……."

제윤이 말을 하다 말고 물을 벌컥벌컥 들이켰다. 컵에 따를 겨를도 없이 병을 들고 들이부었다. 속에서 열불이 나는 사람처럼 말이다.

"내가 전에, 할머니 진짜 좀 많이 달라졌다고 하지 않았어? 그거 거짓말 아니야. 오히려 할머니는 나한테 너 싫다고 하면 너무 무리시키지 말고 도울 거 있으면 도와주고 오라고 했거든?"

"그럼 너는 왜 나한테 이렇게까지 소송을 하자고 하는데."

"김무진 피해자 너만 있는 거 아니잖아."

제영의 말문이 막혔다. 제윤의 입에서 김무진의 다른 피해자들 이야기가 나올 줄은 몰랐다. 아니, 사실 솔직해지자면 그들을 안중에 두고 있지도 않았다.

"너보다 한참 먼저 당했던 사람들도 있어. 졸업하거나, 아니면 너처럼 학교 때려치운 사람도 있고. 그 사람들 내가 전부는 아니지만 태반은 만나 봤어. 그뿐이야? 지금 인터뷰 따서 올리는 것도 나고!"

언성을 높였던 제윤이 행여나 하는 마음으로 제 입을 막고 매만졌다. 이미 도청기라도 설치한 건 아니겠지. 아직 그럴 정도로 시간이 지나지는 않았을 거다.

이번에는 제윤이 길게 한숨을 뽑아냈다. 솔직히 제영에게 왈칵 화를 낸 것처럼 그렇게까지 그들에게 공감하고 못내 안타깝지는 않았다. 애초에, 제윤이 처음 이 판에 끼어든 것도 제가 받을 이익이 있을 듯해서였다. 재미있을 것 같다는 점도 한몫했다.

다만 지금 제윤의 심정이 처음보다 진지해진 것은 사실이었다. 학교 상담 센터에 상담을 청해 봤다는 피해자가 있었다. 처음엔 피해자의 슬픔과 울분에 공감하는 듯하던 상담원은, 다음번에 찾아왔을 때는 태도를 바꾸었다고 했다.

"아직 설익어서 본인의 음악적 자아를 찾지 못한 학생들이 가끔 이렇게 생각하는 경우가 있다고 그랬나? 뭐 그따위로 지껄이는 거예요. 내가 이 학교 들어오기 전에는 음악을 아예 안 했던 것도 아니고, 뭐 김무진 곡만 들으면서 산 것도 아닐 거 아니에요? 내가 멍청이예요? 까놓고 말해서 김무진 그 인간 자기 스타일 확고한 작곡가도 아니었잖아요. 그리고 다 떠나서 어떻게 내가 작곡한 노래를 내가 몰라요? 들은 거랑 내가 만든 걸 헷갈린다고요? 그럼 학교는 그것밖에 안 되는 학생들을 무더기로 뽑아서 김무진 밑에만 밀어 넣은 건가요?"

인터뷰하던 피해자는 기어이 울음을 터뜨렸다. 제윤은 같이 울지는 않았지만 눈시울이 붉어지기는 했다. 억울함이나 답답함이 전해졌던 까닭이다.

"걔들 다 도와줄 사람도 없고 본인도 아무것도 아닌 일개 학생 나부랭이라 입 닥치고 살았어. 근데 사실 너는 아니잖아."

여럿의 피해자를 직접 마주했던 만큼, 인간적인 안타까움이 생기지 않을 수 없었다. 학교와 학교가 체면을 위해 감싸는 김무진은 강자고, 피해자인 학생들은 명백한 약자였다. 그걸 알아서 피해자들이 여태 입을 다물고, 그렇게까지 인터뷰를 꺼렸구나 하는 생각이 절로 들었다.

"너는 다른 피해자들처럼 그냥 학생도 아니고, 음악적인 재능 있는 박희은이었다는 과거를 가지고 있잖아. 사람들이 '어?' 하고 한 번 봐 줄 그런 사람이잖아, 솔직히. 그리고 너는 지긋지긋하고 싫을지 모르지만! 재단이랑 할머니 이름으로 너 도움받을 수 있잖아. 너는 걔들만큼 약자 아니잖아. 너 할 수 있잖아. 쓰려면 할머니 통해서 재단 힘도 쓸 수 있고!"

"……그만해."

"아니! 다 떠나서 너 억울하지도 않아? 나였으면 진작 깽판 쳤어! 박희은이었던 게 뭐! 비슷한 재능 찾아서 잘 먹고 잘 살고 있으려는데 저 새끼가 내 거 훔쳐 갔네? 동네 사람들! 여기 좀 보세요! 할 수 있잖아!"

"그만하라고."

"그리고 피해자 중에 제일 승산 있는 네가 닥치면 다른 사람들은 뭐가 되겠냐? 너 나서 주면, 그 사람들도 덜 힘들 거 아냐. 너도 너 혼자 아니고 너랑 같은 피해자들이랑 같이……!"

"박제윤."

제영이 무거운 표정을 하고 제윤의 이름을 불렀다. 그만하라는 다그침이었다. 제윤이 입술을 깨물고 제영을 노려보다가, 고개를 돌리며 헛숨을 푹 내쉬었다. 입술이 댓 발 나왔다.

제윤의 말을 연신 막아서긴 했지만, 단순히 듣기 싫어서가 아니었다. 도리어 반대였다. 제윤의 말에 마음이 움직였다.

여전히 과거의 영광인 박희은의 이름에 기대고 싶은 마음은 없었다. 박희은의 끝은 비극이고 절망이었다. 그때를 떠올리게 하는 영광 따위. 이제는 찾을 수 없는 것들을 떠올리게 할 따름이었으니까.

그러나 이미 드러난 이름이다. 사람들은 이미 박희은의 이름을 부른다. 그녀의 과거를 찾아 돌려 보기 시작했다. 그 '박희은'이 지금의 박제영임을 알았다.

그게 첫 번째였다. 이미 어찌할 도리 없이 일이 커진 것. 그리고 가장 제영의 마음을 움직이게 한 것은 제윤이 말한 다른 피해자들이었다.

아무것도 아닌, 그냥 학생이라서 참았다는 피해자들. 무얼 해 보려고 해도 방법이 없었을 사람. 그들의 목소리가 담긴 영상을 제영도 보았다. 양말을 팔고 있다고 했던가.

아무 힘이 없어 결국 음악에서 아예 멀어졌다. 사지가 멀쩡한데도 김무진에게서 **뺏긴** 걸 되찾을 힘이 없어서.

미련이 없을까. 억울함을 모를까.

아닐 거다. 아닐 수밖에 없었다. 처음 곡을 빼앗겼을 때의 박제영도 트라우마와 같은 박희은의 이름이 떠오를 것이 겁나지 않더라면 분명히 무언가는 저질렀을 텐데 그들이라고 다르지 않을 거였다. 저도 잘 알고 있으니 무시할 수가 없었다.

기어이 박제윤의 수가 먹혔다.

"할게. 소송."

제영의 말에 제윤이 눈을 크게 뜨고 씩 웃으며 자리에서 일어났다. 그대로 대뜸 다가가 제영을 확 끌어안은 제윤이 깔깔 웃었다.

"그래! 이래야지!"

"아 좀, 저리 가. 왜 이래?"

"야, 내 인생에 박제영이 처음으로 예뻐서 그런다!"

"알았으니까 치워."

제영이 단호하게 제윤을 밀어냈다. 제윤이 입술을 삐죽이면서 원래 앉았던 맞은편 자리가 아니라 제영의 옆자리를 차지하고 앉았다.

여전히 제영의 표정은 무겁기 짝이 없었다. 하긴 쉬운 결정은 아니었을 거다. 단순히 법적인 소송을 벌여야 한다는 부담감만 가지고 결정을 내린 게 아닐 테니까.

"피해자, 인터뷰 공개할 거 몇 개나 남았어?"

그런데 제영의 입에서 제윤이 듣기에는 전혀 뜬금없는 말이 튀어나왔다. 제윤이 눈을 크게 뜨고 뚱한 얼굴로 손가락을 세 개 펼쳐서 내밀었다.

제윤의 채널은 항상 인터뷰 영상을 올리면 하루의 텀을 두었다. 오늘은 바로 그 하루 쉬어 가는 날이었다. 그런데, 그녀의 채널에 짧은 영상이 올라왔다.

-안녕하세요, 신인 배우 박제윤입니다.

영상의 시작에서, 제윤은 평소보다 유난히 단정한 정장 차림을 하고 등장해 보는 이들에게 인사를 건넸다.

-오늘은 조금 다른 소식을 전해 드리려고 이렇게 영상을 통해 여러분들을 찾아뵈었어요.

제윤의 손에는 무언가가 빼곡하게 적힌 종이 한 장이 들려 있었다. 제윤이 그걸 들고 긴장한 듯 숨을 내쉬었다.

-김민구, 김민철, 이종훈, 한서영, 곽주영, 노현성, 박하진……

사람들의 이름이 연이어졌다. 굳이 세지 않으면서 들어도 이름의 숫자가 두 자릿수를 넘었다 싶을 즈음, 제윤이 조금 뜸을 들였다.

-박제영.

그리고 제윤이 들고 있던 종이에서 시선을 떼고 정면을 응시했다. 영상을 보고 있을 사람들과 눈을 마주하기라도 하듯이.

-이상, 김무진 교수님께 본인의 곡을 도용당한 피해자들의 목록입니다. 전부는 아닐 수도 있지만, 제게 연락이 닿은 사람들의 이름은 여기 다 있습니다.

제윤이 화면에 종이를 뒤집어 보였다. 그녀가 호명한 이름들이 거기에 적혀 있었다.

-또한, 김무진 교수님께 정식으로 본인의 저작물 도용에 대한 소송을 진행할 이들의 명단이기도 합니다.

제윤이 가슴을 쓸어내리며 한숨을 깊이 내쉬었다. 긴장한 티가 역력했다.

-마지막으로 이번 일에 관심을 가지고 제 채널에 올라오는 인터뷰를 지켜봐 주신 분들에게 사과드릴 일이 있습니다.

어쩌면 제윤의 표정은 울상으로도 보였다.

-저는 단순히 제가 속한 학교의 이슈에 대한 정의감만으로 나선 것이 아니었습니다. 최근에 저와는 친척 관계인 피아니스트 박희은의 이름이 많이 오르내리고 있습니다. 제가 마지막에 호명한 소송인 명단의 박제영은, 여러분들이 아시는 피아니스트 박희은이 맞습니다.

제윤의 고개가 아주 살짝 아래로 수그러들었다. 눈물 한 방울이 타이밍 좋게 톡 떨어졌다. 다시 정면을 향하는 제윤의 눈은 붉은 빛을 품고 물기가 어려 유난히 반짝거렸다.

-언니는 어릴 때의 사고 이후 부모님과 자신의 재능을 모두 잃고 많이 힘들어했습니다. 자신의 과거 이름을 누군가 언급하는 것만으로도 트라우마가 자극될 정도로요. 그런 언니의 이름이 전면에 드러나지 않으면서, 그러면서도…… 제가 언니를 돕고 싶었어요.

제윤이 자리에서 일어나 정중히 허리를 숙였다.

-그 때문에 여러분들에게 제가 정의로운 사람이라 나선 것처럼

속이게 되었어요. 그 점 깊이 사과드립니다.

제윤이 숙였던 허리를 펴고 마지막 멘트를 뱉었다.

-혹시 제게 실망하셨더라도, 이 일에 관심을 끄지는 말아 주시기를 간곡히 부탁드립니다.

그렇게 제윤의 채널을 타고 피해자들의 소장 접수가 사람들에게 알려졌다. 제영의 아이디어였다.

16. 진짜 천재

제윤의 영상이 뜬 바로 다음 날 일찍, 실제로 소장이 접수되었다. 피해자들의 소송을 맡은 변호인단은 사람들에게 이름이 알려지지 않은 신생 로펌 소속이었다. 상대가 유명 작곡가인 김무진에, 그의 뒤에는 학교까지 있을 걸 예상하면 의외의 인선이었다.

사실 화제성이 큰 사건인 만큼 국내에서 1위를 다툴 정도는 아니더라도 사람들이 익히 이름을 들어 보았을 로펌에서도 접촉이 있었다. 그들과 손을 잡으려면 충분히 잡을 수 있었다.

그러나 피해자들은 신생 로펌과 손을 잡고 소송에 나섰다.

"'법무법인 명문'도 괜찮았을 텐데요. 이름도 들어 본 적 없는 신생 로펌이라……. 괜찮을까요?"

-아직은 우리 재단이나, 우리 대표님의 도움까지 받을 수 있는 걸 제영이가 밝히길 원하지 않으니까요. 그래도 대표님, 그 로펌 고문을 보시면 생각이 좀 달라지실 텐데.

"고문이요?"

형찬이 의아한 목소리로 되물었다. 그는 혜옥과 통화하며 이번 소송과 관련한 내용을 전달받고 있었다. 혜옥이 전한 소송을 맡은 로펌이 영 눈에 차지 않았던 탓에 인상을 쓰고 있던 그가, 미간을 매만지며 되물었다.

혜옥이 낮게 웃었다. 형찬이 후 하고 짧은 숨을 뱉으며 눈앞의 모니터 화면에 신생 로펌의 사이트를 띄웠다. 로펌 소속의 변호인들이 소개된 페이지의 가장 하단에 그들의 고문을 맡은 이의 얼굴도 실려 있었다.

"구병태……? 이 사람에게 뭐가 있습니까?"

-법조인 중에 유명한 구 씨가 하나 있지요?

"설마……."

-그 집안 어르신이 예술을 참 좋아하세요. 멀리 간 우리 바깥양반이랑 사이가 돈독했거든. 제영이를 아끼기도 하셨고……. 본래는 본인 집안 법무법인에서 돕기를 원하셨어요. 그런데 또 선이 너무 가까이 닿아 있으면 보는 눈들이 안 좋다고 제영이가 그러더라, 제윤이 통해서 그리 전하니까 이렇게 추천해 주시더군요.

"확실히…… 그렇겠네요. 구현길 부장님이 뒤에 있는 거나 다름이 없으니까."

형찬이 고개를 끄덕이며 답했다. 혜옥도 형찬의 반응이 이제야 마음에 찬다는 듯이 시원하게 웃었다. 이후 잔기침이 이어졌다. 형찬은 혜옥의 건강이 지난번에 얼굴을 보았을 때보다 더 좋지 못함을 느끼고는 얕게 한숨을 뱉었다.

"대중에게 소송을 알린 방식도 좋았습니다. 기사로 먼저 접하게 됐더라면, 아무래도 보도 업체에 저쪽의 입김이 낄 수도 있고, 기사의 뉘앙스에 여론이 흔들릴 우려도 있었는데 차라리 깔끔하게 이쪽 입장만 전달이 됐으니까요. 호소력도 좋았고."

-그렇지요? 제윤이한테 나도 듣고 감탄을 했지 뭡니까.

"아, 그쪽 통로는 전부 박제윤 씨가 도맡고 있지요. 거기에도 감사를 표하고 싶습니다."

-우리 제윤이가 애 좀 썼지요. 아, 그런데 어제 올라갔던 그 영상은 제영이가 그리는 게 좋겠다 했답니다.

"제영, 씨가요?"

형찬이 놀란 제 심경을 숨기지도 못하고 되물었다. 혜옥이 그의 반응에서 아직 다 가라앉지 못한 제영을 향한 마음을 읽고는 호호 웃었다.

-제윤이 생각인가 하셨나요?

"그보다는……. 이제 전부 터놓고 얘기하며 돕는 상황이 되었으니, 박 이사님이라든가 다른 어른들의 조언을 받았나 했습니다."

-어른들이야 머리가 딱딱하게 굳어서 저런 생각을 내놓기는 어렵지요.

"그렇다고는 해도……. 정말 놀랍습니다. 혜안에 감탄할 지경이에요. 본인 일이니 나선 것이겠지만, 저희 측과도 무관하지 않은 일이니만큼 감사의 말을 전하고 싶군요."

-제윤이 통해서 전해 드릴까요?

혜옥이 기분 좋게 웃으며 물었다. 형찬도 따라 웃으면서 답하려던 찰나, 어쩐지 소란스럽다 싶었던 바깥의 소리가 점점 가까워짐을 느꼈다. 형찬이 사무실 문을 쳐다보았다.

노크도 없이 거친 소리를 내며 문이 열렸다. 그리고 들어선 인물은 한동안 얼굴 볼 일 없으리라 생각했던 이였다.

"대표님 지금 박제영이랑 통화하나? 그거 박제영이야? 어? 밖에서부터 제영 씨 어쩌고 하는 소리 들리던데?"

"하아……."

형찬이 이마를 짚으면서 깊은 한숨을 내쉬었다. 대뜸 형찬의 코앞까지 다가가려는 이성을 뒤늦게 쫓아 들어온 형찬의 비서들이 붙잡고 말렸다. 소란이 수화기를 넘어갈 정도로 커졌다.

-무슨 일이 있는가요? 영 소란스럽네. 기자라도 들어왔어요?

"아뇨, 아닙니다. 여사님. 손님이 오셔서요."

-기꺼운 손님은 아닌 모양이지요.

"불청객도 객이니까요. 송구스럽지만 통화는 여기서 마치는 게 좋겠습니다. 건강하시고요."

-그래요. 대표님도 무탈하셔요. 다음에 또 연락하지요.

형찬이 전화기를 내려놓기 무섭게 이성이 기어이 그에게 가까이 다가가 고개를 들이밀었다. 저를 붙잡아 말리던 비서들을 먼지라도 털어 내듯 떨치고 말이다. 형찬이 고개를 들어 올려 이성을 빤히 마주 봤다.

"누구야? 뭔 여사님? 뭔데 대표님이랑 박제영 얘기를 해?"

"여태 집에 잘 박혀 있더라고 전해 들었는데, 가장 돌아다니면 안 될 타이밍에 회사는 왜 찾아왔습니까?"

"씨발 내 발로 내가 어디를 다니든 그건 내 마음이지! 근데 누구냐니까?"

"업무상 전화를 내가 윤이성 피아니스트에게 일일이 보고해야 할 이유 있습니까? 그리고 본인 발로 어디를 다니든 본인 마음인 건 알겠는데, 지금 상황은 생각 안 해요? 기자들은 어떻게 하고 여기 왔습니까?"

서로 답은 않고 질문만 내리 던졌다. 형찬과 이성이 상대를 빤히 노려보다가, 동시에 질렸다는 얼굴로 고개를 확 돌렸다.

물러난 이성이 초대받고 자리도 안내받은 사람인 양 자연스럽게 소파에 착석했다. 그가 그새 바깥을 다니지 않아 길어진 머리를 헝클어뜨리며 한숨을 푸 내쉬었다.

어쨌든 형찬의 물음은 소속된 회사 대표로서 충분히 할 법한 질문이었기에 이성이 먼저 답을 뱉었다. 아쉬운 데가 있어 찾아온 것이기도 해서 더욱.

"기자들은 따라오면서 땍땍거리길래 계속 쫓아오면 차로 들이받아 버린다고 했고."

"허……."

"지금 상황이야 뭐 전처럼 거짓말로 스캔들 난 것도 아니고, 난 당당한데 뭐 꿀릴 게 있다고?"

"들을수록 가관이네……."

형찬의 혼잣말에 이성이 인상을 찡그렸다.

"뭐라고?"

"그래서 왜 왔습니까? 뭐 회사 통해서 오픈할 발언이라도 있습니까?"

따져 물으려던 이성이, 말을 확 돌려 버린 형찬의 태도에 입을 다물었다. 또 둘이 서로를 빤히 노려보았다. 이성이 머리를 다시 한 번 헝클어뜨렸다. 형찬이 혀를 차는 소리가 들렸다.

"······발언이고 자시고 소송한다며? 박제영 이름도 껴 있던데."

"그래서요."

"대표님 아까 통화, 뭐 그 얘기 하던 거 아니야?"

"그런데요?"

"나도 좀 알자!"

"아, 뭐 이런 쪽에도 관심이 있으셨나 봐요. 윤이성 피아니스트?"

빈정대는 형찬의 목소리에 이성이 주먹을 꽉 쥐었다. 안 그랬다가는 당장에 형찬의 멱살부터 쥐고 시작할 것 같았다. 하지만 오늘은 제가 아쉬운 점이 있어서 찾아온 만큼 그렇게 막 나가서는 안 됐다.

사건을 덮고 넘어가려 하기만 바쁘던 제영이 무려 소송을 시작했다. 그것도 다른 피해자들과 함께 제윤의 영상에 이름을 올렸다. 분명 제윤과 손을 잡고 피해자 영상을 올리기 시작한 건 저였건만, 이번에 올라온 영상은 정작 자신이 모르는 내용이었다.

기함하며 제영에게 연락을 했지만 받지 않았다. 한 번도 아니고 수십, 수백 번은 했을 거다. 그래도 제영은 연락을 받지 않았다. 제영이 기어이 전면에 나서게 된 이유야 뻔했다. 이번에 발간한 「뮤직 피커」에 실린 자신의 인터뷰 때문이었을 것이다. 정확히는 강윤희가 벌인 수작질이 문제였겠지.

어쨌든 제영과 연락이 안 됐다. 그사이에 소송이 시작됐다. 법적으로 해결하는 방식을 취했다면 거기에 이형찬이 껴 있을 거라는 막연한 생각이 들었다. 솔직히 지푸라기라도 잡는 심정으로 쫓아왔다.

소송 때문에라도 박제영과 이형찬은 연락이 닿지 않을까 싶어서.

"아니 뭐, 그것 때문에 온 건 아닌데. 궁금한데 묻지도 못합니까, 대표님아?"

형찬이 이성의 답변에 제법 놀랐다. 여태 보여 준 태도를 봐서는 자신이 빈정거린 말에 분명 반응하며 멱살이라도 잡을 줄 알았다. 그러면 정신 차리라고 쏘아붙이고 곧장 경호 직원을 불러 도로 집에 처박아 놓을까 했더니.

어째 태도가 윤이성답지 않게 퍽 유했다.

"그럼 뭐 때문에 왔는데요."

"아니 소송한다 어쩐다, 박제윤이 지껄인 영상에서 제영이 이름도 들리길래. 또 그런 일이면 걸기도 많이 걸어 보시고 받기도 많이 받아 보신 우리 대표님 집안이 전문 아니야?"

"예?"

"그렇게 생각을 하니까 혹시……."

"혹시?"

이성의 목소리가 답지 않게 기어들어 갔다.

"……박제영이랑, 연락되나 하고……."

이성의 말을 듣기 무섭게 형찬이 실소했다. 그가 고개를 내저으며 말했다.

"저번에 윤이성 피아니스트가, 내가 했던 실언에 내 멱살 쥐었던 건 기억납니까?"

"그 얘기가 지금 왜 나오는데?"

"연락 안 된다고 이미 밝혔다고 말하는 겁니다. 나하고, 박제영 씨."

"아 지금은 될 수도 있잖아!"

"왜요. 지금은 윤이성 피아니스트가 박제영 씨랑 연락이 안 되기라도 합니까?"

이성이 정곡을 찔린 표정으로 형찬을 바라보다가, 대뜸 소파에 모로 드러누웠다. 이번에는 형찬이 놀랐다는 듯이 기함하는 얼굴이 되었다가, 이내 현재 상황을 곱씹어 보고는 피식 웃음을 터뜨렸다.

"안 될 만도 하지……."

"뭐가 안 될 만도 하지야! 와, 대표님이 소속 피아니스트 속을 뒤집네? 어? 내가 뭘 그렇게 잘못했나?"

"그럼 잘했습니까?"

"이 씨발, 스캔들 내가 냈어? 이거 내가 터뜨렸냐고! 아니, 근데 박제영도 그래. 그런 사이 맞잖아? 제 일 맞잖아? 나는 연락 안 받기 시작해서 처음에는 걱정하다가……. 그래도 소송에 이름도 올

리고 저가 제 의지로 박희은인 것도 밝힌 것 같길래, 어? 이제 화
좀 풀렸나 했더니! 왜 전화를 안 받지?"

혼자서 원맨쇼라도 벌이는 듯한 이성의 꼴을 보고 형찬이 기어
이 자리에서 일어났다. 그리고 이성의 앞에 앉았다. 윤이성이 박제
영과 연락이 안 되고 있단 말이지. 아주 납득이 안 가는 상황은 아
니었다.

결국 지금 이렇게까지 일이 커진 원인은 전부 이성에게 있었다.
저 사고뭉치는 본인 잘못을 본인만 모른다. 형찬은 제영이 퍽 안
타까워졌다. 골라도 저런 걸 골라서 그 어려운 마음을 내주기 시
작했을까.

"오프 더 레코드 발언은 누가 했습니까?"

"내가."

"인터뷰 처음 해 봐요?"

"……아니지."

"그럼 그 내용 나갈 수도 있는 거 알고 있었겠네?"

"우리 대표님 말이 짧아지셨네?"

드러누웠던 이성이 일어나 앉으면서 형찬을 보고 말했다. 형찬
이 픽 웃었다. 답을 기다리듯 팔짱을 끼고 턱 끝을 들어 올린 채
이성을 바라보는 표정이 한없이 오만해 보였다.

"연주하는 데도 머리가 필요하다 어쩐다, 말은 잘 하더니. 그때
는 머리가 안 돌아갔나?"

"알고는 있었는데?"

"있었는데 그랬다? 시기상으로 윤이성 피아니스트는 당시에도

박제영 씨가 곡을 도용당한 것도 알고 있었을 텐데?"

숫제 추궁이라도 당하는 기분이 들어 이성의 미간이 찌푸려 들었다. 이성이 형찬과 데칼코마니라도 되는 듯 저도 팔짱을 끼고 형찬을 쏘아보았다. 대신에 고개는 모로 삐딱하게 기울여 턱을 들고 저를 오만하게 보는 형찬과는 차별을 두기는 했다.

"알고 있었는데, 뭐. 그게 뭐 어때서."

"그럼 본인 성격에 결국 이렇게 일 터뜨릴 것도 모르지 않았을 거 아냐? 나중에 일 터지고 수습할 사람들은 고생을 하든지 말든지, 야근도 모자라서 철야도 불사할 정도로 구르든지 말든지."

"그러니까 그게 뭐!"

"상황이 이렇게 돼서 제영 씨가, 제영 씨의 박희은이라는 옛 이름까지 끌려 나올 수도 있다는 걸 정말로 생각을 못 했습니까?"

다시금 본래의 존대로 돌아온 형찬의 말끝이 날카로웠다. 이성이 입을 꾹 다물었다. 파르르 떨리던 눈초리가 뜻하는 바는 결국 죄책감보다는 저를 탓하는 형찬을 향한 분노가 우세했다. 이성이 형찬을 죽일 듯이 노려보았다.

"인터뷰, 나가기 전에 회사에서 확인할 수 있었잖아. 그러라고 있는 게 소속사 아닙니까? 이형찬 대표님아?"

"잡지사가 이슈 있는 인물 대할 때 어떻게 하는지 모릅니까? 아무리 음악계를 전문으로 다루는 곳이라도 그 전에 거긴 잡지사고, 회사입니다. 무슨 뜻인지 알겠습니까? 판매 부수가 전부를 좌우한다고요."

"그래 씨발 내가 다 잘못했다."

"그럼 이제 왜 연락이 안 되는 줄도 알겠네요."

형찬의 말에 이성이 머리를 헤집으면서 다시 소파에 드러누웠다. 형찬의 입에서 작은 한숨이 샜다. 다시금 '제영은 고르고 골라 저런 걸…….' 하는 생각이 절로 들었다.

가장 조용히 닥치고 박혀 있어야 할 시기에 회사로 쳐들어오질 않나, 가릴 것도 없이 대표이사 사무실 소파에 드러눕지를 않나. 나이를 어디로 먹은 건지 떼쟁이 아이처럼 징징거리지를 않나.

이성은 형찬이 대표이사인 것을 떠나서, 얼마 전까지 제영에게 마음을 주고 그를 표현했던 사람인 것도 잊은 것처럼 행동했다. 그런 윤이성의 태도를 형찬은 도무지 이해할 수가 없었다. 어쩜 저렇게 자기중심적인 사람일 수가 있을까.

따지고 보면 이번에 벌어진 제영의 도용 건이 커진 것도 이성이 제멋대로 굴어서였다. 물론 다르게 생각하면 제 일이 아님에도 좋아하는 여자의 일이라고 이성이 나선 것부터가 저 성격에 대단하다 싶기도 했다.

"……박제영이 끝까지 내 전화 안 받을 것 같아요? 대표님아?"

"그걸 내가 어떻게 압니까?"

"아니 씨발, 좀 물어볼 수도 있지."

이성의 낯짝이 참 뻔뻔하기도 했다. 정말 제영과 이대로 영영 연락이 끊길까 걱정인지 얼굴색은 허옇게 질렸어도 말이다. 형찬이 이성을 더 상대할 이유가 없다고 생각하며 자리에서 일어났다. 그가 블라인드로 가려진 창문으로 다가갔다. 내린 블라인드의 틈으로 회사 1층 주변을 살폈다.

김무진과 윤이성 사이의 사건이 터진 이후로 유성 매니지먼트 주변에 항상 기자들이 진을 치고 있기는 했다. 좀 가실 만하다 싶더니 「뮤직 피커」가 발간되며 다시금 불이 붙었고.

오늘은 평소보다 진을 치고 있는 기자들의 수가 훨씬 많았다. 그들을 막아 내는 경호 인원들이 버거워하는 게 꼭대기 층에 선 형찬에게도 보일 정도였다. 저게 다 윤이성이 끌고 온 기자들이었다.

두문불출하던 이성이 대뜸 뛰쳐나와 소속된 회사로 향했으니 뭐라도 일이 벌어지든, 침묵을 지키고 있는 회사에서 무슨 말이라도 나오든 하리라고 생각할 것이었다.

"어떻게 할 겁니까?"

"……뭘를?"

"회사까지 저렇게 기자 군단을 끌고 왔으면 뭐라도 얘기가 나가야 이상하지 않게 여길 거 아니냐고 묻는 겁니다."

"무슨 얘기? 뭐, 나랑 박제영 얘기?"

형찬이 이성을 돌아보았다.

"아마도 그렇겠죠."

"연락도 안 되는데 뭔 할 얘기가 있을 거라고 생각하시는데요, 대표님아."

"그걸 알면 여기로 찾아오긴 왜 찾아옵니까?"

"아, 그럼 해! 내가 씨발, 박제영 뭐 빠지게 쫓아다니면서 추근거리는 사이라고 하면 되겠네!"

형찬의 입에서 깊은 한숨이 흘렀다. 이성이 보편적으로는 제대로 대화가 통하는 상대가 아님을 잊고 있었던 제 탓이라고 애써 생각을 돌렸다. 물론 실패했다.

"제정신입니까? 정신 못 차려요? 소속된 회사 대표한테 지금 그게 할 말입니까?"

"내가 언제는 상대 봐 가면서 말 가려 하던 캐릭터였나?"

"본인 이미지며 스케줄 관리해 달라고 회사에……!"

형찬이 무어라 화를 다 터뜨리기도 전에 갑자기 사무실 문이 벌컥 열렸다. 그러잖아도 이성의 갑작스러운 등장 이후 웬만함 이상의 스트레스를 받고 있던 형찬의 얼굴이 싸늘하게 굳었다. 그가 문을 박차고 들어온 비서를 노려봤다.

"무슨 일입니까?"

"대표님, 지금 기사 하나 급히 확인해 보셔야겠는데요."

"기사요? 또 뭐가 터졌습니까?"

비서의 눈이 저도 모르게 소파에 드러누운 이성을 향했다. 이성의 비이성적인 행동에 놀라 인상을 찌푸린다든가 시선이 몰린 느낌과는 좀 달랐다. 형찬은 곧장 비서의 시선으로부터 이번 기사도 이성과 관련이 있음을 깨달았다.

하긴, 근래 터지는 모든 일이 전부 윤이성과 관련이 있었다. 형찬이 집무 책상으로 다가가 포털 사이트 메인 화면을 띄웠다. 실시간 검색어에 바로 '윤이성'의 이름이 떠 있었다. 그 아래로는 기사 페이지로 바로 가는 곳에 도저히 이해할 수 없는 기사 타이틀이 떠 있었고.

형찬이 기사를 보러 들어갔다. 인상은 딱딱하게 굳은 채였다.

이성이 여전히 저를 떨떠름하게 바라보는 비서를 흘긋, 그리고 심각한 얼굴로 기사를 집중해 읽는 형찬을 또 흘긋 바라봤다. 여유롭게 몸을 일으켜 앉은 그가 내친김에 기지개까지 켰다.

그러고는 기사를 읽고 있는 형찬의 뒤로 어슬렁어슬렁 다가갔다.

"뭘 그렇게 심각하게 보는데? 나도 좀 봅시다."

때마침 기사를 다 읽은 형찬이 실소하며 스크롤을 위로 쫙 올렸다. 이성이 모니터에 얼굴을 가까이 가져다 댔다.

[피아니스트 윤이성, 그의 뮤즈는 사실 전 스캔들 상대인 신인 배우 박제윤?!]

프로 작곡가이자 유명 예술 대학의 교수로도 활동하고 있는 김무진 작곡가와 피아니스트 윤이성 사이의 갈등이 걷잡을 수 없이 큰 논란으로 번졌다. 그 와중 윤이성 피아니스트가 음악 잡지사 「뮤직 피커」와 한 인터뷰에서 본인에게 '뮤즈'가 있음을 밝혀 또 다른 화제를 끌고 있다.

이 화제의 '뮤즈'는 「뮤직 피커」의 인터뷰 마지막에 붙은 인터뷰어의 사견 덕에 박희은 전 피아니스트로 추측되고 있는데, 사실은 그의 뮤즈가 박희은 양이 아닌 그녀의 친척 동생, 배우 박제윤 양이라는 추측이 제기되었다.

이 추측에 배우 박제윤 양의 소속사는 '확실히 확인된 바가 없다. 현재 박제윤 양은 소속사에도 어떠한 답을 주지 않고 있다. 그러나 그녀의 동료 배우 중 하나가 윤이성 피아니스트가 나선 것은 제윤이가 애타게 부탁해서인 거로 알고 있다고 말한 바 있다'고 밝혔다.

윤이성 피아니스트의 뮤즈는 과연 배우 박제윤 양일까, 아니면

「뮤직 피커」의 추측대로 전 피아니스트 박희은 양일까. 아직은 알 수 없는 사실에 이번 사건의 귀추가 주목된다.

기사를 전부 읽은 이성의 얼굴이 와락 일그러졌다.
"이건 또 어디서 듣도 보도 못한 개소리야?"

* * *

대한 종합 예술 학교의 총장실은 창문 밖으로 내다보는 광경이 아름답기로 유명했다. 유명세가 무색하지 않게 꽃망울을 맺기 시작한 매화 가지가 늘어진 광경이, 소복이 내린 눈꽃이 가지에 앉은 풍경만큼 고즈넉하니 아름답건만 그를 바라보는 이는 아무도 없었다.
"바야흐로, 봄이 오기는 오는 모양입니다."
고개만 돌리면 펼쳐지는 꽃망울을 등지고 모니터만을 빤히 보던 총장의 입이 열렸다. 긴장한 채로 맞은편에 앉아 있던 김무진의 어깨가 바짝 당겨 펴졌다.
총장이 그런 김무진에게 슬쩍 눈길을 돌리고는 보던 화면을 닫았다. 일흔보다는 여든에 더 가까운 노구의 시인인 총장은 습관처럼 지금의 상황을 하나의 단어로 빗대어 표현하고자 하였다.
히트시킨 유명곡이 많은 작곡가. 여태 한 번도 나쁜 소문이 없었을 뿐만 아니라 제 실력으로 얻은 유명세를 학교에까지 도움이 될 수 있도록 빌려주던 인격자. 그러하다 보니 교수진들 사이에서 김무진의 평판은 늘 더없이 좋았다. 그뿐인가, 학생 중에서도 김무진의 도움을 얻어 일자리를 구한 이가 제법 되었다. 졸업생 사이에서의 평판도 좋았다.

좋은 줄 알았다. 그런데 늙어 만사 귀찮아 게슴츠레 뜨고 들리는 것만 듣던 눈과 귀를 정확히 열어 보았더니, 막상 사정이 알던 것과는 차이가 있었다.

교수들 사이의 평판. 업계 인맥. 여기까지는 전과 그리 다르지 않았다. 김무진은 여전히 인격자에 좋은 사람으로 통했다. 그러나 학생들 사이에서는 조금 달랐다.

줄줄 늘어놓을 것도 없다. 지금 김무진에게 걸려 온 소송이 모든 것을 말해 주고 있잖은가. 이것이 사실이든 아니든, 학생들 사이에서 김무진의 평판이 썩 좋지만은 않다는 것을 보여 주고 있었다.

아니 땐 굴뚝에도 연기가 난다고 하지만, 총장이 보기에 이건 때도 여러 번 땐 굴뚝에서 나는 연기였다.

그러니 종합해 보자면 딱 이러했다.

계륵.

"김무진 교수님. 그간 잘 지내지는 못했겠지요?"

"아닙니다, 총장님. 두루 평안하셨습니까?"

"허허……. 했겠습니까."

총장의 되물음에 김무진이 꿀 먹은 벙어리가 되었다. 총장이 책상 위에 팔을 괴어 손을 깍지 꼈다. 본격적으로 대화를 시작하겠다는 알림이나 다름없었다. 김무진이 아까보다 더 긴장한 낯으로 침을 꿀꺽 삼켰다.

"한 주 뒤면, 개강이네요? 새로운 학기가 시작을 하는 것이죠."

"예. 그렇지요."

"소송 대응 준비는 잘 되어 가고 있습니까?"

갑작스레 본론으로 치고 들어오는 총장 덕에 김무진이 심하게 놀랐다. 놀라 사레가 들려 연신 기침을 쿨럭이는 김무진을 보면서 총장이 보일 듯 말 듯 고개를 내저었다. 숫제 도둑이 제 발 저린 꼴이었다.

"예, 쿨럭! 잘, 큽, 흐흠! 잘 되고 있습니다……."

"변호인단은 만나 보셨고?"

"여부가 있겠습니까, 총장님. 크흠! 든든한 곳으로 소개까지 해 주셨는데요."

"그 사람들 앞에서는 솔직해야 승산이 있는 거 잘 아시지요?"

"그럼요. 잘 알고 있습니다."

낯짝 두껍기도 하지. 총장이 딱 그렇게 생각하며 겉으로는 인자한 웃음을 가장하여 김무진을 바라보았다. 그가 소개한 변호인단은 국내에서 내로라하는 로펌 소속이었다. 개인적으로 친분이 있는 이들이기도 했다.

그래서 총장은 그들에게 진행 상황을 따로 물어볼 수 있었다. 그리하여 전해 듣기로, 김무진은 자신이 학생들의 곡을 도용한 사실이 전혀 없다고 했다. 그러나 총장이 흐리게 떴던 눈을 똑바로 하고 알아본 바는 변호인단에게 들은 김무진의 얘기와는 달랐다.

"의심 가는 시기마다 학교 서버에 잦은 접속 기록이 있다, 그 말이지요?"

"네…… 이게 딱 확정적인 뭐 그런 건 아니겠지만, 아무래도 좀 미심쩍은 부분이 될 수 있죠."

"그런데 이걸 실장님은 어떻게 알게 되었을까?"

"그게……."

"뜸 들이지 말고 얘기해 봐요. 알 건 알아야지."

"한…… 두 달 전인가, 외부에서 침입해서 딱 김무진 교수의 기록을 누가 훔쳐보고 간 적이 있더라고요. 그때는 제가 차마 말씀을 못 드렸습니다. 송구합니다, 총장님."

전산실장의 말에 총장이 끙, 하고 앓는 숨소리를 냈다. 그러고는 고개를 내저었다. 아마 당시에는 이야기를 들었어도 고작 학생들의 과제 업로드 서버를 보고 간 일에 크게 신경조차 쓰지 않았을 것이다. 그저 과제를 내지 못한 학생이 장난질을 좀 쳐 보려다 실패한 게 아니겠냐고, 계속 이런 일이 있으면 공지라도 하면 그만이라고 하고 말았으리라.

하지만 김무진의 일이 터지고 나서인 지금은 좀 달랐다. '김무진 교수'의 기록만 훔쳐보고 갔다. 분명 그가 정말로 학생들의 곡을 도용한 것인지 알기 위해 이러한 일을 벌인 것이 분명했다. 어쩌면 정황 증거로 쓰려 한 것일지도 모르고.

심지어 지금 김무진 교수에게 도용 소송을 건 학생들이 도용당했다고 주장하는 곡이 발표된 시기와, 실제로 김무진이 학교 서버에 접속해서 학생들의 과제를 유난히 잦게 살피고 내려 받은 시기가 겹쳤다.

지금은 과제 파일은 지워졌다지만, 당시에 학생들이 전송한 파일명이나 접속 기록 등은 전부 남아 있었다.

"나도 좀 솔직히 압시다."

"예?"

"일이 어떻게 진행되는지를 봐서, 나도 우리 김 교수님이 앞으로도 여기 계실지, 아니면 아니게 될지는 결정을 해야 하지 않겠습니까?"

총장의 말이 끝나기 무섭게 김무진의 얼굴이 딱딱하게 굳었다. 그가 애써 입꼬리를 들어 올리며 하하, 하고 웃었다. 목덜미가 뻐근할 정도인지 목을 주물럭거리며, 김무진이 한숨을 푹 내쉬었다.

"제 입으로 이런 말씀 드리기 면구하지만, 총장님. 제 능력이 있는데 미성숙한 학생들의 곡을 가져다 쓰기까지 했겠습니까, 제가."

"그래요?"

"예."

김무진이 단호하게 답했다. 총장 또한 김무진을 보면서 입꼬리를 들어 웃었다. 그러나 썩 심기 편한 얼굴은 아니었다. 기어이 총장의 입에서 한숨이 흘렀다.

"말씀 다 마치셨으면, 일어나도 되겠습니까? 곧 음악 대학 교수진 새 학기 회의가 있어서요."

김무진이 돌아갈 것을 청했다. 이야기가 길어져 봐야 자신에게 좋지 못할 것을 알아서였다. 총장이 가만히 고개를 끄덕였다.

"그럼……."

"김무진 교수님."

"……예?"

총장이 막 일어서 허리를 굽혀 인사하고 나가려던 김무진을 불렀다. 김무진이 다시금 긴장하며 가만히 총장의 눈치를 살폈다.

"내 몇몇 사람들의 도움으로 전산실에 남은 기록을 좀 살폈습니다."

"……예."

"김 교수의 접속 기록이, 이 시기가……. 공교로운 데가 좀 있더군요."

총장이 정확히 답하라는 얼굴로 김무진을 뚫어지게 쏘아보았다. 김무진의 얼굴에 총장실을 찾아들고 처음으로 신경질적인 기색이 내비쳤다.

"도용은, 그래요. 아니라고 치고. 정말로 참고조차 한 적이 없는 것 맞지요?"

총장의 말에 김무진은 처음처럼 쉽게 아니라고 답하지 않았다. 그 짧은 사이에 여러 가지로 머리를 굴린 김무진이 금세 낯짝에 웃음을 띠었다.

"다, 미숙한 학생들의 착각입니다. 제가 정말로 도용이든 참고든 했다면 어떻게 지금껏 조용하다가 이제야 일이 터졌을 수 있겠습니까? 총장님. 5년입니다. 저한테 소송을 건 학생 중에 가장 오래된 녀석이 5년 전의 일로 저에게 따져 들고 있다고요."

"그래요. 김 교수가 아니라면 아니겠지."

"다만."

고개를 내젓던 총장의 얼굴이 확 굳어졌다.

"저도 수많은 학생의 곡을 듣고 조언해 주고, 과제 검수를 해 주고 하다 보면 귀가 피로해졌을 수도 있기는 하겠네요."

완곡하게나마 김무진이 처음으로 자신의 행위를 인정했다. 총장의 얼굴에 온갖 피곤함이 몰려와 달라붙었다. 반면 김무진은 차라리 털어 내니 개운한 얼굴이었다.

그는 소송에서 자신이 질 거라는 생각은 하지 않았다. 더해, 주변의 많은 지인과 창작 계열 과에 속한 교수들이 자신의 처지를 안타까이 여기며 돕겠다고 말해 왔다. 편들어 주는 이가 많았다. 더불어 이전에도 학교에서는 지금과 비슷한 일이 있었다. 그때도 학교는 교수의 편을 들었다. 해당 교수는 지금 학교에서는 물러났지만, 여전히 문제없이 예술 활동에 전념하고 있었다.

당시는 지금보다 더 도용의 증거가 명확했다. 눈으로 바로 보면 알 수밖에 없는 '그림'이었으니 그럴 수밖에 없었다. 그 교수도 이겼는데, 저는 지리라는 법이 어디 있겠는가. 학교만 조금 저를 도우면 됐다.

심지어 자신은 잠시 흔들리고 있더라도 대중들 또한 믿어 주고 있지 않은가. 김무진은 자신이 움츠러들 이유가 없다고 생각했다. 그런 마음으로 자신을 다독였다.

다만 걸리는 게 있다면, 하필 자신이 더 쓸 만하게 고쳐 발표한 곡 중에 하나가 유명 피아니스트가 될 수도 있었던 '박희은'의 곡이라는 점이었다. 그게 여론도 바꿨고, 애당초 이렇게 터져 번지지 않았을 사태를 초래하기도 했다.

박제영, 박제윤, 윤이성. 씹어 먹을 것들. 김무진이 그들의 얼굴을 하나하나 떠올려 곱씹으며 겉으로는 사람 좋게 헤죽 웃었다.

"김무진 교수."

"총장님께서 과히 곤란하시면, 예. 제가 먼저 교수직을 내려놓는 것도 생각해 보겠습니다. 하지만요. 하지만요, 총장님."

기어이 총장이 먼저 김무진의 눈을 피했다.

"학교의 체면과 쌓아 온 위상이 있는데, 그래도 제가 이 학교에 교수로 속해 있는 동안은……. 약소하게라도 저를 지켜 주시리라 믿습니다."

"……회의가 있다면서요. 얼른 나가 보세요."

"처음도 아니시지 않습니까."

김무진의 말에 총장이 그때의 기억을 떠올렸다. 하필이면 아는 사람의 딸이었던 그때의 교수를 보호하느라 쏟았던 공이 떠올라 절로 미간이 찌푸려 들었다. 더군다나 어떤 면으로는 그때보다 지금의 상황이 더 좋지 못했다.

총장이 한숨을 내쉬며 손을 내저었다. 김무진이 허리를 깊이 숙여 과하게 공손한 태도로 인사를 마치고 총장실을 나섰다.

총장이 주름진 손으로 마른세수를 하며 연신 흐르는 한숨을 삼켰다.

* * *

여론이 다소 바뀌었다. 피해자 인터뷰를 했던 학생들이 소장을 접수해 소송이 시작되고, 이성이 날뛰었던 이유인 제영의 과거 이름이 밝혀지면서부터였다. 처음에는 아무렴 '김무진 작곡가가 학생의 곡을 훔칠 이유가 있겠냐며 그의 손을 들어 주던 여론이, 지금은 김무진을 믿는 쪽과 피해자인 학생들을 믿는 쪽 절반으로 나뉘는 데까지 왔다. 적어도 도용 사실을 언급하는 여론은 그렇게 바뀌었다.

다만 다른 것들이 문제였다. 사람들의 눈길이 소송 자체에 관한 관심보다는 제윤과 제영, 그리고 이성의 관계에 대한 이슈에 쏠린다든가, 피해자 측인 이쪽에서 도용 사실을 밝히기 위한 정황 증거를 잡기 위해 학교 측에 정보 열람을 요청해도 학교는 절대로 돕지 않는다든가, 하는 것들이었다.

혜옥은 제윤을 통해 제영에게 그럼 이쯤 해서 재단의 힘을 빌려 학교에 압박을 좀 넣는 게 어떻겠냐고 전했다. 제영은 아직은 아닌 듯하다며 그를 만류하고는, 대신에 오랜만에 무거운 엉덩이를 들어 제윤을 만나러 왔다.

그들이 만난 약속 장소는 피해자들의 추가 인터뷰 촬영을 위해 빌린 작은 스튜디오였다.

제윤은 제영의 얼굴을 보자마자부터 그녀의 눈치를 살폈다. 괜히 어색한 웃음을 지으면서 손까지 꼼지락거렸다. 딴 얘기나 실컷 하다가, 결국 못 참겠는지 제윤이 먼저 말문을 열었다.

"야, 미안하다. 근데 내가 아니라 소속사가 저들 멋대로……!"

"알았어."

"너는 말을 왜 듣다 말고 끊어? 하여튼 싸가지."

"그럼 전처럼 머리채라도 잡고 거짓말하지 말라고 난리라도 칠까?"

팔짱을 끼고 곁눈으로 바라보며 하는 제영의 말에, 제윤이 또 본능적으로 머리통을 붙들었다. 저번에 제영의 성질머리를 모르고 들이댔다가 머리채를 뭉텅이로 뽑히고 짧게 자르게 된 게 어지간히 충격이었던 모양이었다.

제윤이 입술을 비죽거렸다. 덕분에 자르긴 했지만, 또 이제 제법 길어져 어깨에 닿는 머리 길이가 제게 쏙 어울리기는 했다. 그게 아니었으면 또 얼마나 박제영을 원망했을지 모르겠다.

"이름이 없을 때나 유명인이랑 엮이는 스캔들이 의미가 있지, 너 지금은 이름 제법 알렸잖아."

"그래서?"

"너 이 일에 끼어든 것도 얻고 싶은 이미지가 있어서였잖아. 이름 띄우는 게 아니라."

"……그걸 박제영이 어떻게 알아?"

"연기도 제법 하고, 주변에 일어나는 일에 불의를 참지 않고 나서서 발로 뛰는 이미지. 딱 활력 넘치는 캔디형 여주인공 이미지 얻으려고 나선 거 아냐?"

제윤이 눈을 동그랗게 떴다. 사실 흥미가 반이었지만, 제윤이 제가 이 일로 얻어 갈 게 있다면 바로 제영의 입으로 뱉은 그 이미지를 얻어 가고자 한 건 맞았다.

심지어, 최근에 제영이 짚어 낸 바로 그 이미지로 드라마 대본도 하나 받았다. 여주인공 역이었다. 무려 공중파 편성을 놓친 적이 없다는 유명 작가가 쓴 대본이었다. 물론, 제윤은 당연히 그 역할을 수락했다.

"······대자보 아이디어 때부터 느낀 거긴 한데, 박제영 은근히 이런 거 잘 안다?"

제윤이 제영의 어깨를 제 어깨로 툭 치면서 말했다. 제영이 제윤을 보며 픽 웃었다. 대자보 아이디어란 지금 촬영할 준비 중인 인터뷰의 앞에 붙여서 나갈 영상이었다.

"학교에 대자보도 붙여 보지 그래?"

"대자보? 그건 왜? 아니 그거 좀, 여태 트렌드에 맞게 동영상으로 싸우다가 너무 올드하지 않나?"

"인터뷰에 삽입하면 그림 될 것 같으니까."

"뭘? 뭐가 그림이 돼?"

"학교에서 그거 붙이려고 하면 가만히 둘 것 같아? '추가 피해자를 찾습니다.' 이 정도 문구 적어 두면······. 아니, 내용이 문제가 아니라 뭐가 됐든 지금 소송 내용이면 학교에서는 가만 안 둘 거야. 확실해. 그럼 아예 대자보 붙이는 것부터 못 하게 막을 텐데, 학교랑 피해 학생들 실랑이하는 거, 그거 보면 사람들이 어떻게 느끼겠어?"

당시 얘기를 듣던 제윤은 놀라 입을 쩍 벌렸다. 한마디로 쇼를 하자는 얘기였다. 어차피 지금 김무진과 윤이성, 박제영과 자신까지 엮인 이 이슈를 대한민국에 모르는 사람이 없었다. 그런데 굳이 대자보를 붙여서 뭘 어쩌자는가 했더니, 학교 내에서 학생들 측에 협조하지 않고 있음을 시각적으로 보여 줄 장치를 만드는 거였다.

사람들은 의외로 직접적인 시각적 자극에 약했다. 금세 감정이 휘둘리곤 했다. 이걸 제영이 짚어 준 것이었다.

"내가 박제윤 너보다 사람들 대하는 거, 기자들 앞에 서는 거 전부 한참 선배야."

제영이 어깨를 으쓱이며 말했다. 제윤이 입술을 비죽이면서도 내심으로는 제영의 말을 인정했다. 하긴, 박제영은 '박희은'이었던 그 어린 시절에도 인터뷰할 일이 있으면 자신이 답변을 정리해 준비했었다. 곡의 분위기에 맞는 드레스도 깐깐하게 골랐다.

그 빈틈없는 꼴조차 보기 싫었던 때도 있었는데, 지금은 거기에 도움을 다 받다니. 물론 제영 본인의 일이기도 했지만. 제윤의 입가에 슬그머니 웃음기가 어렸다. 세상 참 오래 살고 볼 일이었다.

"세팅 다 끝났는데요."

"어 그래요? 감사합니다! 잠깐 제가 확인할게요!"

스튜디오의 직원 말에 제윤이 답하고는 후다닥 뛰어가 세팅된 카메라의 위치와 촬영 값을 살폈다. 진지한 얼굴로 조명까지 꼼꼼하게 확인한 제윤이 직원에게 감사의 말을 건넸다.

곧 오늘 인터뷰할 피해자들과의 약속 시간이었다. 그들도 끼리 끼리 만나 같이 들어오는 모양인지 셋이 한 번에 스튜디오로 들어섰다.

그들은 처음에 낯익은 제윤만이 아니라 제영이 함께 있는 것을 보고 놀랐다. 두문불출하는 줄 알았던 제영이 여기 있는 것에 적잖이 당황한 것도 같았다. 따지고 보면 제영과 그들은 같은 과 선후배, 혹은 동기 사이였다. 제영이 먼저 고개를 가볍게 숙여 묵례했다.

"어! 오셨네. 바로 인터뷰 들어가요! 누구부터 하지?"

제윤이 어색한 분위기를 끊어 내듯 발랄하게 외쳤다. 남자 둘, 여자 하나로 이루어진 구성에서 키가 작은 남자가 손을 들었다.

제윤이 곧장 남자에게 오늘 인터뷰할 내용을 설명하고 그를 카메라 앞에 마련한 자리에 앉혔다. 이미 사람들에게 피해 학생들이 도용당한 내용에 대해서는 이전의 영상들로 충분히 밝혔다. 그런 만큼 오늘 인터뷰할 내용은 김무진과 학교를 향한 여론의 질타를 만들고, 학생들을 향한 동정심을 끌어오기 위해 진행할 거였다.

오늘은 좀 오버하면서 억울함을 막 보여도 된다는 제윤의 설명에 남자가 웃으며 고개를 끄덕였다.

인터뷰 촬영은 빠르게 진행되었다. 소송을 진행하기 시작하고 학기가 시작되면서 피해자들은 아예 얼굴이나 이름을 숨기는 것도 죄 포기했다. 어차피 일은 본격적으로 벌어진 탓이었다.

"제가 잘못한 게 아니잖아요. 나는 피해자인데 무슨 내가 죄인인 것처럼 그러는데 억울한 거예요!"

"아……. 특히 어떤 점이 그러셨어요?"

"제윤 씨는 학교 안 가 보셨어요? 아니 강의 처음 들어가서 출석 부르는데, 제 이름 부르자마자 교수님이 저를 진짜, 진짜 무슨……."

인터뷰하던 여학생의 눈에 그렁그렁 눈물이 맺혔다. 제윤의 눈이 사정없이 떨렸다. 이렇게까지 오버해도 되나, 하는 생각이 선하게 보였다. 제영이 제윤을 보며 턱짓했다. 제윤이 곧장 제영 쪽을 바라봤다. 제영의 고개가 단호하게 끄덕여졌다. 끊지 말고 가라는 소리였다.

"무슨 사고 친 망나니라도 보는 눈인 거예요! 흐윽, 씨, 제가, 잘 못한 거 아니잖아요."

"그렇죠. 소중한 곡 도용당한 것도 서러운데……."

"제 말이요!"

재학생 피해자들은 정말로 어마어마한 눈치를 받고 있었다. 조용히 넘어가도 될 일을, 확실하지도 않은 거로 일을 키운다는 말을 면전에서 하는 교수도 있었다. 심지어 남학생 하나는 자기도 그런 '오해'에 휘말리기 싫다는 핑계를 대며 강의실에서 쫓아낸 교수의 일화를 얘기했다.

학생들은 제영과 제윤이 원하던 그림을 아주, 몹시, 잘 만들어 주었다. 여기에 전문가의 손길까지 더해질 거였다. 이제까지의 편집은 제윤이 직접 했지만, 앞으로는 형찬과 혜옥이 아는 이들의 도움을 받기로 했다.

"고생들 하셨습니다! 어휴, 진짜 제일 중요한 소송이 잘 풀려야 하는데……."

저만 빠지면 어째 어색해지는 분위기를 살피며 제윤이 마무리 인사를 건넸다. 다들 어색하게 웃으며 서로를 눈짓했다.

그때 연신, 유난히 제영을 흘긋거리던 여학생이 조심스럽게 제영을 보며 말을 건넸다.

"저기……."

제영이 그녀를 바라보았다. 당연하지만 같은 과에서 오며 가며 얼굴을 자주 마주쳤던지라 얼굴은 낯이 익었다. 여학생의 이름도 기억했다.

"한서영 선배셨죠."

"어, 으응. 내 이름 기억하네? 하하……. 야. 나는 너 학교에서는, 너 박희은인 줄 몰랐어."

"아아. 네."

제영이 그녀의 말에 고개를 끄덕이며 답했다. 썩 기억에 남는 사람도, 이미지가 좋았던 사람도 아니었다. 윤이성이 3년 만에 저를 찾아왔던 날 이후 수군거리던 무리에 있었던 사람이기도 했으니, 이미지가 좋을 리가 없었다.

그런 선배와 이렇게 같은 사람에게 피해를 받고 함께 소송을 하는 사이로 만날 줄은 또 알았을까.

"그래서 윤이성이 너를 찾아왔었구나……."

아무래도 기억에서 날려 버리기에는 워낙 충격적인 에피소드였던 탓인지, 한서영은 이성이 제영을 찾아왔던 날을 여전히 생생하게 기억하고 있었다. 더군다나 일이 커지며 제영의 정체까지 밝혀진 마당인지라, 그때 어째서 제영이 윤이성 피아니스트 같은 대단한 사람의 스폰서가 될 수 있었는지까지 확인한 차였다.

아무렴 인터뷰하며 눈물까지 짜냈던, 소송도 학교의 방해로 마냥 안녕하지는 않은 상황이라지만 그건 그거고 궁금한 건 궁금한 거였다.

"있잖아, 나 뭐 하나만 물어봐도 돼?"

한서영이 입을 열자마자 모두의 시선이 제영에게로 쏠렸다. 제영이 잠시 허공을 쳐다봤다가, 다시금 한서영을 바라보며 가볍게 고개를 끄덕였다.

"네. 뭐……."

한서영은 곧장 묻지 못하고 뜸을 들였다. 한서영의 질문을 대충 짐작한 제윤이 저도 모르게 눈을 질끈 감았다. '저건 눈치가 없나?' 하는 생각을 하면서.

사실 요즘 소송 자체보다 제영과 제윤, 그리고 이성을 둘러싼 삼각관계 이야기가 더 사람들 입을 오르내리고 있었다. 가볍게 입 놀리기 좋으면서 슬슬 따뜻해지는 날씨에 썩 어울리는 가십이기도 했다.

"윤이성 피아니스트……. 진짜 네가 제윤이한테도 소개해 줬어?"

"……예?"

역시나였다. 한서영은 제영에게 정말로 그 삼각관계 스캔들과 관련된 것을 물었다. 제영이 얼빠진 얼굴로 되물었다. 쌩한 얼굴로 입을 꾹 다물거나 말을 않을지도 모르겠다 생각했던 제영에게서 뭐라도 반응이 나오자 한서영은 신이 났다.

"맞아? 아니야? 나 사실 이거 진짜 궁금했거든……. 아니! 너한테 그때 그 막 이상한 얘기 하고 소문 돌고 그런 건 미안하긴 한데, 그래도 너무 궁금하잖아. 응? 그래서 제윤이랑 윤이성 피아니스트가 사귀는 게 맞아? 진짜? 그럼 그때 스캔들이 진짜야?"

"……저기."

"나는 너랑 뭐 있는 줄 알았는데? 그날, 그 왜! 윤이성 피아니스트 첫날도 장난 아니었지만 두 번째 왔을 때도 좀 뭐가 있어 보였잖아!"

제영이 황당한 얼굴로 웃었다. 제윤이 질끈 감았던 눈을 뜨고 마지막으로 인터뷰해 아직도 눈물 자국이 남고 얼굴이 시뻘건 남학생의 옆구리를 쿡 찔렀다.

남학생이 깜짝 놀라서 딸꾹질 비슷한 소리까지 냈다가, 곧장 제윤의 눈치를 알아듣고는 손을 뻗어 한서영의 어깨를 붙잡았다. 나머지 한 명의 키가 작은 남학생은 저도 궁금했던 모양인지 한서영을 말릴 생각이 없어 보였다.

"야, 하, 한서영. 그만 좀······."

"아니 왜! 궁금하잖아! 오빠는 안 궁금해? 저번에 제윤이한테 자기도 물어보는 거 다 봤는데 내가!"

"아니, 지금 그게······."

"제영아, 꼭 말하기 곤란하면 뭐······. 대답 안 해도 되는데, 내가 어디 가서 말하겠다는 게 아니라! 너무 궁금해서 그래! 우리끼리는 그래도 같이 소송하는 동지이기도 하고, 응? 그렇잖아. 우리끼리만 살짝 알게 말해 주면 안 돼? 진짜 누구랑 누가 사귀는 거야? 응?"

입이 트인 한서영은 숫제 속사포처럼 말을 쏘아 댔다. 제영이 다 얼이 빠질 정도였다. 그녀가 피식 웃고는 '다들 아무 사이도 아니다.' 하고 답하려던 찰나였다.

주머니 속에 넣어 둔 휴대 전화에서 진동이 울렸다. 제영이 '잠시······.' 하고는 휴대 전화를 꺼내 손에 들었다.

전화인가 싶게 연달아 이어지던 진동이 멎었다. 전화가 아니라 메시지였다. 제영이 메신저 알림 창을 터치했다.

[야 씨발 포기했다.]

[전화까지는 내가 바라지도 않아.]

[차단은 안 했잖아ㅠㅠ]

[내 메시지 보면서 왜 전화는 안 받아?]

[답장도 안 하냐?]

[존나 매정해 하여튼 존나 얼음이야 박제영.]

[봤으면 점이라도 하나 찍어 주라.]

[.]

[졸라 쉽네!! 이게 어려워?]

[나랑 말 안 할 거야?]

[진짜 씨발 내가 그렇게 잘못했나?]

[잘못했네, 했어...]

[잘못했어ㅠㅠ 그러니까 진짜 점 한 개만 찍어 줘. 이제 안 그럴게.]

[응?]

[박제영 말만 잘 들을게.]

제영의 입가에 저도 모르게 부드러운 웃음이 맺혔다. 그러나 답장은 하지 않았다. 아직은 이성이 괘씸했다. 목줄 꽉 붙들어 매고 있으라고 반지까지 끼워 주더니. 말을 잘 듣긴 뭘 잘 들어.

제영의 시선이 흘긋 반지를 끼고 있는 제 왼손으로 향했다. 일을 이렇게나 키운 이성이 야속하고 미웠다. 처음, 집 주변을 감싼 기자들을 봤을 때의 아연한 느낌을 여전히 기억했다. 그래도 이성이 준 반지를 빼지는 않았다.

원래부터 거기가 제 자리였던 것처럼, 한 몸처럼 익숙해졌다. 아주 빠르게. 어쩌면 이 반지를 제게 건넨 윤이성처럼.

"뭐…… 중요한 내용이라도 왔어? 혹시 소송 진행 얘기야?"

한서영이 갑작스레 제영의 옆으로 다가와 서며 말했다. 휴대 전화 화면을 보려는 것이 느껴져 제영이 급히 화면부터 껐다.

"아뇨. 그런 거면 다들 같이 연락받았겠죠. 그냥 개인적인 거였어요."

"아…….."

그녀가 김이 샌 것처럼 제영에게서 다시 물러났다. 너무 들이댄 것을 뒤늦게 느꼈는지 멋쩍어하면서도, 제영의 답을 기다리는지 연신 제영의 눈치를 살폈다.

"그럼, 내가 물어본 거는……. 대답하기 싫어? 그럼 내가 너한테 강요는 못 하고……."

"아무 사이도 아니에요."

제영의 답에 한서영이 썩 믿기지 않는다는 듯 심드렁하게 고개를 끄덕였다.

"어어…….."

"그런데 제가 제윤이한테 윤이성을 소개해 준 적은 없어요."

"어어. ……어?"

제영이 피식 웃었다. 아무래도 눈치에 밥 말아 먹은 듯이 구는 한서영이 정말로 눈치 없는 캐릭터는 아닌 모양이었다.

"여기까지만 얘기할게요."

제영이 주머니에 다시 집어넣은 휴대 전화를 손끝으로 매만졌다. 연락이 더 오려나 했더니, 한 번에 우르르 보내 놓고 조금 쉬는 타이밍인지 진동은 더 느껴지지 않았다.

아직은 정말, 아무 사이도 아니었다. 이성도 그걸 알고 있으니더 애가 타는 것일 테다. 하지만 제영은 아직 화가 다 풀리지 않았고, 그렇다고 이성의 고삐를 아예 놓아 버릴 생각도 없었다.

한번 단단히 길을 들일까, 그러지 않고 제 마음을 전부 인정하면 이성이 얼마나 날뛰며 저를 피곤하게 할지 모르니까.

그런 생각을 하면서 제영이 이번엔 약지에 낀 반지를 슬슬 쓸었다.

* * *

-차라리 학교에서 직접 이렇게 겪는 것만이면, 그래 학교 시끄럽게 일 벌였으니까 밉게 보는 거는 이해해요. 그런데요, 소송은 다르잖아요. 왜 정보 열람 기록이랑 이런 거 저희도 가져갈 수 있게 허락 안 해 주시는 건데요? 왜 지금 시점에 학교에서 사용하는 서버를 교체하겠다는 건데요? 그럼 그 전의 자료는요? 다 날리겠다고요? 그럼 저희는 어떡해요? 진짜 억울해서 어떡해요?

인터뷰 영상이 올라가고, 여론이 완전히 뒤집혔다. 인터뷰 내용을 담은 기사들이 우후죽순 올라오고 사람들의 관심이 다시금 '김무진 교수 학생 작업물 도용 사건'으로 집중되었다.

가장 클릭 수가 많은 기사의 베스트 댓글은 이러했다.

'뭐가 켕기는 게 있으니까 숨기는 거 아님? 김무진 그렇게 안 봤는데 진짜 제 학생 거 베꼈나 보네.'

'와 ㅅㅂ 계속 지켜보고 있었는데 김무진 진짜 베꼈나 보네ㅋㅋㅋ 학생들 억울해서 어떡하냐? ㅈㄴ 학교까지 나서서 피해자 핍박하네... 나라면 억울해서 뒤졌을 듯.'

'학교도 한통속이네; 대종예 대한민국 1등 예술 학교라고 하더니 똥통이었네요;;'

* * *

여론이 완전히 돌아섰다. 이제 사람들은 김무진보다는 피해자인 학생들을 더 믿었다. 사실 완전한 신뢰라고 보기는 어려웠다. 대다수는 동정심이었고, 피해자인 학생들이 도용당했다는 걸 믿는 것보다는 학교와 김무진의 하는 짓이 수상쩍은 것을 의심하는 쪽에 가까웠다.

다만 제영이 과거의 '박희은'이었다는 사실이 밝혀지고 나서인지라, 정말로 학생들이 곡을 도용당했을 수도 있다고 확실하게 믿어 주는 사람들도 생겨났다. '박희은' 정도의 음악적 재능이라면 연주가 아니라 작곡에도 충분히 재능이 있을 수 있지 않겠냐며.

그리고 그런 '박희은'과 어깨를 나란히 할 다른 학생들의 곡도 충분히 현업 작곡가가 트렌디한 곡을 써내기 위해 베낄 수 있지 않겠냐는 논지였다.

제영은 사람들의 반응에 그저 웃었다. 씁쓸한 웃음이었다. 과거의 영광에 기대어 현새에 도움을 받게 될 줄은 몰랐다. 딱히 좋은 기분은 아니었다.

작곡과 연주는 엄연히 결이 다른 길이었다. 재능도 마찬가지였다. 많이 듣고 연주하며 작곡가들의 곡을 해석하고 이해해 본 만큼 일반인보다 시작이 쉬울 수는 있겠지만.

"잘되고 있어. 그래도, 잘 풀리고 있으니까 다 괜찮아."

제영이 혼잣말을 중얼거렸다. 그녀의 손이 뚜껑 닫힌 피아노를 가만히 쓰다듬었다. 어딘가 불길한 느낌으로 심장이 뛰었다. 자신이 '박희은'임이 밝혀지고, 많은 사람의 입에 오르내리기 때문이 아니었다. 그건 이미 소송에 참여하기를 결심하며 포기한 지 오래였다.

차츰 괜찮아지고 있었다. 그런데 어느 순간부터, 그것과는 다른 묘한 불안감이 종종 이렇게 제영을 찾아오고는 했다.

"……괜찮아. 아무 일 없을 거야. 잘될 거야."

다시금 자신에게 다짐하듯 제영이 입을 열어 말했다. 그녀의 눈길이 창밖을 향했다. 소장을 제출하고 벌써 한 달이 지났다. 학교는 비판적인 기사가 속속 올라오기 시작하며, 피해 학생 측의 자료 요구에 소극적이던 태도를 버렸다.

최근부터 학교와 관련된 자료는 공평하게 제공되었다. 거기에 학교의 장난질이 있지는 않았는지, 그걸 알아보는 데에는 아이러니하게도 이성이 불법적으로 취득한 자료가 도움이 되고 있다고 했다. 제영이 문득 자신의 일 어디에서나 이름이 빠지지 않고 등장하는 이성을 떠올리며 피식 웃었다.

그새 3월도 끝물이고 4월이 가까워졌다. 바라보는 창밖으로는 앙상하기만 했던 가지에 여린 잎사귀와 꽃망울이 맺혔다. 제영의 집 정원은 봄이면 백목련과 앵두꽃이 앞다투어 봉오리를 맺고 피어나곤 했다. 하얀 꽃의 천국이 되었다.

그러면 겨울과 봄의 차이라고는 여린 잎이 맺히느냐, 앙상한 가지만 남느냐 뿐인 듯도 했다.

조금 더 시선을 올려 보았다. 높은 담장 너머로 웅성거리며 돌아다니는 이들이 보였다. 다수는 기자들이었고, 일부는 제영을 위해 고용된 경호 인력이었다.

제영은 다른 곳에서는 혜옥이나 다른 집안 사람들, 재단의 도움을 받는 일을 꺼렸지만, 경호에 관해서는 도움을 받아들였다. 기자들이 집 주변을 둘러싸고 소란을 피우며 답하기 싫은 질문을 목청이 찢어지게 내지르는 것은 썩 유쾌한 경험이 아니었다.

더군다나 제영에게는 과거에 사고 이후 퇴원길, 그리고 부모님의 첫 기일에 찾은 봉안당에서 기자들에게 둘러싸인 적이 있었다. 자연히, 그때를 떠올리게 하는 상황이 달가울 리 없었다. 애초에 제영은 피아니스트 신동으로 불릴 때도 스포트라이트를 받거나 사람들의 관심을 받는 것은 달리 즐기지 않았다. 그저 사람들이 자신의 연주를 인정해 주는 것이라고 여기고 기꺼워하려 노력했을 따름이었다.

"왜 자꾸⋯⋯."

불안하지. 제영이 다시금 솟구치는 어떠한 불안감에 두 팔을 제 손으로 감싸 쥐며 어깨를 움츠렸다. 이와 비슷한 느낌을 제영이 받았을 때는, 여태까지 딱 한 번뿐이었다.

부모님 모두가 돌아가신 사고가 있기 전이었다. 그때는 콩쿠르를 앞두고 있어 생긴 불안감인 줄 알고 넘겼다. 그게 사랑하는 사람과 사랑하는 재능을 잃을지도 모른다는 경고인 줄 꿈에도 상상치 못하고.

지금은 부모님도 안 계시고 다시 피아노를 칠 일이 있지도 않을 텐데. 그때와 등치되는 무엇이라면 작곡일까. 아니면 윤이성일까.

"허, 윤이성……?"

제영이 피식 웃었다. 윤이성이 벌써 자신에게 돌아가신 부모님 대신으로 떠올리게 될 만큼 크게 자리했다는 걸 홀로나마 인정하고야 말아서였다.

웃음은 기어이 시원하게 커졌다. 눈가에 눈물까지 맺힐 정도가 되어서야 웃음이 그쳤다. 혼자 생각하다가 혼자 웃고. 이거 완전히 미쳐 가는 과정 아닌가, 하는 생각을 하고 있는데 문득 인터폰이 울렸다.

현관은 경호 인력이 전부 관리하고 있어서 제영에게 인터폰이 울릴 일은 없었다. 제영이 의아한 얼굴로 인터폰 수화기를 들었다.

"무슨 일이시죠?"

-죄송합니다. 혹시, 뭐……. 시키신 거 있으십니까?

"아뇨. 그럴 리가요. 없습니다."

제영이 단호하게 답했다. 그리고 끊어 내려는데 수화기를 타고 무언가를 가져온 기사의 억울한 목소리가 들렸다.

-아니 진짜 여기로 돼 있다니까요? 그리고 박제영! 이렇게 이름

적혀 있잖아요. 기자? 기자는 무슨 내가 기자야! 어우 답답해 죽 겠네.

-웬만하면 그냥 가시라니까. 지금 이 집에 사시는 분 이런 거 안 받습니다.

-아 글쎄, 보내는 쪽에서 이게 중요한 물건이라고 꼭 전달해 달 라고 그랬다니까요? 무조건 정오 전에 전달해 달라고 했다고요!

-그러니까 글쎄고 뭐고 간에 안 받는다니까요. 어차피 선불로 운송료 받았을 거면서 왜 이렇게 질기게 굽니까?

이상했다. 제영은 수화기를 내려놓지 못하고 인터폰으로 들려 오는 경호원과 배송 기사의 말다툼을 계속 듣고 있었다. 아까의 불안함이 다시 스멀스멀 밀려 올라왔다. 온몸에 오소소 소름이 돋았다.

"저기요."

-아, 글쎄……! 아! 네! 듣고 있습니다. 말씀하세요.

"죄송한데 그거, 어디서 보낸 건지 좀 물어봐 주시겠어요?"

-예. 잠시…….

수화기 너머로 경비원이 배송 기사에게 물음을 건넸다. 그래서 보낸 쪽이 어디냐고 묻고 또 괜한 실랑이가 이어지는 소리가 들 렸다.

-뮤직 피커 편집장이라고 하는…… 데요.

제영의 눈이 휘둥그레졌다. 「뮤직 피커」라면 이성의 '뮤즈' 발언 을 굳이 자신들의 해석까지 붙여 내보내 제영의 과거 이름을 수면 위로 끌어 올린 작자들이었다.

또 무슨 수작을 부리려고. 보낸 건 또 뭐길래 정오 전까지 확인해야 하는 걸까. 그냥 돌려보내라고 하고 싶었다. 그런데 어쩐지, 정말로 정오 전에 확인해 봐야 할 것 같기도 했다.

제영이 입술을 깨물고 고민했다. 손에 쥐고 있는 줄도 몰랐던 휴대 전화가 진동했다.

[잘못했어ㅜㅜ]

지금도 하루 서너 통씩 이어지는 이성의 메시지가 왔다. 돌려보내려던 제영의 생각이 바뀌었다.

"죄송한데, 경비원님께서 수령하셔서 이쪽으로 좀 가져다주시겠어요?"

―예? 예. 잠시만⋯⋯.

제영이 인터폰 수화기를 내려놓고 얼마 지나지 않아, 경비원이 제영의 부탁대로 물건을 수령해 가져다주었다.

제영이 간단하게 감사 인사를 건네고 「뮤직 피커」 편집장이 보냈다는 물건을 받아 들었다. 작지도 크지도 않은 적당한 크기의 납작한 상자였다. 꼭 책이나 잡지 같은 것이 들어 있을 법한 크기였다.

제영이 불안을 떨치지 못하는 채로 거실 소파에 앉았다. 그녀가 굳은 얼굴로, 굳이 리본까지 매어 놓은 상자의 포장을 열었다.

박희은, 아니 박제영 씨 이름 덕에 내가 포상까지 받았거든. 그게 고마워서 준비했어요.^^ 마음에 들었으면 좋겠네. 소송 잘 풀리길 바랄게요?

가장 먼저 눈에 들어온 건 아마도 편집장이 직접 썼을 메모였다. 굴러다니는 종이를 쭉 찢어 쓴 성의 없는 메모를 보며 제영이 인상을 구겼다. 사실이냐 아니냐를 떠나서 멋대로 추측성의 문구를 써서 사람의 이름을 팔아먹어 놓고, 그게 감사해서 선물을 준비했다니. 질이 나빴다.

과연 편집장의 말대로 이게 선물이 될 것인가도 의문이었다. 제영이 메모를 바닥에 내버리듯 치워 내고 그 아래 깔린 잡지를 집었다.

뮤직 피커 특집 호
대중음악과 클래식의 싸움, 어디로 번지는가?

타이틀을 확인한 제영이 입술을 깨물었다. 본래의 발간일보다 다소 이르게, 그리고 얇게 제작해 아예 특집 호로 팔아먹는 모양이었다. 자신에게 이것을 전하며 '정오 전까지'는 확인했으면 한다고 한 것도 아마 그쯤 판매가 들어가기 때문인 듯했다.

제영이 시간을 확인했다. 휴대 전화 화면 상단의 시간은 오전 11시 40분을 지나고 있었다.

"대중음악과 클래식의 싸움……."

무엇을 말하는 것인지는 불을 보듯 뻔했다. 김무진과 윤이성의 싸움, 아니 어쩌면 김무진과 박희은의 싸움일 수도 있었다.

제영이 목차 페이지를 펼쳤다. 편집장이 '고마워서' 준비했다는 게 이 특집 호 전체를 두고 하는 얘기일 리는 없었다. 말뿐인 고마움일 게 뻔했다. 오히려 「뮤직 피커」의 편집장이 준비했다는 게, 제영이 생각하기에 자신에게는 되레 독이 될 것만 같았다.

이미 한 방 얻어맞은 선례가 있기에 드는 확신이었다. 불안감으로 빠르게 뛰는 심장이 하는 직감이었다.

"……찾았다."

목차를 짚어 가며 읽던 제영이, 「뮤직 피커」의 편집장이 굳이 제게 먼저 이 특집 호를 보낸 이유가 된 칼럼을 찾아냈다.

타이틀은 '윤이성 피아니스트의 뮤즈, 혹은 감성의 스승-박희은'이었다.

글 「뮤직 피커」 편집장 강윤희', 자문 및 영상 지원 '고려 음악진흥원'이라고 적힌 아래로 한 페이지 반가량의 칼럼이 이어졌다.

칼럼의 내용은 제목을 길게 늘인 것에 불과했다. 요약하자면 윤이성 피아니스트의 후원자가 대외적으로는 박신환 전 재단장으로 알려져 있으나, 실제로 그를 후원한 건 '비운의 피아니스트 신동 박희은'일 것이라는 내용이었다.

더불어 박희은의 연주 감성을 완성하려고 했던 게 박신환 전 재단장이 아닌 박희은 본인일 거라고. 그래서 감히 박희은 본인이 윤이성 피아니스트를 기초부터 차근차근, 자신의 방식대로 가르쳤을 것이라는 추측을 늘어놓았다.

기어이 '박희은의 연주 감성을 그대로 물려받은 윤이성'이 어느 정도 완성되고, 그대로 국제 콩쿠르에서 1위 없는 2위를 차지해 피아니스트로서도 자리를 잡기 시작했고.

박희은은 자신의 연주를 타인의 손가락으로 완성하고 만족해 물러났으나, 이미 윤이성 피아니스트는 박희은을 자신의 스승이자 멘토 이상의 무엇, 이전 인터뷰에서 오프 더 레코드로 한 발언인 '뮤즈'로 여기기 시작했다는 내용이 이어졌다.

결국 이성의 집착에 제영이 조부의 사망을 이유로 하여금 도망치고, 그런 제영을 윤이성은⋯⋯.

제영의 눈이 페이지에 적힌 글자를 태울 듯이 쏘아보았다. 시선의 흐름이 아래로 향할수록, 제영의 표정이 싸늘하게 식어 갔다. 눈빛은 더욱 형형해졌다.

마지막 문단에 이르러서는 기어이 더 읽지 못하고는 그대로 던져 버렸다. 제영이 두 손으로 얼굴을 감싸 쥐었다. 헛웃음이 터져 나왔다. 불안감의 이유가 이거였던 모양이다. 이런 식으로 불거질 줄은 몰랐지만, 여태 느꼈던 불안감의 이유가 이거였다.

"이게 나한테 고마워서 준비한 거라고? 이게?"

파르르 떨리는 제영의 목소리는 어딘가가 허물어진 사람의 것처럼 들렸다. 내뱉는 숨조차 곧지 못했다. 윤이성이 원인이 아니고서야, 그날의 사고 이후로 이렇게까지 동요했던 적이 있던가.

아니 어쩌면 이것조차 이성이 원인이라고 해야 하나. 울상 비슷한 얼굴로 뒤틀려 올라간 제영의 입꼬리는 웃음의 경계에 걸쳐 있었다.

다시금 제영이 실소를 터뜨렸다. 휴대 전화의 진동이 울린 것도 그쯤이었다. 제영이 흘긋 화면을 바라봤다. 혹시 이성인가 했더니 제윤이었다. 제영이 깊은 한숨을 내쉬며 전화를 받았다.

-이거 진짜야?

제윤은 제영이 전화를 받자마자 대뜸 주어조차 없는 질문부터 던졌다. 제영이 알고 있으리란 생각으로 주어를 빠뜨린 건 아닌 듯했다.

-아니, 아니, 이렇게 말해서 알아들을 박제영이 아니지! 네 가……!

"윤이성 피아니스트 내가 가르친 거 진짜냐고?"

-어머, 웬일이야? 본인 일에도 소식 제일 느리신 우리 박제영 씨가 이걸 다 알고 있고? 너도, 아니 아니. 언니도 기사 봤어?

이제 막 정오를 넘긴 시각인데 제윤의 반응이 빨라도 너무 빠르다 싶었더니. 특집 호 판매와 동시에 기사까지 함께 터뜨린 모양이었다. 제윤은 아마도 기사로 확인하곤 곧바로 제영에게 전화를 한 것일 테고.

-그래서, 이거 진짜야? 정말? 언니가 가르쳤어? 아니지? 그래. 설마. 맞을 리가 없지. 그 윤이성이 자기보다 한참 어린 꼬맹이가 설치는데 듣고 있을 리가 없어. 이거 다 이 편집장인가 뭔가가 쓴 소설 맞지?

제영이 뭐라 답을 찾지 못하고 다시금 실소했다. 나오는 거라곤 그것뿐이었다. 그저 아연할 따름이었다. 마냥 소설도 아니었다. 그렇다고 이걸 사실이라고 하기도 어려웠다.

박제영이 윤이성을 후원한 주체이고, 그의 연주가 추구할 방향을 제시해 인도한 사람인 건 맞았다. 그 과정에서 '가르침'이라고 불릴 만한 무언가가 오간 것도 사실이었다.

"다들 너처럼 생각하겠지?"

-당연하지! 아무리 언니가 잘났어도, 윤이성이 저보다 한참 어린 애가 하는 말 듣고 있을 성질머리야?

제윤이 연신 조잘거렸다. 혼자서 이런저런 생각의 타래를 풀어 놓는데 그러잖아도 넋이 반쯤 나간 제영의 정신까지 더 혼미하게 할 지경이었다.

-아니 잠깐만. 아니지, 하긴. 윤이성이 박제영 말은 잘 듣······. 헐, 설마 그 미친놈이 언니 처음 만날 때부터 언니 좋아했어?

"······했겠니?"

-아니지?

"······그런 얘기 나온 건 다시 만나고 나서부터야. 작년 가을부터."

제윤에게 이런 식의 변명을 이성을 대리해서 해 주게 될 줄은 몰랐다. 지금 상황이 너무 우습기 짝이 없었다.

-그래. 아무리 윤이성이 미친놈이라도 막 성인도 안 된 애를 좋아하······. 아무튼 그쪽은 아니지?

"너 진짜 말 좀 가려서 해라. 박제윤."

제영이 정색하고 나오자 제윤이 찔끔한 모양인지 입을 꾹 다물었다. 그리고 한동안 침묵이 오가다간, 제영이 한숨을 내쉬었다. 제윤이 헤헤하고 귀엽게 웃는 소리를 내고는 말을 돌렸다.

-그럼 뭐야. 이게 다 날조에 소설이라는 거지?

"······전부는 아니고."

-전부는 아니면 일부는 사실? 근데 언니 아까 나한테 물은 건 뭔데? 다 나처럼 생각할 거냐니?

제영이 다시금 한숨을 몰아쉬었다. 「뮤직 피커」의 편집장, 강윤희의 칼럼을 본 뒤로 나오는 거라곤 그저 한숨과 실소뿐이었다.

"누가 믿겠냐고. 이걸."

-뭐. 믿을 수도 있지? 언니 연주 잘했잖아. 그때 사고만 아니었으면 언니가 지금 윤이성보다 연주 더 잘했을 수도 있고?

"그건 모르는 거야. 있을 수도 없는 가정을 얘기해서 뭘 어쩌자는 건데?"

-아니 왜 나한테 짜증을 내고 난리야? 내 딴에는 박제영 씨, 언니 옛날 연주 들어 보니까 잘하긴 잘하길래 칭찬해 준 거구먼!

제윤의 말마따나 칭찬이라면 칭찬이었다. 하지만 제영에게 그 칭찬이 달갑지는 않았다. 자신을 치켜세우기 위해 비교 대상으로 윤이성의 명성이 이용당하고 있지 않은가.

-그리고 소송하고 있는 우리 입장에서는, 솔직히 이 기사 반갑지! 사람들이 믿어만 주면 언니가 그만큼 대단한 사람이라서 김무진이 훔쳐 갈 만한 재능이 있는 사람이다! 이런 증거가 되는 건데!

"연주 실력이랑 작곡 재능이랑은 전혀 다른 영역이잖아."

-보통은 그냥 다 예술적 재능이라고 생각하지! 그렇게 깊게 생각하나 뭐? 아 진짜 아까부터 뭐 그렇게 날을 세워! 그래! 안 믿어! 안 믿는다고! 아무도 안 믿을 거다! 됐냐?

제윤이 빽 소리를 지르고는 대뜸 전화를 끊어 버렸다. 끊어진 전화를 보며 제영이 아까와는 다른 의미의 헛웃음을 내비쳤다.

처음과 비교하면 일이 잘 풀려 가고 있었음에도 제영이 계속 느꼈던 불안감이 이것이었다. 이제 제영은 확신했다.

자신의 이름이, 혹은 존재가. 좋아하는 이들의 무언가를 빼앗아 가거나 폐가 되는 상황. 박제영의 불안감은 거기에서 기인했다.

"……아직은 아니야. 아직은. 괜찮아. 이건 그냥 지나갈 수 있어."

제영이 멍한 눈으로 제 피아노를 바라봤다. 이윽고 그녀의 시선이 저의 망가진 오른손을 향했다.

아직은 괜찮았다. 제윤의 말마따나 사람들이 이 칼럼의 내용을 그대로 믿을 리가 없었다. 상대가 다른 누구도 아닌 윤이성이니까 더욱.

또 제영의 휴대 전화가 진동했다. 이번엔 바로 그 윤이성이었다.

제영은 이번에도 이성의 전화를 받지 않았다. 아니, 지금만큼은 받을 수가 없었다.

* * *

제영의 생각보다는 상식적으로 터무니없는 내용인 강윤희의 칼럼 내용을 믿는 사람들이 제법 많았다. 칼럼 가장 하단에 붙은 QR 코드를 찍으면 볼 수 있는 동영상 때문이었다.

강윤희는 박제영이 가장 마지막으로 참여했던 국내 콩쿠르의 영상을 '고려 음악 진흥원'에서 받아, 이성이 같은 곡을 연주한 영상과 아주 교묘하게 편집해 올렸다.

어린 박희은, 과거라지만 당시 이미 성인이었던 윤이성의 연주는 우열을 가리기 어려울 정도로 흡사한 수준이었다.

심지어 두 사람의 연주는 한 사람이 한 것처럼 같은 감성, 같은 해석으로 진행되었다. 보이는 화면과 음질의 차이 덕에 한 사람의 연주를 영상만 여러 개로 덧입혀 놓은 게 아니라는 걸 겨우 알 수 있을 정도였다.

일반인보다 클래식을 조금이라도 아는 사람들이 더, 강윤희의 칼럼 내용을 그대로 믿었다. 과거 박희은이었던 박제영이 윤이성 피아니스트의 스승이자, 뮤즈라는 주장을 말이다.

"내가 이거 파 보겠다고 얼마나 고생했는데, 이 정도로 그치면 아쉽지."

강윤희가 온라인 반응을 살피며 혼자 중얼거렸다. 그녀가 펜 끝을 잘근잘근 씹으며 하는 말을 들은 옆자리 부사수가 그 혼잣말에 답했다.

"결국 그 영상 올리시게요?"

"올려야지!"

"영상 살 때 계약서에 업로드는 안 하기로 작성하셨잖아요."

부사수가 우려 가득한 목소리로 강윤희를 말리듯 말했다. 강윤희가 곁눈질로 그런 부사수를 마치 겁쟁이라도 보듯 바라보았다.

"얘가 나한테만 이 영상을 보여 주고 팔았겠니. 그러기 한참 전에 학교에서 괜한 소문 불거져서 위신 상하면 어쩌겠다 하고 엄포 놓기 전에, 다른 곳에는 안 보여 줬겠어?"

"뭐, 그도 그렇지만……."

이것저것 복잡한 프로그램을 실행하며 말하던 강윤희가 하던 행동을 전부 멈추었다. 부산스럽다가 급히 조용해진 강윤희가 의아해진 부사수가 그녀를 바라보았다. 강윤희의 입꼬리가 비죽이 호선을 그리며 올라갔다.

"이거 봐라, 얘. 이미 올라왔다."

강윤희가 모니터를 제 왼쪽 옆자리인 부사수 쪽으로 살짝 돌렸다. 화면에는 가입하지 않아도 이용이 쉬워 사람들이 많이 오가는 한 익명 커뮤니티의 게시글이 떠 있었다.

'윤이성이 자기 입으로 박희은 제자였던 거 밝히는 영상임.'

제목은 몹시 솔직했으며, 내용은 더욱이나 제목 그대로였다. 강윤희가 신나게 콧노래를 부르며 게시글에 담긴 영상을 재생했다.

-나랑 너랑 무슨 사이인지 뭐 내가 여기서 대국민 담화라도 해야 해?

-해야지.

영상에는 제영의 발언에 기함하는 학생들의 숨소리까지 선명하게 담겨 있었다.

-하라면 못 할 거야 없지, 그래. 나랑 박제영 사이. 열세 살 박제영이 보호자 손 잡고 코 찔찔 흘리면서 나 후원해 주겠다고 한 거. 그거 여기 있는 놈들은 모를 거니까. 둘이서 어떻게 날 들들 볶아서 국제 콩쿠르 수상까지 가능하게 한 피아니스트로 만든 것도.

딱 필요한 부분까지 듣고 난 강윤희가 동영상 재생을 멈추었다.

"이거지! 윤이성 본인이 직접 박희은이 날 사사했다, 밝히는 거나 다름없는 발언을 하는 장면!"

그녀의 콧노래 소리가 커졌다. 게시글에 달린 댓글을 계속 확인하기 위해 키보드의 F5 버튼을 연타하는 그녀의 손끝은 퍽 경쾌했다.

영상은 강윤희의 바람대로 순식간에 퍼졌다. 시쳇말로 인터넷이 터지지 않는 산간 오지에 있었던 사람이 아니라면 전부 다 봤다고 해도 과언이 아닐 정도였다.

있지도 않은 '손이 망가지지 않은 박희은'이 윤이성보다 더 대단한 피아니스트가 되는 데는 만 하루도 필요치 않았다.

〈3권에서 계속〉